KB059884

청소년,
소설과
대화하다

청소년,

 문숙희·이혜영·정학재·조숙경 지음

소설과
대화하다

사□계절

소설 읽기의 즐거움으로 초대하며

    우리는 소설을 왜 읽을까요? 교과서에 실려 있어서, 다른 글들보다는 재미있어서 같은 대답이 언뜻 떠오릅니다. 네, 소설은 국어 교과서에 실린 글들 가운데 재미있게 읽을 수 있는 글입니다. 새 학기에 새 교과서를 받으면 많은 친구들이 소설부터 읽는 모습을 저도 여러 번 보았습니다.

    소설의 재미는 어디서 오는 것일까요? 저는 그것을 '발견'에서 오는 재미라고 생각합니다. 다른 말로는 '엿보기'의 재미라고 해도 좋겠습니다. 소설만 그런 재미를 주는 것은 아니지요. 영화나 드라마도 그런 재미를 줍니다. 그렇지만 소설은 영화나 드라마와는 다른 재미가 있습니다. 화면이나 소리가 아닌 글로 엿보는 것이다 보니 우리는 소설을 읽으면서 더 많은 상상을 하게 되지요. 해리 포터 이야기를 소설로 읽은 친구들이 해리의 얼굴을 그려 본다면 다양한 얼굴이 나오겠지만, 영화로만 본 친구들은 대개 대니얼 래드클리프라는 배우의 얼굴을 닮게 그릴 것 같지요?

소설의 등장인물을 통해 우리는 나조차도 몰랐던 나의 다른 모습을 엿볼 수도 있고, 내 주변의 가족이나 친구들의 모습을 다시 생각해 볼 수도 있습니다. 더 나아가 우리를 둘러싼 세상의 모습을 새롭게 발견할 수도 있지요. 그것은 퍽 즐거운 일입니다. 그 발견을 두고 친구들과 대화를 나눈다면, 우리는 소설뿐 아니라 자신과 주위 사람들, 세상의 모습을 더 깊이 들여다볼 수 있을 것입니다.

이 책에 참여한 네 선생님 또한 학생들과 동아리 활동이나 수업에서 만나고 대화하는 과정을 거치며 특별한 즐거움을 맛보았습니다. 문학 작품을 두고 학생들과 대화를 나누는 일은 교사로서도 숨통이 트이는 해방구와 같았습니다. 그렇게 느낀 이유는 우리의 현실에 있겠지요.

우리의 교육 현실과 관련해 내려놓을 수 없는 두 가지 화두가 있습니다. 우선 학교 교육이 우리 각자가 놓여 있는 삶과 동떨어진 공허한 메아리가 아닌가 하는 것과, 정답을 우선하는 교육이 어떤 의미에서는 폭력일 수밖에 없지 않은가 하는 점입니다. 국어 교사로서 이 두 가지 문제에 대안으로 다가온 것이 바로 학생들과 소설 작품을 읽고 대화하는 일이었습니다.

소설 작품을 읽고 대화하는 일은 학생들이 스스로 작품을 탐구하게 하고, 나아가 우리가 사는 세상을 자신의 눈으로 돌아보게 합니다. 대화 속에서 우리는 굳이 모두가 인정할 정답을 찾으려 하지는 않았지만, 각자 자신의 삶에 필요한 나름의 해답을 찾았습니다. 그 과정은 마치 한 떼의 철새 무리가 추는 변화무쌍한 군무처럼 아름답고 신비로웠습니다.

교사에게 수업은 본질적으로 아이들과의 만남입니다. 마찬가지로 학생들에게 배움은 글과의 만남인 동시에 글을 통해 삶과 만나는 일이기도 합니다. 학생들과 좋은 작품을 만나는 재미도 쏠쏠했지만, 좋은 작품이 학생들의 삶과 만나 새롭게 살아 숨 쉬는 모습을 지켜보는 것은 교사로서 보람이고 행복이었습니다.

그 축복 같은 시간들이 이렇게 책이 되어 다시 돌아오게 된 것은 우리에게 큰 선물입니다. 이 책을 읽는 여러분에게도 우리의 유쾌하고 발랄했던 만남이 작은 선물이 되면 좋겠습니다.

이 책에는 국어 교사 네 사람이 여러분과 함께 만나고 대화하고 싶은 아홉 편의 소설을 실었습니다. 늘 교과서에 실려 잘 아는 것처럼 느껴지는 소설도 조금 실었습니다. 다른 자리에서 새롭게 만날 수 있다고 생각했기 때문입니다.

그렇지만 새롭게 만나는 소설을 더 많이 싣고자 노력했습니다. 여러분 스스로 새로운 만남과 대화를 열어 가기에 적당한 청소년 소설을 많이 소개하려고 했습니다. 누구나 자기 주위에 있는 사람들과 주변 세상부터 만나게 되는 것처럼, 여러분 주위의 사람들과 세상의 모습을 그려 낸 청소년 소설을 먼저 만나는 것이 좋겠다고 생각했습니다.

소설 작품에 이어서 그 작품과 만나고 대화한 보기 글을 함께 실었습니다. 이는 작품을 읽고 생각과 감상을 함께 나누는 일의 의미와 가치를 보여 줄 것입니다. 이 책에 실린 '대화' 글은 말 그대로 맛보기일 뿐입니다. 여러분 나름의 멋진 대화의 식탁을 만들어 가는 일에 도움이 되길 바랍니다.

아울러 여러분에게 소설과 함께 대화하는 멋진 친구들도 소개해 주고 싶었습니다. 과학자가 되고 싶은 친구, 소설을 쓰고 싶은 친구, 더 나은 세상을 만들기 위해 봉사하고 싶은 친구, 연예인을 꿈꾸는 친구 등이 있습니다. 이 친구들이 여러분의 실제 친구는 아니겠지만 여러분 주변에서 만날 수 있는 친구들일 것입니다. 이 친구들과 만나고 대화하는 기쁨도 소설과 대화하는 기쁨만큼이나 크면 좋겠습니다.

다양한 대화가 한 권의 책으로 탄생하도록 조율해 준 사계절출판사에 고마운 마음을 전합니다. 좋은 소설을 발견하고 함께 길을 가는 벗으로 만나게 된 선생님들도 감사합니다. 우리가 함께 만나고 대화할 수 있는 좋은 작품을 써 주신 작가들과 이야기를 나눈 제자들, 선생님들, 벗들에게도 모두 감사드립니다.

소설 읽기의 즐거움을 누리고, 그로 인해 삶도 넉넉해지길 바랍니다.

2015년 초여름에
지은이 네 명을 대표하여
정학재와 문숙희 씀

차례

★
자신과
대화하다

일러두기

1. 작품 감상을 제대로 할 수 있도록 각 단편의 전문을 실었습니다.

2. 표기는 원문에 충실히 따르는 것을 원칙으로 하되, 맞춤법과 띄어쓰기는 현행 표기법을 따랐습니다.

3. 시대 상황을 드러내 주는 말이나 사투리는 현행 표기법을 따르지 않고 그대로 살렸습니다.

4. 한자는 모두 한글로 바꾸고 꼭 필요한 경우에만 괄호 안에 넣었습니다.

5. 해방 이전 작품의 경우, 대화 표시는 " "로 바꾸었고 혼잣말이나 강조는 ' '로 바꾸었습니다. 또한 말줄임표는 ……로 통일했습니다.

6. 본문 아래에 낱말 풀이를 달았습니다.

자
신
과

대
화
하
다

불량한 주스 가게

유하순

"내일부터 며칠 여행 다녀올 거야."

엄마한테 그 말을 들었을 때 속으로 쾌재를 불렀다. 지겨워지던 참
이었다. 진종일 게임을 하다, 밤에 엄마가 들어오는 기척이 나면 자
는 척하는 생활이.

"가겐 어쩌고?"

엄마는 추석, 설날을 빼곤 쉬는 법이 없었다.

"네가 맡아야지."

그 말에 나는 얼굴을 찌푸렸다. 마치 엄마가 내준 오렌지 주스가
시어서 그러는 것처럼 말이다.

"허, 말도 안 돼. 그 소리 하려고 불러냈어?"

물에 헹군 유리잔에 바른행주질을 하던 엄마 손길이 뚝 멈췄다. 나

를 획 돌아보는 엄마 얼굴은 오늘따라 십 년은 더 늙어 보였다. 부은
건지 아니면 화장이 뜬 건지…….

"난 못해."

나는 주스 잔을 카운터 테이블 위에 내려놓았다. 유리잔 속 얼음
조각들이 짤랑 소리를 냈다.

"왜 못해?"

"그냥 알바 써. 내가 무슨 주스를 팔아. 모양 빠지게."

"모양이 빠져?"

엄마는 행주를 쥐어짰다. 물방울이 개수대 위로 투두둑 떨어졌다.
엄마가 그렇게 비틀어 짜고 싶은 건 분명 나일 것이다.

"정학 맞은 건 모양 안 빠져? 알바를 왜 써! 펑펑 노는 일손 있는
데!"

철퍼덕, 엄마 손에 있던 행주가 개수대 위로 패대기쳐졌다.

"아 씨, 여행을 왜 꼭 지금 가야 해! 날이 쇠털처럼 많고만."

"엄마가 생전 처음 하는 부탁이야. 좀 들어주면 안 돼?"

"아, 진짜!"

왈칵 짜증이 밀려왔다. 자리를 박차고 일어나 옆 테이블 의자에 하
이킥을 날렸다.

"왜 자꾸 귀찮게 해! 싫어. 안 한다고!"

엄마는 말을 잊은 듯 저만큼 나가떨어진 의자를 바라보았다.

"여행을 가든 말든 맘대로 해! 난 모르니까."

씩씩대며 나오다 가게를 들어오던 사람들과 부딪쳤다. 옆 병원 인

턴들이었다. 엄마 주스 가게는 병원 건물에 붙어 있었다.

밖은 몹시 뜨거웠다. '불량한 주스 가게'라고 굴림체로 한껏 멋을 내서 써 놓은 간판을 보니 더 열불이 났다. 처음에 그걸 보고는 황당해서 물었다.

"엄마, 왜 하필 저 이름이야?"

"글쎄…… 요즘 불량이란 말이 자꾸 친근하게 느껴져서 말이야."

묘한 얼굴로 빙글거리던 엄마 얼굴이 떠올랐다. 한 방 먹은 것 같던 기분도.

무작정 걷기 시작했다. 가능한 한 빨리 엄마 가게와 병원이 있는 이곳을 벗어나고 싶었다. 어디로 갈까? 잠깐 상후와 민기가 생각났지만 그냥 집 쪽으로 발걸음을 옮겼다.

워드에 반성문을 쓰고 있는데 현관문 여는 소리가 났다. 컴퓨터 하단에 표시된 시간을 보니 새벽 한 시. 평소보다 늦은 귀가였다.

선생님, 죄송합니다. 부끄럽게 생각하며 마음 깊이 반성하고 있습니다. 아무리 오해가 있었다 해도 폭력을 써선 안 되는 거였습니다.

반성문 쓰는 노하우는 빠삭하다. 잘못을 뼈저리게 뉘우치고 있다는 멘트를 곳곳에 박아 주면 된다. 단, 변명을 주절주절 늘어놓아 상대의 화를 돋우는 일은 피해야 한다. 어찌 됐든 날마다 A4 용지 두 장을 채우는 건 고역이었다. 반성문을 쓰고 있자니 새삼 중현이 자식을 향한 분노가 뭉글뭉글 피어올랐다. 너 기다려라. 한 번 더 발라 줄 테니까. 나는 손가락 마디를 우두둑 꺾었다. 코뼈 부러진 정도 갖고 정학을 먹인 담임도 재수 없기는 마찬가지였다. 설사 우리들이 화장실에서 담배를 나눠 피우다 걸린 전과가 몇 번 있었다 해도 이건 너무 심한 처분이었다.

담임한테 반성문을 전송하고 다시 몬스터 사냥을 시작했다. 구질구질한 마음을 씻어 내는 데 게임만 한 게 있을까.

출출해져서 자판 두드리던 손을 멈췄다. 부엌으로 가면서 보니 엄마가 방문을 활짝 연 채 가방을 싸고 있었다. 못 본 척 고개를 돌렸다. 붙박이 벽장 앞에서 컵라면이 좋을까, 사발면이 좋을까, 잠시 고민했다. 밤을 새우려면 배가 든든해야겠지? 사발면을 꺼냈다.

"갔다 올게."

다음 날 아침, 엄마가 내 방문을 열고 말했다. 하지만 나는 컴퓨터 화면에서 눈을 떼지 않았다. 현관문이 쿵, 닫히는 소리를 들었을 때에야 용돈이 떨어진 게 생각났다. 아아, 젠장.

엄마가 나간 후에 도저히 졸음을 참을 수 없어 침대로 기어들어 갔다. 휴대폰 벨 소리에 깨어나 보니 오후 세 시가 넘어 있었다. 몽롱한 정신으로 전화를 받았다.

"당구장이야. 중요한 의논 있으니까 나와."

상후는 일방적으로 전화를 끊었다.

'짜식, 왜 명령조야.'

불쾌한 생각이 들었다. 올봄, 고등학교에 올라와 상후와 가까워지던 때가 생각났다.

상후는 주먹이 세고 허우대가 좋았다. 같이 다니면 나까지 뽀대가 나는 것 같아 으쓱해졌다. 녀석은 내가 담임 수업 시간에도 '전혀' 상관 않고 초지일관 엎어져 자는 모습이 소신 있어 보여 끌렸노라고 했다. '수업 시간엔 자야 제맛이지.' 난 구태여 수업 내용을 알아들을 수 없어서 잔 것뿐이라고 털어놓진 않았다. 중현이와 민기가 연이어 우리 무리에 들어왔다. 초대박 쫄쫄이로 줄여 입은 교복 바지, 탈색 흔적이 남아 있는 머리, 중현이는 첫눈에 봐도 쌩 날라리였다. 민기는 작지만 다부졌다. 우리는 이른바 잘나가는 패거리가 되었다. 하루하루가 상큼 달달했다. 아무것도 거칠 게 없었다.

그날, 우리는 여름 방학이 끝난 기념으로 나이트를 가기로 했다. 각자 가진 돈을 털어 보니 제대로 놀려면 부족할 것 같았다. 삥을 뜯자는 말이 나왔다. 값나가는 가방에 운동화, 비리비리해 보이는 중딩 하나를 발견하고 뒤를 쫓았다. 녀석이 돈이 없다고 버티자 상후가 바지 주머니에서 커터 칼을 뽑아 들었다.

"얼마나 잘 드는지 보여 줘?"

상후는 중딩 녀석을 벽으로 몰아붙였다. 가슴에서 둥둥 북소리가 났다. 다리가 저절로 후들거렸다. 민기는 태연히 웃으며 중딩이 움직이지 못하게 꽉 붙들었다. 날카로운 칼끝에 중딩 녀석의 교복 단추가 톡톡 떨어져 나갔다. 그때 중현이와 눈이 마주쳤다. 녀석은 질린 듯 얼굴에 핏기가 없었다. 나는 겁쟁이가 되기 싫었다. 상후와 민기를 쫓아 킬킬 웃는 시늉을 했다. 중딩 녀석이 질질 짜며 학원비 봉투를 내 놓았다. 뜻밖의 수확이었다. 중딩을 보낸 뒤 돌아보니 중현이가 없었다.

그 일 이후 중현이는 우리를 피했다. 어느 날 우리는 녀석을 운동장 구석으로 데려가 에워쌌다.

"나, 너희랑 안 맞는 거 같다."

녀석은 결심한 듯 우리를 건너다보며 입을 열었다. 그래도 한땐 '우리'였는데, 녀석은 이제 '너희'라며 우리를 마치 송충이 보듯 했다. 기분이 더러워졌다. 그날 방과 후에 우리는 중현이를 학교 근처 빌라의 지하 주차장으로 끌고 갔다. 그곳은 우리가 가끔 숨어서 담배를 피던 곳이었다. 녀석은 각오하고 있었는지 그다지 저항하지 않았다. 속이 더 뒤틀렸다. 코로 입으로 피를 질질 흘리는 녀석을 보면서도 우리는 주먹질과 발길질을 멈추지 않았다.

한참 동안 그러고 있는데 누군가 층계를 내려오는 소리가 났다. 뒤이어 휴대폰 카메라로 사진을 찍는 소리도 들렸다. 보통 우리가 몰려서서 담배를 피우면 사람들은 눈이 마주칠세라 피하기 바빴는데, 그 뽀글머리 아줌마는 달랐다. 우리들로서도 중현이로서도 불운한 일이었다. 그 아줌마만 끼어들지 않았으면 우리는 그곳에 녀석을 팽개쳐 둔 채 영화라도 보러 갔을 것이고, 중현이는 집에다 층계에서 굴렀다고 하면 그만이었을 테니까. 우리는 꼼짝없이 걸려들었다. 무기정학이었다.

문을 열자 담배 연기가 자욱했다. 당구장 안은 사람들이 내는 말소리와 당구공끼리 통통 부딪치는 소리로 시끄러웠다. 두리번거리고 있었더니 민기가 손을 흔들었다. 함께 무기정학을 당한 지 사흘째. 휴가라도 온 듯 여유 있게 당구를 치고 있는 상후와 민기, 두 녀석을 보자 풀썩 웃음이 나왔다. 나는 샌들을 끌며 건들건들 그쪽으로 향했다.

상후가 말한 중요한 의논이란 오토바이 날치기에 대한 것이었다.

"우리들은 그냥 오토바이를 빼앗기만 하면 돼. 나머진 그 형이 처리할 거야."

상후는 몹시 흥분해 있었다.

"뺏긴 자식들이 경찰에 신고하면 어쩔 건데?"

내가 묻자 상후는 느물대며 웃었다.

"문제없어. 면허 없는 놈들 꺼만 뺏을 거니까."

민기는 그 선배를 믿을 수 있는지 불안해했다.

"걱정 마. 의리 하나는 끝내주는 형이니까. 너희 날 그렇게 못 믿어?"

상후는 인상을 팍 썼다. 그 일을 제안한 건 상후 중학교 선배였는데 나도 한두 번 얼굴을 본 적은 있었다. 그는 폭행과 도벽으로 경찰서에도 몇 번 드나들었고 작년에 학교도 때려치운 모양이었다.

"야, 이건호! 너도 같이 하는 거지?"

민기는 이미 마음을 정한 듯했다. 담임은 우리가 정학을 맞던 날 협박하듯 말했다. "너희 다음에 또 걸리면 퇴학이야!" 눈앞에 폼 나는 불량과 살벌한 폭력을 가르는 선이 보이는 듯했다. 나는 알 수가 없었다. 내가 그 선을 넘기 원하는지, 어떤지.

그때 왜 갑자기 중현이 눈빛이 떠올랐을까. 주먹질과 발길질을 이

악물고 참아 내던 녀석의 눈빛! 먹구름이라도 낀 듯 마음이 찌뿌드
드해졌다.

한 판 정도는 이길 줄 알았는데 내리 세 판을 졌다. 우리가 내기 당
구를 하는 동안 상후가 데려온 계집애는 생글생글 웃으면서 감자 칩,
조미 오징어, 캔 음료 따위를 쉬지 않고 먹어 댔다. 우리가 시켜 먹은
자장면 값까지 합쳐서 4만 원이 넘었다. 상후와 민기도 돈이 없다고
잡아뗐고 외상도 안 통했다. 혹시 가게에 가면 돈이 있지 않을까!

터덜터덜 가게로 갔다. 불빛이 환한 꽃집과 약국 사이에서 엄마 가
게만 불이 꺼져 있었다. 스산해 보였다. 엄마와 내 생일을 조합해 만
든 비밀번호를 눌러 도어록을 열었다.

조리대 위에 깨끗이 씻어 놓은 믹서 두 대, 하얗게 빨아 널어놓은
행주, 반들반들 윤이 나는 마룻바닥, 가게 안은 말끔히 정리돼 있었
다. 지난밤 구석구석 대청소라도 한 모양이었다.

금고엔 한 푼도 들어 있지 않았다. 투덜거리며 돌아서는데 카운터
테이블 위에 노트가 보였다. 집어 들자 뭔가가 툭 떨어졌다. 현금 카
드와 메모지였다. 그럼 그렇지! 카드를 만지작거리며 메모를 읽어 내
려갔다.

사과하고 바나나가 거의 다 떨어졌어. 장 좀 봐. 카드는 꼭 시장 볼 때만
써. 노트에 주스 레시피 정리해 뒀어. 주스마다 들어가는 재료나 양이 다른
거 알지? 날마다 폐점 전에 매출 장부 정리하는 거 잊지 말고. 임금은 시간
당 3천 원. 오케이? 참, 주스 만들기 전에 꼭 손 빡빡 씻기다?

시급 3천 원? 엄마가 아니고 마녀라니까. 나는 메모지를 구겨 던졌다. 달랑 현금 카드 한 장 남기고 떠나면서 다른 용도로는 사용하지 말라고? 일을 안 하면 용돈은 없다는 거지. 중학교 땐 정 용돈이 아쉬우면 가게에 나와 카운터 일을 돕기도 했다. 하지만 이젠 그때 그 호락호락하던 내가 아니었다.

잔고가 얼마나 되는지 확인부터 하고 싶었다. 엄마 가게를 나와 병원 내에 있는 편의점으로 갔다. 현금 지급기에 카드를 밀어 넣고 있을 때였다.

"혹시 '불량한 주스 가게' 사장님 아들?"

토마토 주스 병을 들고 계산대 앞에 있던 간호사 하나가 기웃거리며 다가왔다. 말을 거는 게 성가셔서 퉁명스레 대답했다.

"네, 그런데요."

"맞구나! 전에 본 적 있어요. 나 거기 주스 중독이거든. 휴, 사장님 퇴원할 때까진 참아야지 뭐. 또 봐요."

'이윤선'이라고 쓰인 이름표를 단 간호사는 손을 흔들어 보이고 돌아섰다. '퇴원'이라니? 내가 잘못 들었나. 그런데 엄마가 여행을 어디로 간다고 했더라? 멍 때리고 서 있었더니 현금 지급기가 제한 시간이 지났다고 경고음을 냈다.

편의점을 나와 간호사실까지 오십 미터도 안 되는 거리가 천 리처럼 느껴졌다.

"결석이 작으면 수술 안 하고도 치료가 가능한데, 학생 어머니는 좀 큰가 봐. 수술이 내일로 잡혀 있네."

수술? 머릿속이 하얗게 비는 것 같았다. 이윤선 간호사가 내민 메모를 받으며 멍하니 되물었다.

"수술이라고요?"

"심각한 수술은 아니야."

그 목소리가 아득하게 들렸다. 3년 전, 아빠 수술을 앞두고도 병원에선 간단한 수술이라고 했었다. 그러나 아빠는 수술 후 의식을 회복하지 못했다. 특이 체질이라고 했다.

처음엔 아빠가 죽었다는 게 믿기지 않았다. 지금도 가끔 실감이 안 난다. 특이 체질이라니. 아빠는 왜 그리 운이 없었을까? 왜 우리 가족만 그런 일을 당해야 했던 거지? 억울하고 분했던 기억이 되살아났다. 뭔가가 가슴을 무겁게 짓누르는 것 같았다.

책상 위 전화기가 울렸다. 나는 목례를 하고 간호사실을 나왔다. 아빠 수술 때는 엄마가 수술 동의서에 사인을 했다. 엄마 수술 동의서엔 누가 사인을 했을까? 조용한 복도에 내 샌들 끌리는 소리가 크게 울렸다.

창턱에 놓인 군청색 여행 가방 덕분에 엄마 자리를 금세 찾았다. 엄마는 똑바로 누워 눈을 감고 있었다. 4인용 병실 안은 면회 온 사람들과 간병인들로 북적였다. 엄마 곁에도 간병인으로 보이는 아줌마가 텔레비전에 정신이 팔린 채 앉아 있었다.

나는 병실 앞에서 머뭇거렸다. 엄마한테 가야 할지 말아야 할지 판단이 안 섰다. 돌아서며 생각했다. 엄마가 먼저 거짓말을 했으니 나도 모르는 척해 주겠어. 그게 서로에게 공평한 거야.

병원을 나오기 전에 다시 간호사실을 찾았다.

"엄마한테 내가 알게 된 걸 알리지 말아 주세요."

이윤선 간호사는 우리 모자가 콩가루 사이임을 눈치챘는지 어색한 미소를 날리며 말했다.

"휴대폰 번호 알려 주고 가요. 혹시 모르니까."

문득 정신을 차리고 보니 횡단보도 신호등의 파란 불이 깜박이고 있었다. 중간도 못 가서 불이 바뀌었지만 나는 서두르고 싶지 않았다. 택시 한 대가 빵빵대며 나를 피해 갔다. 멈칫, 뒤로 물러섰다. 중앙선 위에 꼼짝없이 서 있게 됐다. 전조등을 밝힌 차들이 모두 내게로 달려드는 것 같았다. 기분이 거지 같았다. 여행 간다고 거짓말을 했으면 들키지나 말든지. 삼류 드라마 찍나? 줄지어 달려오는 불빛들을 눈이 아프도록 노려봤다. 문자가 오지 않았으면 두 눈이 잠자리 눈처럼 터져 버렸을지도 모른다.

언제까지 여기서 죽쳐야 되는 거야!

상후였다. 그제야 두 녀석이 당구장에서 기다리고 있는 게 생각났다.

알아서 해결해, 나중에 갚을게.

글자를 찍어 보내고 전원을 껐다.

밤늦게 외삼촌이 집으로 전화를 걸어 왔다.

"건호야, 별일 없지. 저녁은 먹었고?"

술을 마셨는지 혀 말린 소리였다. 삼촌은 다른 때와 달리 엄마 안부를 묻지 않았다.

"삼촌, 엄마 여행 갔어."

"……그래? 네가 이제 다 컸으니까 마음 놓고 여행을 갔구나. 자식 신통하다, 신통해……. 잘 자라. 또 전화할게."

삼촌은 목소리가 이상해지더니 서둘러 전화를 끊었다.

이른 새벽에 갈증이 나서 깼다. 모기가 있었는지 팔뚝 여기저기가 근질거렸다. 목이 쓰리도록 진한 오렌지 주스, 엄마가 만들어 주던 그 맛이 그리웠다.

집을 나와 터벅터벅 걷다 보니 가게 앞이었다. 컴컴한 가게 안에는 과일 냄새가 떠돌고 있었다. 냉장 진열장도 살아 있음을 과시라도 하듯 모터 돌아가는 소리가 요란했다. 딸깍, 스위치를 올렸다. 눈에 들어오는 익숙한 풍경이 왠지 낯설게 느껴져서 한참을 꼼짝 않고 서 있었다.

아빠가 갑자기 죽은 뒤, 엄마는 살던 아파트를 팔았다. 그리고 이곳에 주스 전문점을 냈다. 가게는 아주 작았다. 카운터 앞에 의자가 세 개, 테이블도 일렬로 세 개뿐이었다.

냉장 진열장을 열었다. 손질된 과일들이 종류별로 밀폐 용기에 담겨 있었다. 처음엔 그저 오렌지 주스 한 잔만 만들 작정이었다. 그런데 시작을 하고 보니 멈춰지지 않았다. 오렌지, 딸기, 바나나, 토마토,

키위, 파인애플…….

믹서에 과일 조각을 넣는다. 레시피에 적힌 대로 거기에 물 조금, 우유와 시럽 약간, 그리고 얼음을 넣은 뒤 뚜껑을 덮고 스위치를 누른다. 그러면 위이이잉 소리가 나며 내용물이 갈리기 시작한다. 그저 기다리면 된다. 노트엔 식감을 위해 알갱이가 약간은 씹히게 갈아야 한다고 적혀 있었다. 하지만 난, 넋 놓은 채 있다가 번번이 정지 버튼 누르는 시점을 놓쳤다.

만든 주스들을 조리대 위에 일렬로 늘어놨다. 시간은 아직 오전 아홉 시. 가게를 여는 시간은 두 시간이, 엄마 수술 시간까지는 세 시간 삼십 분이 남았다. 나는 그 주스들을 무슨 의식이라도 치르듯이 한 잔, 한 잔 마셨다. 달리 할 수 있는 일이 없었다. 딸기 주스도 바나나 주스도 엄마가 만들어 주던 맛이 아니었다. 시럽이나 우유가 지나치게 많거나 아니면 적게 들어갔고, 너무 묽거나 진했다.

첫 손님, 그러니까 자기들 마음대로 가게 문을 밀고 들어선 건 삼십 대 중반의 남녀 한 쌍이었다. 남자는 사과 주스를, 여자는 파인애플 주스를 주문했다. 테이크아웃이었다. 잔뜩 얼굴을 구긴 채 꾸물꾸물 주스를 만들어 냈더니, 두 사람은 기분 나쁜 표정으로 돈을 지불하고 서둘러 가게를 나갔다.

얼른 여기를 떠야 해. 서둘러 조리대 위를 치우고 있는데 또 손님이 들이닥쳤다.

그게 끝이 아니었다. 레시피 노트를 이리저리 뒤적여야 했고 속으로 으아아악! 비명을 질러 대야 했다. 믹서에 넣다가 떨어뜨린 과일

을 밟아 찍 미끄러지고, 시럽을 치다가 엎지르고……. 뒤죽박죽 엉망
진창이었다.

엄마가 수술대 위에 누워 있는 광경을 떠올리면 심장이 호두처럼
쪼글쪼글해지는 것 같았다.

"가게 안이 좀 덥네."

한 손님이 투덜댔다. 그제야 에어컨을 켜지 않았다는 걸 깨달았다.
하지만 그 순간에도 나는 엄마 생각에 뼛속까지 떨고 있었다. 그래도
시간은 흘러갔다. 정신없도록 빨리.

오후 세 시가 조금 넘어 이윤선 간호사가 문자를 보내왔다. 엄마가
마취에서 깨어나 방금 회복실로 옮겨졌다고. 긴장이 풀렸다. 나쁜 꿈
에서 깨어난 것 같았다.

선생님, 저희가 중현이를 때린 건 중현이가 우리를 배신했기 때문입니다. 아
니, 배신했다고 생각했기 때문입니다……. 저는 중현이가 우리한테 맞을 때, 빌
거나 사정하지 않는 걸 보고 많이 놀랐습니다. 싫은 걸 싫다고 말할 수 있는 그
용기가 조금은 부럽기도 했습니다.

손님이 뜸해진 시간에 엄마 노트북으로 반성문을 썼다. 좀체 진도
가 안 나갔다. 몇 시간째 A4 용지 반 장 분량도 못 채우고 썼다가 지
우기를 반복하고 있었다.

휴대폰 알람 소리에 눈을 떴다. 집을 나설 때 어스름하던 하늘이

청과물 시장에 도착했을 땐 환하게 밝아 있었다.

새벽 시장은 거대한 생명체 같았다. 과일을 싣고 나르고 흥정하는 사람들 속을 뚫으며 걷자니 눈가에 달려 있던 졸음이 싹 달아났다.

이쪽저쪽 기웃거리며 걷다가 마주 오던 사람과 쿵 부딪쳤다.

"죄송합니다!"

그 사람의 어깨에서 미끄러져 내리는 사과 상자를 받쳐 주던 나는 깜짝 놀랐다. 근육질의 팔뚝이 오일을 바른 듯 번들거려서 청년인 줄 알았는데 노인이었다. 땀이 뚝뚝 흘러내리는 이마엔 주름이 자글거렸다.

할아버지가 박스를 풀어 진열한 사과들 중엔 빨갛고 윤기 도는 건 없었다. 하나같이 병자 얼굴처럼 거칠고 누르퉁퉁했다. 모두 불량품 같았다. 괜히 저 할아버지를 쫓아 작고 허름한 가게로 들어와 버렸구나, 후회가 밀려왔다. 이것저것 들었다 놨다 하고 있었더니 밖을 내다보던 할아버지가 담배를 끄고 다가왔다.

"걷만 그럴싸하다고 좋은 게 아냐. 오히려 그런 놈들이 맛은 형편 없는 경우가 많거든."

할아버지가 사과를 한 알 골라 내밀었다. 그중 볼품없어 보이는 놈이었다. 한 입 베어 물었다. 아삭하고 즙이 많았다. 달콤하고 부드러운 맛이 배어 나와 혀 돌기 사이사이로 스며들었다. 짱 맛있어요! 나는 엄지를 세워 보였다. 할아버지도 금니가 보이게 웃으며 엄지를 세웠다.

장을 본 후에 택시로 돌아오면서 상후한테 문자를 보냈다.

오늘 만나자. 될 수 있으면 11시 이전에.

곧바로 상후한테서 응답이 왔다. 피시방에 있으니 그리로 오라고. 과일들을 가게에 내려놓고 피시방으로 갔다.

상후는 눈이 게게 풀린 채 연신 하품을 했다. 또 피시방에서 밤을 새운 모양이었다. 함께 있다던 민기는 화장실에라도 갔는지 안 보였다. 나는 4만 원을 나무젓가락이 꽂힌 컵라면 그릇 옆에 툭 떨어뜨렸다. 하루 반나절 치 알바 임금이었다. 상후는 날 옆자리에 끌어 앉히더니 오토바이 날치기 얘기를 꺼냈다.

"한 사람은 망보고 둘이서 오토바이를 빼앗기로 했어."

"……난 빠질래."

상후가 왜냐고 물었다. 말문이 막혔다. 우리들은 주변의 건방진 놈들을 어떻게 제압해 왔는지, 꼴통 교사들을 어떤 식으로 속이고 무시해 줬는지 살을 붙여 떠벌리며 많은 시간을 보냈다. 하지만 집안 사정이나 가족 얘기는 서로 털어놓은 적이 없었다. 꿈이나 미래 계획 같은 건 더더욱. 내가 오늘 새벽에 청과물 시장에 갔었고, 거기서 심장으로 따뜻한 피가 스며들어 오는 느낌을 받았다고 하면 상후는 어떤 얼굴을 할까. 아마 그럴 것이다. 미친놈, 너 맛이 갔구나.

"너도 우리랑 깨지고 싶어?"

고개를 돌리니 민기가 웃음기 없는 얼굴로 서 있었다. 중현이 입가에 토마토 주스처럼 흘러내리던 피가 떠올랐다.

"됐어. 맘대로 해. 대신 너랑은 이제 좋이다."

상후 말투는 차가웠다.

"다음에 우리 만나거든 알아서 기는 게 좋을 거다."

민기가 확인 사살을 날렸다. 나는 몸을 일으켰다. 가게를 열기 전에 아침에 장 본 과일들을 손질하려면 서둘러야 했다.

외상을 요구하는 깍두기 아저씨들, 메뉴에도 없는 코코넛 주스 같은 걸 찾는 명품족 아줌마들……. 그런 손님들이 날 열 받게 했다. 다행히 진상 손님은 어쩌다 가끔이었지만. 며칠이 지났건만 주스 만드는 실력은 늘지가 않았다. 방심하고 있다 보면 학생 같은데 왜 학교에 안 가고 여기서 일을 하느냐, 꼬치꼬치 쓸데없는 호기심을 남발하는 사람들도 있었다. 그럴 때면 불량한 눈빛으로 째려 줬다. 찔끔해서 돌아 나갈 때까지.

"여기 사장님 아프시다던데 수술은 잘 받으셨나?"

괜히 오지랖 넓게 알은척을 하는 병원 직원들한테는, 쌩을 까 주었다.

"사장님, 여행 가셨는데요."

가끔 이윤선 간호사가 오면, 주문한 주스에 캡을 씌우기 전에 알록달록한 토핑 가루를 아낌없이 뿌려 줬다.

엄마가 병원에 입원한 지 일주일째 되는 날에는 비가 왔다. 비가 내리는 날은 손님이 뜸하다. 빗방울이 끊임없이 유리벽 위로 흘러내린다. 꼭 물방울 커튼이 드리워진 것 같다. 게임이나 할까, 휴대폰 폴더를 열었다.

그와 동시에 유리문을 밀고 들어온 사람은 검은 상복 차림의 할머니였다. 1층 후문에 장례식장이 있어서 가끔 조문객들이 오긴 했지만 유족은 처음이었다. 할머니는 빗물이 뚝뚝 떨어지는 우산을 우산꽂이에 꽂고 카운터로 다가왔다.

"뭐로 드릴까요?"

할머니는 하얗게 센 머리카락을 쓸어 올리며 메뉴를 살폈다.

"글쎄······. 종류가 너무 많아서."

"신종 플루 예방되는 키위 주스로 드릴게요."

키위가 그 전염병을 예방하는지는 확실치 않았다. 언젠가 엄마가 손님한테 그렇게 말하는 걸 들었을 뿐이었다.

적당히 익어 몰캉몰캉한 키위 조각을 믹서에 넣고 있을 때였다. 창가 자리에 앉아 바깥 풍경을 내다보던 할머니가 불쑥 입을 열었다.

"눈물이 안 나와."

혼잣말인 줄 알았다. 묵묵히 믹서에 시럽을 치고 뚜껑을 닫았다.

"독한 할망구라고 남들이 쑥덕대는 거 같아 바늘방석이야."

"돌아가신 분이랑 사이 안 좋으셨어요?"

계속 잠자코 있기 뭐해 말을 받았다.

"그 영감탱이가 속을 어지간히 썩였지. 내 속에 이 창자가 다 문드러졌을 거야. 여태 살아 있는 게 용하다니까. 이따가 화장터에서도 눈물 한 방울 안 나올까 봐 걱정이야."

할머니는 손에 쥔 손수건을 조몰락대며 한숨을 쉬었다. 아빠의 유해가 화장장 불 속으로 들어가던 때가 생각이 났다. 엄마는 몸부림을 치며 울었다. 하지만 나는 울지 않았다.

"먼저, 화풀이부터 하세요."

나는 컵 받침 위에 키위 주스가 담긴 유리잔을 올려놓았다.

"화풀이?"

"할아버지 앞에서 그동안 열 받았던 일을 다 따지는 거예요. 옆에 누가 있든 말든 안면 까고 욕도 막 해 주시고요. 그러고 나면 혹시 눈물이 나올지도 모르잖아요."

"거참 고약한 주스 가겔세……."

할머니는 검은 씨앗들이 둥둥 떠 있는 초록색 키위 주스를 벌컥벌컥 들이켰다. 주스를 다 마신 할머니는 테이블 위에 지폐를 올려놓고 기운차게 일어섰다.

"잘 마셨어."

문손잡이를 잡은 채 할머니는 씩 웃었다. 우산을 쓴 할머니가 유리 칸막이 밖으로 멀어지는 걸 지켜보다가 중얼거렸다.

"여긴 불량한 주스 가게거든요."

고딩 서너 명이 시시덕거리며 지나갔다. 쫄딱 젖은 채 우산도 없이. 나는 왜 장례식장에서도 울지 않고 멀뚱멀뚱 서 있기만 했을까. 바보같이, 한심하게. 아빠는 내 속을 썩이지도 않았는데.

저녁 햇살이 가게 안으로 비쳐 드는 늦은 오후, 내가 가게를 맡은 지 열이틀 만에 엄마가 돌아왔다. 조금 핼쑥해진 얼굴로. 긴소매 블라우스로 가을 분위기를 풍기며.

엄마를 테이블 앞에 앉히고는 돌아서서 사과 주스를 만들었다.

"장사는 할 만하던?"

대꾸 없이 사과 주스를 테이블 위에 올려놓았다. 엄마는 그 주스를 마지막 한 방울까지 톡톡 털어서 마셨다.

"여행 어땠어?"

"응. 좋았어, 아주."

"자퇴하고 주스나 팔까? 학교 다녀 봤자, 어차피 변변한 대학도 못 갈 건데."

"학교를 대학 가려고 다녀? 지식도 쌓고 좋은 친구도 사귀려고 다니는 거지."

엄마한테서 그런 교양미 넘치는 말이 튀어나오다니! 결석 떼어 내면서 뇌 이식까지 했나. 실실 웃다 보니 상후와 민기 얼굴이 떠올랐다. 그 두 녀석에게 쥐 터져서 불량이 된 내 얼굴도 함께……. 웃음이 싹 가셨다.

"엄마, 왜 나한테 가게를 맡겼어? 내가 말아먹었으면 어쩌려고."

엄마는 한참 뜸을 들이다가 말했다.

"널 믿고 싶었어."

목 안쪽이 박하사탕이라도 문 듯 싸해 왔다. 억지로 말을 돌렸다.

"엄마도 이제 알바 써. 이왕이면 여대생으로. 면접은 내가 볼게."

엄마는 내 말을 들은 체도 하지 않았다.

"학교에선 연락 없어?"

"날마다 반성문 절절하게 써서 보내고 있는데 감감 무소식."

사실 난 깜깜 무소식인 편이 좋았다.

저는 강해지고 싶었습니다. 아빠가 안 계시다고 동정받거나 위로받는 건 싫었으니까요. 그래서 아빠가 돌아가셨을 때도 눈물을 참았습니다. …… 전 제가 강하고 멋지게 살고 있다고 생각했습니다. 하지만 착각이었어요. 전, 겉만 그럴싸하고 맛은 형편없는 불량 사과 같은 놈이었습니다.

앞으로도 잘 해낼 자신이 없습니다. 새로운 친구들을 사귀는 것도, 선생님들께 고분고분해지는 것도……. 과연 이런 제가 학교로 돌아갈 자격이 있을까요?

다음 날, 담임한테서 학교로 복귀하라는 연락을 받았다. 빡친다, 진짜!

소설 읽고 대화하기

자영 「불량한 주스 가게」 어땠어?

서영 재미있었어. 제목만 봤을 때는 본격 '날라리' 이야기인 줄 알았는데, 꽤 괜찮았어.

은수 나도 흥미로웠어. 주인공 건호가 철드는 이야기.

세원 난 건호의 마음속 생각을 나타내는 표현들이 톡톡 튀고 웃겼어. 공감도 가고.

주영 나는 '노는 애'가 주인공인 발칙한 이야기라는 느낌이었어. 작가가 우리를 좀 안다는 느낌도 받았고.

자영 건호가 엄마의 수술과 새벽 시장에서 만난 할아버지의 말을 계기로 마음을 다잡고 날라리 친구와 어울리지 않기로 했잖아. 그걸 보고 마음이 찌릿해졌달까. 어떤 전율 같은 게 느껴졌어.

서영 엄마가 입원하면서 여행 간다고 거짓말을 했는데, 건호가 알고도 내색을 안 하는 장면 있잖아? "엄마가 먼저 거짓말을 했으니 나도 모르는 척해 주겠어."라며 그것이 서로에게 공평한 거라고 한 대목이 썩 마음에 들었어.

은지 좀 멋지긴 했어. 그런데 나라면 그렇게 심각한 거짓말을 모른 체할 수 있을까 싶기는 해.

주영 난 엄마가 수술받으러 가면서 건호한테 여행 간다고 거짓말한 게 마음에 걸려.

서영 사실을 말했어도 아들 성격상 크게 놀랄 것 같지도 않고, 오히려 책임감을 느끼고 주스 가게 일을 더 열심히 했을 것 같지 않아?

민홍 내 생각은 좀 달라. 엄마 처지에서는 자식이 놀랄까 봐 걱정스러운 마음이 들지 않을까?

자영 아빠가 작은 수술인데도 마취에서 깨어나지 못해 돌아가셨잖아. 그것 때문에 수술 자체를 두려워할 수도 있어. 엄마도 못 깨어날까 봐.

세원 맞아. 아빠가 특이 체질이어서 돌아가셨잖아. 운이 나빠서. 담석이 큰 병은 아니지만 아들 처지에서는 엄마까지 죽을까 봐 두려울 것 같아. 엄마는 아들을 배려해서 일부러 거짓말한 거라고 생각해.

민홍 제목이 '불량한 주스 가게'잖아. 건호 엄마가 하는 주스 가게 이름이기도 하고. 작가는 왜 가게 이름을 '불량한' 주스 가게로 했을까?

은수 건호가 엄마한테 가게 이름에 대해 물어봤을 때, 엄마가 "불량이라는 말이 자꾸 친근하게 느껴져서" 그랬다고 말했어.

주영 아들인 건호가 불량하니까, 그 간판을 보고 정신 차리라고 한 것 아닐까? 엄마가 그 질문을 듣고 "묘한 얼굴로 빙글거리던" 것도 그렇고.

자영   내 의견은 달라. 청과물 시장에서 만난 할아버지가 "겉만 그럴싸하다고 좋은 게 아냐. 오히려 그런 놈들이 맛은 형편없는 경우가 많거든."이라고 한 말이 마음에 남아.

주영   엄마가 청과물 시장 할아버지와 같은 생각을 했다고?

자영   그러니까 할아버지와 엄마가 살아오면서 깨달은 게 똑같다는 거지.

숙희샘   온실에서 곱게 키운 과일보다 노지에서 키운 유기농 과일들이 모양은 못생겨도 맛과 영양은 훨씬 좋은 경우가 많아요. 그리고 벌레들은 본능적으로 맛있는 열매를 먼저 먹는데, 벌레 먹은 과일은 상품성은 떨어져도 당도는 무척 높아요. 자연의 이치죠.

자영   끝 부분에서도 가게 이름을 언급하는 내용이 나와. 할아버지 장례식에 온 할머니랑 대화할 때.

주영   아, 맞아. 할아버지 장례식 때 눈물이 안 나올까 걱정이라고 했던 할머니.

민홍   그동안 할아버지한테 열 받았던 일 다 따지고 옆에 누가 있든 욕도 막 하고 그러라는 건호의 말에 할머니가 '고약한' 주스 가게라고 하니까, 건호가 여긴 '불량한' 주스 가게라고 하는 장면 말이지.

자영   나는 그 장면 공감되더라.

세원   슬픈 것 같으면서도 은근 웃겼어. 속이 시원해지기도 했고.

서영   음, 그렇다면 인생을 사는 데서 좀 불량해 보여도 자기 감정에 충실한 게 좋다거나, 겉으로 그럴듯하게 보이는 것보다 자신에게 솔직한 것이 좋다는 뜻 아닐까?

자영 그래, 어쩌면 그게 더 건강한 것 아닐까? 참기만 하고 병이 되는 것보다.

세원 결국 겉으로 멀쩡해 보이는 모범생보다 적당히 불량해야 인생을 제대로 배울 수 있다는 말인가?

주영 이런 게 바로 국어 시간에 배운 '역설'인가?

숙희샘 기특한걸! 역설은 말이 안 되는 것 같아도 깊이 생각해 보면 진리를 담고 있지.

자영 궁금한 게 있어. 주인공 건호가 새벽 청과물 시장에서 느낀 것, 즉 "심장으로 따뜻한 피가 스며들어 오는 느낌"은 과연 어떤 걸까? 이 표현 꽤 마음에 들었는데, 그런 느낌은 어떤 상황에서 느낄 수 있을까?

은지 감동했을 때, 뭔가 뜨거운 것이 차오르는 느낌 아닐까.

자영 그에 더해 몸으로 느껴지는 깊은 깨달음을 표현한 것 같아.

민홍 뭔가 좋은 느낌이고, 멋진 표현인 것만은 분명해.

세원 "엄마가 수술대 위에 누워 있는 광경을 떠올리면 심장이 호두처럼 쪼글쪼글해지는 것 같았다."는 표현도 있었어.

서영 "심장으로 따뜻한 피가 스며들어 오는 느낌"과는 반대일 것 같아. 작가만의 개성 있는 표현이라고 생각해.

세원 불안했다는 직설적인 표현보다 훨씬 멋지면서 느낌이 상상되어 좋았어.

민홍 참. 엄마가 병원에서 돌아온 뒤에 건호가 "왜 나한테 가게를 맡겼어? 내가 말아먹었으면 어쩌려고."라고 했는데, 엄마가 "널 믿고 싶었어."라고 대답했던 장면 기억나? 그때도 그런 표현이 나와. "목 안쪽이 박하사탕이라도 문 듯 싸해 왔다."

주영 엄청나게 신 느낌인가?

세원 자극을 받아서 시원한 느낌 아니야?

은수 난 박하사탕 먹으면 뻥 뚫리는 느낌이 나던걸. 건호도 그러지 않았을까?

서영 일단은 감동받아서 쩡한 느낌이라고 생각해. 엄마에게 미안한 마음과 고마운 마음, 그리고 자기를 믿어 준다는 것에 감동을 느끼는 복합적인 마음을 표현한 게 아닐까 해.

민홍 오, 그럴듯한데. 어쨌든 작품 속의 그런 표현들이 참신하고 재미있었어.

서영 이 작품이 재미있는 건 스토리뿐 아니라 그런 표현 덕분이기도 해.

숙희샘 자기 마음이나 감정에서 분명히 뭔가 변화가 생겼는데도 우리는 그걸 모를 때가 많아요. 그런데 신기한 건, 머리는 모르는 걸 몸은 바로 안다는 거죠. 감수성이 예민하고 언어 감각이 발달한 작가가 그런 느낌을 잘 포착해서 멋지게 표현해 낸 거예요.

민홍 아, 또 궁금한 게 있어. 아빠가 돌아가셨을 때 엄마는 옆에서 엄청 울었다고 하고, 자기는 멀뚱멀뚱 서 있었다고 했잖아. 아마도 좀 옛날에 돌아가신 것 같은데, 어린애라면 죽음을 이해하지 못할 수도 있겠다는 생각도 들어. 그렇지만 주인공이 아주 어린 건 아니잖아. 아빠와 지낸 추억도 있고 자연스레 눈물이 날 텐데, 왜 울지 않았을까?

자영 건호 반성문을 보면, "아빠가 안 계시다고 동정받거나 위로받는 건 싫었으니까요. 그래서 아빠가 돌아가셨을 때도 눈물을 참았습니다."라고 하잖아. 동정받는 게 싫었던 거지.

은지 그렇지만 "처음엔 아빠가 죽었다는 게 믿기지 않았다. 지금도 가 끔 실감이 안 난다."라는 대목도 있어. 말 그대로 실감이 나지 않은 것 일 수도 있어.

세원 '남자니까 강해야 한다.'는 생각도 없진 않았겠지.

주영 그런데 건호는 왜 노는 애들이랑 친해진 걸까?

자영 그냥 겉멋 들어서 빠진 거 아닐까?

세원 생각하기에 따라서는 아빠의 빈자리를 느껴 방황했다고 할 수도 있겠지만, 그냥 자기가 놓인 현실을 피하고 싶었던 건 아닐까?

민홍 이런 대목이 있어. "폼 나는 불량과 살벌한 폭력을 가르는 선이 보이는 듯했다. 나는 알 수가 없었다. 내가 그 선을 넘기 원하는지, 어떤지." 그러니까 그냥 폼 잡고 싶어서 노는 애들이랑 친해진 것 같아. 그런데 그 선을 넘어서니까 무리에서 빠지기로 한 거고.

자영 친구가 나쁜 짓을 같이 하자고 했을 때, 건호가 무리에서 빠진 중 현이 눈빛을 떠올렸잖아. 왜 중현이 눈빛이 떠오르면서 마음이 찌뿌드 드해졌을까?

서영 중현이가 내심 부러웠던 것 아닐까? 자기 마음을 걔네들한테 솔 직하게 말하고 나갈 수 있었다는 사실이.

민홍 맞아. 두려움을 극복하고 혼자 나가는 용기가 부러웠을 거야. "저 는 중현이가 우리한테 맞을 때, 빌거나 사정하지 않는 걸 보고 많이 놀 랐습니다. 싫은 걸 싫다고 말할 수 있는 그 용기가 조금은 부럽기도 했 습니다."라고 했잖아.

서영 좀 다른 얘기인지 모르겠는데, 앞부분에는 상후랑 민기랑 건호랑, 전에는 중현이도 어쨌든 이렇게 친구라고 했잖아. 정말 그렇게 보이기도 했고. 근데 겉만 친구지 진짜 친구가 아닌 것 같아. 학교에서 같이 날라리 짓 하고 같이 사고 치고 했는데도. 이런 내용이 있어. "집안 사정이나 가족 얘기는 서로 털어놓은 적이 없었다. 꿈이나 미래 계획 같은 것은 더더욱." 이게 말이 되니?

세원 남자애들은 대체로 세세한 얘기를 잘 안 하지만, 결정적인 순간에 보이는 태도를 보면 얘네는 친구가 아니었던 것 같아. 나쁜 짓 같이하는 동업자 수준이 아닐까 해.

자영 동업자도 미래나 계획 같은 것은 말하는데, 그냥 자기 일을 하는 데 쓰는 도구 같아. 인간 도구.

서영 그리고 빠진다고 할 때, "됐어. 맘대로 해. 대신 너랑은 이제 끝이다.", "다음에 우리 만나거든 알아서 기는 게 좋을 거다."라고 하잖아. 이렇게 바로 얼굴을 굳히면서 말하는 게 위협적이었어. 친구라면 그런 말 할 수 있을까? 친구라고 생각해 본 적이 없는 것 같아.

민홍 반성문이라는 소재도 재미있어. 처음에는 반성문 쓰는 얕은 수를 익혀서 착해 보이게끔 썼는데, 마지막에 할아버지 말도 듣고 할머니와 얘기도 하고 그러면서 점점 자기 진심을 얘기하기 시작하잖아. 그게 건호가 철이 들었다는 걸 잘 보여 준 것 같아.

자영 마지막에 건호가 담임에게 쓴 반성문에서 "전, 겉만 그럴싸하고 맛은 형편없는 불량 사과 같은 놈이었습니다."라는 대목은 내 얘기 같았어. 솔직히 청소년이라면 나 같은 평범한 아이들도 느낄 수 있는 심리라고 생각해.

은수 주인공뿐만 아니라 우리도 불량 사과일 수 있다는 얘기지? 겉은 멀쩡하지만, 정말 속까지 멀쩡한지 살펴볼 필요가 있을 것 같아.

은지 그런데 이 이야기가 현실적인 걸까? 특히 결말에서 건호가 반성문 마지막에 "앞으로도 잘 해낼 자신이 없습니다."라고 쓰고, 학교로 복귀하라는 연락을 받았을 때도 "빡친다, 진짜!"라고 한 걸 보면 건호가 학교에 복귀해서 잘 적응할지는 미지수인 것 같아.

주영 그 '빡친다'는 말은 공격적이기보다는 귀여운 느낌 아니었을까?

서영 나라도 다시 학교 가야 된다는 생각을 하면 짜증이 날 것 같긴 해.

은수 난 건호가 아직은 자신에게 솔직하지 못해서, 좋은데 좀 싫은 척을 한 것 같아.

은지 건호가 친구들이랑 관계 다 끊고 그랬으니까 이제 학교 가면 혼자일 거 아냐. 그래서 잘 지낼 수 있을지 궁금해.

세원 그래, 그 뒤가 더 궁금하네. 뒷이야기가 더 있으면 좋겠어.

주영 전개가 너무 빨라, 이 작품. 물론 그래서 재미있기도 했지만.

은지 반대로, 재미있어서 더 그렇게 느껴진 것일 수도 있지.

세원 학교에 가서 건호가 어떻게 변하게 될지도 자꾸 궁금해져.

숙희샘 '열린 결말'이어서 작위적이지 않고 더 흥미로운 것 아닐까요? 뒷이야기가 궁금하다는 것은 이야기로서 살아 있다는 의미일 수도 있고요.

지영 만약 내가 이 책을 재구성할 수 있는 기회가 있다면, 난 건호 말고 다른 친구의 처지에서 바라보는 것도 써 보고 싶어. 요즘 이금이 작가의 『벼랑』이라는 책을 재미있게 읽고 있는데, 거기에는 서로 연결되어 있는 인물들이 각기 다른 이야기의 주인공이야. 마치 한 이야기가 시점이 바뀌며 진행되는 것처럼 보여서 멋졌어.

은지   이런 책은 중고등학생 자녀를 둔 부모님들도 꼭 보면 좋겠어.

민홍   힘겹고 혼란스러운 사춘기를 이제 그만 끝내고 싶은 청춘들에게도 딱이야.

나는 이 소설을 성장통을 겪는 십 대뿐 아니라 십 대를 둔 부모님들께도 소개해 드리고 싶다. 어른들은 대부분 시간이 약이라고 하신다. 그렇지만 그 말은 우리에게 정말 설득력이 없는 말이다. 흔한 말일지 모르겠지만, 먼저 자녀의 입장에서 생각을 해 주셨으면 좋겠다. 지나친 개입보다 따뜻한 말 한 마디가 더 좋은 약이라는 것을 이 소설을 통해 알려 드리고 싶다. 마지막에 건호가 왜 자기한테 가게를 맡겼냐고 엄마에게 물어보는 장면이 있다. 엄마는 "널 믿고 싶었어."라고 말한다. 우리에게 필요한 것은 바로 이런 진심이 담긴 말 한마디다.

나는 이 소설을 읽고 엄마를 떠올렸다. 엄마와 나도 진로 문제를 놓고 합의점을 찾지 못해 갈등하고 있지만, 엄마는 나를 자식이기 이전에 하나의 인격체로 대하고 믿어 주신다. 나는 아직 성장통을 겪는다. 그렇지만 건호 엄마처럼 나를 믿어 주는 든든한 엄마가 있으니, 견디기 힘든 성장통도 결국은 나를 더 성숙하게 만들어 줄 거라고 믿고 싶다.

소설을 읽고 여운이 남아서, 이야기 속 엄마가 건호에게 쓰다가 건네지 못했을지도 모르는 편지를 써 보았다. 내가 생각해도 조금 오글거려 부끄럽다.

내 '불량한' 아들 건호에게

건호야, 엄마란다. 엄마는 지금 수술대에 누울 일보다 너에게 거짓말을 한 게 더 마음에 걸려. 아빠가 그렇게 떠난 뒤로 엄마는 삐뚤어지는 너를 보며 가슴이 아팠지만, 겉으로 내색하지 않기로 했다. 왜냐하면 우리 아들은 '불량한' 녀석이기 때문이지.

오해는 마. 네가 물었지? 가게 이름이 왜 '불량한 주스 가게'냐고. 엄마는 왠

지 자꾸만 '불량'이라는 말에 끌려. 맛있는 과일, 즉 당도가 높은 과일들은 그 걸 귀신같이 알아채는 벌레 때문에 갉아 먹힌 자국이 많은 '불량한' 과일이 된 단다. 그렇지만 정작 그 과일을 먹어 보면, 다른 과일들과 비교할 수 없을 만 큼 맛있지.

　겉으로 보이는 게 다가 아니라는 걸 엄마는 알고 있어. 건호가 맛있게 제대 로 익어 가는 중이라는 것을. 그러느라 너도 힘든 거라고. 엄마는 언제나 너를 믿고 응원한단다.

아들에게 덥석 주스 가게를 맡기고 여행 간,

제대로 '불량한' 엄마가

열여덟 살, 그 겨울

정은숙

가르랑거리는 고양이 소리가 소름 끼치는 밤이었다. 23시 45분. 전자시계의 희미한 빛으로 시간을 확인했다. 예상 시간을 대략 30분으로 잡았지만 빨리 끝낼수록 좋았다. 발길을 옮기려는데 왼발 옆으로 그림자 하나가 스쳐 지나갔다.

검은 고양이였다. 나는 너무 놀라 하마터면 소리 지를 뻔했다. 고양이는 골목길을 가로지르더니 어느 집 대문 밖에 내놓은 쓰레기봉투를 파헤치기 시작했다. 쫓아낼 마음으로 발을 툭 굴렀더니 꼬리를 바짝 치켜든 채 앙칼진 울음소리를 남기며 도망가 버렸다.

"도둑고양이 주제에 성깔하고는!"

혼잣말을 하다 보니 피식, 웃음이 나왔다. '그럼 너는 뭔데?' 싶었다. 지금 나도 도둑질을 하러 가고 있다. 하지만 도둑질이란 말은 너무 천박해 보인다. 번거로워도 조금 길게 풀어 말하자면 '우정을 미끼로 한 친구의 필요 없는 재산 나누기' 정도랄까?

바로 앞에 보이는 덩치 큰 빌라가 바로 승효네 집이다. 그리고 그 집은 텅 비어 있으니 내게는 상당히 매력적인 장소다. 승효네 부모님이 미국에 간 건 나흘 전이었다. 작은 사업체를 운영하는 아버지의 출장 겸 결혼해서 미국에 살고 있는 승효네 누나도 만나기 위해서였다. 고등학생이 학기 중에 미국에 갈 리는 없으니 승효는 집에 남았다. 만날 집에 혼자 있으면 뭐 하냐며 오늘 밤은 시험공부를 같이 하자는 내 꾐에 넘어가 4차선 도로를 건너 5분 거리인 우리 집에서 세상모르고 곯아떨어져 있다. 겨우 포도주 한 잔에 그렇게 뻗은 걸 보면 확실히 약골인 녀석이다.

텅 빈 집에서 내가 가지고 나올 물건은 10만 원 상당의 기프트 카드 두 장이다. 겨우 20만 원! 그 돈은 도둑질이라고 하기엔 부끄러울 만큼 적고, 형편이 넉넉한 승효에겐 그런 카드가 있었나 싶을 만큼 하찮은 금액이다. 나는 이 일이 결코 죄책감에 시달릴 일은 아니라고 생각한다. 물론 당당하게 자랑할 일이 아니란 것도 알고 있다. 그러니 이렇게 컴컴한 밤, 아버지의 헌 추리닝에 모자를 깊이 눌러 쓰고 나온 것이다.

간접 조명을 받은 '리버힐'이란 글자가 은은하게 빛났다. 승효네 집은 한강 변에 있는 고급 빌라다. 승효를 늦둥이로 본 탓에 나이 많은 부모님이 아파트의 번잡함이 싫어 선택한 집이란다. 집 안까지 들어가려면 세 개의 문을 통과해야 한다. 첫 번째 문은 1층 주차장과

마당으로 들어가는 철대문이다. 철대문은 주민들이 수시로 오갈 수 있게 항상 열려 있었다. 보안 카드를 대거나 비밀번호를 누르게 설계되어 있지만 거의 2년째 드나들도록 잠겨 있는 걸 보지 못했다. 철대문 소리가 요란하겠지만 방음이 잘되어 있으니 아무도 신경 쓰지 않을 것이다. 23시 47분. 다시 시간을 확인하고 심호흡을 했다. 작전 개시다!

"웃기지 마. 내가 그 속셈을 모를 줄 알고, 흥!"

이 거슬리는 목소리는 뭐지? 뒤돌아보니 우리 학교 교복을 입은 여자애가 내 쪽으로 걸어오고 있었다. 누구지? 고개를 푹 숙인 채 걷고 있어 누군지 확인할 길이 없었다. 나는 모자를 더 깊이 눌러썼다. 등줄기로 굵은 땀방울이 흘러내렸다.

"다들 잘났어. 재수 없다구!"

비척거리는 걸음을 보니 한잔 걸친 폼이다. 철대문을 열고 들어와서 문틈으로 살짝 밖을 내다봤다. 이리저리 비틀거리던 여자애가 철대문 앞을 지나며 고개를 들었다. 발그레한 뺨에 오뚝한 콧날이 눈에 들어왔다.

'민지영이잖아!'

순간 '역시!'란 생각이 들었다. 교복에 하이힐을 신은 것도 민지영다웠다. 같은 반을 해 본 적은 없지만 워낙 얼굴이 알려진 애였다. ○○고등학교 남자애들 중에 민지영 허벅지에 있는 검은 화살 문신을 못 봤으면 등신이라느니 하는 질 나쁜 소문과, 휴대전화 문자를 검사하려는 담임에게 인권 운운하며 논리적으로 대들었다는 믿을 수 없는 소문까지, 민지영을 둘러싼 소문은 극과 극이었다.

다행히 민지영은 나를 보지 못하고 지나갔다. 그사이 시간은 또 흘러 50분이 되었다. 이제부터가 진짜 중요하다. 깊은 숨을 들이마시자 아래로 묵직한 기운이 차올랐다.

승효네 빌라는 열여덟 세대밖에 안 살지만 넓은 평수로 구성되어 있어 단독 건물치고는 상당히 큰 편이다. 하지만 건물 1층 비밀번호를 누르는 유리문 앞을 빼고는 CCTV가 없다. 7층까지 각 층마다 세 가구씩 있으며, 건물의 출입구는 1호 라인 입구와 2, 3호 라인이 같이 쓰는 입구까지 모두 두 곳이다. 1호 라인의 1층에는 휴식 공간이 있고, 2, 3호 라인의 1층에는 당구대를 비롯한 운동 기구가 들어찬 스포츠 시설이 있는데 주민들이 서로 오가며 이 공간을 이용해야 하므로 두 출입구의 비밀번호가 같았다.

승효네 집은 401호였다. 하지만 1호 라인 문으로 들어가는 건 찝찝했다. 설마 20만 원 때문에 CCTV를 확인하는 법석을 떨지는 않겠지만 어쨌든 안전이 최고였다. 그래서 다른 라인 문으로 들어갔다. 승효네 드나든 지 오래되어 비밀번호 정도야 이미 머릿속에 저장되어 있었다. 엘리베이터를 타고 7층에서 내린 다음 계단을 이용해 옥상으로 갔다. 2, 3호 라인 옥상 문의 비밀번호도 1호 라인의 것과 같다며 승효가 킬킬거린 기억이 있었다. 옥상을 통해 1호 라인으로 내려갈 생각이었다.

11월의 강바람은 거칠었다. 온몸을 관통하려는 듯 바람이 정면으로 달려들었다. 하지만 아련히 반짝이는 강 건너 불빛 때문에 춥다는 생각은 들지 않았다. 한강 조망은 이 빌라 최고의 자랑이었다. 마냥 바라만 보고 있어도 좋은 풍경이었지만 지금은 이런 것에 마음 쓸 여유가 없었다. 4층으로 내려가 승효네 집 앞에 섰다. 1층 출입구 비밀번호는 승효가 직접 알려 줬지만 이 문의 비밀번호는 곁눈질로 알아냈다.

　2936

　촤르륵! 문이 열렸다. 베란다를 터서 확장한 넓은 거실에 달빛이 그득했다. 언제 봐도 멋진 공간이다. 뻔질나게 드나들었지만 아무도 없는 집에 발을 들여놓으려니 긴장이 됐다. 하지만 불을 켜지 않아도 어디에 뭐가 있는지 다 알 정도로 익숙한 곳이었다. 발소리를 죽이며 승효 방으로 갔다. 책상의 원목 상판을 받치고 있는 삼단 서랍장의 첫 번째 서랍을 열었다. 굴러다니는 필기구와 잡동사니를 담아 놓은 정리함이 보였다. 정리함을 뒤로 밀치자 아래쪽으로 얌전히 정리된 문화 상품권과 곱게 접힌 만 원짜리 몇 장이 보였다. 더 안쪽까지 손을 넣자 딱딱한 플라스틱 감촉이 느껴졌다. 기프트 카드였다.

　뭐야? 이렇게 쉽게 찾을 줄 알았다면 이런 모험을 하진 않았을 텐데……. 가벼운 후회가 밀려왔다. 지난번 엠피스리는 승효가 화장실에 간 사이 침대 머리맡에 있던 걸 가져왔다. 이번에도 그럴까 했는데 아무래도 서랍을 뒤진다는 게 시간이 좀 걸릴 것 같아 집이 비는 틈을 이용한 것이다. 결과적으론 그럴 필요가 없었지만 말이다.

카드는 모두 넉 장이었다. 작년인가 승효가 아버지에게 선물 받은 걸로 기억하는데 그사이 한 장도 쓰지 않았나 보다.

'있는 녀석이라 다르네. 하긴 부모가 다 해 주니 따로 돈 쓸 일도 없을 테지.'

승효의 한심한, 그렇지만 편안한 생활이 부러웠다.

기프트 카드를 주머니에 넣으며 책상 앞에 붙어 있는 K2 산봉우리를 봤다. 언젠가 꼭 한 번 가 보겠다는 것이 녀석의 꿈이었다. 승효는 눈 덮인 산이 부르는 것 같다며 사진을 볼 때마다 눈을 가늘게 떴다. '꿈은 이루어진다.'는 사기성 짙은 문구를 믿어 의심치 않는 녀석이었다. 그래서 그럴까? 자기 물건 몇 개가 슬그머니 없어져도 나에게 의심의 눈길조차 준 적이 없었다. 한마디로 지나치게 착한 녀석이었다. 그래서 가끔씩 이런 내 행동이 미안하기도 했다.

아마도 승효는 이 카드가 몇 장이었는지도 모를 것이다. 생각이 나더라도 몇 번 찾다가 어디 두었겠지 하며 금세 잊어버릴 것이다. 지난번 엠피스리도 잠깐 찾는 시늉만 하다가 바로 신형 모델로 바꿔버렸다. 손과 발의 뒤틀림 말고 인지 능력은 이상 없다고 했지만 그럴 때 보면 그 말이 틀리지 싶었다. 23시 55분. 생각보단 일이 빨리 끝났다. 서둘러서 나쁠 건 없겠지만, 달빛이 가득한 창가에서 한강을 바라보고 싶었다. 거실로 나가 창문 앞에 섰다. 강물이 반짝거리며 교교히 흐르고 있었다. 강을 바라보면 답답한 일이 있어도 어차피 흘러갈 일이란 생각이 들어 마음이 후련했다. 아버지의 사업 실패 후 부쩍 싸움이 잦아진 부모님도, 집 나간 형도, 이렇게 좀도둑마냥 남의 걸 훔치는 내게도 좋은 날이 찾아올 거라 믿고 싶었다.

어서 서두르자. 감상에 젖을 시간이 없었다. 돌아서려는데 저 아래로 뭔가 어수선한 움직임이 시야에 들어왔다. 거실 창문에서 먼 곳으로 눈길을 돌리면 한강과 강변북로가 보이고, 바로 아래로 눈을 내리면 어린이 놀이터가 보였다. 건물 뒤편 놀이터 입구에 놓인 벤치, 그곳에 민지영이 있었다. 그런데 혼자가 아니었다. 어떤 놈팡이랑 진하게 키스를 하고 있었다.

딱, 밤늦게 술 먹고 돌아다니며 할 만한 짓거리였다.

"참 싼 티 나게 논다!"

비아냥거리긴 했지만 볼만한 구경거리였다. 저 자식은 누구야, 하는 호기심이 발길을 붙들었다. 남자의 한 손은 민지영의 머리채를 움켜쥐고 또 다른 손으로는 민지영의 치마 속을 헤집고 있었다.

'오, 완전 19금인데.'

거실 유리창에 얼굴을 대고 자세히 보려는데 아무래도 이상했다. 민지영의 손은 끊임없이 남자의 어깨를 밀치는 듯하고 발은 사방으로 버둥거리고 있었다. 저 시추에이션은 뭐야?

'혹시 성폭행?'

소름이 쫙 끼쳤다. 놀 만큼 놀았다고 소문이 난 계집애지만 아직 열여덟 살이었다. 게다가 술까지 마셨으니 제대로 반항할 수조차 없을 것이다. 119, 아니 112에 연락해야겠다. 전화기를 들었다가 내려놨다. 미쳤지, 여기가 어디라고. 이럴 줄 알았으면 휴대전화라도 갖고 나올걸. 어쩌지, 가서 도와줘야 하나?

발만 동동거리고 있을 때 민지영이 남자에게 일격을 가했다. 신발을 벗어 모자 쓴 남자의 머리통을 내리찍은 것이다. 그래도 남자의 입술은 민지영에게서 떨어지지 않았다. 민지영은 구두의 뾰족한 굽으로 남자의 머리통과 등짝을 사정없이 내리치기 시작했다.

제법 아플 텐데……. 역시 하이힐의 승리였다. 그런데 입술을 뗀 남자가 느닷없이 민지영의 뺨을 한 대 때렸다. 민지영의 얼굴이 돌아갈 정도로 남자의 완력은 대단했다. 다시 남자를 바라보는 민지영 입술에서 피가 흐르고 있었다.

'바보야, 너도 한 대 갈겨!'

어느새 나는 민지영을 응원하고 있었다. 남자는 분이 덜 풀렸는지 이번엔 민지영의 얼굴에 주먹을 날렸다. 다행히 볼을 스치며 빗나갔지만 민지영은 그 힘에 놀라 뒤로 두어 걸음 물러섰다. 보는 내가 눈을 찡그릴 정도였으니 모르긴 몰라도 광대뼈 주변부터 퍼렇게 멍이 올라올 것이다. 민지영은 나머지 구두도 벗어 들고 남자에게 덤볐다. 남자는 슬금슬금 뒷걸음질을 쳤다. 그래도 아직 미련이 남은 건지 도망갈 생각은 없는 듯했다.

'삐릿삐릿.'

손목시계의 알람이 울렸다. 12시 10분이었다. 혹시라도 시간을 넘길까 봐 5분 전에 알람을 맞춰 놓았다. 우리 집까지는 여기서 5분도 안 걸리니 충분하다.

나는 승효네 집을 나와 다시 옥상으로 갔다. 2, 3호 라인 옥상 문으로 나가려다 아래를 내려다봤다. 민지영은 하이힐을 던지고 있었고 남자는 등을 보인 채 뛰어가고 있었다.

"야, 개새끼야! 거기 안 서!"

민지영은 울부짖었다. 하지만 더는 잡으려 하지 않았다.

변태 새끼! 도대체 어디로 튀는 거야? 옥상에 있으니 도망가는 남자의 뒷모습이 들어왔다. 다리가 긴 탓인지 남자의 움직임이 민첩해 보였다.

왜 저리로 뛰어가는 거지? 저긴 목재상이 있어 막다른 길인데……. 뭐야, 목재 더미 뒷벽의 개구멍을 알고 있다는 거잖아? 아니나 다를까, 남자가 개구멍으로 들어가기 위해 모자를 벗었다. 가운데 머리가 비어 있었다. 나이가 몇이나 됐을까? 머리가 벗겨졌으니 마흔은 넘었을까?

남자는 목재 더미 뒤편으로 사라졌다. 남자가 사라진 뒤에도 민지영은 발을 동동 구르며 소리 지르고 있었다.

"왜 나한테만 지랄들이야? 다 죽여 버릴 거야."

그 변태만의 문제는 아닌 것 같았다.

"너부터 죽고 싶어? 지금이 몇 신데 소리 지르고 난리야?"

어느 집 창문 열리는 소리가 나더니 굵은 목소리의 남자가 민지영에게 잔소리를 해 댔다. 민지영은 떨어져 있던 구두를 집어 신더니 남자가 도망간 반대 방향으로 걸어갔다. 그사이 술이 깼는지 비척거리진 않았지만 어깨가 축 처져 있었다.

'민지영, 네 문제는 뭐니?'

민지영 그 계집애 때문에 생각보다 너무 늦어 버렸다. 살그머니 방문을 열었더니 승효는 다행히 상에 엎드려 자고 있었다. 기프트 카드를 국어 참고서 사이에 감춘 뒤 추리닝을 걸려고 옷걸이를 꺼내는데 손에서 그만 놓치고 말았다.

툭, 그 소리에 승효가 부스스 눈을 떴다.

"뭐야? 나 재워 놓고 이제까지 혼자 공부한 거야?"

옷은 대충 집어 던지고 승효 건너편에 앉아서 쪽지를 건넸다. 승효는 눈도 다 뜨지 않은 채 쪽지를 읽었다.

'몰래 먹은 술이 더 취하나 나도 확 오르네. 잠깐 바람 쐬고 올게. 깼으면 먼저 공부하고 있어.'

혹시 몰라 써 놓고 간 것이었다.

"지금 몇 시야? 아버지는 들어오셨니?"

"아직 한 시도 안 됐어. 야식집 하면서 지금 들어오면 그 가게 재미 못 보는 거야. 일찍 오셔도 네 시는 될걸."

"진짜 힘드시겠다."

승효는 졸음을 내쫓으려는 듯 옆에 놓인 생수를 페트병째 들이켰다.

"먹고살려니 어쩔 수 없지, 뭐."

"말하는 거 보면 영감이라니까."

승효가 페트병을 내려놓더니 웃었다.

'그래, 너처럼 얼라는 아니다.'

나는 말은 못하고 쓴웃음만 지었다.

"이것 봐. 웃는 것도 영감 같다니까."

"그래, 열공하는 학생에게 술까지 멕이는 못된 영감이다, 어쩔래?"

내가 턱을 치켜들며 따지자 승효는 항복의 표시로 두 손을 들었다.

"영감 취소. 집에 와서 같이 공부하자고 사정하더니 그럴 만했어. 숨겨 둔 포도주도 괜찮았어. 아니, 탁월했어. 내가 너 아니면 언제 이런 걸 맛보겠냐?"

승효는 포도주 한 잔에 제대로 감동받았는지 입이 귀에 걸릴 것처럼 웃어 댔다. 하긴 승효 부모님이 아시면 난리 날 일이겠지만 승효에게도 가끔씩 일탈이 필요하다. 주변 사람들의 과도한 걱정 속에 사는 것도 피곤한 일이니까. 그래서 좁고 불편하지만 거의 빈집 상태인 우리 집에 올 때마다 해방감을 느끼는 것일 테다.

"자, 알코올도 들어갔으니 머리가 더 팽팽 돌겠지? 다시 열공하자!"

승효 말이 맞다. 기말고사가 얼마 안 남았으니 죽어라 해야 한다.

"도대체 이차 방정식은 누가 만들었을까? 어떤 인간인지 몰라도 암튼 만나면 죽여 버릴 거야."

내 골칫거리의 원인이자 전국 대다수의 고등학생들에게 우울증과 열등감을 안겨 주는 과목, 수학! 방정식 문제를 풀려니 머리가 지끈거렸다.

"너무 쉽게 죽이면 재미없지. 그게 복수냐? 죽을 때까지 우리나라에서 고3 생활만 하게 만들어야지. 차라리 죽여 달라고 사정을 할 걸?"

그보다 더한 복수가 없다 싶어 박수를 치며 웃었다.

새벽까지 공부한 티를 내느라 살짝 지각한 나와 승효는 교문에서 학생 주임에게 걸렸다. 자명종을 끄고 5분만 더 잔다는 게 화근이었다.

"잘들 한다. 시험이 코앞인데 정신 상태가 이래서 뭘 하겠다는 거야?"

학생 주임은 긴 막대로 지각생들 머리를 툭툭 쳤다.

"그게 아니라요, 새벽까지 시험공부 하다가 책상에 엎드렸는데 알람 소릴 못 들었어요. 진짜예요."

툭툭 불거진 여드름이 얼굴 여기저기에 자리 잡은, 진짜로 공부만 하게 생긴 1학년 여자애가 학생 주임에게 항변했다. 그 외모 덕인지 학생 주임은 여자애에게 다시 발언 기회를 줬다.

"어제 무슨 과목 어디까지 공부했어?"

"영어 10단원 단어 외우고 문법 봤구요, 수학은 함수 풀었어요. 믿어 주세요, 쌤!"

1학년 여자애의 말이 끝나기 무섭게 나는 눈을 질끈 감았다. 학생 주임한테 처음 걸린 애였다. 한마디로 '범생이'가 걸려든 것인데, 문제는 오늘 걸려도 제대로 걸렸다는 것이다.

"뭐, 쌤? 내가 뉘 집 개야, 아니면 양키 놈이야? 쌤이라니 누가 쌤이야?"

학생 주임이 가장 싫어하는 말이 '쌤'이었다. '쌤'을 싫어하는 학생 주임이 좋아하는 게 있으니 그건 바로 단체 기합이었다.

여자애의 얼굴이 파랗게 질렸다. 아니, 여자애만 질린 게 아니라 같이 걸린 열한 명의 얼굴이 모두 죽상이 되었다.

"이제부터 쪼그려 걷기로 운동장 다섯 바퀴. 알았나? 지금 시작!"

이런 씨벌, 열라 짱나, 구시렁거리는 소리가 들렸지만 아이들은 귀를 잡고 뒤뚱거리며 운동장을 돌기 시작했다.

나는 승효를 옆으로 밀쳤다.

"형님 갔다 오마. 가방이나 잘 지켜."

승효가 주춤주춤 옆으로 나오자 학생 주임이 물었다.

"넌 뭐야?"

승효는 말없이 교복 소매를 걷어 올려 오른쪽으로 15도가량 휜 왼손을 보여 주고 다시 바지통을 올려 왼발도 보였다.

"아픈 녀석이면 진작 말하지 왜 그러고 있었어? 넌 여기서 손들고 있어. 손은 들 수 있지?"

학생 주임은 무안해하면서도 애써 위신을 지키려 했다. 승효는 담담하게 팔을 들어 올린 채 교문 앞에 서 있었다.

나는 쪼그려 걷기를 하면서 승효에게 엄지손가락을 들어 보였다. '네 팔자가 짱이다.'란 뜻이었다. 긴 다리도 아니건만 다리를 접고 걸으려니 숨이 턱까지 찼다. 아직 한 바퀴도 못 돌았는데 다섯 바퀴를 언제 다 도나 싶어 머리가 돌 지경이었다.

"참 꼴좋다. 너, 2학년 6반 민지영 맞지?"

교문 쪽을 보니 민지영이 고개 숙인 채 학생 주임의 잔소리를 듣고 있었다.

"지금이 어느 땐데 싸움질을 하고 다녀? 고개 들어 봐, 아주 제대로 맞았구만. 누구랑 붙은 거야?"

세상에, 얼굴을 든 민지영 얼굴이 마지막 라운드까지 버틴 복서는 저리 가라 할 정도로 볼만했다. 왼쪽 눈가는 눈이 안 보일 만큼 퉁퉁 부어올랐고 오른쪽 광대뼈 주변은 퍼렇다 못해 보라색 멍이 들어 있었다.

'변태 새끼한테 엄청 맞았군. 팔뚝도 굵으면서 왜 맞고만 있었던 거야?'

그제야 술 먹고 비척거리던 모습이 생각났다.

'싸구려처럼 하고 다니니까 그런 일을 당하지!'

동정할 필요도 없었다. 하지만 보고도 모른 척했던 건 아무래도 찜찜했다.

"누구랑 붙은 거냐고?"

학생 주임이 대놓고 물었다. 어른들은 마치 다 알고 있는 것처럼 말하지만 세상엔 어른들의 생각과 다른 일들도 많이 일어난다. 지금처럼.

"자전거 타다 그랬어요. 넘어지면서 가로수에 얼굴을 박은 거고요."

학생 주임은 이 말을 믿을까 말까 망설이는 표정이었다. 하지만 결국 믿는 척할 것이다. 꼬치꼬치 캐물어야 귀찮다는 걸 잘 알고 있을 테니까.

"조심 좀 하지. 여자애가 얼굴이 이래서 어떻게 해? 약은 바른 거야?"

"네."

"아프니까 봐주지만 다음에 지각하면 국물도 없어."

민지영은 순순히 대답하고 교실로 들어갔다. 민지영 덕분에 우리도 일찍 교실로 들어갈 수 있었다.

시험을 앞두면 시간이 더 빨리 간다. 막 힘이 빠지기 시작한 상대편을 잡아당기기 시작한 줄다리기처럼. 그래서 정신없이 끌려오는 줄처럼 시간도 뭉텅뭉텅 지나갔다. 그사이 승효 부모님이 미국에서 돌아왔다. 방문 도우미 아줌마가 부실하게 먹였을 리 없는데도 승효 얼굴을 이리저리 뜯어보며 축났다며 속상해했다.

"벌써 자유가 그리워!"

당분간 부모님이 들이미는 보약과 영양제로 시달림당할 생각을 하는지 승효는 작은 목소리로 절규했다. 배부른 소리 하지 마, 라는 말이 목까지 걸려 있었다.

주말이지만 놀고 있는 게 마음이 더 불편했다. 그래서 인터넷 강의 재수강도 하고, 암기 과목도 눈으로 훑었다. 그때 문자가 왔단 신호음이 들렸다. 무시하고 공부하려는데 다시 신호음이 울렸다. 오지랖 넓은 같은 반 여자애가 시험 앞두고 전체 문자를 돌리는 경우가 있으니 아마도 그것이지 싶었다.

－그날 밤 일에 대해 서로 할 말이 있지 않을까? 구립 도서관 로비에서 4시에 기다릴게. 안 나와도 어쩔 수 없지만…… 나왔으면 좋겠다. 아 참, 난 6반 민지영이야.

민지영, 그 민지영? 얘가 언제부터 안면 텄다고 문자질이야, 웃기고 있네!

문자를 삭제하려는데 갑자기 손끝부터 싸늘한 기운이 퍼졌다. 이건 민지영이 나에게 보낸 경고의 메시지였다. '서로 할 말이 있'다는 건 그날 밤 내 행동에 대해 알고 있단 뜻이었다. 철대문 앞에서 마주친 게 켕겼는데 결국 날 알아본 건가? 학교에서 유명한 애도 아닌데 날 어떻게 알아봤을까? 중요한 건 내가 그 시간에 승효네 집에 있었던 그럴듯한 핑계를 준비해 놓는 것이다.

그날 민지영은 술을 마셨어. 혹시 날 봤다고 하면 시치미를 떼는 게 낫겠지. 사람 잘못 봤다고. 아니야, 닳고 닳은 애라서 웬만한 말에는 속지 않을 거야. 그래도 서로에게 떳떳하지 못한 일이니 나만 꿀리는 건 아니야.

공부하던 책을 밀어 놓고 방바닥에 벌러덩 드러누웠다. 천장에 비가 샌 자국이 희미하게 남아 있었다.

'지워 버리고 싶은 얼룩 같은 일이 일어난 거야, 우리 서로에게.'

약속 시간보다 5분 일찍 도착했다. 도서관에 오니 시험이 코앞이란 게 실감 났다. 대기표를 받고 기다리는 대기실까지 학생들로 꽉 차 있었다.

나야 민지영 얼굴을 알지만, 걔가 날 알아볼까? 내 얼굴을 모른다면 그날 밤 일에 대해서도 모를 가능성이 있었다.

"일찍 왔네. 오래 기다린 건 아니지?"

익숙한 목소리가 뒤에서 들렸다. 혹시나 했던 희망이 사라졌다.

"어, 아니, 지금 막 왔어."

민지영은 그사이 눈가의 부기도 거의 빠지고 보라색 멍도 연두색 정도로 흐려져 있었다. 교복을 벗고 편안한 청바지 차림이라 얼룩덜룩 멍든 얼굴만 아니면 알아보기 힘들 만큼 평범해 보였다. 그나마 왼쪽 세 개, 오른쪽 두 개의 피어싱이 학교에서 잘나가는 아이의 모습을 유지시켜 주고 있었다.

"난 민지영, 알고 있겠지만. 너 4반 최기찬 맞지?"

"응, 그런데 왜 날 만나자고 한 거야?"

내 말에 민지영 표정이 야릇해졌다.

"네가 날 좀 도와줬으면 해서."

"뭘 도와달라는 건데, 그리고 왜 내가 널 도와야 하지?"

눈 하나 깜빡이지 않고 천연덕스럽게 민지영의 얼굴을 바라봤다. 기 싸움에서 질 수는 없었다.

"흠, 알아들을 거라 생각했는데 아직도 이해를 못하나 보네. 그날 밤, 네가 리버힐에서 본 걸 다 말해 달라고!"

민지영의 말이 휘몰아치듯 귓가에 올렸다. 특히 '리버힐'이란 말에 선 방점을 찍듯 머리를 내리치는 느낌이었다.

내가 당황한 걸 눈치챘는지 민지영이 속삭이듯 물었다.

"여기서 얘기할까, 아니면 근처 햄버거집이라도 갈래?"

"일단 아무 데나 가자."

"잠깐만 기다려. 열람실에서 책 좀 챙겨 올게."

민지영이 자리를 떴다. 예상치 못한 공격이었다. 효도르가 날린 니킥을 맞은 듯 정신이 어찔하고 무릎이 휘청거렸다. 설마 했던 일이 현실로 나타났다. 민지영을 기다리는 동안 수십 가지 생각이 머릿속에서 뒤엉켰다. 열람실에서 내려온 민지영이 앞서 걸으며 도서관을 나갔다. 손에는 가방에 미처 넣지 못한 참고서 몇 권을 들고 있었다. 아 참, 열람실에 간다고 말했던가? 그럼 여기서 시험공부를 하고 있었단 거잖아. 왜 한 번도 민지영이 다른 애들과 같단 생각을 안 해 봤을까? 이제야 민지영이 같은 또래 열여덟 살이란 걸 깨달았다. 그렇담, 잘만 구슬리면 충분히 넘어갈 수 있는 문제라는 자신감이 생겼다.

"콜라 하나면 돼? 햄버거라도 시키지."

각자 콜라 하나씩만 앞에 놓고 앉아 있자니 좀 썰렁해 보이긴 했다. 점심 먹은 지 한참 지나 배가 출출했다. 하지만 민지영 앞에서 입을 쩍 벌려 햄버거를 먹고 싶지는 않았다.

"그날 밤 스토리는 생략할게. 어때, 이 정도면 볼만해졌지? 근데 얼굴은 정리가 돼 가는데 내 맘은 영 풀리지 않는단 말이야. 아무리 생각해도 그냥 넘어가면 안 될 것 같아서. 나 개인적으로도 치욕스럽고 열 받는 일이지만, 그보다 더 큰 문제는 그런 인간은 딴 여자한테 똑같은 짓을 또 할 수 있다는 거잖아. 그건 너도 알지?"

언제부터 그렇게 정의의 편에 섰다고. 지금 네가 하는 행동이 슈퍼맨이 벗어 놓은 유니폼을 몰래 훔쳐 입은 향단이처럼 어색한 거 아니? 하지만 말을 삐딱하게 할 순 없었다. 나도 약점이 있는 몸이니까.

"무슨 말인지는 알겠는데 내가 도움이 될 것 같진 않네. 그리고 내일부터 시험 기간이라 다른 데 정신을 팔 만큼 한가하지도 않고. 미안해서 어쩌지?"

흠, 만족스러울 만큼 예의 바른 거절이다. 이 정도면 민지영도 수긍할 것이다. 문득, 아직도 피딱지가 남아 있는 민지영 입술이 눈에 들어왔다. 피딱지를 보니 그때의 상황이 떠올랐다.

"너 같은 건 그런 꼴 당해도 싸, 이렇게 생각하는 건 아니고?"

족집게가 따로 없었다.

"진짜 해 줄 말이 없어서 그래. 굳이 말하자면 가운데 머리가 빠진 대머리였다는 거랑 목재상 뒷벽 개구멍으로 도망갔다는 것만 봤어."

정말 알고 있는 건 이게 다였다. 민지영은 그런 내 얼굴을 물끄러미 바라보았다.

"옥상에서 본 거니?"

실수했다. 그 변태가 목재상 뒷벽으로 도망가는 걸 볼 수 있는 곳은 리버힐 옥상밖에 없었다.

"실은 거기가 내 친구 집이거든. 그날은 우리 집에서 같이 시험공부 했는데 이 띨띨한 녀석이 문제집도 안 갖고 온 거 있지? 그래서 내가 대신 가지러 간 것뿐이야."

미리 준비해 둔 말로 대꾸했다.

"밤 12시에 참고서 가지러 옥상으로?"

아, 옥상 부분은 미리 준비를 못했다.

"설마 옥상으로 갔겠냐? 참고서 챙기고서 졸음 좀 깨려고 옥상에 올라간 거야. 너 모르지? 리버힐 옥상 전망이 죽음이야."

당황스러워 어울리지도 않는 부산을 떨었다.

"전망이 죽음인 옥상에서 내가 죽을 뻔한 것도 다 봤겠구나?"

"뭘 죽을 뻔해? 구두 굽으로 변태 새끼를 잘도 패던데."

아차, 또 실수!

"자세히도 보셨네. 그런데 해 줄 말이 그것밖에 없다고?"

의외로 강적이었다. 그렇다면 초강수를 쓸 수밖에 없다.

"그날 내가 리버힐 옥상에 있던 걸로 뭔가 오해하나 본데, 나 그렇게 나쁜 짓 한 거 없거든."

나는 콜라를 단숨에 들이켠 뒤 컵을 세차게 내려놨다. 그리고는 민지영을 향해 눈을 부릅떴다. 이 정도면 움찔할 거라 예상했다.

"더 마시고 싶으면 리필 할래?"

그런데 웬 리필! 네 개념이나 리필 했으면 좋겠다.

"리필은 됐고, 네 진심이 뭐냐고?"

갑자기 민지영이 눈을 동그랗게 떴다.

"나랑 그 변태 새끼 잡으러 같이 다니자고. 이 손으로 꼭 때려잡을 거야."

민지영은 링에 올라선 복서처럼 두 주먹을 불끈 쥐었다. 방망이로 두드려 잡는 게임용 두더지도 아닌데 어떻게 때려잡겠다는 건지, 도대체 답이 안 나오는 아이였다.

"네가 명탐정 코난이라도 되는 것처럼 착각하지 마. 어떻게 그 변태를 잡겠다는 거야?"

"증거가 꽤 있잖아. 대머리라며? 그리고 박하향 담배 냄새도 났어. 또 왼쪽 눈 아래 작은 상처도 얼핏 본 거 같아. 들어 봐, 키포인트는 이거야. 목재상 뒷벽 개구멍을 알고 있단 건 우리 동네 토박이란 뜻이잖아. 나도 왠지 그럴 거란 예감이 들었거든. 그러니까 이 정도면 며칠만 잠복해도 잡을 수 있어."

듣고 보니 일리가 있었다. 그래도 정말 중요한 걸 하나 잊고 있었다.

"내일부터 기말고사잖아?"

"그래, 시험이니까 일찍 끝나지, 학원 안 가도 되지. 그러니 더 좋잖아."

애야, 성적은 리필이 안 된단다. 넌 내신 걱정도 안 되니? 한숨이 푹 나왔다.

"아무래도 그 변태를 잡으러 다니면 이번 시험 성적은 좀 다운되겠지만, 그래도 어쩔 수 없잖아. 이게 훨씬 더 중요한 일 아니니?"

말을 마친 민지영은 어깨를 으쓱했다. 내가 어이없어 할 말을 못 찾고 있자 이번엔 아예 쐐기를 박았다.

"왜 리버힐 옥상에서 구경만 하고 있었는지, 네가 괜찮은 앤지 아닌지는 이번 일로 판단하겠어."

최기찬, 너 이렇게 끌려만 갈래? 민지영 같은 계집애 하나 못 당해? 내 맘속에서 작지만 분명한 대답이 들려왔다. 응!

시험 첫날, 같이 독서실에 가자는 승효에게 적당히 둘러대고 몰래 민지영을 만났다. 한낮의 한강 둔치는 황량한 겨울바람만 가득했다.

"내가 확인해 보니까 개구멍을 통해 나가면 주인이 누군지 알 수 없는 텃밭이랑 빌라 두 채가 연달아 붙어 있어. 도로 옆 지하도를 이용해 한강 둔치를 끼고 멀리 갔다면 못 잡겠지만, 그렇진 않을 거 같아. 뜨내기가 목재상 개구멍을 알지는 못할 테니까."

민지영은 의외로 논리적으로 이야기를 풀었다. 잠깐 내 눈치를 살피더니 내가 대꾸하지 않자 다시 말을 이었다.

"그리고 시간을 생각해 보면 자정을 넘긴 시간에 다른 곳에 갔다는 가정보다는 자기 집으로 갔을 가능성이 훨씬 더 크겠지. 또 하나, 그날 그 인간 입에서 술 냄새가 났거든. 한잔한 상태에서 집에 가던 길이었을 거야."

얼굴을 마주 보는 게 어색해 신발 끝으로 땅을 툭툭 차는데 민지영의 교복 치마가 보였다. 교복 치마를 줄여서 무릎 위로 입고 다니는 여자애들이 많긴 하지만 민지영의 치마는 유난히 짧았다. 게다가 의자에 앉으니 허벅지가 다 보였다. 허벅지 안쪽에 검은 화살 문신이 있다고 하던데, 도대체 어느 쪽일까?

"얘가 정말! 너 뭘 보고 있니? 짧은 치마든 긴 치마든 시대의 유행에 따라 달라지는 거고, 선택은 입는 사람 맘이야. 이렇게 입으니 변태한테 당했지, 이딴 생각은 잘못된 거라고."

마치 내가 그 변태 새끼라도 되는 양 경멸의 눈초리였다.

"왜 오버야? 허벅지가 하도 굵어서 운동 좀 했나 생각한 건데. 그리고 이런 축복받지 못한 하체는 좀 가려 주는 게 매너 아니냐?"

한 방 먹였다, 히히! 민지영은 흰자위가 두 배로 드러나게 눈을 치떴다.

"충고 고맙다. 이제 내 말이나 마저 들어. 빌라 한 채는 4층짜리로 여덟 세대, 또 한 채는 3층으로 여섯 세대가 살아. 내 짐작으론 그 빌라 사람들 중 한 명일 것 같아."

여덟 세대, 여섯 세대면 얼마 안 되는 것 같지만 그건 세대수일 뿐이다. 그 집에 몇 명이 사는지에 따라 조사할 사람의 숫자가 나올 거다. 만만치 않은 일이었다.

"그럼 하루 종일 빌라 앞을 지키자는 말이야?"

생각만 해도 한심스러웠다.

"아니. 그럴까 생각했는데 그건 너무 무식한 방법 같아. 그리고 낮부터 계속 빌라 앞에서 서성거리면 괜한 의심이나 받을 테고 말이야. 그놈이 어른이니까 낮보다는 밤에 활동량이 더 많겠지? 저녁 여섯 시에 그 앞에서 다시 만나자."

그 시간이면 지금부터 대여섯 시간 정도는 시험공부를 할 수 있다.

"공부하다 이따 만나. 나도 도서관 갔다가 올게."

왜 이런 말을 민지영이 하면 이상할까? 귀에 구멍을 다섯 개 뚫은 학생도 기말고사의 압박은 피할 수 없나 보다.

— 어디야? 혹시 독서실? 난 오늘 시험 제대로 망쳤다. 뻠이도 울고불고 난리 났더라. 믿을 순 없지만. 낼 보자.

공부하는데 승효에게서 문자가 왔다. 워낙 작아 뻠으로 재도 키를

잴 수 있다고 '뺌'이란 별명으로 불리는 여자애는 우리 반 일등이었다. 그런데 2교시 시험을 망친 건지 교실이 떠나갈 정도로 울어댔다. 그래 봤자 평소보다 겨우 한두 개 더 틀린 것일 뿐, 빗금으로 얼룩진 시험지를 받는 다른 애들과 질적으로 달랐다. 있는 것들이 더했다.

－형님 지금 열공 중이다. 이번 시험은 무덤에서 보낼란다.

지하인 내 방을 나는 무덤이라 부른다.

－난 천국에서 휴식 중. 쉬어 가며 해라.

바로 답장이 왔다. 쾌청한 하늘이 보일 승효의 방. K2 사진을 보며 침대에 누워 있을 팔자 좋은 승효가 눈에 선했다.

적어도 고등학생이 되면 같은 반이라고, 또는 집이 같은 방향이라고 누군가와 가까워지는 건 아니다. 뭔가 끌리는 구석이 있어야 그게 가능하다고나 할까?

작년 3월 어느 날이었다. 같은 반이었지만 승효와 집이 가깝다는 건 그날 처음 알았던 것 같다. 생각해 보면 그다지 웃기지도 않고 야하지도 않은, 그렇지만 듣고 있으면 낄낄거리게 되는 농담을 주고받으며 집으로 걸어가고 있었다.

"빨리 좀 걸어."

승효가 걸음이 느려 나는 몇 번이나 재촉했다. 갑자기 녀석이 내 옆에 바짝 붙어 서더니 말했다.

"내가 너 애인 돼 줄까?"

허여멀겋고 곱상하게 생긴 외모가 괜찮다 싶었는데 이렇게 은근히 물으니 기분이 이상했다. 내가 질겁하며 얼굴을 찌푸리자 승효는 왼발의 교복 바지를 걷어 올렸다.

"약하긴 하지만 뇌성 마비 장애인이야."

몰랐는데 발목부터 약간 굽어 있었다.

"봐, 애인 맞지? 그러니까 좀 쉬엄쉬엄 걷자고."

태연하게 자신의 아픔을 보여 주다니, 뭐 이런 괴물 같은 녀석이 다 있나 싶었다. 그런데 더 이상한 건, 나는 승효가 아픈 아이라서 맘에 들었다는 것이다. 아주 많이 오해하는 친구들은 내가 아픈 친구를 돌봐 주는 것이라고 여기기도 했다. 하지만 절대로 그런 건 아니었다. 난 승효가 편했다. 뭐랄까, 남들은 모르는 우리 둘만의 아픔의 코드가 같다고 할까? 내 상처에 손가락질하지는 않겠구나, 어쩌면 침이라도 발라 주며 같이 아파해 줄지도 모르겠단 생각을 나도 모르게 했나 보다. 물론 승효에게 내 아픔을 말한 적은 한 번도 없었다.

"가끔씩 멍하니 무슨 생각 해? 그럴 때 보면 무서워 말도 못 붙이겠어."

녀석은 내 마음의 그늘이 얼마나 깊은지 짐작도 못 할 것이다. 그저 어려운 집안 형편에 힘들어하는구나 안타까워하며 쯧쯧 혀를 찼을지도 모르겠다. 그렇지만 난 승효처럼 어린애가 아니었다. 맨얼굴쯤은 감출 수 있는, 세상에 보여 줄 얼굴이 어때야 하는지 아는, 속이 익은 어른이었다. 아니, 어쩌면 익다 못해 곯아 가고 있는지도 모르겠다. 곯을 대로 곯은 내 상처의 끝에는 3년 전 집을 나간 형이 있었다. 집에 늘 불만이 많았던 형은 질이 나쁜 친구들과 어울리기 시작하더니 고등학교를 마치기도 전에 집을 나가 버렸다. 군대도 안 가고 떠돌아다니던 형은 강도 상해 사건의 용의자가 되어 집에 소식을 전했다. 그러니까 나는 범죄자의 동생이다. 가끔씩 형사들이 집에 들러 형에게 연락이 왔었는지 확인하고 돌아갔다. 매서운 눈초리의 형사는 올 때마다 집 안 구석구석을 살피고 내 얼굴을 뚫어져라 보곤 했다. 그럴 때면 '너도 별수 없어.'라고 깔보는 듯해 주눅이 들었다. 돌아가는 형사의 뒤통수에 대고 난 달라, 형이랑은 다르다고, 소리치고 싶었다.

'등신 새끼, 나쁜 짓 할 거면 차라리 들키지나 말지.'

그렇게 형이 찾아올까 봐, 형이 잡힐까 봐, 늘 조바심을 내며 살았다.

정말로 나는 형과 달랐다. 고등학생이 되면서 빡빡해진 생활에 적응하느라 한참 스트레스를 받을 때 처음으로 승효 물건에 손을 댔다. 책상 위를 굴러다니던 문화 상품권이었다. 상품권을 집어 들고 망설이고 있을 때 승효가 방으로 들어왔고 나는 얼떨결에 그걸 주머니에 쑤셔 넣었다. 주머니에 손을 넣은 채 언제 다시 꺼내 놓을까 계속 망설였다. 하지만 기회는 오지 않았고 집에 와서 땀으로 축축해진 상품권을 꺼냈을 땐 긴장이 풀려 바닥에 드러누워야 했다. 그런데 상품권이 바짝 마르는 동안, 죄책감에 시달리던 내 마음은 어느새 짜릿한 쾌감으로 가득 차 있었다. 난, 형과 다르게 안 들켰다.

하지만 어떻게 승효 얼굴을 볼까 걱정스럽기도 했다. 다행히 승효는 아무것도 모르는 눈치였다. 마음을 쓸어내리면서도 한편으론 미안한 맘이 커져만 갔다. 그래서 승효에게 더 잘해 주려 했는지도 모르겠다. 그리고 누군가에게 힘이 되고 의지가 될 수 있다는 게 나에게 또 다른 용기로 다가왔다.

고백하자면, 몇 번 더 그런 일이 있었다. 하지만 단 한 번도 걸린 적이 없었다. 언제나 위험보다는 안전을 택했기 때문이다. 승효의 전자사전은 탐이 났지만 부피도 크고 또 승효가 자주 사용하기 때문에 들킬까 봐 포기했다. 엠피스리는 작아서 승효가 안 보는 사이에 슬쩍 가져왔다. 밤마다 음악을 들을 수 있어 좋았다. 그 외에도 현금 3만 원, 5만 원 정도 충전된 티머니, 문화 상품권 몇 장을 더 챙겼다.

이번처럼 빈집에 들어가는 위험을 감행한 건 처음이었다. 그리고 마지막이라 생각했기에 저지른 일이다. 인터넷 강의는 정해진 기간 안에 듣지 않으면 소용이 없는데 시험 기간에 다시 듣고 싶을 때 다운 받아 들으려면 피엠피가 있어야 했다. 피엠피를 사려고 알아보니 중고라도 30만 원이 넘었다. 아무리 애써 용돈을 모아도 빠른 시간 안에 장만하기는 힘든 액수였다. 그러던 차에 승효네 부모님이 미국에 가게 됐다며 승효를 잘 좀 부탁한다고 신신당부를 했다. 기회가 찾아왔고 난 그 기회를 놓치지 않았다. 그런데 그 비밀스런 일을 민지영에게 들켜 버린 것이다.

그날 밤 일이 나와 민지영 중 누구에게 더 부담스런 비밀이 될까 따져 보았다. 여자로서 그런 일을 당한 게 자랑스러운 일은 아닐 것이다. 그런데 냉정하게 생각해 보니 민지영은 범죄의 피해자이고, 난 범죄를 저지른 가해자란 생각이 들었다. 집안 형편을 핑계로 막 사는 형이 비겁하다 비난했는데 나도 다르지 않았다. 더구나 친구의 빈집에 들어가다니. 빈집털이범? 말해 놓고 나니 더럭 겁이 났다. 날카로운 눈매의 형사가 나타나 당장이라도 내 뒷덜미를 잡아챌 것 같았다.

툭, 치는 손길에 너무 놀랐다. 오줌이라도 찔끔 나오는 줄 알았다.

"뭐 죄졌냐? 왜 그렇게 놀라?"

족집게 확실하다. 당장 돗자리 깔고 영업해도 될 정도로.

"죄는 무슨 죄? 이제 어떻게 할 거야?"

나는 순간 뜨끔해 괜히 민지영에게 소리를 질렀다.

"이 빌라에서 멀리 떨어지면 우리 몸을 숨길 수 있어 좋겠지만 그러면 날도 어두운데 그 변태 얼굴 알아보기 힘들잖아. 개구멍 말고 이 빌라로 올 수 있는 길은 저쪽 도로밖에 없으니까 도로 입구에서 기다리자."

민지영은 잠복근무에 투입된 형사처럼 비장한 표정이었다.

도로변에 있는 은행나무 두 그루 사이를 왔다 갔다 하며 시간을 보냈다. 강바람은 원격 조정 기능이라도 있는 것처럼 내 움직임을 따라다녔다. 두껍게 입고 나왔는데도 옷 속으로 파고드는 바람 때문에 추웠다. 민지영은 얇은 셔츠에 올이 느슨한 스웨터뿐이어서 오들오들 떨었다. 피딱지가 떨어진 입술이 새파랬다.

이럴 때 드라마에선 남자가 옷을 벗어 주지만 나는 그럴 마음이 눈곱만큼도 없다. 왜냐면 민지영은 지금 내 약점을 이용해 나를 인질로 잡고 있는 셈이었다. 이 세상에 인질범에게 추워 어쩌냐며 옷을 벗어 주는 미친놈이 어디 있겠는가 말이다.

그런데 몇 분 후 난 미친놈이 되었다.

"너, 잠바 안에 추리닝도 입었지? 잠바 좀 벗어 주라. 자꾸 콧물이 나와 죽겠네."

싫어, 라고 말하려고 했는데 어느새 손이 점퍼 지퍼를 내리고 있었다. 몸집이 작은 민지영이 입은 탓에 내 점퍼가 바람에 날렸다. 팔이라도 휘저으면 개업한 가게 앞에 놓인 춤추는 바람 인형으로 보일 듯했다. 허우적대는 바람 인형과 그 옆에서 벌벌 떠는 미친놈! 세상에, 겨울밤에 이게 무슨 '생쇼'란 말인가? 생각할수록 기가 막혔다.

"이렇게 추운데, 또 시험 기간인데, 꼭 지금 변태를 잡아야 되겠냐, 정말?"

"응."

민지영은 단호했다. 말랑한 듯 보이다가도 이럴 때 보면 날이 선 얼굴이었다. 자기가 뭐 그리 반듯하고 정의롭다고 이 난리를 치는지! 코웃음을 쳐 주려 했는데 콧물이 나왔다. 기다리는 변태는 나타나지도 않고 정말 더럽게 추운 밤이었다.

기말고사를 보는 교실 풍경은 제작을 앞둔 영화사의 오디션 장소를 방불케 한다.

"잠깐 엎드렸는데 아침까지 자 버렸어, 어떡해!"

'엄살형' 애들은 열심히 하지만 생각보다는 점수가 안 나오는 부류다. 안 나올 점수에 대한 알리바이를 미리 만드는 거다.

"나보단 낫네, 뭐. 난 아예 포기하고 내리 텔레비전만 봤다."

이런 '오노 형'을 가장 경계해야 한다. 과도한 할리우드 액션은 그만한 자신감에서 나오는 거다. 우리 반 뺌이가 이런 부류에 속하는데, 늘 공부 안 했다고 하면서 시험 기간 내내 헬쑥한 얼굴과 충혈된 눈으로 다녔다.

"새벽까지 공부했더니 졸려 죽겠어."

'고추잠자리형'은 말을 액면가대로 믿는다면 가장 열심히 한 부류다. 하지만 배짱 좋게 내신을 무시할 강심장도 없고, 그렇다고 눈을 후벼 파며 꼬박 밤을 새울 정도로 열심히 하지도 않는 대부분의 아이들이다. 그러다 보니 성적도 같은 자리에서 뱅뱅 맴돌 수밖에 없다.

나는 가뜩이나 '고추잠자리형'이라 성적이 쑥쑥 오르는 편도 아닌데 컨디션까지 꽝이라 이번 기말고사에는 점수가 바닥을 쳤다. 어설픈 잠복근무 한답시고 감기에 걸린 탓이었다.

망할, 민지영! 손마디를 우두둑 꺾으며 욕을 했지만, 결정적인 약점을 잡힌 탓에 군소리 한 번 할 수 없었다. 아니다, 민지영이 무슨 죄가 있겠는가, 그보단 그 변태가 문제지. 며칠째 빌라 앞에서 서성거렸더니, 민지영이 아니라 이젠 내가 그놈을 용서할 수 없을 것 같았다.

● **오노** 스피드 스케이팅 선수인 아폴로 안톤 오노의 이름이다. 2002년 동계 올림픽 1500m 대회에서 한국 선수 김동성에게 할리우드 액션을 취해 1위를 했다.

"혹시 뺌이 자리를 탐내느라 몰래 공부하는 거야? 왜 이리 얼굴 보기 힘들어?"

이상하단 표정으로 바라보는 승효에게 감기 핑계를 대고 집으로 왔다.

그리고 기말고사 마지막 날, 다시 빌라 앞에 섰다. 오후부터 바람이 많이 불고 기온이 떨어진다 하더니 코끝이 시릴 정도로 추웠다. 도대체 내 몸속의 콧물은 몇 리터나 될까, 궁금할 정도로 콧물이 계속 흘렀다. 나중엔 집에서 가져온 휴지도 다 써 버려 주르륵 떨어지는 콧물을 들이켜야 했다. 민지영은 나를 보고 그저 더럽다는 듯이 얼굴을 찡그렸다. 이 짓을 누구 때문에 하는데, 넌 양심의 가책도 못 느끼니?

본격적인 겨울 추위 때문인지 빌라 앞에는 오가는 사람들이 별로 없었다. 한곳에서 서성거리자니 심심하고 다리도 아팠다. 시간은 여덟 시가 넘어 있었다. 그만 돌아가자고 말하려 했다. 그때 민지영의 휴대전화가 울렸다. 민지영은 주머니 속에서 휴대전화를 꺼내 발신자를 확인했다. 어둠 속에서 휴대전화 액정이 환하게 떠올랐다.

'구세주'

민지영은 구세주의 전화를 받지 않았다. 길게 울리던 카논 음악이 끊어졌다. 민지영은 그 틈을 타서 얼른 진동 모드로 바꿨다. 곧 휴대전화가 다시 울렸다. 주머니에서 꺼내 보니 또 구세주였다.

"구세준데 웬만하면 받지 그러냐?"

"훔쳐보는 데는 천부적인 소질이 있구나."

틀린 말 한 것도 아닌데 날카롭게 굴기는! 휴대전화가 몇 번 더 울리자 민지영이 전화를 받았다.

"왜 자꾸 전화질이야?"

구세주에게 말하는 폼하고는. 그렇게 하는데 누가 널 구해 주겠니.

"어디야, 저녁 안 먹어?"

여자 목소리였다.

"먹거나 말거나 신경 꺼."

"어떻게 신경을 안 써. 집에서 기다리는 엄마 생각 좀 해 봐."

민지영의 엄마였다. 걱정되어 한 전화인데 왜 이리 짜증을 내는 거야. 까칠한 계집애. 적어도 부모님에게 그러면 못쓴다.

"지영이 친군데요, 라면 사 먹을 테니까 걱정하지 마세요."

옆에서 들리도록 한마디 했다.

휴대전화 속에서 "옆에 누구 있니?"라고 묻는 말이 나오는데도 민지영은 전화를 툭 끊었다.

"뭔데 남의 일에 참견이야?"

"네 일에 끼어들라고 부탁한 건 너야. 잊었어?"

네가 까칠하게 나오면 나도 까칠하게 나간다고.

"누가 통화하는 데까지 끼어들래?"

"알았어. 그럼 내가 어디까지 끼어들어야 하는지 매뉴얼을 만들어 오든가."

형과는 다른 모범생 아들을 믿는 마음을 안다지만, 먹고살기 바쁘다는 핑계로 엄마가 차려 주는 밥을 먹은 지 너무 오래되었다. 그러니 이렇게 찬 바람이 불고 어둠이 스멀거리고 찾아올 때 저녁 먹으러 들어오란 전화 한 통이, 한 사발 가득 담은 뽀얀 쌀밥처럼 얼마나 따뜻한지 이 계집애는 모를 거다. 나는 이런 개념 없고 철없는 애들이 부러우면서도 짜증이 난다.

"투정 부리지 마. 자해 공갈단도 아닌데 왜 네 인생 망치면서까지 부모에게 반항하냐?"

이렇게 말하니 승효 말처럼 내가 영감 같긴 하다.

민지영이 한숨을 푹 쉬었다.

"아무것도 모르면서 나서지 마. 그럴 만한 사정이 있으니까."

"모르긴 하지만 짐작이 가긴 하네. 결국은 얌전히 공부해서 대학 가란 잔소리가 듣기 싫은 거잖아."

"함부로 짐작하지 마. 그런 거 아니거든. 그럼 나도 그날 네가 리버힐에서 뭐 했는지 짐작해 볼까?"

인질로 잡혀 있단 사실을 잊고 있었다. 아예 말을 말아야지.

그때였다. 민지영이 내 손을 잡더니 한강 둔치 방향으로 끌었다. 그러고는 작게 속삭였다.

"뒤 좀 봐."

어둠을 틈타 고개를 돌렸다. 마침 텃밭에서 떨어진 두 번째 빌라를 향해 걸어가는 한 남자가 보였다. 보안등 빛에 실루엣만 보였지만 큰 키에 구부정한 어깨하며 가운데 머리가 훤한 것이 그날 밤의 변태가 틀림없었다.

"맞는 거 같지?"

내가 고개를 끄덕이자 민지영이 빌라 쪽으로 뛰어갔다. 빌라의 유리창을 통해 복도의 불이 켜졌다 꺼지는 게 보였다. 1층, 2층, 3층. 3층에 사는 남자였다.

"올라가서 잡자!"

계단을 튀어 올라가려는 민지영의 뒷덜미를 잡았다.

"서두르지 마. 한 번 더 확인하고 그때 잡아도 늦지 않아."

흥분한 민지영보다는 이성적인 내가 앞으로 이 일을 어떻게 할 건지 생각해야 할 것 같았다. 일단은 집에 가기로 했다. 시험은 고스란히 망쳤지만 '변태 때려잡기' 작전은 성공한 것 같았다.

목재소를 지나 큰길로 내려오는데 민지영이 물었다.

"배고프지 않니?"

안 그래도 뱃가죽이 등에 붙을 지경이었다. 아무리 인질이래도 밥은 먹이며 붙잡고 있어야 하는 법이다.

"당연하지. 시간이 몇 신데."

퉁명스레 대답하자 민지영이 그럴 줄 알았다는 듯이 고개를 끄덕였다.

"너 돈 좀 있니?"

와, 이젠 삥까지 뜯겠단 말인가! 입을 쩍 벌린 내 얼굴에 대고 민지영이 말했다.

"아까 전화할 때 네가 라면 사 준다고 했잖아?"

그 말을 이렇게 알아들을 수도 있나? 틀림없이 한국어 독해력에 문제가 있는 애다.

"이게 전부야."

오냐, 이거라도 줄 테니까 제발 나 좀 풀어 주라. 주머니를 뒤져 꼬깃꼬깃 접힌 천 원짜리 두 장을 건넸다. 그러고는 얼른 돌아서서 집으로 향했다. 민지영이 뒤에서 졸래졸래 따라왔다.

"왜 또?"

"혹시 너희 부모님이 친구 놀러 오면 옷차림 가지고 막 잔소리하시냐?"

우리 집에 온 친구라고 해 봤자 승효가 전부였다.

"안 하셔. 어차피 집에 안 계시니까."

"다행이다. 그럼 너희 집에서 라면 끓여 먹자. 참, 라면은 있니?"

썰지도 않은 김치를 손으로 쭉쭉 찢어 먹는 민지영을 보니 내가 정말 미친놈이지 싶었다. 난 이제껏 승효보다는 한 수 위란 생각을 했었다. 실제로 여러 면에서 승효보다 앞서고 녀석을 많이 이용했으니까. 그런데 뛰는 놈 위에 나는 놈 있다더니 민지영이 바로 나는 놈이었다.

"너희 집 김치 죽인다."

엄마의 솜씨 하나 믿고 야식집을 차렸으니 민지영의 말이 틀리진 않을 것이다. 민지영은 게걸스럽다 못해 추접스러웠다. 덜어 준 라면을 다 먹더니 입가에 번들거리는 기름을 닦을 생각도 않고 밥을 찾았다. 그러더니 망설이지 않고 밥 한 공기를 라면 국물에 말아 김치

와 함께 뚝딱 해치웠다.

이렇게 전투적인 식습관을 가진 여자애라면 허벅지의 은밀한 문신을 보여 준다 한들 단번에 거절할 거다.

"근데 내일 어떻게 잡지?"

얘는 아직도 우리가 사복 경찰인 줄 착각하는 건가?

"잡긴, 우리가 어떻게 잡아? 경찰을 부르든가 해야지."

내 말에 민지영이 의외란 얼굴로 물었다.

"난 너 생각해서 경찰을 뺀 건데. 네가 목격잔데 그날 리버힐에 있었던 거 탄로 나도 괜찮아?"

아뿔싸. 그 생각까지는 못했다.

"그 얘긴 말고 네가 신고하면 되잖아."

"증인이 없는데 믿어 줄까?"

그러고 보니 키스 한 번 한 걸로 정말 죄가 되나 하는 의문이 들었다. 또 키스했다는 흔적이 남은 것도 아니니 민지영 말처럼 증인이 필요할 것 같았다. 그렇다고 내가 나설 수도 없고.

문득 얼룩덜룩 피멍이 든 민지영 얼굴이 떠올랐다.

"그 볼만한 얼굴 좀 사진으로 박아 놓지 그랬냐?"

"그건 있어. 휴대전화에."

"그럼 그거면 되겠네."

"안 돼, 그러면 단순 폭행죄가 되잖아."

민지영 말에 고개를 끄덕일 수밖에 없었다. 이런 갑갑한 상황이 올 줄 몰랐다. 라면이 불어 터지는 것도 모른 채 골똘히 생각해 봤지만 답이 없었다.

"증인이 한 명 더 있긴 한데."

자신 없다는 듯 민지영이 중얼거렸다.

"누군데? 그날 또 누가 봤어?"

"아니, 확실한 건 아니고. 어쩌면 그 사람은 못 봤을지도 몰라. 그날 네가 리버힐에서 봤다는 걸 알려 준 사람이 있어."

처음 듣는 말이었다. 놀라서 입이 다물어지지 않았다.

"나한테 문자가 왔어. 잠깐만 있어 봐. 보여 줄게."

민지영이 주머니를 뒤적거려 휴대전화를 꺼냈다. 그리고 문자 하나를 보여 주었다.

─맘 끓이지 말고 범인 잡아. 2학년 4반 최기찬이 목격자야. 걔도 그날 리버힐에 있으면 안 됐어. 그걸 빌미로 도와달라 그래. 건투를 빈다.

짧은 문자였지만 민지영이 나를 이용해 먹기에는 부족함이 없었다.

"약간 사전 조사를 했어. 넌 눈치 못 챘겠지만 내가 네 뒤를 밟았어. 확실히 집이 리버힐은 아니더라고. 그렇담 너도 약점이 있으니까 날 도와줄 수 있을 거라 생각했어."

변태 사건보다 이 문자가 더 미스터리였다.

"그럼 넌, 그날 내가 무슨 일을 한 건지 하나도 몰랐단 거네."

민지영이 고개를 끄덕였다.

"하지만 짐작은 했어. 너랑 같이 어울리는 임승효란 애가 거기 산다는 것, 그 애가 장애가 있다는 것, 그래서 네가 그 애를 적당히 이용했겠구나 정도는 눈치챘지. 아마 그 시간에 리버힐 옥상에 서 있던 것도 그 연장선 아니었어?"

"승효는 내 친구야. 내가 좋은 놈은 아니지만 적어도 승효에게 나쁜 짓을 하진 않아."

기껏 내뱉은 변명이 웅얼거리며 나왔다.

"뭐야, 꼭 사람을 패고 죽여야 나쁜 짓이란 거야? 그것도 아니면 더 나쁜 애들이 꼬이는 걸 막아 줬단 말인가? 하긴 승효란 애, 중학교 때 완전 못된 놈한테 걸려서 아주 애먹었다고 하더라."

민지영은 의외로 승효의 중학교 일까지 알고 있었다. 중학교 때 학원에서 승효와 같은 학교를 다니던 뺌이에게 자세히 들었다고 했다.

"이 문잘 보낸 사람이 누군지 모르는 거야?"

일단 닥친 문제에 집중해야 했다.

"이 번호로 전화 했는데 초등학생이 받는 거야. 역 근처 초등학교 알지? 거기 다닌대. 어떤 아저씨가 급히 연락할 데가 있는데 휴대전화 배터리가 떨어졌다고 해서 빌려 준 거래. 거짓말 같진 않고, 문자 한 건에 이천 원 받았다고 좋아하더라."

도대체 누구지? 생각해 보니 리버힐에 오가며 같은 학교 3학년을 얼핏 봤다. 혹시 그 선배가 학원 갔다 오면서 날 본 걸까?

"네가 경찰서 같이 가는 건 아무래도 어렵겠지?"

민지영이 조심스레 물어봤지만 머리가 복잡해 아무 대답도 할 수 없었다.

다음 날 오후, 나와 민지영은 경찰서로 갔다. 민지영은 그날 사건에 대해 말하고 변태가 사는 곳의 주소를 알려 줬다. 밤새 인터넷을 뒤진 결과였다. 민지영이 당한 일은 일단 피해자의 증언만으로도 사건 접수가 된다는 것이었다. 민지영이 신고하는 동안 나는 한쪽에서 조용히 서 있었다.

"아저씨들이 다 조사한 뒤에 연락 줄 테니까 걱정하지 말고 있어. 뭐, 우리가 염려 안 해도 남자 친구가 워낙 든든해 걱정 없겠지만."

졸지에 민지영의 남자 친구가 되는 수모를 겪었지만 어쨌든 무사히 경찰서를 나올 수 있었다. 경찰서를 나오면서 보니 민지영의 교복 치마가 무릎 길이로 맞춰져 있었다.

"웬 롱 스타일이야?"

"축복받지 못한 하체 가리라며?"

"가려 주니 좀 낫네."

"너무 좋아하지 마. 네 충고 때문이 아니라 자꾸 화상 흉터 보이는 게 싫어서 가린 거니까. 오른쪽 허벅지에 큰 흉터가 있는데 그것 때문에 별 소문이 다 돌았나 보더라. 기가 막혀서."

문신이 아니라 화상 흉터였구나.

"그럼 이젠 범생이 모드로 바꾼단 거냐?"

내 말에 민지영이 히히 웃었다.

"그럴 리가? 이젠 머리에 힘 좀 줄까 해. 그리고 이거나 받아."

민지영이 뜬금없이 비누를 건넸다.

"멋대로 짐작해서 미안하긴 한데, 이젠 밤늦게 남의 집 옥상에서 서성이는 짓 그만하고 손 씻으라고."

비누를 전해 주더니 민지영은 휙 가 버렸다. 긴 치마를 입은 뒷모습이 낯설면서도 괜찮았다. 이제야 또래 같았다. 짧게 치마를 줄여입고 귀를 뚫어도 어른이 되는 지름길은 아닐 것이다. 민지영이 그진리를 깨달았으려나? 그러고 보니 나도 어른인 척했지만 아직도 허우적거리는 게 어울리는 열여덟 살이다. 센 척하면서, 상처가 곪은걸 감추려다 보니 여기까지 온 것 같았다.

비누에서 머리가 아플 정도로 진한 향이 느껴졌다. 계집애, 좋은것 좀 사지. 비누를 받으면서도 부끄럽지 않았다. 아직 늦지 않았으니까, 이제부터 천천히 좋은 어른이 되면 될 테니까.

그 뒤로 민지영 일은 내가 나서지 않고도 잘 해결되었다. 다행인지불행인지 그 변태는 전에도 그런 비슷한 사건으로 경찰의 조사를 받은 적이 있었고 민지영의 일도 순순히 인정했다고 한다.

"이제 속이 시원하냐?"

"그래, 엄청 후련하다. 여자만 보면 무턱대고 들이대는 저런 놈들은 아주 따끔한 맛을 봐야 돼. 암튼 이 원수는 언젠간 갚으마."

고생했다며 내 어깨를 툭툭 치고 돌아서는 민지영의 발걸음이 가벼웠다.

민지영에게 내색하진 않았지만 나는 '구세주'의 비밀을 알게 되었다. 한동네이다 보니 어찌어찌 소문이 내 귀에까지 들어왔다.

이혼한 뒤 혼자 살던 민지영의 엄마가 어떤 아저씨와 사랑에 빠지게 되었단다. 민지영이 그것까지 이해 못할 나이는 아니지만, 문제는 그 아저씨에게 아직 법적인 부인이 존재한다는 것이었다. 그 부인이 민지영 집에 찾아와 물건을 부수고 난동을 부려 이웃들의 신고로 몇 차례나 파출소 신세를 졌다는 이야기였다. 이 간단한 이야기에 담긴 속사정이 '민지영 엄마의 사랑 찾기'인지, 아니면 '여자만 보면 들이 대는 남자의 양다리 걸치기'인지는 솔직히 잘 모르겠다. 하지만 확실한 건, 민지영 마음은 이야기처럼 결코 간단하지 않다는 것이었다.

한때는 구세주였던 엄마에게 얼마나 배신감을 느꼈을까 싶지만 그걸 핑계로 함부로 사는 건 어리석은 짓이다. 나도 민지영에게 반창고를 선물할 생각이다. 자해 공갈단 생활을 그만두라고.

변태가 잡혔단 소식에 고무된 나와 민지영은 이 일의 가장 큰 미스터리에 도전했다. 문자의 번호로 전화를 걸어 숨겨진 목격자에 대해 물었다.

"잘 기억이 안 나요. 전철역 앞에서 만났는데 그냥 키 크고 목소리 굵은 아저씨였어요. 근데 왜 자꾸 전화하시는 거예요? 혹시 그 아저씨가 제 전화로 나쁜 짓이라도 했어요?"

여자애는 내가 꼬치꼬치 캐묻자 무서워했다. 이 정도면 포기해야겠다 싶어서 끊으려 했다.

"아 참, 도움이 될지는 모르겠는데 그 아저씨 휴대전화에 무슨 산봉우리 모형이 매달려 있었어요."

겨울바람이 불어오는 리버힐 옥상에 다시 섰다.

"받아."

나는 승효에게 기프트 카드와 엠피스리를 건넸다. 승효가 난감한 표정으로 머뭇거렸다.

"멍든 얼굴을 보지 않았으면 나도 이렇게 끼어들진 않았을 거야."

승효는 전부터 내가 한 일을 모두 알고 있었다. 그날 밤, 승효는 살그머니 내 뒤를 밟았고 옥상에 서 있는 나를 보았다. 골목길에서 민지영이 내지르는 소리를 들을 때는 무심했던 승효의 마음이 변한 건 이튿날 민지영의 끔찍한 얼굴을 본 다음이었다.

"민지영 때문이 아니라 그 얼굴을 볼 때마다 힘들었어. 내가 원래 아픈 거라면 질색하잖아. 그래서 고민하다가 몰래 도와줄 방법을 생각해 냈지. 결과적으론 들켰지만."

승효가 휴대전화에 매달린 K2 모형을 흔들었다.

"왜 모른 척했냐? 그날 빈집에서 엄청난 걸 훔쳤으면 어쩌려고 놔둔 거야?"

"엄청난 것도 없거니와 네가 그러지 않으리란 걸 알고 있었으니까."

승효의 담담한 눈빛을 마주 보고 있으려니 견딜 수 없이 비참했다.

"날 동정했구나. 그까짓 것 필요 없으니까 너나 먹고 떨어져, 그런 맘이었니?"

"쉽게 말하지 마. 동정이란 말, 난 정말 싫어해. 널 좋아했던 건, 네가 아픈 날 동정하지 않았기 때문이야. 알다시피 난 부모에게도 누나에게도 가여워 어쩔 줄 모르는 존재잖아. 넌 모를 거야. 그게 얼마나 피곤한 삶인지. 난, 날 동등하게 대해 줄 사람이 필요했고 그게 너였어."

피식 웃음이 나왔다.

"널 이용한 건 괜찮고?"

"솔직히 나한텐 동정보다 그게 더 나았어. 기찬아, 네가 왜 그렇게 힘들어하는지 다 알아. 근데 나한테 기댈 생각은 왜 안 했니?"

온몸의 힘이 다 빠진 듯 기진맥진했다. 승효에게 겨우 물었다.

"우리 형 일, 알고 있어?"

승효가 고개를 끄덕였다. 다 알면서도 시치미 떼고 날 갖고 놀았구나. 그래, 굽은 네 팔다리보다 몇 배는 더 엉망으로 망가진 내 모습이 그렇게 보기 좋았니?

"네가 뭔데 나에 대해 그렇게 속속들이 아는 거니? 도대체 넌 뭐냐고?"

꽁꽁 싸매 둔 가슴속 응어리가 풀리듯 뜨거운 분노가 터져 나왔다.

"오해하지 마. 네가 쓰다 버린 낙서에서 우연히 알게 된 거니까."

"그래, 기분이 어땠어? 형은 범죄자에, 동생은 좀도둑에, 엄청 웃었겠구나. 차라리 실컷 비웃어 주지 그랬어? 그랬으면 지금보단 덜 비참했을 거야."

발가벗겨진 느낌이었다. 이렇게 치부를 내보이며 모욕당하는 걸 참을 수 없었다. 승효의 멱살을 잡았다. 한 대 갈기고 다신 안 보면 그만이었다. 이제 끝이었다. 그런데 가까이 얼굴을 들이대고 보니 승효 입가가 묘하게 일그러져 있었다.

"얼른 집에 들어가."

먹살을 풀고 승효를 문 쪽으로 떠밀었다. 승효는 날씨가 추우면 마비가 찾아오기도 했다.

"싫어, 안 내려갈 거야."

"빨리 가. 마비 오면 또 응급실 가야 하잖아."

급한 마음에 소리를 버럭 질렀다.

"나, 난 꼭 K2에 갈거야. 근데 너, 너만큼 날 아는 애가 없으니까, 너만큼 믿을 수 있는 사람이 없으니까. 그, 그래서 널 포기할 수 어, 없다구. 대답해. 나랑 같이 가겠다고 대답해!"

혀가 무져지는지 말도 더듬었다.

"알았어, 미친놈아. 빨리 내려가자고!"

나는 승효의 찬 몸을 비비면서 같이 내려왔다.

– 민지영이 피자 시키라고 협박 중이다. 빨리 와서 해결해 줘.

미스터리 문자를 해결하며 슬그머니 승효와 안면을 튼 민지영은 수시로 승효네 집을 드나들며 그 집 냉장고를 싹쓸이하고 있다. 승효의 문자가 다급해 보이긴 했지만 나라고 민지영의 전투적인 식성을 말릴 뾰족한 방법을 갖고 있는 것은 아니다. 그리고 쫀득쫀득한 치즈가 죽죽 늘어나는 따뜻한 피자 한 조각 먹는 재미를 나도 포기하고 싶지 않았다.

얘들아, 기다려라. 내가 간다.

겨울 칼바람에 땀나도록 죽어라 달려갔다.

미영 　와, 이 소설 참 재밌지 않니? 흥미진진해.

윤식 　그러게. 마치 범죄 소설을 읽는 듯한 긴장감도 있었어. 성추행 당하는 광경을 목격하는 주인공은 좀도둑질을 하고 있었다니, 상황이 참 애매해.

현수 　게다가 옥상에서 기찬이가 지영이가 당하는 광경을 보면서 어쩔 줄 몰라 하고 있을 때, 승효는 그런 기찬이를 몰래 보고 있던 거잖아.

윤식 　지영이도 기찬이에 대해 사전 조사를 했다고 하고, 기찬이도 지영이가 엄마를 '구세주'라고 부르면서도 까칠한 이유를 소문으로 들어.

미영 　맞아, 기찬이, 승효, 지영이가 그렇게 서로를 지켜보면서 얽혀 가는 상황이 흥미로웠어.

현수 　그런데 승효는 기찬이가 자기 물건에 손대고 있다는 것을 알면서도 모른 체 넘어가잖아. 그건 왜 그러는 걸까?

미영　승효한테는 물건보다 기찬이가 더 소중하기 때문이겠지. 승효가 이렇게 말하잖아. "날 동등하게 대해 줄 사람이 필요했고 그게 너였어."

윤식　승효가 그렇게 말하는 건 다른 사람들은 자기를 동등하게 대해 주지 않았다는 뜻이기도 할 거야. 나는 승효가 자기를 동정하기만 하고 함께하지는 않으려는 사람들 속에서 외로웠겠다는 생각이 들었어.

지은　그렇지만 기찬이는 승효가 자신의 부끄러운 일까지 다 알고 있다는 얘기를 듣고는 화를 내고 승효와 절교하려 하잖아. 혹시 기찬이는 승효의 마음을 부잣집 아이의 동정으로 받아들인 건 아닐까?

현수　글쎄. 승효는 그저 동정이나 받는 것보다는 자기와 함께하는 기찬이가 좋았다고 하니까, 그저 부잣집 아이의 동정이라고 하기는 어려울 것 같아.

미영　승효 생각은 그럴지 몰라도 기찬이는 동정으로 받아들였을 수 있어. 심지어 돈으로 자기를 끌어들이려고 한 건 아닌가, 말하자면 우정을 사려는 걸로 봤을지도 몰라.

윤식　그렇기도 하겠지만, 자기 삶을 들켜 버린 부끄러움이 더 큰 것 아닐까? 범죄자인 형 일도 알고 있었느냐고 묻는 것도 그렇고, "네가 뭔데 나에 대해 그렇게 속속들이 아는 거니?" 하고 외치는 것도 그렇고.

현수　맞아. 게다가 승효가 자기를 나쁜 모습으로만 판단하고 있다고 생각해서 화가 났을 수도 있어. 기찬이는 지영이를 통해 승효가 중학교 때 못된 친구한테 걸려서 애를 먹었다는 얘기도 들었고, 혹시 승효를 이용하는 게 아니냐는 얘기도 듣잖아. 자기가 그런 나쁜 친구로 취급받는 게 화가 났을 거야.

지은　그렇지만 기찬이가 친구 물건을 가져오는 건 친구를 이용하는 일인 데다가 절도이기까지 하잖아. 적어도 이 점에서 기찬이는 정말 나쁜 아이라고 생각해.

미영　기찬이 행동이 나쁜 건 물론이지만, 승효도 기찬이가 자기를 이용하더라도 곁에 머물러 있기를 바란 거잖아. 그건 혼자 남는 게 두려워서 그런 거지 진정한 우정은 아니라고 생각해.

윤식　그냥 둘 다 나쁘다고 하고 끝내 버릴 일은 아닌 것 같아. 기찬이는 자기의 모든 것을 아는 듯한 승효한테 자기가 조종당하고 모욕당하는 게 아닌가 걱정하지만, 옥상에서 승효와 이야기하면서 승효가 자기를 정말 친구로 생각한다는 걸 깨닫게 돼. 승효도 기찬이에게 K2에 같이 가자고 외치면서 더 돈독한 우정을 찾은 것 같고.

미영　흠, 국어 시간에 배운 것을 써먹자면 이 소설의 두 주인공은 말하자면 평면적 인물이 아니라 '입체적 인물'이로군. 그렇다면 이 소설은 서로의 우정이 자라나는 모습을 보여 준다는 점에서 일종의 성장 소설이 되겠어.

지은　우아, 미영이 너 되게 똑똑해 보인다. 근데 기찬이랑 승효 말고 이 소설엔 지영이도 있잖아. 지영이는 어떤 아이일까? 일단 날라리인 것 같은데.

윤식　그렇게 간단히 말할 수는 없지 않니? 성추행범을 잡으려고 애쓰는 모습이 정말 멋지던데. 기찬이랑 처음 만나는 날 도서관에서 공부도 열심히 하고 있었잖아.

현수 어쩌면 우리가 편견을 품은 것일 수도 있어. 흔히 날라리라고 하는 아이들이 어떤 생각을 하는지 우린 잘 모르잖아. 공부도 안 하고 자기 앞날에 관심도 없을 거라는 생각 자체가 선입견일 수 있다고.

윤식 어쨌든 지영이가 이 소설 안에서 뭔가 좀 달라지지 않니? 그 뭐냐. 아까 미영이가 말한 입체적 인물 말이야.

미영 그러게. 사실은 나도 그 장면이 가장 흥미로웠어. 기찬이가 지영이에게 축복받지 못한 하체 좀 가리라고 하니까 지영이는 정말 교복 치마를 늘여서 입고 나타나잖아. 지영이가 그런 말을 처음 들었을 리는 없는데, 왜 기찬이 말을 들었을까? 기찬이를 좋아하게 된 걸까?

지은 좋아한다는 느낌은 아니야. 함께 라면을 먹으면서 전투적인 식성을 드러내는 장면은 친구끼리의 우정이지 좋아하는 이성 사이에는 잘 나타나지 않는 법이라고. 이건 남친을 사귀어 본 경험자의 말이야.

미영 오오, 경험자의 무게 있는 발언, 참고할게.

현수 지영이가 기찬이에게 손 씻으라며 비누를 선물로 주는 장면에서도 둘의 우정이 잘 나타난다고 봐.

윤식 내 생각도 그래. 지영이는 성추행범을 잡으러 함께 다니자면서 기찬이가 정말 괜찮은 앤지 판단해 보겠다고 했잖아. 큰일을 같이 해결하면서 우정이 생긴 거겠지.

지은 둘이 쉽게 친구가 된 건, 둘 다 가족에게서 받은 상처가 있기 때문이 아닐까? 기찬이에게 상처는 역시 범죄자인 형일 거고, 지영이에게는 엄마와의 관계에서 상처가 있잖아.

현수 맞아. 기찬이가 비누를 선물 받고서 지영이한테 반창고를 선물로 줄까 생각하잖아. '자해 공갈단' 생활 그만두라고. 지영이 엄마는 이혼하고 홀로 살면서 하필 부인이 있는 남자와 사랑에 빠졌어. 지영이는 그런 엄마를 그래도 사랑하지만, 다른 한편으로는 미워도 하는 복잡한 마음이야. 그래서 자해 공갈단처럼 엄마에게 막 대한다는 걸 기찬이 아는 거지. 비슷한 상처가 있으니까 금방 알아본 것 같아.

지은　소설 앞부분에 지영이가 "왜 나한테만 지랄들이야? 다 죽여 버릴 거야." 하고 외치는 장면이 있잖아. 소설을 읽어 가면서 지영이는 엄마에 대한 복잡한 감정 때문에라도 그런 말을 할 수 있겠구나 싶었어. 기찬이는 그런 지영이에게 뭔가 문제가 있다는 걸 처음부터 알아보잖아.

미영　그래서 기찬이와 지영이가 커플이 되지 않을까 싶었는데…….

현수　사랑하면서도 미워할 수밖에 없는 어머니를 둔 지영이와 범죄자 형을 둔 기찬이 모두 상처가 있고, 그 상처가 가족과 관련되어 있다는 점에서 비슷해. 그런데 상처라고 하면 역시 장애인인 승효가 가장 큰 것 아닐까?

지은　맞아. 상처를 극복하는 모습도 승효가 제일 멋지지 않니? 기찬이한테 "내가 너 애인 돼 줄까?" 하고 말하는 거나 K2에 함께 가자고 기찬이에게 외치는 모습 말이야. 내가 지영이라면 기찬이보다 승효한테 끌릴 것 같아, 히힛.

현수　어휴, 소설 속 인물까지 남친으로 삼으려는 저 소녀를 어쩔꼬? 난 "센 척하면서, 상처가 곪은 걸 감추려다 보니 여기까지 온 것 같았다." 하거나 "이제부터 천천히 좋은 어른이 되면 될 테니까." 같은 기찬이 말이 더 멋지다고 생각해. 그리고 재미 삼아 소설 속 '러브 라인'을 만들어 본다면, 미영이 말대로 기찬이와 지영이가 커플이 되는 게 더 자연스럽지 않을까?

지은   하긴 기찬이의 그 말들도 멋지기는 해. 지영이와 기찬이가 커플이 되어도 멋있기는 할 것 같지만……. 흠흠, 아까 말한 대로 남친을 사귀어 본 사람의 견해로는! 너무 비슷한 아이들끼리 사귀면 긴장감도 없고 쉽게 깨진다고요.

현수 · 미영 · 윤식   헐!

지은   어허, 정말이라니까! 지영이 처지에서는 장애라는 상처가 있더라도 성숙하게 극복하는 승효가 멋져 보였을 거라고. 더구나 승효는 부모님과의 관계엔 문제가 없잖아. 가족 때문에 고민하는 기찬이는 답답하지. 상황이 비슷하면 우정은 생기겠지만, 커플은 되기 힘들다고.

현수   아무튼 커플은 커플이고, 작품 속 아이들이 각자 자기 상처를 극복하고 성장하는 모습은 퍽 인상적이었어.

윤식   얘기가 우정에서 상처로 넘어왔는데, 이 작품의 주제는 우정일까 아니면 상처를 이겨 내고 성장한다는 것일까?

미영   글쎄……. 그게 꼭 따로 가야 하는 거야? 상처를 극복하고 성장하기 위해서도 우정이 필요하잖아! 함께 시간을 보내고 서로를 지켜보면서 단단한 우정이 만들어지고, 그 우정을 통해 상처를 극복할 수 있게 되는 거 아닐까? 지영이나 기찬이, 승효 모두 말이야.

윤식   작품을 읽고 나니 궁금한 게 많아졌어. 승효는 K2에 기찬이와 함께 갈 수 있을지, 기찬이네 집과 기찬이 형은 어떻게 될지, 지영이는 엄마와 화해할지 궁금해져.

현수 나도 그랬어. 이 아이들이 앞으로 어떤 우정을 가꾸어 나갈지, 자기 꿈을 실현할지, 답이 없어 보이는 가족 문제는 어떻게 될지 등 앞날을 상상해 보게 되더라고.

한통샘 그런 것이 문학 작품이 지닌 힘 가운데 하나겠죠. 바로 상상하는 힘이요. 어떨 것 같아요? 여러분이 품은 의문들이 쉽게 해결될 수 있는 일은 아니겠지요. 그렇지만 이 작품을 통해 우리는 내 또래의 많은 친구들이 나와 비슷한 문제를 안고 있지만, 서로를 사랑으로 지켜보는 친구들과 함께 있다면 우정을 키워 가고 그 문제를 하나씩 해결해 갈 수 있다는 희망을 품을 수 있지 않을까요.

미영 저는 이 작품에 쓰인 재치 있는 표현들도 인상적이었어요. 도둑질을 "우정을 미끼로 한 친구의 필요 없는 재산 나누기"라고 하는 기찬이의 표현도 그렇고, 지영이 휴대전화에 엄마가 '구세주'라고 저장되어 있는 것도 그렇고.

현수 기찬이가 아이들이 시험을 앞두고 보이는 모습을 유형별로 정리한 대목도 재미있었어.

윤식 좀 기분 나쁜 장면도 있어. 막대기로 머리 톡톡 치는 학생 주임 선생님 말이야. 중학교 때 생활 지도 부장이 정말 그랬어. 그거 별로 아프지는 않은데 되게 기분 나쁘다고!

지은 그리고 샘, 무슨 말인지는 알겠는데, 우리 감수성이랑 통하지 않는 유머도 있어요. 지영이가 성추행범을 잡고서 기찬이에게 고맙다는 말을 "이 원수는 언젠간 갚으마."라고 한 거요. 반어법인 것도 알겠고, 그만큼 기찬이와 친해졌다는 뜻으로 썼겠지만, 저희는 그런 말 안 쓰거든요. 작가분이 샘 또래시죠? 이런 데서 티가 나요.

한통샘 어……, 그렇지만 우리 아저씨 아줌마들도 노력하고 있으니 좀 봐줘.

현수 선생님, 저는 제 모습도 생각해 보게 됐어요. 지금 내 우정은 어떤 모습일까 하고 말이죠.

윤식 어이, 현수. 그렇게 말하니까 너만 멋진 학생 같잖아. 나도 생각한 게 있다고. 성추행을 당하고도 낙담하지 않고 범인을 잡으러 다니는 지영이를 보면서, 작은 일이라도 적극적으로 실천해야겠다고 생각했어.

미영 난 누구나 가족 안에서 크고 작은 상처를 겪는다는 데 공감했어. 우리 집이 기찬이나 지영이네처럼 힘겨운 상황은 아니라는 게 고맙기도 했고. 좀 마음에 들지 않는 면이 있어도 나도 우리 엄마 아빠를 구세주 보듯 해야겠어. 휴대전화에 저장된 이름부터 바꿀까? 히힛.

지은이의 독서 노트

우정 어린 친구가 있다는 건 참 아름다운 일인 것 같다. 왠지 가슴이 벅차 시를 써 보고 싶다. 좀 멋쩍지만…….

　넌 내 눈 속에 살아

늘 너를 찾아 헤매 왔지만
네가 어디 사는지 알지 못했어.
언제나 내 앞에 있는 너,
그게 정말 너였을까?

그러다 문득 깨달았어.

네가 어디 사는지 아니?
넌 내 눈 속에 살아

난 언제나 너를 지켜보고 있어
네가 잠을 잘 때도
깨어 있을 때도
밥을 먹을 때도
학교에 갈 때도
그리고 네가 꿈꾸는 세상까지도

하지만 겁내지 마
난 너에게 명령하지도
요구하지도
벌을 주지도 않을 거야

그냥 너를 바라보고

믿어 주고

사랑해 줄게

그리고 잊지 마

나도 너만큼이나 상처 입고 흔들린다는 걸

그러니 친구야

나도 네 눈 속에 살게 해 주겠니?

영두의 우연한 현실

이현

1

1991년 8월 23일 새벽, 영두가 태어났다. 기다렸다는 듯 태풍 글래디스가 한반도를 강타하여 사망 74명, 실종 29명 등 모두 103명의 인명 피해를 기록했다. 공식적인 집계만으로도 재산 피해액은 583억 원에 달했다. 영두네 집에도 안방까지 물이 차올랐고, 예정일이 보름이나 남았음에도 영두 어머니는 그 와중에 진통을 시작했다. 영두 아버지는 공장장에게 허락받지도 않고 끌고 나온 회사 트럭을 폭풍우 속으로 거칠게 몰며 이렇게 말했다.

어떤 놈이 나올라고 천지가 요동을 치는 겨?

정작 본인은, 그러니까 영두는 어둡고 좁은 통로에 끼여 폭풍우에 대해서는 전혀 몰랐다. 자신이 맞닥뜨려야 할 세계에 대해 아무것도 몰랐다. 선택권은 없었다. 영두는 억울하다는 듯 울음을 터뜨리며 낯선 세계로 머리를 디밀었다. '붕괴'와 '추락'이라는 단어가 깃발처럼 펄럭이는 세계였다. 적어도 영두가 태어난 1991년부터의 세계는 그러했다.

우선 1991년에는 소련을 비롯한 사회주의권이 굉음과 함께 무너져 내려 '붕괴'라는 단어가 연일 신문 지상을 도배했다. 그러더니 이어 신행주대교, 성수대교, 삼풍백화점이 무참하게 내려앉았고 서울 아현동과 대구 지하철 공사 현장에서 도시가스가 폭발했으며 부산 구포에서 열차가 탈선하고 제주도와 괌에서 KAL기가, 목포에서는 아시아나 항공기가 추락했으며 이에 질세라 서해에서는 페리호가 침몰했다. 마침내 1997년 말, 영두의 초등학교 입학을 미리 축하라도 하듯 IMF 사태가 터져 대한민국호가 침몰 직전의 아수라장이 되었다.

다행히 영두는 이 모든 붕괴와 추락을 비켜나 안전지대로 몸을 피했다.

삼풍백화점이 무참하게 내려앉은 1995년, 영두 아버지는 공장에서 하마터면 손가락이 세 개나 잘릴 뻔하였으나 간발의 차이로 사고를 모면했다. 0.3센티미터의 행운이었다. 가을에는 영구 임대 아파트에 당첨되어 집 없이 떠도는 신세를 면하게 되었으며 영두 어머니는 빚을 얻어 아파트 상가에 작은 분식점을 차렸다. 전라도 태생 여자의 손맛으로 분식점은 문전성시를 이루었고, 영두가 초등학교에 들어갈 때쯤에는 임대 아파트를 떠나 영두네 소유의 24평 아파트로 이사했다. IMF가 터져 회사가 도산하는 바람에 영두 아버지는 실직했지만 분식점에 합류할 수 있었고, 할인 마트 때문에 인근 상점들이 다 휘청거릴 때도 분식점은 나 홀로 호황을 이어 갔다.

아버지의 합류로 조금 여유가 생기자 어머니는 팔을 걷어붙이고 아이들을 챙겼다. 영두 누나는 공부에서 특출하지는 못했지만 야무진 성격답게 실속 있는 치기공과를 택해 전문대로 진학했다. 영두는 누구를 닮은 것인지 기억력이 비상했다. 아들이라는 이유로 엄마의 뒷바라지가 좀 더 넉넉했던 것도 사실이었다. 덕분에 초등학교에 입학한 다음부터 내내 남보다 나은 성적표로 부모님을 기쁘게 했다.

그러나 이제 고등학교 3학년 여름방학을 맞은 지금, 영두는 기초 체력이 달리는 축구 선수처럼 문전 쇄도를 앞두고 주춤거렸다. 수학에서도 영어에서도, 하느라고 하는데도 조금씩 뒤로 밀려났다. 그렇다고 모모한 친구들처럼 고액 과외를 받을 수는 없었고 고작 학원 단과에 목을 매며 엉덩이가 짓무르도록 독서실을 지키고 앉아 있을 수밖에 없었다. 그중에서도 논술이 영두의 발목을 잡았다. 결국 형편이 닿지 않는다는 걸 알면서도 유명짜한 논술 과외 팀에 들어갔지만 그것도 뾰족한 수가 되어 줄 것 같지는 않았다.

그런 상황이니 여름방학이라고 두 다리 뻗고 누워 있을 수는 없었다. 아침 여덟 시 수학 단과를 시작으로 학원과 독서실, 독서실과 학원을 오가다 보면 밤 열 시나 되어야 집으로 돌아올 수 있었다.

영두는 인생이, 한마디로 노란 풍선이라고 생각했다. 어릴 적 놀이 공원에서 받은 노란 풍선처럼 무언가가 자꾸만 손아귀에서 빠져나갔다. 손톱이 살을 파고들 정도로 힘주어 쥐고 있는데도 풍선은 더 높이 달아났다. 그렇다고 달리 빠져나갈 구멍이 있는 것도 아니었다.

적어도 8월 7일 오전 11시 15분까지는, 그랬다.

온 세상이 한꺼번에 낮잠에 빠져든 것처럼, 고요한 날이었다. 8월 7일. 학원도, 심지어 독서실도 여름휴가 기간이었다. 영두는 평소대로 일곱 시에 눈을 떴지만 휴가 기간이라는 걸 깨닫고는 다시 잠에 빠져들었다. 이대로 깨어나지 않았으면 좋겠다고, 영두는 잠결에 얼핏 그런 생각을 했다. 어머니가 아무리 흔들어 깨워도 영두는 음……하고 신음 소리를 내뱉을 뿐 깨어나지 않았다. 이마에는 땀방울이 송송 맺혀 있었다. 아무래도 피로가 쌓인 모양이라고 생각하며, 어머니는 아들의 등을 몇 번인가 쓸어내리다 선풍기를 약풍으로 틀어 놓고 가게로 나갔다.

영두는 꿈을 꾸고 있었다.

영두는 우주 공간에 둥둥 떠 있었다. 아래위, 왼쪽 오른쪽, 어디를 바라보아도 검은 우주였다. 사방에는 별들이 점점이 박혀 있었고 인간이 이름 붙인 바 없는 신비가 소용돌이치고 있었다. 그렇게 우주에 뜬 채로, 영두는 두드려 맞고 있었다. 어딘가에서 무서운 주먹이 날아와 배를, 등을, 얼굴을, 팔을, 뒤통수를 무자비하게 갈겨 댔다. 영두는 얻어맞을 때마다 이쪽저쪽으로 휘청휘청 무력하게 떠밀렸다. 그만하라고, 살려 달라고 외쳤으나 진공의 우주에서 소리가 들릴 턱이 없었다. 주먹질은 끝이 없을 듯 이어졌다. 대체 이 무지막지한 주먹질이 언제 끝날지 알 수 없었다. 우주의 나이만큼이나 영원히 계속될지도 몰랐다.

그러다 어느 순간 주먹질이 멎었다. 영두는 퉁퉁 부어오른, 아니 퉁퉁 부어오른 듯한 눈을 슬며시 떴다. 눈을 제대로 뜰 수도 없었다. 그래도 실눈 사이로 저만치 혜성이 벨 소리를 길게 늘어뜨리며 날아가는 양 보였다.

벨 소리……라고? 영두는 눈꺼풀에 힘을 주었다. 반짝, 하고 눈을 떴다. 아이보리빛 천장 벽지가 보였다. 욱신거리는 목을 애써 옆으로 돌려 보니 책상과 책장이 보였다. 책상 앞 벽에는 하얀 종이에 명조체의 검은 글자들이 일렬횡대로 늘어서 있었다.

오늘 당신이 살아가는 하루는 누군가 그토록 살고 싶어 했던 내일이다.

영두는 두 손으로 바닥을 짚고 억지로 몸을 일으켰다. 머리를 흔들어 악몽을 털어 내었다. 너무도 생생하던 통증도 조금씩 사라졌다. 그래도 벨 소리는 끊이지 않고 들렸다.

영두는 무거운 발을 끌고 거실로 나가 전화를 받았다.

"여보세요."

"이영두 학생 집이죠?"

사내는 확성기에 대고 소리치는 것처럼 대뜸 목청을 높였다.

영두는 전화기를 귀에서 조금 떼어 내었다가 다시 입가로 가져가 대답했다.

"네, 그런데요?"

"이영두 학생 부모님 있어요?"

"무슨…… 일이신데요?"

"아, 여기 인애병원이에요. 저는 구로경찰서 주진호 형삽니다. 지금 이영두 학생이 인애병원 응급실에 있거든요. 집에서는 모르고 계셨죠?"

"네에?"

"소지품도 하나 없는 걸 지문 조회로 겨우 신원을 알아내서 연락드리는 거예요. 보아하니 어디서 패싸움이라도 한 모양인데…… 다행히 목숨에는 지장이 없다는군요. 뭐, 조사를 더 해 봐야겠지만…… 일단 부모님이 좀 오셔야겠는데…… 혹시 동생인가? 아니면 형?"

패싸움……? 영두는 언뜻 좀 전의 꿈을 떠올렸다. 그러나 이내 고개를 저으며 픽 하고 웃고는 수화기를 바투 쥐고 말했다.

"전화 잘못 거신 거 같아요. 아마 동명이인인가 보네요. 제가 바로 이영두거든요."

"뭐? 그럴 리가 있나……."

형사는 잠시 말을 멎는가 싶더니 곧 영두의 주민 등록 번호와 집 주소와 부모님 이름을 대었다. 틀림없이 영두와 일치하는 정보였다. 형사가 다시 말했다.

"뭐, 보아하니 사고깨나 치고 다닌 것 같은데……. 그래서 식구 아니라고 잡아떼고 싶은 거야? 그러면 쓰나, 엉? 얼른 부모님한테 연락해서 인애병원 응급실로 오시라고 해."

형사는 그대로 전화를 끊어 버렸다.

2

1991년 8월 23일 새벽, 영두가 태어났다. 태풍 글래디스가 무서운 기세로 반도를 집어삼키던 새벽이었다. 사망 74명, 실종 29명 등 인명 피해는 103명에 달했고, 재산 피해액도 583억 원으로 집계되었다. 방 두 칸짜리 반지하인 영두네 집에도 황토물이 넘쳐 들었다. 예정일이 보름이나 남았음에도 영두 어머니는 하필이면 바로 그런 때에, 진통을 시작했다. 영두 아버지는 연락을 받고 부랴부랴 회사 트럭을 무단으로 몰고 나와 폭풍 속으로 액셀러레이터를 밟으며 이렇게 말했다.

어떤 놈이 나올라고 천지가 요동을 치는 겨?

정작 본인은, 그러니까 양수가 미리 터진 산도(產道)에 끼여 있는 영두는, 폭풍우에 대해서는 전혀 몰랐다. 그 밖에도 자신이 맞닥뜨려야 할 세계에 대해 아는 것은 없었다. 어차피 선택권은 없었다. 영두는 공포에 질린 듯 울음을 터뜨리며 창백한 형광등 불빛 속으로 머리를 내밀었다. '붕괴'와 '추락'이라는 단어가 깃발처럼 펄럭이는 세계였다. 적어도 영두가 태어난 1991년부터의 세계는 그러했다.

우선 1991년에는 소련을 비롯한 사회주의권이 굉음과 함께 무너져 내려 '붕괴'라는 단어가 연일 신문 지상을 도배했다. 삼풍백화점이 무너져 내려 무려 502명이 목숨을 잃었는가 하면, 성수대교가 동강 나고 지하철 공사 현장에서 폭음이 치솟았으며 페리호가 가라앉고 비행기가 차례로 추락했다. 붕괴와 추락은 유행병처럼 번졌다. 실업률이 치솟고 중소기업들이 맥없이 쓰러지는가 싶더니 급기야, 한

보그룹이 부도를 맞고 쌍방울, 삼미, 태평양 그룹이 대기업 부도 행진을 이어 갔다. 마침내 작은 차 프라이드를 앞세워 승승장구하던 기아자동차까지 무너지며 대한민국호는 IMF 사태라는 직격탄을 맞았다.

영두는 이 세계와 더불어 붕괴와 추락으로 점철된 나날을 보냈다.

삼풍백화점이 무너지던 그해, 영두 아버지는 공장에서 프레스기를 돌리다가 손가락 세 개가 잘렸다. 사장은 쥐꼬리만 한 보상금을 건네며 해고를 통보했다. 영두 아버지는 1년 동안 노동부로 법원으로 뛰어다녔지만 소용없었다. 결국 모아 둔 돈을 모두 날리고 겨우 중고 트럭을 하나 장만해서 채소 행상을 시작했다. 다행히 장사가 잘된다 싶었는데 IMF가 터졌다. 허술한 방파제 같던 영두네는 금방이라도 무너질 듯 쩍쩍 금이 가기 시작했다. 결정적으로, 영두 아버지가 몰던 채소 트럭이 횡단보도를 건너던 한 사내를 치고 말았다. 피해자는 하필이면, IMF로 실직한 가장이어서 사고가 일어나자 옳다구나 하고 병원에 드러눕고 말았다. 영두 아버지는 합의를 위해 트럭을 팔고 다시 맨몸이 되어 막노동을 시작했다. 그리고 얼마 지나지 않아 이음새가 허술한 발판을 디디는 바람에 아파트 공사장 18층에서 추락해 그대로 목숨을 잃었다.

그 후 영두 어머니는 식당 일, 가사 도우미, 목욕탕 때밀이까지, 닥치는 대로 돈을 벌었지만 세상을 따라잡을 수 없었다. 영두 누나는 중학교 때부터 아르바이트로 집안을 돕다가 여상으로 진학했고, 영두는 내내 빈집에 홀로 남겨졌다. 낱낱이 읊을 것도 없이 빤한 나날이 이어졌다.

이제 고등학교 3학년이 된 영두는 한마디로 거물이었다. 덩치는 왜소했지만 근성만은 누구에게도 뒤지지 않았다. 일단 멱살을 움켜쥐고 한곳만 죽어라 갈기는 영두의 주먹은, 같은 패거리들도 혀를 내두를 정도의 독기를 품고 있었다. 사람을 가리지도 않았으며 상황을 따지지도 않았다. 영두는 신창공고 일짱으로 무소불위의 권력을 누리며 근동의 진짜 '형님'들과도 친분을 쌓아 가고 있었다.

영두는 인생이, 한마디로 '씨팔'이라고 생각했다. 하나 더 꼽으라면 '하필이면' 정도를 댈 수 있었다. 인생의 즐거움이라야 고작, 누군가를 후려갈길 때의 짜릿한 전율 정도였다. 그렇다고 달리 빠져나갈 구멍이 있는 것도 아니었다.

적어도 8월 7일 오전 11시 15분까지는, 그랬다.

온 세상이 한꺼번에 낮잠에 빠져든 것처럼, 고요한 날이었다. 8월 7일, 휴양지를 찾아 떠나는 사람들로 고속도로가 몸살을 앓고 있는 그때에도 할인 마트 에어컨은 쉬지 않고 돌아가고 있었다. 그러나 그 어디에도 영두 어머니의 자리는 없었다. 영두 어머니는 오늘도, 푹푹 찌는 반지하 단칸방에 누워 있었다. 할인 마트 계산원으로 일하다 허리 디스크로 한 달에 세 번을 결근하고 하루아침에 해고된 지 벌써 두 달이 가까워지고 있었다. 남아 있는 날들을 대체 어떻게 버텨야 할지 암담했지만 그보다 더 큰 걱정은 따로 있었다. 영두가 벌써 이틀째 집에 들어오지 않고 있었다. 영두 어머니의 주름진 눈가로 치적치적 눈물이 배어났다. 한두 번 있는 일이 아니었지만 이번에는 예감이 좋지 않았다.

영두는 꿈을 꾸고 있었다.

영두는 우주 공간에 둥둥 떠 있었다. 아래위, 왼쪽 오른쪽, 어디를 바라보아도 검은 우주였다. 사방에는 점점이 별들이 떠 있었고 인간이 명명한 바 없는 신비가 소용돌이치고 있었다. 영두는 살랑이는 파도에 떠다니듯 허공에 몸을 내맡기고 나른한 잠에 빠져들었다. 거칠지만 따뜻한 누군가의 손길이 영두의 등을 쓸어내렸다. 영두는 잠결에 음…… 하고 기분 좋은 신음 소리를 냈다. 이내 부드러운 바람이 뺨을 간질였다. 영두는 가지 말라고, 이대로 영원히 어루만져 달라고 말했지만 진공의 우주에서 소리가 들릴 턱이 없었다.

그러다 어느 순간 그 손길이 멀어져 갔다. 영두는 잠에 취한 눈을 슬며시 떴다. 수천 년을 자고 일어난 것처럼 머릿속이 멍했다. 뼈마디가 다 녹아내린 듯 온몸이 흐물흐물했다. 제대로 눈을 뜨기도 어려웠다. 그래도 실눈을 뜬 눈동자는 바로 앞의 낯선 여자를 볼 수 있었다.

검은 머리카락을 허리까지 치렁치렁하게 늘어뜨린 여자는, 놀란 눈으로 영두를 들여다보며 금붕어처럼 입을 뻐끔거리고 있었다. 스물로도, 서른으로도, 어쩌면 마흔으로도 보이는 여자는 어딘가 비현실적이었다. 아무튼 처음 보는 얼굴이었다.

누구……? 영두는 눈꺼풀에 힘을 주었다. 그 순간 띠리링 하는 종소리와 함께 편의점 안으로 후끈한 공기가 밀려들었다.

영두는 벌떡 일어났다. 허방을 짚는 듯 온몸이 휘청거렸고 억지로 뜬 눈 안으로 핏물이 흘러들었다. 그런 몸으로 영두는 손에 잡히는

대로 마구 집어 던지며 괴성을 질러 댔다. 그러다 맞은편에 아이보리 빛 문이 조금 열려 있는 걸 얼핏 보았다. 영두는 비명을 지르며 그 문 안으로 뛰어들었다. 철제 선반이 양쪽으로 늘어선 그 방 끝에는 또 다른 문이 보였다. 영두는 단걸음에 그 문을 열고 뛰쳐나갔다. 쾅! 하고 뒤에서 문이 닫히자 영두의 두 다리가 푹 하고 꺾였다.

정오로 달려가는 태양이 피로 얼룩진 영두의 정수리를 뜨겁게 내리쏘았다. 영두는 픽 하고 두 손으로 바닥을 짚고는 엉금엉금 기기 시작했다. 마침 그 앞을 지나던 중학생 남녀 커플이 영두를 보고는 비명을 지르며 도망쳤다. 영두는 그들이 사라진 큰길 쪽으로 오른팔을 쭉 뻗었다. 그러고는 그대로 쓰러져 의식을 잃었다.

3

"누구?"

간호사가 차트를 바삐 넘기며 되물었다.

영두는 공연히 눈치가 보여 주위를 흘금거리다가 조금 더 목소리를 높여 말했다.

"이, 영, 두. 아까 잔뜩 얻어맞고 실려 온……."

"아!"

간호사는 '얻어맞고'에서 고개를 들더니 응급실 맨 안쪽을 가리키며 말했다.

"저쪽, 끝에서 세 번째. 아 참, 부모님은 오셨어요? 입원 수속해야 하는데."

"많이…… 다쳤나요?"

"갈비뼈 하나 부러졌고, 오른팔에 금 갔고 또…….'"

간호사가 고개를 갸웃거리며 쌓여 있는 차트를 뒤적거렸다.

영두는 됐다고, 나중에 얘기해 달라고 말하며 서둘러 물러났다.

쿵 쿵 쿵 쿵.

아이보리빛 커튼 안쪽에서 심장 박동 소리가 들려왔다. 어쩌면 영
두 자신의 심장에서 들려오는 것인지도 몰랐다. 대체 무슨 생각으로
여기까지 오고 만 것인지 알 수 없었다. 패싸움으로 만신창이가 되
어 응급실에 누워 있는 이영두라니, 말도 안 되는 소리라고 무시하면
그뿐이었다. 부모님에게 얘기해서 어찌 된 일인지 더 알아볼 수도 있
을 터였다. 그러나 어쩐지 그럴 수가 없었다. 형사와 통화를 끝내고
나서 영두의 심장은 내내 이렇게 두근거렸다. 자신의 일부를 어딘가
에 두고 온 것처럼 초조했고, 뭔가 중요한 것을 잃어버린 듯이 불안
했다. 그 모든 예감이 영두의 발길을 잡아끌었다. 제 발로 찾아와 확
인할 수밖에 없었다. 영두는 한참을 머뭇거리다 세 번째 침대 커튼을
슬쩍 들어 올렸다.

거기, 침대 위에 영두가 누워 있었다.

두 눈은 감자처럼 부어올랐고 입은 뒤틀려 있었으며 머리통에는
붕대가 친친 감겨 있었다. 하지만 영두는, 알 수 있었다. 지금 제 눈
앞에 누워 있는 사람은 바로 자기 자신이었다.

다른 사람들 눈에는 쌍둥이로 보일 수도, 형제로 보일 수도 있을
터였다. 생김새가 같대도 판이하게 다른 인상 탓에 아예 남남으로 여

길 수도 있을 것이었다. 영두의 이성 역시 그랬다. 환자복 사이로 문신이 들여다보이는 소년, 막 나가는 인생의 표본 같은 인간이 자기 자신일 리가 없다고 생각했다.

그러나 어떤 본능이, 지금 만신창이가 되어 누워 있는 사람은 다름 아닌 자기 자신이라고 말하고 있었다. 닮은 사람도, 잃어버린 쌍둥이도 아니었다. 그는 영두와 완벽하게 똑같았다. 30억 개의 DNA 염기 쌍으로도 설명할 수 없는 그 모든 것까지 똑같은, 자기 자신이었다. 영두의 몸이 그렇게 말하고 있었다.

영두는 무서운 확신에 휩싸인 채 냉동 인간처럼 뻣뻣해진 팔을 천천히 들어 올려 영두의 어깨를 슬며시 건드렸다. 그러자 누워 있는 영두의 입에서 얕은 신음 소리와 함께 들릴 듯 말 듯 욕지거리가 새어 나왔다. 영두는 놀라서 얼른 손을 치웠고, 영두는 천천히 눈을 떴다.

영두와 영두는 서로를 바라보았다.

"너…… 뭐야?"

영두가, 만신창이가 되어 누워 있는 영두가 먼저 입을 열었다. 누구인지 알아볼 수도 없을 만큼 엉망이 된 얼굴이 경악으로 일그러졌다. 하늘빛 체크무늬 남방에 베이지색 면바지를 말쑥하게 차려입은 영두의 얼굴도 마찬가지였다. 영두와 영두는 일그러진 거울을 마주 보며 말을 잇지 못했다.

바로 그때 커튼을 차르륵 젖히며 간호사가 들어왔다. 간호사는 대뜸 영두를 옆으로 돌려 눕히고 바지춤을 끌어내려 주사를 놓았다. 그러는 동안에도 영두는 깁스한 목을 뻣뻣하게 돌린 채 영두를 바라보고 있었다. 간호사는 주사 두 대를 다 놓고 다시 스테인리스 쟁반을 들고 커튼 밖으로 나가며 말했다.

"형사가 보호자 오면 로비로 오라던데. 아마 아직 기다리고 있을 걸요?"

그러자 영두가 영두의 남방을 와락 움켜잡으며 물었다.

"형사라니, 형사가 왜? 왜 여길 온 거야?"

그거야말로 영두가 묻고 싶은 얘기였다. 그러나 그보다 더 중요한 사실은 따로 있었다. 영두는 옷자락을 슬며시 빼내며 물었다.

"너…… 너, 혹시…… 네가 혹시…… 설마…… 이영두야?"

그러나 폭력의 증거로 온몸을 도배하고 있는 영두에게는, 영두의 등장으로 인한 충격보다 형사에 대한 걱정이 우선인 듯했다. 영두는 퉁퉁 부은 눈으로 연방 커튼을 흘금거리며 쏘아붙였다.

"쓸데없는 소리 집어치우고 일단, 핸드폰 좀 내놔. 어서!"

"뭐어?"

"뒈질래? 핸드폰 내놓으란 말야!"

영두는 얼떨떨한 얼굴로 베이지색 면바지 뒷주머니에서 휴대전화를 꺼내 베개 옆에 놓았다.

영두가 다시 말했다.

"일단 나가서 짭새 좀 따돌려 봐."

"그건 또 무슨…….."

"너 돌탱이냐? 사람 말 못 알아들어? 일단 상황이 어찌 돌아가는 건지 알아봐야 하니까 그동안 짭새 좀 붙잡고 있으라 이거잖아! 미적거리고 있는 사이에 이리로 들이닥치기라도 하면 어쩌려는 거야? 입 잘못 놀렸다가는 그대로 골로 가는 거야. 모르겠어?"

물론 영두로서는 전혀 알 수가 없는 소리였다. 그러나 어차피 영두도 형사에게 묻고 싶은 게 많았다. 영두는 영두를 불안한 눈빛으로 바라보다가 이윽고 몸을 돌려 커튼 밖으로 나왔다. 마침 주 형사가 응급실 입구로 성큼성큼 들어오고 있었다.

보통 사람이라면 절대로 일어나서 돌아다닐 수 없는 상태였지만, 영두는 달랐다. 단백질이니 탄수화물이니 하는 것들보다는 맷집을 자양분으로 자란 영두였다. 이번에는 정도가 심각했지만 형사니 뭐니 하는 소리를 들으니 그야말로 초인적인 힘이 솟았다.

영두는 반창고를 떼어 내고 손등에서 주삿바늘을 뽑았다. 환자복 바지 위로 붉은 피가 점점이 떨어졌다. 상체를 일으키자 비명이 터져 나올 듯했지만 시트를 움켜쥐며 견뎠다. 영두는 핏빛보다 더 검붉게 달아오른 얼굴로 이를 악물고 침대 아래로 내려섰다. 커튼 사이로 내다보니 영두가 형사와 어깨를 나란히 하고 응급실 바깥으로 나가고 있었다. 간호사와 의사와 경비원과, 그 모든 사람들은 몹시 분주했다. 기회였다. 영두는 옆 침대에 놓인 남의 옷을 훔쳐 입고 응급실에서 빠져나왔다. 수납 창구 옆 대기석에 앉은 중학생 녀석이 야구 모자를 만지작거리고 있었다. 영두는 그 모자를 낚아채 푹 눌러쓰고 병원 밖으로 나왔다.

일단 병원을 빠져나오자 다시 어지럼증이 몰려들었다. 영두는 휘청거리며 담벼락을 짚고서 겨우 버티고 섰다. 그 녀석은…… 대체 누구지? 영두는 그제야 다시 영두를 떠올렸다. 그 녀석…… 그런 샌님 같은 범생이 녀석…… 꼰대같이 차려입은 꼬락서니하고는……. 그런데 어째서 그 녀석이…… 나인 것만 같지? 아니, 그럴 리가 없어. 아니 아니, 지금 그 녀석 따위를 생각할 때가 아니야.

영두는 거세게 고개를 가로저었다. 미적거리고 있다가는 형사에게 덜미를 잡힐지도 몰랐다. 대체 누구한테 이렇게 맞은 것인지 물어야 할 것이었다. 그랬다가는 표적이 되어 쥐도 새도 모르게 죽어 나갈지도 몰랐다.

영두는 그렇게 기대선 채 새벽녘의 그 처참한 순간을 떠올렸다. 술에 취한 영두는 패거리들과 함께 거리를 헤매며 속으로 되뇌고 있었다. 씨팔, 누구든 걸리기만 해 봐! 죽여 버리고 말 테니까! 누구인지는 상관없었다. 왜인지도 알 바 아니었다. 그저 가슴에서 불길이 타올라 미칠 것 같았다. 어머니는 이제 밥상도 제대로 들기 어려워 보였다. 그런데도 괜찮다, 괜찮다 소리만 하며 몸져누워 있었다. 친구 녀석들의 눈길이 닿는 것도 싫을 만치 곱던 누나는 남편이 실직한 지 1년 만에 얼굴이 반쪽이 되어 버렸다. 어머니도, 누나도, 매형도 보기 싫었다. 그 밖의 누구라도 마찬가지였다. 여태 세상은 단 한 번도 영두의 편을 들어 준 적이 없었다. 씨팔 같은 세상이라면 씨팔스럽게 붙어 주는 수밖에 없었다.

그런데 하필이면 그 상대가, 동네 양아치가 아니라 진짜 꾼들이라는 게 문제였다. 패거리들은 첫눈에 상대를 알아보고 뒷걸음질을 쳤지만, 불이 난 영두의 눈에는 천지가 분간되지 않았다. 영두는 그중 제일 눈빛이 껄끄러운 녀석의 멱살을 움켜쥐고 오른쪽 면상을 갈겼다. 스프링처럼 상대의 주먹이 곧장 날아와 영두의 명치를 쳤다. 그때부터 영두는 맞기 시작했다. 대체 몇 시간을 맞은 건지, 아니 몇 날 며칠을 맞은 건지 알 수 없었다. 어쩌면 십 분도 채 안 되는 시간이었는지도 모르지만 영두에게는 시간이 멈추어 버린 것 같았다. 그러다 손에 잡히는 돌멩이로 누군가의 면상을 후려쳤다. 그리고 어디론가 달리고…….

애애애앵, 순찰차가 지나갔다. 영두는 기억에서 깨어나 화들짝 정신을 차리고는 서둘러 바로 옆 건물로 뛰어들어 4층 피시방으로 숨어들었다. 누군가를 불러낼 때까지 돈 한 푼 없이 버티기에는 피시방만 한 데가 없었다.

여름 휴가철의 피시방은 텅 비어 있었다. 그런데도 영두는 모자를 더 눌러쓰고 훔친 바지에 들어 있던 동전과 천 원짜리를 탈탈 털어 담배와 콜라를 사서 맨 구석에 자리 잡고 앉았다. 곧장 전원을 켜고 네이트온에 접속했다. 이상했다. 아이디와 패스워드가 맞지 않았다. 엠에스엔에 접속했지만 이번에는 존재하지 않는 아이디라고 했다. 혹시…… 아직 기절한 상태에서 꿈을 꾸는 건가? 그게 아니면 너무 맞아서 맛이 가 버린 건가? 영두는 후두둑 머리를 털고서 이번에는 영두에게서 빼앗은 휴대전화를 꺼내 들고 폴더를 열었다. 이영두? 영두는 대기 화면에 떠 있는 이름을 보고 소스라쳤다. 그 녀석! 그 이상한 녀석은 대체…….

어찌 되었든 일단 몸을 피할 곳을 마련하는 게 우선이었다. 선생들마저 가끔 인정하는 비상한 기억력으로, 영두는 전화번호를 차례차례 눌렀다. 이상했다. 집에 전화를 걸자 어떤 할머니가 받아서는 잘못 걸었다는 것이었다. 엉터리 전화번호를 댔다고 형사가 화를 낸 것은 공연한 일이 아닌 모양이었다. 엄마 휴대전화는 결번이었고, 누나 것은 다른 사람 번호였다. 친구 몇 놈에게 걸었지만 모두 마찬가지였다.

영두는 애꿎은 콜라 캔만 짜부라뜨려 바닥에 내동댕이쳤다. 깨갱 깨갱! 쇳소리에 카운터 알바 청년이 인상을 찌푸리며 일어났다가 영두를 보고는 얼른 목을 움츠렸다.

그 순간 휴대전화 벨이 울렸다. 화면에 뜬 이름은 다름 아닌 '엄마'였다. 엄마? 나의 엄마? 아니면 그 녀석의 엄마?

영두는 손을 부들부들 떨며 전화를 받았다.

"……여보세요?"

"영두야, 너 어디야, 지금?"

영두의, 영두의 어머니였다. 분명 어머니 목소리였다. 그러나 끼니를 챙기기도 버거워하며 앓아누운 어머니의 말투는 아니었다. 분명 어머니였으나 또한 어머니가 아니기도 했다. 그 녀석의 어머니인 듯싶었지만 또한 자신의 어머니이기도 한 것이었다.

영두 어머니가 다시 말했다.

"순경이 가게로 찾아왔어. 네가 어디서 되게 얻어맞고 새벽부터 응급실에 누워 있다는 거야. 그럴 리가 없다고, 아까까지 집에 있었다고 말을 해도 아니라는 거야. 지문 조회를 해서 나온 건데 무슨 소리냐고…… 나 원 참……. 영두야, 얼른 가게로 와라. 응? 파출소 가서 한바탕 해 대고 와야지, 안 되겠어! 어휴, 그럴 리가 없다는 걸 뻔히 알면서도 너 다쳤다는 소리에 어찌나 가슴이 벌렁대던지……. 너 지금 어디야?"

영두는 폴더를 세게 닫고는 아예 배터리를 빼내서 컴퓨터 테이블 위에 던져 버렸다. 몹쓸 병균이나 무시무시한 괴물이라도 되는 것처럼 멀찍이서 휴대전화를 노려보았다. 대체 이게 다 무슨 일이지? 그 녀석, 그 녀석은 누구지? 설마…… 그 녀석이 나라는 얘기야? 아니, 어떻게? 말도 안 되는 생각이다 싶으면서도 자꾸 그런 생각이 들었다. 그 녀석은 나야. 그 찌질이 같은 녀석은 나야. 분명 그건 나야.

영두는 담배를 거푸 세 대나 피우며 지난밤부터의 일을 다시 돌이켜 보았다. 몰매를 피해 어찌어찌 도망쳤고…… 그래, 편의점!

4

띠리링, 종소리를 울리며 영두는 편의점 안으로 들어갔다. 더위에도 남방 단추를 목까지 채우고 있던 터라, 에어컨 바람에 안도의 한숨이 나왔다.

어디에나 있는, 그런 평범한 편의점이었다. 오른편에는 담배 진열대가 놓인 카운터가 있고, 맞은편 유리 벽에는 음식을 먹을 수 있는 높은 테이블이 있었다. 그 옆으로 꺾어진 벽면을 따라 냉장고가 놓여 있었으며 가운데 진열장에는 천 원짜리 몇 장으로 요기할 수 있는 음식들이 즐비했다. 특이한 점이 있다면, 카운터에 서 있는 여자였다.

검은 머리카락을 허리까지 치렁치렁하게 늘어뜨린 여자는 스물인 가 하면 서른 같았고, 그런가 하면 마흔 같았지만 또 그보다는 한참 어려 보이기도 했다. 어딘가 비현실적인, 마치 합성 사진처럼 주변과 조금씩 어긋나 있는 듯한 여자였다. 아무튼 처음 보는 여자였다.

동생이라고 둘러대고 형사에게 들은 바에 따르면, 영두는 만신창 이가 된 상태로 이 편의점 뒷골목에 쓰러져 있었던 것이었다. 그날 영두를 목격한 중학생들의 증언은, 영두가 편의점 뒷문에서 뛰쳐나 온 것 같다고도 했다. 그렇다면 혹시 이 편의점에서 무언가 실마리를 찾을 수 있지 않을까, 이런 막연한 생각으로 물어물어 여기까지 찾아 온 것이었다. 하지만 대체 어디서부터 이야기를 꺼내야 하는 것일까.

"저기······."

영두는 뒷머리를 긁적이며 카운터로 다가갔다.

그런데 여자가 카운터 밖으로 나오며 먼저 이야기를 꺼냈다.

"넌 그때 그 아이가 아닌 것 같아. 원래 이쪽 세계에 살던 아이야. 그렇지?"

이쪽 세계? 알 수 없는 소리였지만 그때 그 아이란 아마도 그 영두 를 뜻하는 것 같았다. 여자의 눈빛은, 난 널 알고 있다고 말하고 있었 다. 일단, 영두는 고개를 끄덕였다.

여자가 말했다.

"그렇게 뛰쳐나가서 어찌 되었나 걱정스러웠는데······ 아마 너랑 만난 모양이구나. 그렇지?"

영두로서는 다시 끄덕, 하는 것밖에 달리 할 수 있는 말이 없었다.

여자가 고개를 옆으로 갸웃하게 기울이며 다시 말했다.

"놀랐겠네. 그래, 그랬을 거야. 저쪽 세계에 사는 자신이랑 만나는 일은 언제나 당황스럽지."

자신. 그 한마디가 영두의 머리를 내리쳤다. 가슴으로, 본능으로 느끼던 사실, 그러나 머리로는 받아들일 수 없던 사실. 그 녀석이 나이고 내가 그 녀석이라는 사실이 여자의 입에서 당연한 현실로 흘러나온 것이었다.

여자는 이어서 봄날의 수다처럼 아무렇지 않은 얼굴로 또 말했다.

"그래도 뭐, 여기까지 찾아온 걸 보면 무턱대고 당황하지만은 않았나 봐. 혹시…… 너, 다중 우주에 대해 원래 알고 있었던 거니?"

다중 우주? 영두는 얼마 전 논술 과외 선생에게 받은 프린트물의 내용을 떠올렸다. 뭔가, 가물가물 머릿속에 떠오르는 듯했다. 평행 우주, 또는 다중 우주. 우리가 무언가를 선택할 때마다 그 경우의 수만큼 수많은 우주가 동시에 존재한다는, 양자 역학에 근거한 현대 물리학의 우주론. 고작 이 정도 지식을 가지고 다시 고개를 끄덕일 수는 없었다. 영두는 천천히 고개를 저었다.

여자가 싱긋 웃으며 냉장고로 가서 차가운 홍차 캔 하나를 꺼내 영두에게 건네고 또 말했다.

"그래도 뭐, 전혀 몰랐던 건 아닌 것 같네. 그래, 맞아. 네가 만난 아이는, 다른 우주에서 살던 또 다른 너야. 네 인생의 어느 시점에서 갈라진, 너 자신이지. 대체 언제 갈라진 거냐고는 묻지 마. 다들 나한테 그렇게 묻는데, 어휴! 인생이란 너무도 복잡한 시뮬레이션이라서 아주 작은 변수 하나만으로도 판이하게 달라지거든. 아무튼 그냥 이렇게 딱 봐서는, 아무래도 그쪽이 너보다 고단하게 살아온 것 같네. 그날도…… 난 그 아이가 죽는 줄만 알았어."

여자의 말에 따르면, 영두는 그날 피투성이가 되어 편의점 안으로 갑자기 뛰어들어 혼절한 것이었다. 여자가 놀라서 구급차를 불렀지만 구급대원이 도착해서 편의점에 들어오자마자 영두는 벌떡 일어나 창고로 도망쳤고, 그대로 곧장 차원 이동 출입구로 뛰어들고 말았다는 것이었다.

여자는 그렇게 설명을 마치고는 영두를 매장 뒤편에 딸린 창고로 데리고 들어갔다. 창고 안에는 바깥으로 통하는 초록색 문이 하나 있었다.

"이 문이야."

여자가 초록 문을 손으로 짚으며 말했다.

매장만큼은 아니지만 창고 안 역시 서늘한데도 영두는 땀을 비질비질 흘렸다. 여자가 괜찮다는 듯 영두의 등을 두어 번 두드리고는 초록 문을 벌컥 열었다.

그저 평범한, 어느 주택가였다.

"여기가 그럼…… 다른 차원의 우주라는 거예요?"

영두가 물었다. 이번에는 여자가 그저 고개만 끄덕였다. 영두는 발을 뒤로 슬금 끌며 다시 물었다.

"그럼 여기가…… 그…… 아이가 살던 세계인가요?"

"아니. 여기는 또 다른 어떤 우주겠지. 네가 그 아이도 지금의 너도 아닌 다른 모습으로 살고 있는 우주일 수도 있고, 네가 일찍 죽어 버린 우주일지도 몰라. 어쩌면 아예 네가 태어나지 않은 우주일 수도 있겠지. 아주 사소한 사건으로 너는 어머니 배 속에서 죽어 버렸을 수도 있을 테니까. 아예 잉태되지 않았을 수도 있지. 이곳이 그중 어떤 우주인지는 나도 몰라. 그냥 첫인상으로 보기에, 네가 살고 있는 우주와 그리 다른 우주는 아닌 것 같네. 난 심지어 인간이 직립 보행을 선택하지 않은 우주에 간 적도 있거든. 21세기가 되도록 지구는 무척이나 안녕하더라. 거기서는 동굴 끝에 차원 이동 출입구가 있었지. 아무튼 차원 이동 출입구는, 말하자면 랜덤 방식이야. 이 문을 열면 다른 우주로 나가지만 그게 어떤 우주인지는 아무도 모르지. 다만 수많은 가능성 중의 하나로 들어간다는 얘기만 할 수 있을 따름이야. 어쨌든 이 문으로 나갔다가 다시 앞문으로 들어오면 나와 만날 수 있어. 그리고 다시 뒷문을 열면 그땐 또 다른 우주가 나오지."

"그럼…… 그 아이……는 원래 자기가 있던 우주로 돌아갈 수 없는 건가요?"

"그 아이라…… 네가 그렇게 말하니까 좀 이상하네. 그 아이는 그냥 '너'거든. 다만 어느 순간 다른 조건에 놓였거나 다른 선택을 했을 뿐이지. 하긴, 아직 이런 얘기를 실감하기는 어렵겠지. 아무튼 그 아이는 돌아갈 수 있어. 이 편의점으로 와서 뒷문으로 나가면 곧장 자기 세계로 갈 수 있어. 만약 다른 우주로 가고 싶다면 자기 세계의 터미널에서 다시 뒷문을 열어야지."

"터미널이라고요?"

"응. 여긴 다중 우주들을 연결하는 터미널이야. 이 터미널을 중심으로 셀 수 없이 많은 우주들이 연결되어 있는 거지. 여긴 태풍의 눈처럼 선택과 가능성을 비켜나 존재하는 곳이야. 아무튼 일단 나가자. 덥네."

여자가 앞장서 매장으로 나왔다. 영두도 자꾸만 초록색 문을 힐끔거리며 여자를 뒤따라 나왔다.

차가운 바람을 쐬자 머리가 좀 맑아지는 듯했다. 영두는 그제야 좀 막연하다고 생각하면서도 이렇게 물을 수 있었다.

"그럼 당신은…… 누구죠?"

"나? 글쎄, 뭐라고 하면 좋을까? 호호호…… 그래, 터미널 관리인이라고 해 두지, 뭐. 나도 어느 날 우연히 다른 우주로 가게 되면서 터미널의 비밀을 알게 되었지. 그때부터 끝없이 우주를 떠돌았어. 예수가 십자가에 못 박히지 않고 선지자로 살아생전에 부처만큼이나 영예를 누린 세계에 간 적도 있어. 상당히 종교적인 색채가 강한 우주였지. 어쨌든 그러다 보니 어느 순간 내게는 시간과 공간이라는 게 무의미해져 있더라고. 그래서 이렇게 터미널 관리인으로 머물게 된 거야. 참, 그런데 그 아이는 어떻게 되었니? 많이 다친 것 같았는데……. 아니, 아니, 그보다 몹시 당황하고 있을 거야. 이런 사실을 전혀 모르고 엉뚱한 우주에 떨어졌으니."

"어딘가로 사라졌어요."

"어디로?"

영두는 제 잘못이나 되는 것처럼 눈길을 떨어뜨렸다. 그 몸을 하고 병원에서 도망쳤다는 것만 알고 있을 뿐, 어디로 사라졌는지 도무지 알 수 없었다. 그러나 분명한 것은 영두가 아직 자신의 우주로 돌아가지는 않았다는 사실이었다. 영두는 문득, 영두가 몹시 걱정스러웠다.

저녁이 되어 피시방에는 점점 손님이 늘었지만 영두 주변 자리는 비어 있었다. 손님들은 슬금슬금 영두를 피했으며 아르바이트 청년은 사장이 나오면 경찰에 신고라도 해야겠다고 작정하고 있었다. 영두도 더는 버틸 수가 없었다. 시간이 흐를수록 통증이 점점 심해졌다. 가슴이 빠개질 듯 아팠고 기침도 멎지 않았다.

영두는 결국 휴대전화를 집어 들고 다시 배터리를 끼웠다. 전원을 켜자마자 문자 메시지와 부재중 전화 목록이 무더기로 쏟아졌다. 대부분 엄마라는 이름으로 온 것들이었다.

그리고 부재중 전화 알림이 끊어지자마자 '아버지'라는 이름으로 전화가 걸려 왔다. 아…… 버지? 영두는 기함을 하며 휴대전화를 떨어뜨렸다. 휴대전화는 영두의 다리 위에서 부르르 몸을 떨었고, 영두의 두 손은 그보다 더 심하게 떨렸다. 전화는 그대로 끊겼지만 이내 다시 걸려 왔다. 영두는 폭탄 처리에 나선 신참 형사처럼 조심스럽게 전화를 받았다.

"영둔 겨?"

"……."

"영두여? 영두 아녀?"

십 년 전에 세상을 떠난 아버지. 그러나 목소리는 분명 아버지였다. 영두의 몸이 그렇게 말하고 있었다. 하지만 그럴 리가, 아버지라는 존재가 살아 펄떡거리는 심장으로 다시 돌아올 리가 없었다. 그렇다면 어쩌면, 자신은 이미 죽어 버린 게 아닐까, 하고 영두는 생각했다. 그래서 아버지와 통화를 할 수 있는 것일까, 하고.

이윽고 영두는 꽉 잠긴 목소리로 대답했다.

"네."

단 한 마디에 아버지는 아들의 심상찮은 상태를 눈치챈 것 같았다.

"이눔아, 너 지금 어딘 겨? 대체 왜 전화를 끈 겨? 너 참말로 다친 겨? 누구한테 얻어맞은 겨? 니 엄니 시방 다 죽어 가는디 이게 다 뭔 일인 겨? 엉?"

아버지. 아버지라는 이름을 가진 사람의 목소리는 이런 것일까. 영두의 부어오른 두 눈에서 찔끔 눈물이 솟았다. 영두는 두 눈을 꾹 눌러 감고 잠시 숨을 골랐다. 붕대에서 배어난 피가 이제 초록 티셔츠를 검게 물들이고 있었다. 영두는 무서웠다. 설사 이미 죽어 버린 것이라고 해도, 이렇게 혼자 버려지고 싶지는 않았다.

영두는 절룩거리며 카운터로 걸어가 청년에게 피시방의 위치를 물었다. 그런 다음 아버지에게 그 사실을 전했다.

"잠시만 기둘려. 애비가 횡 허니 갈 테니께, 엉?"

통화는 그렇게 끝났지만 영두는 전화기를 귀에 댄 채 얼어붙은 듯 꼼짝도 하지 않았다. 아니, 할 수가 없었다. 아버지라고? 아버지가 날 데리러 온다고? 이건, 이건 대체 뭐지?

다시 휴대전화가 진동했다. 발신 번호 표시 없음. 그러나 누구인지 단박에 알 수 있었다. 영두는 전화를 받았다.

"나야."

상대방은 대뜸 그렇게 말했다.

"으응……."

영두가 대답했다.

편의점의 영두가 잠시 뜸을 들이다가 물었다.

"좀 어때? 괜찮아?"

"괜찮을 리가 있냐, 씹탱……."

그러나 욕을 잇기도 어려웠다. 영두는 격렬하게 기침을 한바탕 쏟은 후 다시 휴대전화를 귀에 가져다 댔다.

"너, 어디야?"

영두가 물었다. 영두는 피시방이라고 대답했다. 영두가 더 다급해진 목소리로 물었다.

"어디, 병원 근처에 있는 피시방이야? 그럼 거기 있어. 지금 내가 갈 테니……. 내 의료 보험으로 일단 치료부터 받자."

그러나 정작 피 흘리는 영두에게는 병원보다 더 절박한 문제가 있었다.

"넌 대체 누구야? 난 그럼 또 누구야? 여긴 어딘 거야?"

"그래, 당황스러울 거야. 나도 그러니까……. 있잖아, 난 너고, 넌 나야."

영두의 대답과 함께 아버지한테서 문자 메시지가 왔다. 애비 지금 출발했으니까 쪼끔만 더 기다려, 라는 짧지만 간절한.

영두는 뻐개질 듯 아파 오는 가슴팍을 움켜쥐고 벽에 기대어 바닥에 스르르 주저앉으며 영두의 장황한 설명을 잘랐다.

"너희…… 아버지랑 통화했어. 그냥 너인 척했어. 이게 대체 무슨 일인지 모르겠지만…… 넌 대체 누구인지 모르겠지만…… 지금 난 상당히 좆같은 상태라 더는 버틸 수가 없거든. 그래서, 네 아버지인 줄 아는데 그냥 아들 행세했어. 그래 봤자 좀 이따 오면 알아채겠지. 미친놈이라고 경찰로 끌고 갈지도 모르지. 그래도 너희 아버지……."

"아냐, 그분은 네 아버지이기도 해. 우린 다른 사람이 아니야. 그러니까 너랑 나는 모두, 아버지의 아들이야."

영두의 거짓말 같은 목소리가 휴대전화를 타고 생생하게 전해져 왔다.

그러나 영두는 대답할 수 없었다. 휴대전화를 귀에 댄 채 무릎에 얼굴을 묻고 울었다. 셔츠를 통해 새어 나온 피가 청바지를 검붉게 물들였다. 저 너머의 영두는 아무것도 모른 채, 열띤 목소리로 다중우주에 대해 설명하고 있었다. 어느 순간에 너와 내가 갈라진 것뿐이라고, 너는 또 다른 나라고, 나는 조금 나은 길로 갔던 너일 뿐이라고. 하지만 영두는 더 이상 영두의 말을 듣지 않고 있었다. 휴대전화를 바닥에 떨어뜨리고 어린애처럼 소리 내어 울었다.

"영두여?"

아버지가, 영두의 어깨를 짚었다. 영두는 엉망이 된 얼굴을 들어 아버지를 바라보았다.

"이눔아, 이게 무슨 꼴이여? 누가 이런 겨? 누가 내 새끼를 이렇게 줘 팬 겨? 괜찮은 겨?"

아버지, 앞머리가 훤히 벗겨지고 배가 불룩 나와 셔츠 단추 사이가 벌어진 아버지. 아버지의 손가락은 모두 무사했고, 손가락이 무사한 아버지의 아들 영두는 저 너머에서 영두로서는 도무지 알아들을 수 없는 말을 계속 떠들어 대고 있었다. 영두는 아버지의 품으로 풀썩 쓰러졌다.

5

여자는, 그렇다면 여기서 며칠 머무르는 게 어떻겠느냐고 말했다. 영두는 알았다고 대답했다.

친구인 척하고 아버지에게 전화를 걸어 보니, 영두는 처음 실려 간 그 병원에 다시 입원해 있었다. 일단 영두가 치료를 받는 게 우선이었다. 아버지는 영두의 모습만으로도 큰 충격을 받은 상태였다. 거기다 또 다른 영두가 나타난다면 어떻게 될는지, 상상조차 할 수 없었다. 지금 집으로 돌아갈 수는 없었다.

여자는 영두를 편의점 2층의 작은 방으로 데리고 갔다. 철제 침대와 작은 옷장, 책상과 키 낮은 책장, 그리고 의자 하나. 창문에 잿빛 커튼이 드리워져 있는 방은 삭막하리만큼 검소했다.

"고마워요."

영두가 말했다.

"뭘, 고맙긴. 이 방은 원래 이런 용도로 마련해 둔 거야. 차원 이동 출입구를 넘나드는 사람들에게는 가끔 이렇게 곤혹스러운 상황이 생기기 마련이거든. 그럴 때면 여기서 잠깐 시간을 버는 거지. 마음 편히 있어. 그런데 참, 전에 어떤 남자는 다른 우주로 갔다가 일이 엉켜서 늦게 돌아오는 바람에 그만 실직을 한 적도 있는데……. 넌 언제? 잠시 여기서 지내도 큰 탈은 없는 거야?"

영두의 치료가 끝나려면 빨라야 2주, 어쩌면 한 달. 물론 괜찮지 않았다. 하루하루, 아니 한 시간 한 시간을 쪼개어도 늘 빠듯한 생활이었다. 그러나 지금, 다른 우주의 자신을 목격한 지금, 그런 것쯤 아무래도 좋았다.

"괜찮아요."

영두가 말했다.

"그래. 따지고 보면 이 순간에도 많은 사람들이 게스트하우스에 머물고 있어. 네 눈에는 오직 너만 이런 곳에서 빈둥거리고 있는 것처럼 보일지 모르지만, 다른 우주의 터미널에도 언제나 누군가가 이 방에서 머물고 있단다. 난 거기서도 손님에게 게스트하우스에 대해 설명하고 있겠지."

여자는 목젖이 보이도록 깔깔 웃고는 아래층으로 내려갔다.

영두는 곧장 옷을 벗고 욕실로 들어가 샤워기 앞에 서서 물을 틀었다. 물은 몹시 뜨거웠다. 그런데도 온도를 조절할 생각도 하지 않고 그냥 서 있었다. 물줄기가 머리칼을 적시고 목을 타고 내려 등으로, 배로 흘러내렸다. 영두는 벌겋게 익은 자기 몸을 더듬더듬 만졌다.

이영두, 하진 고등학교 3학년, 내신 3등급, 63킬로그램의 몸무게,

주민 등록 번호, 휴대전화 번호, 주소, 그리고 또 많은 것들. 절대적인, 유일한, 오직 하나밖에 없는 자신의 모습이라고 생각한 것들.

그러나 이 모두는 그저 하나의 가능성일 뿐이었다. '나'라는 것은 수많은 선택의 조합이었다. 내게는 세포처럼 많은 모습이 공존하고 있는 것이었다.

뒷거리의 음습한 냄새가 가득 배어 있는 나, 고갯길을 오르느라 숨을 헐떡이며 살아가는 나, 또 다른 나, 수많은 나, 나, 나, 나.

영두는 몸을 닦고 욕실에서 나왔다. 마지막에 뒤집어쓴 찬물 때문에 온몸이 팽팽하게 긴장해 있었다. 머리는 맑았고 가슴은 서늘했다. 처음의 당혹감은 어느덧 사라지고 우주와 우주 사이에 놓여 있다는 현실이 또렷하게 보였다. 영두는 옷을 입고 아래층으로 내려갔다.

여자는 어디로 사라졌는지 보이지 않았다. 허름한 차림의 사내 하나가 고개를 들이박듯 한 채 사발면을 먹고 있었다. 영두는 조용히 창고로 들어가 문을 닫았다. 그러고는 더듬더듬 안쪽으로 들어가 차원 이동 출입구를 열었다.

여자와 함께 처음 문을 열었을 때 본 풍경과는 달랐다. 이번에는 주택가가 아니었다. 맞은편에는 4층 높이의 건물이 하나 있었는데, 근무 시간이 끝나서인지 한 곳을 제외하고는 모두 불이 꺼져 있었다. 영두는 눈을 가느스름하게 뜨고 정문 기둥에 걸려 있는 세로 간판을 읽었다.

조선노동당 서울시 지부.

역사의 선택이 사뭇 왼쪽으로 비켜난 우주인 듯했다. 영두는 몸을 부르르 떨며 문을 닫고 다시 매장으로 나왔다. 여자가 창고 문 앞에서 기다리고 있었다.

"왜?"

여자의 두 눈에 장난기가 반짝거렸다.

"왜 그렇게 우주를 떠돌아다니신 거예요?"

영두가 불쑥 물었다.

여자는 냉장고에 등을 기대고 천장을 지그시 바라보며 생각에 잠겼다. 이윽고 여자가 대답했다.

"글쎄…… 일단은 내가 속한 우주가 싫었던 거지. 세상은 뭐 같았고 도무지 나아질 기미가 보이지 않았거든. 그러던 차에 차원 이동 출입구를 발견한 거야. 그래서 완벽한 우주를 찾아서 떠돌기 시작한 거지. 절이 싫으면 중이 떠난다는 심정이었다고나 할까? 이제는……."

여자가 말끝을 흐렸다. 영두는 계속하라는 눈짓을 보냈다.

"어떤 우주이든 나는 나라는 사실을 잊지 않게 되었지. 에이, 그 기나긴 얘기를 이렇게 쉽게 할 순 없지. 정신 좀 차리고 나서, 나중에 맥주 한잔 하면서 얘기하자, 응?"

여자는 맥주 냉장고를 손톱으로 톡톡 치며 웃었다.

영두가 고개를 끄덕이고는 말했다.

"부탁이 있어요. 실은, 그 아이…… 영두를 잠시 만나 봐야겠어요. 그래서 말인데요, 혹시 바쁘지 않으시면……."

긴 설명을 하지 않아도 여자는 영두의 뜻을 알아챘다. 편의점 문을 잠그고 '죄송합니다'라는 팻말을 걸어 놓은 다음 둘은 인애병원으로 갔다.

4인실에 입원해 있는 영두 곁에는 어머니가 있었다. 아버지는 잠시 자리를 비운 듯했다. 여자는 미리 계획한 대로 전화를 걸어, 영두가 다친 경위를 알고 있다며 어머니를 불러내었다.

어머니가 여자를 만나러 자리를 비운 사이에, 영두는 영두에게 다가갔다.

"좀 괜찮냐?"

얕은 잠에 빠져 있던 영두는 영두를 보고 화들짝 놀라 눈을 떴다. 영두는 씩 웃어 보이며 보호자용 의자에 앉았다.

"놀랐지? 그럴 거야. 나도 무지 놀랐으니까……. 믿기 어려울지 모르지만…… 아니, 나를 봤고 엄마 아빠도 봤으니까 이제 다 믿겠지. 그래, 난 너고……."

"난 너라는 거지."

영두가 말을 받았다.

영두는 고개를 끄덕이며 말했다.

"넌 그 편의점에서 차원 이동 출입구를 통해 다른 우주로 온 거야. 어떤 선택으로 너와 내가 이렇게 달라졌는지는 모르겠지만……."

"아버지의 손가락."

영두가 잔뜩 잠긴 목소리로 말했다. 마주 앉은 영두는 의아한 표정을 지었다. 그러자 영두가 인상을 찌푸리며 목을 가다듬고 다시 말했다.

"아버지의 손가락이 너와 나의 차이야. 내 아버지는…… 손가락 세 개가 없었거든. 그리고 벌써 십 년 전에 돌아가셨고. 그런데 네 아버지는…… 손가락 다섯 개가 다 있더라. 억세지만 튼튼한 손가락 다섯 개……. 그리고 나이를 먹었고…… 여전히 성미는 지랄 같고……. 이 게 다 무슨 미친 일인지는 모르겠지만, 네 아버지는 내…… 아버지더라."

눈물이 차오르자 영두는 말을 멈추고 고개를 획 돌리며 "쪽팔리게……."라고 중얼거렸다.

영두는 흘깃 벽시계를 보았다. 여자는 어머니를 그리 오래 붙잡아 둘 수는 없을 터였다. 영두는 의자를 침대 쪽으로 조금 당겨 앉고는 조금 빨라진 말투로 얘기했다.

"난 우주라는 게, 엄청 대단한 건 줄만 알았어. 우리가 절대 어찌해 볼 수 없는, 높고 튼튼한 철벽 같은 거 말이야. 그런데 이제 보니까 아니네. 우주라는 거, 매트릭스처럼 그냥 우리를 둘러싼 허상인 거 야. 우리는 그 허상에 내몰려서 살아가고 있는 거지. 너와 나의 현실 이라는 것도 그래. 우린 그게 절대적이라고 생각하고 거기에 맞춰 보 려고, 또는 거기서 벗어나 보려고 아득바득…… 웃기는 일이야."

"무슨 개소리야?"

영두가 주삿바늘이 꽂힌 손으로 눈가를 슬며시 닦아 내며 쏘아붙 였다.

영두는 피식 웃으며 말했다.

"아무튼 난, 지금부터 여행이나 좀 다녀 보려고 해. 그러니까 넌 여기서 좀 쉬어."

영두는 고개를 휙 돌리다가 통증에 이맛살을 찌푸렸다.

영두가 영두의 어깨에 손을 올리고 말했다.

"어차피 꼼짝도 할 수 없잖아. 아까 들으니까 2주는 입원해야 한다며? 그러고도 한동안 쉬어야 할 테고. 있지, 실은 나도 좀 쉬고 싶었어. 안 그래도 내가 지겹던 참이었거든."

침대 머리맡에 놓여 있던 영두의 휴대전화에 문자 메시지가 도착했다. 어머니가 엘리베이터를 탔다는, 여자의 연락이었다. 문자 메시지를 확인하고 영두는 황급히 의자에서 일어섰다. 휴대전화를 어찌할까 잠시 고민했지만, 이제 영두가 가려는 세계에서는 휴대전화 따위는 쓸모없는 것일 터였다. 영두는 휴대전화를 침대 머리맡에 다시 내려놓았다.

"어디로 가?"

영두가 베개에 머리를 댄 채 휴대전화를 힐끗 보며 물었다. 영두는 안녕, 하고 짤막한 인사만을 남기고 병실을 나왔다.

복도로 나오자마자 어머니가 허둥지둥 모퉁이를 도는 게 보였다. 영두는 얼른 탕비실로 몸을 숨기고 어머니의 뒷모습을 보았다. 가슴으로 싸하니, 그리움이 밀려들었다. 그러나 어머니는 영두와 영두를 모두 품을 수는 없을 터였다.

영두는 병원을 나와 여자와 함께 편의점으로 돌아왔다. 가게 문을 열자마자 손님들이 들이닥쳤다. 사발면과 삼각김밥과 담배와 캔커피와 맥주와 샌드위치와……. 사람들은 허기를 잠시나마 달래 줄 무언가를 움켜쥐고 카운터 앞에 줄을 섰다. 밤 11시 15분. 학원가에 접해 있는 편의점이 가장 붐비는 시간이었다. 영두는 그 소란스러운 우주를 등지고 창고로 들어섰다. 문을 닫자 어둠이 어머니 배 속처럼 영두를 감쌌다. 영두는 잠시 심호흡을 하고 초록색 문을 열었다.

푸른 숲이 펼쳐져 있었다. 한 번도 사람의 발길이 닿지 않은 것처럼 깊고 고요한 숲이었다.

소설 읽고 대화하기

지은   어휴, 큰일 날 뻔했네.

윤식   무슨 일이야?

지은   여기 오는 길에 간판 공사하던 곳에서 간판이 떨어졌지 뭐야. 한 걸음만 늦었으면 너희 나 못 볼 뻔했다.

현수   소설 장면을 실현할 뻔했네. 다른 우주에선 지은이가 간판에 맞았을지도 몰라.

지은   현수, 너……. 내가 그렇게 되길 바란다는 거지? 너 때문이라도 오래 살 거다!

미영   에이, 뭘 농담 가지고 그래. 그런데 이 소설에서 그려진 다중 우주가 흥미롭긴 해. 우리도 가끔 그 순간에 다른 일이 벌어졌으면 내 인생이 달라졌을지도 모른다고 생각하는 일들이 있지 않니?

지은   내가 '인기 아이돌 오빠들이랑 같은 학교에 다녔다면' 하는 일 말이지?

미영 그래 봐야 아무 일도 일어나지 않거든요!

지은 너희들…… 절교할 테다! 일단, 이번 독서 토론은 끝내고 말이야. 근데 누가 다중 우주 이론 좀 설명해 줄래?

현수 내가 좀 찾아 봤어. 서로 다른 일이 일어나는 우주가 사람들이 알지 못하는 곳에서 동시에 진행되고 있다는 이론이래. 이 이론에 따르면 타임머신이 가능하다네. 과거로 돌아가 어떠한 영향을 주었다고 해도 이와 관계가 없는 우주가 평행으로 진행되기 때문이라는 거야.

지은 그렇다면 시험 정답을 안 다음 타임머신을 타고 시험 전으로 돌아가도, 거긴 다른 우주일 테니까 시험 문제도 다를 테고…… 내 성적은 오를 수 없는 거로군. 에잇! 타임머신이고 뭐고 의미 없다.

윤식 지은이 오늘 유머가 좀 있네. 어쨌든 타임머신을 타고 과거로 돌아가면 이 소설에서처럼 다른 우주에 살고 있는 또 다른 나를 만나게 될 것 같은데, 그런 일이 안 일어나는 걸 보니 다중 우주 이론은 그냥 상상력의 산물이 아닐까?

지은 글쎄……. 아, 자꾸 어려운 거 물어보지 마.

한통샘 재밌는 얘기긴 한데 좀 어렵게 가네요. 현대 물리학 이론은 샘을 포함해서 우리가 감당할 수 있는 것들이 아니니까, 소설과 관련된 장치만 정리해 보죠. 다중 우주론은 우주 자체가 여러 개 있다는 이론이에요. 평행 우주론은 우리가 살아가는 우주가 각각 다른 상황으로 펼쳐지고 있다는 거고요. 평행 우주론은 다중 우주론에 포함된다고 보면 될 거예요. 그렇지만 다른 우주가 있더라도 우리가 실제로 다른 우주에 사는 또 다른 나를 만날 수는 없겠지요. 그럼에도 이 소설을 읽는 동안은 소설의 설정을 존중해 주도록 하지요. 그리고 작가가 이런 설정으로 무엇을 의도했는지 찾아 나가 보도록 하죠.

현수 작은 사건 하나가 커다란 변화를 가져온다는 건 '나비 효과'라고 하죠?

한통샘 맞아요. 나비의 단순한 날갯짓이 날씨를 변화시킬 수도 있다는 기상학 이론에서 출발했지만 오늘날은 경제학이나 사회학에서도 통용됩니다. 자, 소설로 돌아갑시다. 이 소설에도 나비의 날갯짓처럼 변화의 원인이 되는 사건이 하나 나오지요?

미영 네. 이 소설에선 아버지가 사고로 손가락을 잃게 됐는지 아닌지가 사소하지만 결정적인 사건으로 나타나요. 그런데 그게 그렇게 중요한 사건이 될 수 있을지 저는 좀 의심스러워요.

윤식 가능하지 않을까? 사실상 많은 가정에서 아버지의 벌이가 주 수입원이잖아.

미영 꼭 그렇지만은 않아. 먼저 나온 영두 아버지도 실직했고 주 수입원은 엄마가 차린 분식집이잖아.

현수 그건 그렇다고 해도 손가락이 잘린 영두 아버지는 그 일 때문에 가산을 탕진하게 되잖아. 트럭을 몰다가 사고를 내기도 하고.

미영 그 모든 게 손가락이 잘린 것 때문이라고 볼 수는 없지 않나?

지은 미영이 말대로 두 영두의 삶이 달라지는 결정적인 이유가 꼭 아버지의 손가락 때문은 아닐 것 같아. 다른 순간들도 그럴 수 있다고 봐. 예를 들어 두 번째 영두의 아버지가 교통사고를 내지 않았다면, 두 번째 영두의 어머니가 첫 번째 영두의 어머니처럼 식당에서 손맛을 인정받았다면, 두 번째 영두의 삶도 덜 힘들었을 것 아냐?

미영 나도 동감이야. 삶의 어느 한 순간이 결정적 순간이 아니라 모든 순간들이 결정적 순간이 될 수 있을 것 같아.

윤식 우아, 멋진 말인데!

한통샘 그래요. 예전 중학교 교과서에 정현종 시인의 〈모든 순간이 꽃봉오리인 것을〉이라는 시가 실린 적이 있지요. 우리의 삶 속에서 반복되는 작은 일들이 사실은 우리의 삶을 바꿀 수도 있는 중요한 순간들일 거예요.

미영 저도 그 시 알아요. 그런데 그 시에서는 모든 순간이 "내 열심에 따라 피어날 꽃봉오리인 것을!"이라고 말하잖아요. 그렇다면 두 영두가 하는 행동도 그들의 삶을 바꿀 수 있지 않을까요?

한통샘 미영이가 아주 좋은 지적을 했네요. 지금부터는 이 작품 속에서 두 영두의 행동을 살펴보며 얘기해 보면 어떨까요?

지은 첫 번째 영두는 평범한 가정에서 평범하게 자란 것 같아요. "남보다 나은 성적표로 부모님을 기쁘게 했다."는 말도 그래요. 부모님을 기쁘게 하기 위해 남보다 나은 성적표를 받으려 했다는 점을 볼 때, 자기 꿈을 이루기 위해 사는 아이는 아닌 것 같아요.

윤식 역시 개성 만점 지은이답네. 두 번째 영두도 마찬가지 같아. 어려운 가정 형편이라고는 하지만 거기에 끌려서 삶을 막 살고 있는 것으로 보여. 영두가 인생을 "씨팔", "하필이면"이라고 생각한다고 했잖아. 그건 자기가 놓인 상황을 어떻게 할 수 없다는 체념의 뜻이잖아. 자기 힘으로 어려움을 극복하려고 하지 않는 것 같아.

한통샘 두 영두를 너무 몰아세우는 것 같네요. 두 영두를 소개하는 내용이 나오는 대목부터 꼼꼼하게 읽어 보면 어떨까요. 언뜻 보기엔 똑같은 상황 묘사로 보이는데, 서로 다른 점은 없을까요?

미영 거의 같긴 한데 조금 달라요. 일단, 두 영두가 모두 태풍 글래디스가 몰아치던 1991년 8월 23일에 태어나는 건 같아요. 그런데 앞에 나오는 영두네 집은 그냥 안방까지만 물이 찼다고 하는데, 뒤에 나오는 영두네 집은 방 두 칸짜리 반지하라고 나와요. 사는 형편이 달랐던 걸까요?

한통샘 글쎄. 거기에 대해서는 소설에서 말하고 있지 않아 함부로 얘기할 수가 없겠네요. 두 영두가 삶을 대하는 태도나 행동에서 차이가 나타나는 부분은 없나요? 샘이 기억하기론, 세상에 나오는 순간 두 영두의 울음소리에 대한 묘사가 달랐던 것 같은데…….

현수 아, 맞아요. 앞에 나온 영두는 "억울하다는 듯" 울음을 터뜨리고, 뒤에 나오는 영두는 "공포에 질린 듯" 울음을 터뜨려요.

미영 아, 그러네. 두 영두의 삶이 다를 거라는 걸 암시하는 듯해.

윤식 이 암시가 두 영두의 삶에 대한 태도 차이도 보여 주는 거 아닐까? 언뜻 거칠어 보이는 두 번째 영두는 세상을 두려워하고, 평범한 학생처럼 보이는 첫 번째 영두가 오히려 삶의 새로운 가능성을 찾아가는 것 같아.

한통샘 그럴듯하네요. 두 번째 영두가 느끼는 공포는 영두를 설명하는 데 무척 중요한 단어로 보여요. 그러면 첫 번째 영두가 "억울하다는 듯"

울음을 터뜨린 이유가 뭘까요?

현수 음……. 아마도 이 말이 관계가 있는 것 같아요. "영두는 인생이, 한마디로 노란 풍선이라고 생각했다. 어릴 적 놀이공원에서 받은 노란 풍선처럼 무언가가 자꾸만 손아귀에서 빠져나갔다." 뭔가 자꾸 손에서 빠져나가는 것처럼, 내가 삶을 끌고 나가는 것이 아니라 삶이 나를 끌고 간다는 느낌이에요.

지은 맞아, 그래서 억울해지는 거지. 내 삶인데 내 마음대로 안 된다는 거 말이야. 그 기분 알 것 같아.

윤식 두 번째 영두의 '공포'나 '씨팔'도 마찬가지일 거야. 자기 인생이 자기 뜻대로 안 되는 거지.

미영 그렇다면 이 작품은 두 영두가 마음대로 안 되는 인생에서 어떻게 살아야 할 것인지를 배워 가는 이야기일 수 있겠네.

한통샘 오늘 미영이가 감이 좋네요. 그래요, 이 작품은 일종의 성장 소설이라고 할 수 있어요. 그리고 대개 성장 소설에는 성장을 돕는 인물이 등장하죠.

지은 아, 편의점 언니! 그 언니 덕에 첫 번째 영두는 다른 우주로 여행을 떠나겠다고 결심하고, 두 번째 영두는 이 우주에서 가족의 사랑을 느끼게 되는 거지.

현수 그런데 첫 번째 영두는 몰라도 두 번째 영두도 성장한다고 보기는 어렵지 않아? 그냥 가족의 사랑을 받는 거잖아.

미영 그것이 영두에게는 정말 소중한 경험이겠지. 게다가 돌아가신 아버지가 살아 돌아온 셈일 텐데. 영두가 이 우주에 있게 된다면 더 이상 잘못되지는 않을 거야.

현수 바로 그게 문제일 수 있다고. 두 번째 영두는 그냥 환경이 바뀌는 것뿐이야. 첫 번째 영두처럼 자기가 새로운 우주를 선택하지 않잖아. 게다가 첫 번째 영두가 돌아오면 자기가 살던 우주로 돌아가야 하고.

미영 그건 첫 번째 영두도 마찬가지야. 자기가 어떤 우주로 가게 될지는 모르는 거잖아. 그걸 선택이라고 할 수 있어?

윤식 그런데 그건 어차피 모든 선택이 마찬가지 아닌가? 작품 속에서 새로운 우주를 선택하는 거니까 특별해 보일 뿐이지, 우리가 날마다 하는 선택도 결과를 모르고 하는 거잖아.

미영 음, 그러네. 그럼 이 작품에서 우주를 선택한다는 건 어떤 의미지? 그러니까, 앞에서도 잠깐 얘기했지만 이 작품에서는 왜 하필 다중우주라는 장치를 사용했느냐는 거야.

한통샘 이 소설에 "우주라는 거, 매트릭스처럼 그냥 우리를 둘러싼 허상인 거야."라는 말이 나오는데, 여러분에게는 〈매트릭스〉라는 영화가 좀 낯설죠? 우리가 사는 현실이 사실은 기계가 인간에게 주입하는 환상이라는 설정에서 출발하는 영화예요. 그 영화에 주인공이 빨간 알약과 파란 알약 가운데 하나를 선택하는 장면이 나와요. 그 선택에 따라, 주인공의 우주가 달라지죠.

현수 아, 저도 그 영화 봤어요. 저는 그 영화에서 진실을 선택하면서 우주가 달라지는 것도 흥미로웠지만, 오히려 진실을 선택한 것을 후회하다 결국 동료들을 배신하는 사람도 인상적이었어요.

한통샘 재미있는 부분을 찾아냈네요. 진실이 언제나 행복하게 느껴지지 않는다는 것을 잘 보여 주는 인물이었지요. 아까 말했던 두 번째 영두가 느끼는 공포도 이런 두려움과 통하지 않을까요? 최선을 다해 선택하고 노력한다 해도 그 선택이 어떤 결과를 가져올지는 모른다는 것, 그래서 두려운 거겠지요.

지은 선생님 말씀을 듣고 보니 저도 좀 무서워지네요. 저도 연예인이 되고 싶어 하고, 그래서 최선을 다해 고민하고 노력하지만 과연 연예인이 될 수 있을지, 제 선택이 괜찮은 건지 저 자신에게 물어볼 때가 있어요.

윤식 어쩌면 우리 인생이 온통 자기 밖에 있는 환경에 따라 결정되는 것만은 아니라는 점을 알게 되는 것 자체가 성장이 아닐까? 어떤 우주인지 어떤 미래인지 몰라도, 한 발 내딛는 용기가 필요하다는 것. 그래서 작품 마지막 문장이 인상적이었어. "한 번도 사람의 발길이 닿지 않은 것처럼 깊고 고요한 숲이었다."라는 문장 말이야. 우리가 하는 선택도 마찬가지 아닐까? 아직 아무도 선택하지 않은 순간들, 어떤 결과가 나올지 모르지만 그럼에도 우리는 선택한다는 거지.

미영 야, 멋지다. 윤리 시간에 배운 실존주의 철학 같네. 인생은 선택으로 만들어 간다! 그런데 첫 번째 영두가 선택의 소중함을 배우고 새롭게 태어날 수 있었다면, 두 번째 영두는 새로운 우주를 경험하면서 무엇을 알게 된 걸까?

지은 "네 아버지는 내…… 아버지더라."라는 말에 힌트가 있지 않을까? 다른 우주로 와서 만난 아버지도 자기 우주에서 돌아가신 아버지와 같은 존재라는 것 말이야. 결국 삶의 조건이라는 건 그렇게 크게 다르지 않다는 뜻 아닐까?

미영 글쎄……. 난 그 말이 아버지를 향한 그리움이라고 느꼈는데. 두 번째 영두는 어려운 환경 속에서 지치고 겁에 질린 아이잖아. 두 번째 영두에게는 짧은 쉼표가 필요한 거라고 봐.

현수 역시 문학소녀 미영이답네. 작가를 꿈꾸는 미영이가 쓸 소설은 참 따뜻할 것 같아. 그래, 모든 인물이 삶에 맞서 싸우며 성장할 수는 없겠지. 우린 신화 속 영웅이 아니잖아. 그래도 우리 모두 두렵지만 자기가 선 자리에서 노력하고 있잖아. "문을 닫자 어둠이 어머니 배 속처럼 영두를 감쌌다."는 말처럼 우리를 둘러싼 어둠이 우리가 다시 태어날 어머니 배 속인지 누가 알겠어? 모두들 새롭게 달라질 우주에서 새롭게 태어나자고. 다시 어머니 배 속으로 들어가기엔 좀 징그럽게 크긴 했지만.

윤식 근데, 아까 그 편의점 누나가 성장의 조력자라고 했잖아? 다른 우주로 가는 길을 알려 준다는 점에서 조력자인 것은 맞는데, 나는 그 누나가 터미널을 지키고 있는 게 좀 이해가 안 가. 많은 우주를 경험해 봤는데, 그중 어느 것도 선택하지 않고 있는 건 비겁해 보여.

현수 나도 그래. "시간과 공간이라는 게 무의미해져 있더라고."라는 말은 허무주의 냄새를 풍겨.

지은 글쎄, 꼭 그렇게만 볼 수는 없을 것 같아. 그 언니는 "어떤 우주이든 나는 나라는 사실을 잊지 않게 되었지."라는 말도 했거든. 시간과 공간이 무의미하다는 건 허무하다는 뜻은 아닌 것 같아. 그보다는 자신의 선택과 노력이 더 중요하다는 뜻 아닐까?

미영 나도 지은이 말에 동의해. 그 언니는 조력자의 삶을 선택한 거야.

그리고 "봄날의 수다처럼 아무렇지 않은 얼굴로"라는 표현 참 멋지지 않니? 그 언니 표정이 엄청 멋질 것 같아.

현수 아하, 문학소녀께서 또 멋진 표현을 보고 반하셨네요.

미영 야! 아까는 따뜻하네 어쩌네 하더니, 너 오늘 나랑 붙자는 거지? 그래, 네 선택의 결과를 똑똑히 지켜봐라!

　우리에게 선택할 날들이 많은 것은 큰 축복인 것 같다. 작품의 내용도 흥미로웠지만, 나는 "스물인가 하면 서른 같았고, 그런가 하면 마흔 같았지만 또 그보다는 한참 어려 보이기도" 하는 편의점 언니에게 관심이 갔다. 이 신비로운 느낌의 편의점 언니에게 편지를 써 보았다.

　언니는 참 멋진 인생을 살고 계신 것 같아요. 수많은 사람들과 때로는 사람이 아닌 존재들이 살아가는 우주를 경험해 보셨을 거잖아요. 저는 '작가'라는 존재를 언니로 그려 낸 것이 아닐까 생각해 봤어요. 작가는 수없이 많은 세계를 만들어 내잖아요. 물론 언니는 그 수많은 우주들을 만든 게 아니라 지켜보고 있지만요. 어쩌면 작가라는 존재도 세계를 만들어 내는 것이 아니라 수많은 가능성의 세계들 가운데 하나를 끄집어내 우리에게 보여 주는 존재일지도 모른다는 생각도 해 봤어요.

저도 꿈이 작가거든요. 그래서 더 언니를 생각하게 되나 봐요. 아직도 제 마음에 그려지는 장면이 '봄날의 수다처럼 아무렇지 않은 얼굴로' 영두에게 다중 우주에 대해 말해 주던 언니의 모습이에요. 그런데 그 '아무렇지 않다'는 건 무슨 뜻일까요? 다른 사람의 삶을 엿본다는 건 봄날의 수다 같은 일이 맞는 듯한데, 그게 아무렇지 않은 일인지는 잘 모르겠어요. 제 짐작대로 언니가 작가의 모습을 그려 낸 것이라면, 작가에게 아무렇지 않은 경지가 어떤 것인지 앞으로 알게 되면 좋겠어요.

그리고 하나 더 궁금해요. 그렇게 많은 우주를 떠돌아다니면서 가끔은 이 우주를 바꿔 보자는 생각을 하신 적은 없나요? 그냥 우주를 연결하는 터미널을 지키는 것으로 만족하세요? 저는 언니가 두 영두를 통해 두 우주를 조금이라도 나은 곳으로 바꿀 수 있다고 생각해요. 첫 번째 영두는 언니처럼 많은 우주를 돌아다니며 자기의 삶을 새롭게 펼칠 거고, 두 번째 영두는 잃어버렸던 가족의 사랑을 얻어 자기 우주로 돌아가서도 사랑할 수 있는 사람이 될 거라고 생각해요. 작가는 이렇게 작품을 통해 세상을 더욱 살 만하게 만드는 사람이겠지요.

제 이야기 들어 주셔서 고마워요. 언니는 영두에게 이야기를 들려준 것처럼 제 이야기를 잘 들어 주실 수 있는 분이라는 느낌이 들어요. 어느 봄날 함께 만나 흩날리는 벚꽃 아래에서 수다 떨어요.

멋진 작가가 되고 싶은 미영 드림

가족과

대화하다

봄봄

김유정

"장인님! 인제 저……"

내가 이렇게 뒤통수를 긁고 나이가 찼으니 성례를 시켜 줘야 하지 않겠느냐고 하면 대답이 늘 "이 자식아! 성례구 뭐구 미처 자라야지!" 하고 만다. 이 자라야 한다는 것은 내가 아니라 장차 내 아내가 될 점순이의 키 말이다.

내가 여기에 와서 돈 한 푼 안 받고 일하기를 삼 년하고 꼬박이 일곱 달 동안을 했다. 그런데도 미처 못 자랐다니까 이 키는 언제야 자라는 겐지 짜장* 영문 모른다. 일을 좀 더 잘해야 한다든지, 혹은 밥

---

* **짜장** 과연 정말로

을 (많이 먹는다고 노상 걱정이니까) 좀 덜 먹어야 한다든지 하면 나도 얼마든지 할 말이 많다. 하지만 점순이가 안죽˚ 어리니까 더 자라야 한다는 여기에는 어째 볼 수 없이 고만 빙빙하고˚ 만다.

이래서 나는 애초 계약이 잘못된 걸 알았다. 이태면 이태, 삼 년이면 삼 년, 기한을 딱 작정하고 일을 해야 할 것이다. 덮어 놓고 딸이 자라는 대로 성례를 시켜 주마, 했으니 누가 늘 지키고 섰는 것도 아니고 그 키가 언제 자라는지 알 수 있는가. 그리고 난 사람의 키가 무럭무럭 자라는 줄만 알았지 붙배기˚ 키에 모˚로만 벌어지는 몸도 있는 것을 누가 알았으랴. 때가 되면 장인님이 어련하랴 싶어서 군소리 없이 꾸벅꾸벅 일만 해 왔다. 그럼 말이다, 장인님이 제가 다 알아차려서 "어 참, 너 일 많이 했다. 고만 장가들어라." 하고 살림도 내주고 해야 나도 좋을 것이 아니냐. 시치미를 딱 떼고 도리어 그런 소리가 나올까 봐서 지레 펄펄 뛰고 이 야단이다. 명색이 좋아 데릴사위˚지 일하기에 싱겁기도 할뿐더러 이건 참 아무것도 아니다.

숙맥˚이 그걸 모르고 점순이의 키 자라기만 까맣게 기다리지 않았나.

언젠가는 하도 갑갑해서 자를 가지고 덤벼들어서 그 키를 한번 재볼까 했다마는 우리는 장인님이 내외˚를 해야 한다고 해서 마주 서이야기도 한마디 하는 법 없다. 우물길에서 어쩌다 마주칠 적이면 겨

˚ **안죽** 아직 **빙빙하고** 정신이 어찔해지고 **붙배기** 붙박이 **모** 몸의 옆면 **데릴사위** 처가에서 데리고 사는 사위 **숙맥** 어리석은 사람 **내외** 남녀 사이에 서로 얼굴을 마주 대하지 않음

우 눈어림으로 재 보고 하는 것인데 그럴 적마다 나는 저만침˚ 가서 "제에미 키두!" 하고 논둑에다 침을 퇴 뱉는다. 아무리 잘 봐야 내 겨드랑(다른 사람보다 좀 크긴 하지만) 밑에서 넘을락 말락 밤낮 요 모양이다.

개돼지는 푹푹 크는데 왜 이리도 사람은 안 크는지, 한동안 머리가 아프도록 궁리도 해 보았다. 아하, 물동이를 자꾸 이니까 뼈다귀가 움츠러드나 보다, 하고 내가 넌즈시˚ 그 물을 대신 길어도 주었다. 뿐만 아니라 나무를 하러 가면 서낭당에 돌을 올려놓고 "점순이의 키 좀 크게 해 줍소사. 그러면 담엔 떡 갖다 놓고 고사 드립죠니까." 하고 치성˚도 한두 번 드린 것이 아니다. 어떻게 돼먹은 건지 이래도 막무가내니…….

그래 내 어저께 싸운 것이지 결코 장인님이 밉다든가 해서가 아니다.

모를 붓다˚가 가만히 생각을 해 보니까 또 싱겁다. 이 벼가 자라서 점순이가 먹고 좀 큰다면 모르지만 그렇지도 못한 걸 내 심어서 뭘 하는 거냐. 해마다 앞으로 축 거불지는˚ 장인님의 아랫배(가 너무 먹는 걸 모르고 내병이라나, 그 배)를 불리기 위하여 심곤 조금도 싶지 않다.

"아이구 배야!"

● **저만침** 저만큼 **넌즈시** 넌지시 **치성** 정성을 다해 신에게 비는 일 **붓다** 모종을 내기 위해 씨앗을 많이 뿌리다 **거불지는** 둥글고 두두룩하게 툭 비어져 나오는

난 몰 붓다 말고 배를 쓰다듬으면서도 그대로 논둑으로 기어올랐다. 그리고 겨드랑에 꼈던 벼 담긴 키를 그냥 땅바닥에 털썩 떨어치며 나도 털썩 주저앉았다. 일이 암만 바빠도 나 배 아프면 고만이니까. 아픈 사람이 누가 일을 하느냐. 파릇파릇 돋아 오른 풀 한 숲을 뜯어 들고 다리의 거머리를 쓱쓱 문대며 장인님의 얼굴을 쳐다보았다.

논 가운데서 장인님도 이상한 눈을 해 가지고 한참 날 노려보더니,

"넌 이 자식, 왜 또 이래 응?"

"배가 좀 아파서유!" 하고 풀 위에 슬며시 쓰러지니까 장인님은 약이 올랐다. 저도 논에서 철벙철벙 둑으로 올라오더니 내 멱살을 움켜잡고 뺨을 치는 것이 아닌가…….

"이 자식아, 일허다 말면 누굴 망해 놀 속셈이냐. 이 대가릴 까 놀 자식."

우리 장인님은 약이 오르면 이렇게 손버릇이 아주 못됐다. 또 사위에게 이 자식 저 자식 하는 이놈의 장인님은 어디 있느냐. 오죽해야 우리 동리에서 누굴 물론하고˙ 그에게 욕을 안 먹는 사람은 명이 짜르다˙ 한다. 조그만 아이들까지도 그를 돌아세워 놓고 욕필이(본이름이 봉필이니까) 욕필이 하고 손가락질을 할 만치 두루 인심을 잃었다.

허나 인심을 정말 잃었다면 욕보다 읍의 배 참봉˙ 댁 마름˙으로 더

º **떨어치며** 세게 힘을 들여 떨어지게 하며 **물론하고** 말할 것도 없고 **짜르다** 짧다 **참봉** 조선 시대의 낮은 버슬 **마름** 땅 주인을 대신해서 소작인을 관리하는 사람

잃었다. 번히 마름이란 욕 잘하고, 사람 잘 치고, 그리고 생김 생기길 호박개 같아야 쓰는 거지만 장인님은 외양이 똑 됐다. 작인 이 닭 마리나 좀 보내지 않는다든가 애벌논 때 품을 좀 안 준다든가 하면 그해 가을에는 영락없이 땅이 뚝뚝 떨어진다. 그러면 미리부터 돈도 먹이고 술도 먹이고 안달재신으로 돌아치던 놈이 그 땅을 슬쩍 돌라 안는다. 이 바람에 장인님 집 빈 외양간에는 눈깔 커다란 황소 한 놈이 절로 엉금엉금 기어들고, 동리 사람은 그 욕을 다 먹어 가면서도 그래도 굽신굽신하는 게 아닌가.

그러나 내겐 장인님이 감히 큰소리할 계제가 못 된다.

뒷생각은 못하고 뺨 한 개를 딱 때려 놓고는 장인님은 무색해서 덤덤히 쓴침만 삼킨다. 난 그 속을 퍽 잘 안다. 조금 있으면 갈도 꺾어야 하고 모도 내야 하고, 한창 바쁜 때인데 나 일 안 하고 우리 집으로 그냥 가면 고만이니까.

작년 이맘때도 트집을 좀 하니까 늦잠 잔다고 돌멩이를 집어 던져서 자는 놈의 발목을 삐게 해 놨다. 사날씩이나 건승 끙, 끙, 앓았더니 종당에는 거반 울상이 되지 않았는가.

"애, 그만 일어나 일 좀 해라. 그래야 올갈에 벼 잘되면 너 장가들지 않니."

● 번히 분명히 호박개 뼈대가 굵고 털이 북슬북슬한 개 작인 소작인, 다른 사람의 농지를 빌려 농사를 짓고 그 대가로 사용료를 내는 사람 애벌논 첫 김매기를 한 논 품 어떤 일에 드는 힘이나 수고 안달재신 몹시 속을 태우며 여기저기로 다니는 사람 돌아치던 나대며 여기저기 다니던 돌라 안는다 바꿔 맡는다 계제 형편 갈 논에 거름으로 쓰기 위해 베는 부드러운 나뭇잎이나 풀 종당 마지막 거반 거의 절반

그래 귀가 번쩍 띄어서 그날로 일어나서 남이 이틀 품 들일˚ 논을 혼자 삶아˚ 놓으니까 장인님도 눈깔이 커다랗게 놀랐다. 그럼 정말 로 가을에 와서 혼인을 시켜 줘야 경우가 옳지 않겠나. 볏섬을 척척 들여쌓아도 다른 소리는 없고 물동이를 이고 들어오는 점순이를 담 배통으로 가리키며 "이 자식아, 미처 커야지 조걸 데리고 무슨 혼인 을 한다구 그러니 원!" 하고 남 낯짝만 붉혀 주고 고만이다. 골김에˚ 그저 이놈의 장인님, 하고 댓돌˚에다 메꼰코˚ 우리 고향으로 내뺄까 하다가 꾹꾹 참고 말았다.

참말이지 난 이 꼴 하고는 집으로 차마 못 간다. 장가를 들러 갔다 가 오죽 못났어야 그대로 쫓겨 왔느냐고 손가락질을 받을 테니까.

논둑에서 벌떡 일어나 한풀 죽은 장인님 앞으로 다가서며,

"난 갈 테야유. 그동안 사경˚ 쳐 내슈 뭐."

"너 사위로 왔지, 어디 머슴˚ 살러 왔니?"

"그러면 얼찐˚ 성례를 해 줘야 안 하지유. 밤낮 부려만 먹구 해 준 다, 해 준다……."

"글쎄, 내가 안 하는 거냐? 그년이 안 크니까." 하고 어름어름 담배 만 담으면서 늘 하는 소리를 또 늘어놓는다.

이렇게 따져 나가면 언제든지 늘 나만 밑지고 만다. 이번엔 안 된

● **품 들일** 수고할 **삶아** 논밭의 흙을 써레로 썰고 나래로 골라 노글노글하게 만들어 **골김에** 홧김에 **댓 돌** 집채의 낙숫물이 떨어지는 곳 안쪽으로 돌려 가며 놓은 돌. 또는 집채의 앞뒤에 오르내릴 수 있게 놓 은 돌층계 **메꼰코** 메어꽂고 **사경** 새경, 머슴이 주인에게서 한 해 동안 일한 대가로 받는 돈이나 물건 **머슴** 농사일과 잡일을 해 주고 대가를 받는 사내 **얼찐** 얼른

다, 하고 대뜸 구장'님한테로 담판' 가자고 소맷자락을 내끌었다.

"아, 이 자식이 왜 이래 어른을."

안 간다구 뻗디디구 이렇게 호령은 제 맘대로 하지만 장인님 제가 내 기운은 못 당한다. 막 부려 먹고 딸은 안 주고, 게다 땅땅 치는 건 다 뭐야.

그러나 내 사실 참 장인님이 미워서 그런 것은 아니다.

그 전날, 왜 내가 새고개 맞은 봉우리 화전 밭을 혼자 갈고 있지 않았느냐. 밭 가생이'로 돌 적마다 야릇한 꽃 내'가 물컥물컥 코를 찌르고 머리 위에서 벌들은 가끔 붕, 붕, 소리를 친다. 바위틈에서 샘물 소리밖에 안 들리는 산골짜기니까 맑은 하늘의 봄볕은 이불 속같이 따스하고 꼭 꿈꾸는 것 같다. 나는 몸이 나른하고 몸살(을 아직 모르지만 병)이 나려고 그러는지 가슴이 울렁울렁하고 이랬다.

"어러이! 말이! 맘 마 마……."

이렇게 노래를 하며 소를 부리면 여느 때 같으면 어깨가 으쓱으쓱한다. 웬일인지 밭을 반도 갈지 않아서 온몸이 맥이 풀리고 대구' 짜증만 난다. 공연히 소만 들입다 두들기며 "안야!' 안야! 이 망할 자식의 소(장인님의 소니까) 대리'를 꺾어 들라.' 그러나 내 속은 정말 안야 때문이 아니라 점심을 이고 온 점순이의 키를 보고 울화가 났던 것이다.

● 구장 오늘날 '이장'에 해당하는 마을 어른 담판 서로 의논해서 옳고 그름을 판단함 가생이 가장자리 내 냄새 대구 자꾸 안야 소를 부르는 말 대리 다리 들라 앞말이 뜻하는 행동을 거칠고 다그치듯이 할 때 보조 동사 '들다'를 붙임

점순이는 뭐 그리 썩 이쁜 계집애는 못 된다. 그렇다고 또 개떡이냐 하면 그런 것도 아니고, 꼭 내 아내가 돼야 할 만치 그저 툽툽하게˚ 생긴 얼굴이다. 나보다 십 년이 아래니까 올해 열여섯인데 몸은 남보다 두 살이나 덜 자랐다. 남은 잘도 헌칠히들 크건만 이건 위아래가 뭉툭한 것이 내 눈에는 헐없이 감참외 같다. 참외 중에는 감참외가 제일 맛 좋고 예쁘니까 말이다. 둥글고 커단 눈은 서글서글하니 좋고 좀 지쳐 찢어졌지만, 입은 밥술이나 톡톡히 먹음 직하니 좋다. 아따, 밥만 많이 먹게 되면 팔자는 고만 아니냐. 헌데 한 가지 파˚가 있다면 가끔가다 몸이 (장인님이 이걸 채신˚이 없이 들까분다˚고 하지만) 너무 빨리빨리 논다.˚ 그래서 밥을 나르다가 때 없이 풀밭에다 깨빡을 쳐서˚ 흙투성이 밥을 곧잘 먹인다. 안 먹으면 무안해할까 봐서 이걸 씹고 앉았노라면 으적으적 소리만 나고 돌을 먹는 겐지 밥을 먹는 겐지…….

그러나 이날은 웬일인지 성한˚ 밥째로 밭머리에 곱게 내려놓았다. 그리고 또 내외를 해야 하니까 저만큼 떨어져 이쪽으로 등을 향하고 웅크리고 앉아서 그릇 나기를 기다린다.

내가 다 먹고 물러섰을 때, 그릇을 와서 챙기는데 난 깜짝 놀라지 않았느냐. 고개를 푹 숙이고 밥함지˚에 그릇을 포개면서 날더러 들

● **툽툽하게** 투박하게 **파** 사람의 결점 **채신** 처신, 세상을 살아가는 데 갖춰야 할 몸가짐 **들까분다** 가볍고 조심성 없이 행동한다 **논다** 가볍게 이리저리 움직인다 **깨빡을 쳐서** 내동댕이쳐서 **성한** 멀쩡한 **함지** 나무로 네모나게 짜서 만든 그릇

으라는지 혹은 제 소린지 "밤낮 일만 하다 말 텐가!" 하고 혼자서 쫑 알거린다.

고대˚ 잘 내외하다가 이게 무슨 소린가, 하고 난 정신이 얼떨떨했다. 그러면서도 한편 무슨 좋은 수가 있는가 싶어서 나도 공중을 대고 혼잣말로 "그럼 어떡해?" 하니까, "성례시켜 달라지 뭘 어떡해." 하고 되알지게˚ 쏘아붙이고 얼굴이 발개져서 산으로 그저 도망질을 친다.

나는 잠시 동안 어떻게 되는 심판˚인지 맥을 몰라서 그 뒷모양만 덤덤히 바라보았다.

봄이 되면 온갖 초목이 물이 오르고 싹이 트고 한다. 사람도 아마 그런가 보다, 하고 며칠 내에 부쩍 (속으로) 자란 듯싶은 점순이가 여간 반가운 것이 아니다. 이런 걸 멀쩡하게 아직 어리다구 하니까…….

우리가 구장님을 찾아갔을 때 그는 싸리문 밖에 있는 돼지우리에서 죽을 퍼 주고 있었다. 서울엘 좀 갔다 오더니 사람은 점잖아야 한다구 웃쉼˚이 (얼른 보면 지붕 위에 앉은 제비 꼬랑지 같다) 양쪽으로 뾰죽이 뻗치고 그걸 에헴, 하고 늘 쓰담는 손버릇이 있다.

우리를 멀뚱히 쳐다보고 미리 알아챘는지, "왜 일들 허다 말구 그래?" 하더니 손을 올려서 그 에헴을 한번 후딱 했다.

● 고대 지금까지 되알지게 몹시 세게 심판 셈판, 어떤 일의 원인이나 형편 웃쉼 윗수염

"구장님! 우리 장인님과 츰˚에 계약하기를⋯⋯."

먼저 덤비는 장인님을 뒤로 떠다밀고 내가 허둥지둥 달려들다가 가만히 생각하고, "아니, 우리 빙장˚님과 츰에." 하고 첫 번부터 다시 말을 고쳤다. 장인님은 빙장님, 해야 좋아하고 밖에 나와서 장인님, 하면 괜스레 골˚을 내려고 든다. 뱀두 뱀이래야 좋으냐구, 창피스러우니 남 듣는 데는 제발 빙장님, 빙모˚님, 하라구 일상 당조짐˚을 받아 오면서 난 그것도 자꾸 잊는다. 당장도 장인님 하다 옆에서 내 발등을 꾹 밟고 곁눈질을 흘기는 바람에야 겨우 알았지만⋯⋯.

구장님도 내 이야기를 자세히 듣더니 퍽 딱한 모양이었다. 하기야 구장님뿐만 아니라 누구든지 다 그럴 게다. 길게 길러 둔 새끼손톱으로 코를 후벼서 저리 탁 튀기며, "그럼 봉필 씨! 얼른 성례를 시켜 주구려, 그렇게까지 제가 하구 싶다는걸⋯⋯." 하고 내 짐작대로 말했다. 그러나 이 말에 장인님이 삿대질로 눈을 부라리고, "아, 성례구 뭐구 기집애 년이 미처 자라야 할 게 아닌가?" 하니까 고만 멀쑤룩해져서˚ 입맛만 쩍쩍 다실 뿐이 아닌가.

"그것두 그래!"

"그래, 거진 사 년 동안에도 안 자랐더니 그 킨 은제 자라지유? 다 그만두구 사경 내슈."

"글쎄, 이 자식아! 내가 크질 말라구 그랬니, 왜 날보구 떼˚냐?"

● 츰 처음 빙장 장인, 특히 다른 사람의 장인을 일컬음 골 벌컥 내는 화 빙모 장모, 특히 다른 사람의 장모를 일컬음 당조짐 정신을 차리도록 단단히 단속함 멀쑤룩해져서 할 말이 없어져서

"빙모님은 참새만 한 것이 그럼 어떻게 앨 낳지유?"(사실 장모님은 점순이보다도 귓배기° 하나가 작다.)

장인님은 이 말을 듣고 껄껄 웃더니 (그러나 암만해도 돌 씹은 상이다) 코를 푸는 척하고 날 은근히 곯리려고 팔꿈치로 옆갈비께를 픽 치는 것이다. 더럽다. 나도 종아리의 파리를 쫓는 척하고 허리를 구부리며 그 궁둥이를 콱 떼밀었다. 장인님은 앞으로 우찔근 하고 싸리문께로 쓰러질 듯하다 몸을 바로 고치더니 눈총을 몹시 쏘았다. 이런 쌍년의 자식, 하곤 싶으나 남의 앞이라서 차마 못하고 섰는 그 꼴이 보기에 픽 쟁그러웠다.°

그러나 이 밖에는 별반 신통한° 귀정°을 얻지 못하고 도로 논으로 돌아와서 모를 부었다. 왜냐면 장인님이 뭐라고 귓속말로 수군수군하고 간 뒤다, 구장님이 날 위해서 조용히 데리고 아래와 같이 일러주었기 때문이다. (뭉태의 말은 구장님이 장인님에게 땅 두 마지기 얻어 부치니까 그래 꾀었다고 하지만 난 그렇게 생각 않는다.)

"자네 말두 하기야 옳지, 암 나이 찼으니까 아들이 급하다는 게 잘못된 말은 아니야. 허지만 농사가 한창 바쁠 때 일을 안 한다든가 집으로 달아난다든가 하면 손해죄루 그것두 징역을 가거든! (여기에 그만 정신이 번쩍 났다.) 왜 요전에 삼포말서 산에 불 좀 놓았다구 징역 간 거 못 봤나. 제 산에 불을 놓아도 징역을 가는 이땐데 남의

● **떼** 요구를 들어달라고 고집하는 일 **귓배기** 귀 **쟁그러웠다** 얄미웠다 **신통한** 마음에 들 만큼 마땅하고 좋은 **귀정** 그릇되었던 일이 바른길로 돌아옴

농사를 버려 주니 죄가 얼마나 더 중한가. 그리고 자넨 정장*을 (사경 받으러 정장 가겠다 했다) 간대지만 그러면 괜시리 죄를 들쓰고 들어가는 걸세. 또 결혼두 그렇지. 법률에 성년이란 게 있는데 스물하나가 돼야지 비로소 결혼을 할 수 있는 걸세. 자넨 물론 아들이 늦을 걸 염려하지만 점순이루 말하면 이제 겨우 열여섯이 아닌가. 그렇지만 아까 빙장님의 말씀이 올갈에는 열 일을 제치고라두 성례를 시켜 주겠다 하시니 좀 고마울 겐가. 빨리 가서 모 붓던 거나 마저 붓게. 군소리 말구 어서 가."

그래서 오늘 아침까지 끽소리 없이 왔다.

장인님과 내가 싸운 것은 지금 생각하면 전혀 뜻밖의 일이라 안할 수 없다. 장인님으로 말하면 요즈막 작인들에게 행세를 좀 하고 싶다고 해서 "돈 있으면 양반이지 별게 있느냐!" 하고 일부러 아랫배를 툭 내밀고 걸음도 뒤틀리게 걷고 하는 이판이다. 이까짓 나쯤 뚜들기다 남의 땅을 가지고 모처럼 닦아 놓았던 가문을 망친다든지 할 어른이 아니다. 또 나로 논지면* 아무쪼록 잘 빼서 점순이에게 얼른 장가를 들어야 하지 않느냐.

이렇게 말하자면 결국 어젯밤 뭉태네 집에 마실* 간 것이 썩 나빴다. 낮에 구장님 앞에서 장인님과 내가 싸운 것을 어떻게 알았는지 대구 빈정거리는 것이 아닌가.

─────────

● **정장** 관청에 소송을 제기하는 서류를 냄 **논지면** 논하자면, 말하자면 **마실 간** 놀러 간

"그래 맞구두 그걸 가만둬?"

"그럼 어떡허니?"

"인마, 봉필일 모판에다 거꾸로 박아 놓지 뭘 어떡해?" 하고 괜히 내 대신 화를 내 가지고 주먹질을 하다 등잔까지 쳤다. 놈이 본시 괄괄 은 하지만 그래 놓고 날더러 석유 값을 물라구 막 찌다우 를 붙는다. 난 어안이 벙벙해서 잠자코 앉았으니까 저만 연신 지껄이는 소리가 "밤낮 일만 해 주구 있을 테냐?", "영득이는 일 년을 살구두 장갈 들었는데 넌 사 년이나 살구두 더 살아야 해.", "네가 세 번째 사원 줄이나 아니, 세 번째 사위.", "남의 일이라두 분하다. 이 자식아, 우물에 가 빠져 죽어." 나중에는 겨우 손톱으로 목을 따라고까지 하고, 제 아들같이 함부로 훅닥이었다. 별의별 소리를 다 해서 그대로 옮길 수는 없으나 그 줄거리는 이렇다.

우리 장인님 딸이 셋이 있는데, 맏딸은 재작년 가을에 시집을 갔다. 정말은 시집을 간 것이 아니라, 그 딸도 데릴사위를 해 가지고 있다가 내보냈다. 그런데 딸이 열 살 때부터 열아홉, 즉 십 년 동안에 데릴사위를 갈아들이기를, 동리에선 사위 부자라고 이름이 났지마는 열네 놈이란 참 너무 많다.

장인님이 아들은 없고 딸만 있는 고로 그담 딸을 데릴사위를 해올 때까지는 부려 먹지 않으면 안 된다. 물론 머슴을 두면 좋지만 그

● 본시 본디 괄괄 성질이 세고 급함 찌다우 떼를 씀 훅닥이었다 억세게 다그쳤다

건 돈이 드니까, 일 잘하는 놈을 고르느라고 연방˚ 바꿔 들였다. 또 한편 놈들이 욕만 줄창 퍼붓고 심히도 부려 먹으니까 밸˚이 상해서 달아나기도 했겠지. 점순이는 둘째 딸인데 내가 일테면 그 세 번째 데릴사위로 들어온 셈이다. 내 담으로 네 번째 놈이 들어올 것을 내가 일도 참 잘하고 그리고 사람이 좀 어수룩하니까 장인님이 잔뜩 붙들고 놓질 않는다. 셋째 딸이 인제 여섯 살, 적어도 열 살은 돼야 데릴사위를 할 테므로 그동안은 죽도록 부려 먹어야 된다. 그러니 인제는 속 좀 차리고 장가를 들여 달라고 떼를 쓰고 나자빠져라, 이것이다.

나는 건으로˚ 엉, 엉, 하며 귓등으로 들었다. 뭉태는 땅을 얻어 부치다가 떨어진 뒤로는 장인님만 보면 공연히˚ 못 먹어서 으릉거린다. 그것도 장인님이 저 달라고 할 적에 제 집에서 위한다는 그 감투(예전에 원님이 쓰던 것이라나, 옆구리에 뽕뽕 좀먹은 걸레)를 선뜻 주었더라면 그럴 리도 없었던걸……

그러나 나는 뭉태란 놈의 말을 전수히˚ 곧이듣지 않았다. 꼭 곧이들었다면 간밤에 와서 장인님과 싸웠지 무사히 있었을 리가 없지 않은가. 그러면 딸에게까지 인심을 잃은 장인님이 혼자 나빴다.

실토˚이지 나는 점순이가 아침상을 가지고 나올 때까지는 오늘은 또 얼마나 밥을 담았나, 하고 이것만 생각했다. 상에는 된장찌개하고

● **연방** 잇따라 자꾸 **밸** 배알의 준말, 마음 **건으로** 건성으로 **공연히** 아무 까닭이나 실속이 없게 **전수히** 모두 다 **실토** 사실대로 말함

간장 한 종지, 조밥 한 그릇, 그리고 밥보다 더 수부룩하게 담은 산나물이 한 대접, 이렇다. 나물은 점순이가 틈틈이 해 오니까 두 대접이고 네 대접이고 멋대로 먹어도 좋으나 밥은 장인님이 한 사발 외엔 더 주지 말라고 해서 안 된다. 그런데 점순이가 그 상을 내 앞에 내려놓으며 제 말로 지껄이는 소리가 "구장님한테 갔다 그냥 온담그래!" 하고 엊그제 산에서와 같이 되우˚ 좋알거린다. 딴은 내가 더 단단히 덤비지 않고 만 것이 좀 어리석었다, 속으로 그랬다.

나도 저쪽 벽을 향하여 외면하면서 내 말로 "안 된다는 걸 그럼 어떡헌담!" 하니까, "쇰˚을 잡아채지 그냥 둬, 이 바보야!" 하고 또 얼굴이 빨개지면서 성을 내며 안으로 샐쭉하니˚ 튀들어 가지 않느냐. 이때 아무도 본 사람이 없었게 망정이지 보았다면 내 얼굴이 어미 잃은 황새 새끼처럼 가엾다 했을 것이다.

사실 이때만치 슬펐던 일이 또 있었는지 모른다. 다른 사람은 암만 못생겼다 해도 괜찮지만 내 아내 될 점순이가 병신으로 본다면 참 신세는 따분하다.˚ 밥을 먹은 뒤 지게를 지고 일터로 가려 하다 도로 벗어 던지고 바깥마당 공석 위에 드러누워서 나는 차라리 죽느니만 같지 못하다 생각했다.

내가 일 안 하면 장인님 저는 나이가 먹어 못하고 결국 농사 못 짓고 만다. 뒷짐으로 트림을 끌꺽 하고 대문 밖으로 나오다 날 보고서,

---

● **되우** 되게 **쇰** 수염 **샐쭉하니** 마음에 차지 않아서 약간 고까워하는 태도로 **따분하다** 몹시 난처하다

"이 자식아! 너 왜 또 이러니."

"관격°이 났어유, 아이구 배야!"

"기껀 밥 처먹고 나서 무슨 관격이야, 남의 농사 버려 주면 이 자
식아 징역 간다 봐라!"

"가두 좋아유, 아이구 배야!"

참말 난 일 안 해서 징역 가도 좋다 생각했다. 일후° 아들을 낳아
도 그 앞에서 바보 바보 이렇게 별명을 들을 테니까 오늘은 열 쪽이
난대도 결정을 내고 싶었다.

장인님이 일어나라고 해도 내가 안 일어나니까 눈에 독이 올라서
저편으로 힝 하게 가더니 지게막대기를 들고 왔다. 그리고 그걸로 내
허리를 마치 돌 떠넘기듯이 쿡 찍어서 넘기고 넘기고 했다. 밥을 잔
뜩 먹어 딱딱한 배가 그럴 적마다 퉁겨지면서 뱃창°이 꼿꼿한 것이
여간 켕기지 않았다. 그래도 안 일어나니까 이번엔 배를 지게막대기
로 위에서 쿡쿡 찌르고 발길로 옆구리를 차고 했다.

장인님은 원체 심청°이 궂어서 그러지만 나도 저만 못하지 않게
배를 채었다. 아픈 것을 눈을 꽉 감고 넌 해라 난 재미난 듯이 있었
으나 볼기짝을 후려갈길 적에는 나도 모르는 결에 벌떡 일어나서 그
수염을 잡아챘다마는 내 골이 난 것이 아니라 정말은 아까부터 부엌
뒤 울타리 구멍으로 점순이가 우리들의 꼴을 몰래 엿보고 있었기 때

<hr />

● 관격 먹은 음식이 체해 구토가 나고 대소변이 통하지 않는 상황   일후 뒷날   뱃창 창자   심청 심술

문이다.

가뜩이나 말 한마디 톡톡히 못한다고 바보라는데 매까지 잠자코 맞는 걸 보면 짜장 바보로 알 게 아닌가. 또 점순이도 미워하는 이까짓 놈의 장인님하곤 아무것도 안 되니까 막 때려도 좋지만 사정 보아서 수염만 채고(제 원대로 했으니까 이때 점순이는 퍽 기뻤겠지) 저기까지 잘 들리도록 "이걸 까셀라 부다˚!" 하고 소리를 쳤다.

장인님은 더 약이 바짝 올라서 잡은 참 지게막대기로 내 어깨를 그냥 내리갈겼다. 정신이 다 아찔하다. 다시 고개를 들었을 때 그때엔 나도 온몸에 약이 올랐다. 이 녀석의 장인님을, 하고 눈에서 불이 퍽 나서 그 아래 밭 있는 넝˚ 아래로 그대로 떼밀어 굴려 버렸다. 조금 있다가 장인님이 씩, 씩, 하고 한번 해보려고 기어오르는 걸 얼른 또 떼밀어 굴려 버렸다.

기어오르면 굴리고 굴리면 기어오르고 이러길 한 너덧 번을 하며 그럴 적마다 "부려만 먹구 왜 성례 안 하지유!" 나는 이렇게 호령했다. 허지만 장인님이 선뜻 오냐 낼이라두 성례시켜 주마, 했으면 나도 성가신 걸 그만두었을지 모른다. 나야 이러면 때린 건 아니니까 나중에 장인 쳤다는 누명도 안 들을 터이고 얼마든지 해도 좋다.

한번은 장인님이 헐떡헐떡 기어서 올라오더니 내 바짓가랑이를 요렇게 노리고서 단박˚ 움켜잡고 매달렸다. 악, 소리를 치고 나는 그

● **까셀라 부다** 힘껏 칠까 보다   **넝** 언덕   **단박** 그 자리에서 바로

만 세상이 다 팽그르르 도는 것이,

"빙장님! 빙장님! 빙장님!"

"이 자식! 잡아먹어라, 잡아먹어!"

"아! 아! 할아버지! 살려 줍쇼, 할아버지!"

하고 두 팔을 허둥지둥 내절 적에는 이마에 진땀이 쭉 내솟고 인젠
참으로 죽나 보다 했다. 그래도 장인님은 놓질 않더니 내가 기어이
땅바닥에 쓰러져서 거진 까무러치게 되니까 놓는다. 더럽다, 더럽다.
이게 장인님인가. 나는 한참을 못 일어나고 쩔쩔맸다. 그러나 얼굴을
드니 (눈에 참 아무것도 보이지 않았다) 사지가 부르르 떨리면서 나
도 엉금엉금 기어가 장인님의 바짓가랑이를 꽉 움키고 잡아나꿨다.

   내가 머리가 터지도록 매를 얻어맞은 것이 이 때문이다. 그러나 여
기가 또한 우리 장인님이 유달리 착한 곳이다. 여느 사람이면 사경을
주어서라도 당장 내쫓았지, 터진 머리를 불솜으로 손수 지져 주고,
호주머니에 희연 한 봉을 넣어 주고, 그리고 "올갈엔 꼭 성례를 시
켜 주마. 암 말 말구 가서 뒷골의 콩밭이나 얼른 갈아라." 하고 등을
뚜덕여 줄 사람이 누구냐. 나는 장인님이 너무나 고마워서 어느덧 눈
물까지 났다. 점순이를 남기고 인젠 내쫓기려니 하다 뜻밖의 말을 듣
고 "빙장님! 인제 다시는 안 그러겠어유." 이렇게 맹세를 하며 부랴
사랴 지게를 지고 일터로 갔다.

● **잡아나꿨다** 잡아챘다   **불솜** 상처를 소독하기 위해 불에 그슬린 솜방망이   **희연** 일제 시대의 담배 이름

그러나 이때는 그걸 모르고 장인님을 원수로만 여겨서 잔뜩 잡아당겼다.

"아! 아! 이놈아! 놔라, 놔, 놔……."

장인님은 헷손질˚을 하며 솔개미˚에 챈 닭의 소리를 연해˚ 질렀다. 놓긴 왜, 이왕이면 호되게 혼을 내 주리라 생각하고 짓궂이 더 댕겼다마는 장인님이 땅에 쓰러져서 눈에 눈물이 피잉 도는 것을 알고 좀 겁도 났다.

"할아버지! 놔라, 놔, 놔, 놔라."

그래도 안 되니까,

"얘 점순아! 점순아!"

이 악장˚에 안에 있었던 장모님과 점순이가 헐레벌떡하고 단숨에 뛰어나왔다.

나의 생각에 장모님은 제 남편이니까 역성˚을 할는지도 모른다. 그러나 점순이는 내 편을 들어서 속으로 고소해하겠지……. 대체 이게 웬 속인지 (지금까지도 난 영문을 모른다) 아버질 혼내 주기는 제가 내래 놓고 이제 와서는 달겨들며 "에그머니! 이 망할 게 아버지 죽이네!" 하고 내 귀를 뒤로 잡아당기며 마냥 우는 것이 아니냐. 그만 여기에 기운이 탁 꺾이어 나는 얼빠진 등신이 되고 말았다. 장모님도 덤벼들어 한쪽 귀마저 뒤로 잡아채면서 또 우는 것이다.

● **헷손질** 헷손질. 정신없이 손을 휘젓는 일 **솔개미** 솔개. 쥐·개구리·뱀·새·생선 따위를 잡아먹는 덩치가 큰 새 **연해** 계속 **악장** 악을 쓰는 상황 **역성** 옳고 그름과 관계없이 무조건 한쪽을 편들어 주는 일

이렇게 꼼짝 못하게 해 놓고 장인님은 지게막대기를 들어서 사뭇 내리조겼다. 그러나 나는 구태여 피할랴지도 않고 암만해도 그 속 알 수 없는 점순이의 얼굴만 멀거니 들여다보았다.

"이 자식! 장인 입에서 할아버지 소리가 나오도록 해?"

소설 읽고 대화하기

자영 「봄봄」 어떻게 읽었어?

세원 시작부터 히죽히죽 웃음이 나고 재미있었어.

은지 마치 '개그 콘서트' 보는 것 같았어. 이 정도면 주인공이 거의 바보 수준이야.

자영 작가가 웃기기로 작정하고 쓴 소설임이 틀림없어. 물론 멋지게 성공했고.

세원 "개돼지는 푹푹 크는데 왜 이리도 사람은 안 크는지." 그 대목에서 빵 터졌어.

은수 이 표현도 재미있어. "사람의 키가 무럭무럭 자라는 줄만 알았지 붙배기 키에 모로만 벌어지는 몸도 있는 것을 누가 알았으랴."

은지 서낭당 앞에서 점순이 키 좀 크게 해 달라고 비는 모습을 상상해 보면 웃겨.

민홍 재밌기는 했지만, 씁쓸하기도 했어. 삼 년 일곱 달을 돈 한 푼도 못 받고 착취당한 데다 두들겨 맞기까지 해. 그렇다고 점순이랑 데이트 한번 제대로 해 본 것도 아니고.

서영 난 영화 〈올드 보이〉까지 생각났어. 15년 동안 만두만 주고 감금하잖아. 머슴도 사경을 받는데, 머슴도 못 되는 노예 노동이야.

세원 난 처음에는 「동백꽃」 '속편'인 줄 알았어. 분위기가 비슷하지 않아?

주영 맞아, 맞아. 점순이가 나오고, 주인공은 죽어라 일만 열심히 하고.

자영 뭔가 눈치 없고 모자라는 듯한 주인공이 투덜투덜하는 것도 비슷해.

숙희샘 같은 작가 맞아요. 김유정.

주영 여자예요?

숙희샘 아니요, 남자.

서영 「동백꽃」에서는 주인공과 점순이가 비슷한 또래 친구 같은데, 여기서는 주인공이 스물여섯 살이나 되는 노총각이야. 점순이랑 나이 차이가 꽤 많이 나.

자영 「동백꽃」이 막 시작된 연애 이야기라면, 「봄봄」은 결혼하려는 이야기라 할 수 있겠어.

민홍 제대로 연애하는 장면은 없지만, 결국 남녀의 사랑 이야기라는 것도 공통점이야.

주영 연애 소설 여자 주인공의 이름이 '점순이'라니 정말 촌스러워.

세원 신체적인 약점을 이름으로 삼다니, 요즘 같으면 인권 침해 수준 아닌가?

은지 교과서에 나오는 영희나 철수처럼 그때는 흔한 이름 아니었을까?

민홍 어쨌든 연애 소설 여자 주인공치고는 좀 낭만적이지 못한 이름이야. 만약 이 이야기를 '로맨틱 코미디'라고 한다면, 로맨틱보다는 코미디 쪽에 더 무게를 두었다고 느껴지게 하는 이름이야.

주영 제목도 좀 특이하지 않아? 왜 '봄'이 아니고 '봄봄'일까?

은수 이야기의 계절 배경이 봄이잖아. 풋풋하고 희망에 찬 봄의 느낌을 강조하려고 그런 건가?

자영 오히려 그 반대가 아닐까? 작년 봄에 성례를 요구했을 때는 발목이 부러졌고, 올봄에도 바짓가랑이를 잡고 떼를 썼지만 결국 일만 하게 되잖아. 봄만 되면 주인공은 장인에게 점순이와 성례시켜 달라고 요구하고 번번이 거절당해. 그러니까 작년에도 거절당하고 올해도 거절당하고, 그런 봄이 계속된다는 의미가 아닐까 해.

민홍 오, 그럴듯하다! 제목이 주인공을 놀리는 것 같아 더 재미있어.

주영 『조광』이라는 잡지 12월에 발표되었다고 하니까, 곧 다가올 봄에 관한 이야기잖아. 발표한 시기가 절묘해. 이 작가 천재 아닐까?

숙희샘 김유정은 서른에 요절한 작가예요. 1935년에서 등단해서 1937년에 죽을 때까지 2년 동안 서른 편의 단편을 발표했죠. 그것만으로도 우리 문학사의 큰 별이 됐으니, 천재가 맞긴 할 거예요.

주영 대단하네요.

서영 「동백꽃」의 점순이는 주인공을 적극적으로 좋아하잖아. 근데 「봄봄」의 점순이는 주인공을 좋아하긴 하는 건가?

주영 마지막 장면에서 당연히 주인공 편을 들 줄 알았는데, "에그머니! 이 망할 게 아버지 죽이네!" 그러면서 주인공을 배신했잖아. 안 좋아하는 것 아닌가?

은지 그렇지만 "밤낮 일만 하다 말 텐가!" 그러면서 "성례시켜 달라지 뭘 어떡해." 하고 얼굴이 빨개져서 산으로 도망쳤잖아. 부끄럼 타는 점순이가 귀엽기도 해서 난 이 장면이 참 마음에 들었어. 좋아하지 않는데 어떻게 얼굴이 빨개지겠어.

민홍 맞아. 그리고 점순이가 그 광경을 처음부터 제대로 본 건 아니잖아. 나라도 아빠가 쓰러져서 당하는 것처럼 보이면 아빠 편을 들지.

자영 그렇다면 좋아하기는 하는데, 치명적일 정도는 아니다?

세원 어쨌든 주인공은 점순이를 좋아하는 것 맞지?

자영 당연히 좋아하니까 그렇게 수모를 당하고 고생을 해도 견디는 거잖아.

은수 그게 좀 애매한데, 이런 표현이 있잖아. "점순이는 뭐 그리 썩 예쁜 계집애는 못 된다." 남자들한테는 예쁘다는 게 좋아한다는 말의 다른 표현 아닌가?

주영 더 읽어 보면 점순이가 "감참외 같다."는 표현이 나오잖아. "참외 중에는 감참외가 제일 맛 좋고 예쁘니까"라면서 말야.

민홍 그럼 "둥글고 커다란 눈은 서글서글하니 좋고 좀 지쳐 찢어졌지만, 입은 밥술이나 톡톡히 먹음 직하니 좋다."는 표현도 예쁘다는 표현인가? 헷갈려…….

숙희샘 혹시 정지용의 〈향수〉라는 시 알아요? 고향을 향한 그리움을 노래하는 시인데, 거기에 "아무렇지도 않고 예쁠 것도 없는 사철 발 벗은 아내"라는 구절이 있어요. 그리운 고향의 아름다운 풍경 속에 담긴 아내의 모습이죠. 사랑하는 아내를 그리워하는 마음이 묻어나는 표현인데, 무뚝뚝한 그 시대 남자들의 사랑 표현이라고 보면 될 거예요.

은지 정말요? 난 진짜 안 예쁘다는 얘기인 줄 알았어요.

주영 그래도 넌 양반이다. 난 진짜 참외 닮았나 생각했어.

자영 누구나 수긍할 만한 미인은 아닐지라도 자기 눈에는 예쁘다는 표현이구나!

은지 그런데, 장인 말이야. 사기꾼 아닌가?

서영 사기꾼 맞지. 어린아이들까지도 욕필이라고 손가락질할 만큼 인심을 잃었다잖아.

자영 장인 말을 요약하자면 '점순이 키가 많이 자라야 결혼을 할 수 있다.'잖아. 그런데 뒤에 보면 "사실 장모님은 점순이보다도 귓배기 하나가 작다."는 대목이 나와. 어차피 점순이 키는 더 크지 않을 거야.

민홍 점순이는 열여섯 살인데, 여자들은 중학생 이후에는 잘 크지 않잖아. 커도 조금밖에 안 크고. 말도 안 되는 핑계일 뿐이야.

세원 숙맥인 주인공을 잘도 부려 먹는 영악한 사람이야. 주인공이 포기하려고 하면 '올가을 되면 장가가야 하지 않겠니.' 하는 식으로 희망을 주었다가, 다시 "성례구 뭐구 미처 자라야지." 하고 핑계를 대고.

은수 구장님을 꾀어서 "농사가 한창 바쁠 때 일을 안 한다든가 집으로 달아난다든가 하면 손해죄루 그것두 징역을 가거든!"이라고 협박까지 하게 해.

은지 　내 생각은 좀 달라. 악역이지만 왠지 밉지 않은 느낌이랄까? 장인 처지에서는 아들이 없으니까 일손을 해결할 방법도 없고, 데릴사위로 해결하려는 거야. 돈보다 귀한 딸을 준다는 거잖아.

은수 　데릴사위를 벌써 두 명이나 갈아 치웠는데?

서영 　둘째 딸이 점순이고, 셋째 딸이 여섯 살이라는데, 적어도 열 살은 돼야 데릴사위를 얻을 수 있다잖아. 그래서 점순이를 성례를 시켜 버리면 4년 동안은 일할 사람이 없으니까.

주영 　나라면 남아서 머슴살이한 증거를 모을 것 같아. 협상을 해서 재계약도 하고. 3년 넘게 고생한 게 아깝잖아. 결혼할 여자를 사랑한다면 견딜 수 있어.

세원 　그렇지만 그렇게 해 줄 장인이 아니야. 합치면 7년이 넘어. 나라면 절대 못해. 명백한 노동 착취라고.

은지 　그 시대에는 열여섯 살 정도면 결혼 적령기 아닌가? 주인공은 스물여섯 살인데, 4년이 더 지나면 서른이잖아. 나라면 점순이를 데리고 도망갈 것 같아! 나중에 잘 사는 모습 보여 주면 그게 효도지.

은수 　점순이가 따라갈 것 같지 않은데…….

은지 　그럼 먼저 점순이 꼬드기는 것부터 해야겠다.

민홍 　그게 가능할까? 이 이야기 속 주인공은 숙맥이야. 마지막 장면에서 뭔가 선택해야 하는 기로에 놓였는데, 참 곤란할 것 같아. 그동안 고생한 건 아깝지만, 믿었던 점순이는 내 편이 아니고.

은지 　어수룩한 인물이지만 툴툴대면서도 열심히 일하는 모습에 나는 왠지 정이 갔어. 그런데 이야기의 결말은 뭐랄까, 파국이야. 소설의 구성으로 보면 갈등의 절정에서 끝나 버린 느낌이야.

은수 맞아, 나는 황순원의 「소나기」 생각도 났어. 확실한 마무리 없이 장인의 말로 끝나 버렸잖아.

세원 선택의 몫을 독자인 우리한테 넘겨 버렸어. 그래서 우리가 이렇게 고민하고 있잖아. 작품을 읽고 나서도 계속 생각하게 만들다니, 작가가 참 영리해.

자영 난 데릴사위 얘기가 나오니까 역사 시간에 배운 민며느리 생각도 나더라. 둘 다 일종의 계약 결혼이잖아. 우리 시대의 연애나 결혼과는 많이 다르지 않아? 그때는 자유연애가 일반적인 시대는 아니니까.

민홍 난 요즘도 다르지 않다고 생각해. 요즘에도 재벌가 며느리들은 어떤 대학에 어떤 학과, 키 얼마, 그런 조건이 필수라던데.

은지 맞아. 결혼할 때도 이혼할 때도 재산과 관련된 계약서를 쓴다는 말까지 들었어. 그렇다면 결혼해서도 민며느리랑 다름없는 생활을 하는 거 아닌가?

세원 보통 사람들도 마찬가지야. 경제적인 어려움이 연애와 결혼에 걸림돌이 되고 있어. 결혼 비용 때문에 연애만 하고 결혼은 생각 못하는 사람들도 있고, 데이트 비용 때문에 연애조차 힘든 게 대한민국 청년들의 현실이래. 우리 형도 얼마나 걱정이 많은데. 결혼할 때 남자들은 전셋값이라도 마련하려면 1억은 모아야 한다던데, 어휴······. 너무 비현실적인 액수잖아. 데릴사위 하다가 아내를 얻는 것보다 요즘 현실이 더 가혹해!

주영 그런데 선생님, 작품의 배경이 일제 강점기잖아요. 김유정 작가는 저항 소설도 썼나요?

숙희샘 김유정은 주로 농촌을 배경으로 가난하고 힘든 우리 민족의 이야기를 썼어요. 그의 작품들은 일본 제국주의를 대놓고 비판하지는 않았지만, 당시 농촌의 구조적인 문제를 사실적으로 담고 있죠. 우리가 잘 아는 「동백꽃」, 「봄봄」과 달리 「금 따는 콩밭」, 「만무방」, 「소낙비」 등에 나타난 농촌의 모습은 비참하기까지 해요. 작가가 작품 속에 담은 현실은 작가가 세상을 보는 눈이기도 하겠죠? 그 무렵 우리 민족의 삶을 미화하지 않고 있는 그대로 드러낸 것 자체가 문학이 할 수 있는 세련된 저항이라고 생각해요.

자영 그래서 그런지 저는 이 작품 읽고 「운수 좋은 날」도 생각났어요. 김첨지도 되게 힘들게 일하잖아요. 그것도 그저 개인의 불행이라기보다는 시대의 문제로 생각할 수 있겠네요.

주영 차이점도 있어. 「운수 좋은 날」은 도시가 배경이고 분위기가 암울한데, 「봄봄」은 농촌이 배경이라 토속적이고 유머러스한 분위기야.

은지 시대 배경이 비슷해서 그런가? 나도 자영이처럼 뭔가 비슷하다는 느낌을 받았어. 「운수 좋은 날」의 김첨지나 「봄봄」의 장인이나 애정이든 분노든 걸쭉한 욕설로 푸는 모습도 비슷해.

민홍 주영이 말처럼 「운수 좋은 날」은 비극이고 「봄봄」은 희극이지만, 둘 다 주인공들이 '슬프게 웃는다.'는 공통점이 있어.

숙희샘 잘 봤어요. 두 작품에서는 인물이 모두 '희화화'되어 있죠. 그런데 그 결과는 달라요. 「운수 좋은 날」에서는 희화화된 김첨지가 비참한 가난을 더 처절하게 만들어 비극을 극대화하죠. 반면 「봄봄」에서는 희화화된 주인공과 장인이 심각한 현실조차 경쾌하게 만들어 독자에게 웃음을 안겨 줘요. 전자를 '비장미', 후자를 '해학미'라고 해요.

은지 난 소설을 무척 좋아하지만, 외국 소설을 더 좋아하고 옛날 한국 문학은 왠지 고리타분하게 느껴져서 잘 안 읽었어. 그런데 이 작품은 참 재미있었어. 고향이 시골이 아닌데도 시골 생각도 나고, 할머니 집에 내려가서 뛰놀고 싶은 마음이 막 샘솟았어.

민홍 나도 그래. 심각하게 무게 잡지 않아서 좋았고, 친근하고 정겨운 느낌도 좋았어.

자영 작품이 짧고 간결한데 인물들의 성격이 생생하게 살아 있고, 장면 장면들이 눈앞에 보이는 듯 떠올라. 어려운 한자어도 별로 없고, 우리말이 착착 감기는 느낌이었어.

은지 이 짧은 작품에 점순이와 주인공의 사랑이라든가 그 시대 결혼 문화 같은 것이 다 담겨 있어.

숙희샘 사실 그때는 서양 문물이 막 들어올 때여서, 비슷한 시기에 나온 작품들을 보면 서구적인 것에 대한 동경이 많이 담겨 있어요. 그런데 김유정 작가는 가장 한국적인 것을 이야기하려고 했죠. 「봄봄」과 「동백꽃」은 아주 해학적인데, 해학은 우리 문학에 깃든 가장 큰 전통이라고 할 수 있어요. 그땐 우리 민족 문화를 지키는 것이 중요했죠. 총칼을 들고 지킨 사람도 있지만, 이렇게 우리말과 우리글, 문학으로 지킨 사람도 있답니다.

서영 가장 한국적인 것이 가장 세계적이라고 말하곤 하잖아요. 번역해서 한국을 알리는 데 쓰면 좋겠어요.

영화나 애니메이션으로 만들면 더 재미날 것 같아.

그런데 순 우리말과 사투리가 많아서 잘 번역 될 수 있을까?

이 작품은 벌써 10여 개국의 언어로 번역되었다고 알고 있어요. 영국 소설가 제인 오스틴의 『오만과 편견』도 유명한 고전 명작이지만, 약 200년 전 작품이라 그 나라 사람들도 원전을 읽기가 쉽지 않다고 해요. 그렇지만 영화로도 만들어지고 현대어로 고쳐 쓴 책도 나오고 그러잖아요. 마찬가지로 우리 문화를 알리기 위해 꾸준히 노력하는 것도 우리 책임이겠죠.

은수의 독서 노트

　주인공은 은근 욱하는 성질이 있지만 순박한 성격에 가려져서 제대로 발휘되지 않는 것 같았다. 나는 주인공이 장인한테 자꾸 당하고 사는 게 너무 불쌍해서 점순이를 데리고 속 시원히 도망도 가 보고, 장인한테서 결혼 허락도 받아 내게 하고 싶었다. 결말에 어울리는 마을을 '희망, 초봄의 감격, 달성'이라는 꽃말을 담은 개나리가 만발한 마을로 상상해서 꾸며 보았다.

　"이 자식! 장인 입에서 할아버지 소리가 나오도록 해?"
　"그럼 뭐 어쩔 건디유!"
　나도 모르게 튀어나온 말에 장인님도 욱해서 "에라이, 이 녀석아! 나가라, 나가!"라며 뒤돌아섰다.
　나는 어이가 없었다. 내가 삼 년하고도 일곱 달을 일한 것이 이렇게 물거품이 되어 버리는 것인가? 지금이라도 빌어야 하나? 하지만 그러기엔 장인님의 저 비웃음이 내 자존심을 건드렸다. 특히 점순이가 보는 앞에서 장인님에게 빌기는 더더욱 싫었다.

"나가유! 나가면 되잖아유!"

장인님은 내가 이렇게 나올 줄은 미처 몰랐는지 입도 뻥긋하지 못했다. 뒷일은 생각지 못하고 넋을 놓고 있는 내 눈에 점순이가 들어왔다.

에라, 모르겠다. 이판사판이다.

"장인님!"

장인님은 아무 말 없이 등을 보인 채로 서 있었다.

"저는 제 사경을 가지고 여길 뜨겠습니다요!"

말이 끝나자마자 나는 재빨리 점순이를 번쩍 안아 들고 대문을 향해 내달렸다. 깜짝 놀란 장인님이 나를 쫓아왔지만, 나이로 보나 체력으로 보나 나를 당할 순 없었다. 점순이도 처음엔 놀란 듯 했지만 알 듯 모를 듯한 웃음으로 내 어깨를 잡았다. 장인님 집엔 나 말고 하인은 애초에 없었고 대문은 활짝 열려 있었다.

마을 어귀까지 가려면 장거리를 지나야 했다. 장거리 골목골목을 돌아다니다 보니 온 마을 사람들이 놀란 눈으로 큰 구경이나 난 듯 몰려들었다. 마

을 사람들도 우릴 쫓아오는 장인님을 골탕 먹이고 싶었는지, 우리를 막기는
커녕 오히려 길을 터 주며 벌건 대낮 보쌈을 알나리깔나리 응원해 주었다.
점순이는 부끄러웠는지 그때마다 내 옆구리를 세게 꼬집었는데, 나중에 보
니 시퍼렇게 멍이 들어 있었지만 나는 아픈 줄도 몰랐다.

노오란 개나리가 활짝 핀 마을 어귀에 도착했을 즈음, 장인님은 이대로 딸
을 잃을 수는 없다고 셈을 끝냈는지, 마을 사람들이 보는 앞에서 헉헉거리며
소리쳤다.

"이놈들아, 멈춰라! 성례시켜 줄 테니까!"

나는 장인님의 말을 믿을 수 없어 외쳤다.

"정말로유?"

"그래, 그래."

"정말로?"

"그렇다고 하시잖아, 바보야."

점순이는 후딱 뛰어내려 땅을 딛고 일어서서는 얼굴이 빨개진 채로 먼 산
을 바라보았다. 나도 머쓱해져서 헛기침을 하며 다른 곳을 바라보았지만, 자
꾸만 웃음이 나는 것은 어쩔 수 없었다.

★
사랑이 죄가
되나요?

사랑손님과 어머니

주요섭

나는 금년 여섯 살 난 처녀 애입니다. 내 이름은 박옥희이고요. 우리 집 식구라고는 세상에서 제일 예쁜 우리 어머니와 나, 이렇게 단 두 식구뿐이랍니다. 아차 큰일 났군, 외삼촌을 빼놓을 뻔했으니.

지금 중학교에 다니는 외삼촌은 어디를 그렇게 싸돌아다니는지 집에는 끼니때 외에는 별로 붙어 있지를 않으니까 어떤 때는 한 주일씩 가도 외삼촌 코빼기도 못 보는 때가 많으니까요, 깜박 잊어버리기도 예사지요, 무얼.

우리 어머니는, 그야말로 세상에서 둘도 없이 곱게 생긴 우리 어머니는, 금년 나이 스물네 살인데 과부랍니다. 과부가 무엇인지 나는 잘 몰라도, 하여튼 동리 사람들이 나더러 '과부 딸'이라고들 부르니까, 우리 어머니가 과부인 줄을 알지요. 남들은 다 아버지가 있는데, 나만은 아버지가 없지요. 아버지가 없다고 아마 '과부 딸'이라나 봐요.

　　외할머니 말씀을 들으면 우리 아버지는 내가 이 세상에 나오기 한 달 전에 돌아가셨대요. 우리 어머니하고 결혼한 지는 일 년 만이고요. 우리 아버지의 본집은 어디 멀리 있는데, 마침 이 동리 학교에 교사로 오게 되기 때문에 결혼 후에도 우리 어머니는 시집으로 가지 않고, 여기 이 집을 사고(바로 이 집은 우리 외할머니 댁 옆집이지요.), 여기서 살다가 일 년이 못 되어 갑자기 돌아가셨대요. 내가 세상에 나오기도 전에 아버지는 돌아가셨다니까, 나는 아버지 얼굴도 못 뵈었지요. 그러니 아무리 생각해 보아도 아버지 생각은 안 나요.
　　아버지 사진이라는 사진은 나도 한두 번 보았지요. 참으로 훌륭한 얼굴이에요. 아버지가 살아 계시다면, 참말로 이 세상에서 제일가는 잘난 아버지일 거예요. 그런 아버지를 보지도 못한 것은 참으로 분한 일이에요. 그 사진도 본 지가 퍽 오래되었는데, 이전에는 그 사진을 늘 어머니 책상 위에 놓아두시더니, 외할머니가 오시면 오실 때마다 그 사진을 치우라고 늘 말씀하셨는데, 지금은 그 사진이 어디 있는지 없어졌어요. 언젠가 한번 어머니가 나 없는 동안에 몰래 장롱 속에서 무엇을 꺼내 보시다가, 내가 들어오니까 얼른 장롱 속에 감추는 것을 보았는데, 그게 아마 아버지 사진인 것 같았어요.
　　아버지가 돌아가시기 전에 우리가 먹고살 것을 남겨 놓고 가셨대요. 작년 여름에, 아니로군, 가을이 다 되어서군요. 하루는 어머니를 따라서 여기서 한 십 리나 가서 조그만 산이 있는 데를 가서, 거기서

밤도 따 먹고, 또 그 산 밑에 초가집에 가서 닭고깃국을 먹고 왔는데, 거기 있는 땅이 우리 땅이래요. 거기서 나는 추수로 밥이나 굶지 않게 된다고요. 그래도 반찬 사고 과자 사고 할 돈은 없대요. 그래서 어머니가 다른 사람의 바느질을 맡아서 해 주지요. 바느질을 해서 돈을 벌어서 그걸로 청어도 사고, 달걀도 사고, 내가 먹을 사탕도 사고 한다고요.

그리고 우리 집 정말 식구는 어머니와 나와 단둘뿐인데, 아버님이 계시던 사랑방이 비어 있으니까, 그 방도 쓸 겸 또 어머니의 잔심부름도 좀 해 줄 겸 해서 우리 외삼촌이 사랑방에 와 있게 되었대요.

금년 봄에는 나를 유치원에 보내 준다고 해서, 나는 너무나 좋아서 동무 아이들한테 실컷 자랑을 하고 나서 집으로 돌아오노라니까, 사랑에서 큰외삼촌이(우리 집 사랑에 와 있는 외삼촌의 형님 말이에요.) 웬 한 낯선 사람 하나와 앉아서 이야기를 하고 있었습니다. 큰외삼촌이 나를 보더니 "옥희야." 하고 부르겠지요.

"옥희야, 이리 온. 와서 이 아저씨께 인사드려라."

나는 부끄러워서 비슬비슬하니까, 그 낯선 손님이

"아, 그 애기 참 곱다. 자네 조카딸인가?"

하고 큰외삼촌더러 묻겠지요. 그러니까 큰외삼촌은

"응, 내 누이의 딸……. 경선 군의 유복녀 외딸일세."

하고 대답합니다.

● **비슬비슬하니까** 머뭇거리니까 **유복녀** 태어나기 전에 아버지를 여읜 딸

"옥희야, 이리 온, 응! 그 눈은 꼭 아버지를 닮았네그려."

하고 낯선 손님이 말합니다.

"자, 옥희야, 커단 처녀가 왜 저 모양이야. 어서 와서 이 아저씨께 인사드려라. 네 아버지의 옛날 친구신데, 오늘부터 이 사랑에 계실 텐데, 인사 여쭙고 친해 두어야지."

나는 낯선 손님이 사랑방에 계시게 된다는 말을 듣고 갑자기 즐거워졌습니다. 그래서 그 아저씨 앞에 가서 사붓이 절을 하고는 그만 안마당으로 뛰어 들어왔지요. 그 낯선 아저씨와 큰외삼촌은 소리를 내서 크게 웃더군요.

나는 안방으로 들어오는 나름으로 어머니를 붙들고,

"엄마, 사랑에 큰외삼촌이 아저씨를 하나 데리고 왔는데에 그 아저씨가아 이제 사랑에 있는대."

하고 법석을 하니까,

"응, 그래."

하고 어머니는 벌써 안다는 듯이 대수롭잖게 대답을 하더군요.

그래서 나는,

"언제부터 와 있나?"

하고 물으니까,

"오늘부텀."

"애구, 좋아."

하고 내가 손뼉을 치니까, 어머니는 내 손을 꼭 붙잡으면서,

"왜, 이리 수선이야."

"그럼 작은외삼촌은 어디로 가나?"

"외삼촌도 사랑에 계시지."

"그럼 둘이 있나?"

"응."

"한 방에 둘이 있어?"

"왜, 장지문° 닫고 외삼촌은 아랫방에 계시고 그 아저씨는 윗방에 계시고, 그러지."

나는 그 아저씨가 어떤 사람인지는 몰랐으나 첫날부터 내게는 퍽 고맙게 굴고, 나도 그 아저씨가 꼭 마음에 들었어요.

어른들이 저희끼리 말하는 것을 들으니까, 그 아저씨는 돌아가신 우리 아버지와 어렸을 적 친구라고요. 어디 먼 데 가서 공부를 하다가 요새 돌아왔는데, 우리 동리 학교 교사로 오게 되었대요. 또, 우리 큰외삼촌과도 동무인데, 이 동리에는 하숙도 별로 깨끗한 곳이 없고 해서 윗사랑으로 와 계시게 되었다고요. 또, 우리도 그 아저씨한테서 밥값을 받으면 살림에 보탬도 좀 되고 한다고요.

그 아저씨는 그림책들을 얼마든지 가지고 있어요. 내가 사랑방으로 나가면, 그 아저씨는 나를 무릎에 앉히고 그림책들을 보여 줍니다. 또, 가끔 과자도 주고요.

어느 날은 점심을 먹고 이내 살그머니 사랑에 나가 보니까, 아저

_● 장지문 방과 방 사이에 칸을 막아 덧들인 문

씨는 그때에야 점심을 잡수셔요. 그래 가만히 앉아서 점심 잡숫는 걸 구경하고 있노라니까, 아저씨가

"옥희는 어떤 반찬을 제일 좋아하노?"

하고 묻겠지요. 그래 삶은 달걀을 좋아한다고 했더니, 마침 상에 놓인 삶은 달걀을 한 알 집어 주면서 나더러 먹으라고 합니다.

나는 그 달걀을 벗겨 먹으면서,

"아저씨는 무슨 반찬이 제일 맛나요?"

하고 물으니까, 아저씨는 한참이나 빙그레 웃고 있더니,

"나도 삶은 달걀."

하겠지요. 나는 좋아서 손뼉을 짤깍짤깍 치고,

"아, 나와 같네. 그럼 가서 어머니한테 알려야지."

하면서 일어서니까, 아저씨가 꼭 붙들면서,

"그러지 마라."

그러시겠지요. 그래도 나는 한번 맘을 먹은 다음엔 꼭 그대로 하고야 마는 성미지요. 그래 안마당으로 뛰어 들어가면서,

"엄마, 엄마, 사랑 아저씨도 나처럼 삶은 달걀을 제일 좋아한대."

하고 소리를 질렀지요.

"떠들지 마라."

하고 어머니는 눈을 흘기십니다.

그러나 사랑 아저씨가 달걀을 좋아하는 것이 내게는 썩 좋게 되었어요. 그다음부터는 어머니가 달걀을 많이씩 사게 되었으니까요. 달걀 장수 노파가 오면 한꺼번에 열 알도 사고 스무 알도 사고, 그래선

두고두고 삶아서 아저씨 상에도 놓고, 또 으레 나도 한 알씩 주고 그래요. 그뿐만 아니라, 아저씨한테 놀러 나가면 가끔 아저씨가 책상 서랍 속에서 달걀을 한두 알 꺼내서 먹으라고 주지요. 그래 그담부터는 나는 아주 실컷 달걀을 많이 먹었어요.

나는 아저씨가 매우 좋았어요. 그렇지만 외삼촌은 가끔 툴툴하는 때가 있었어요. 아마 아저씨가 마음에 안 드나 봐요. 아니, 그것보다도 아저씨 상 심부름을 꼭 외삼촌이 하게 되니까, 그것이 싫어서 그러나 봐요. 한번은 어머니와 외삼촌이 말다툼하는 것까지 내가 들었어요. 어머니가

"야, 또 어디 나가지 말구 사랑에 있다가, 선생님 들어오시거든 상 내가야지."

하고 말씀하시니까, 외삼촌은 얼굴을 찡그리면서,

"제길, 남 어디 좀 볼일이 있는 날은 으레 끼니때에 안 들어오고 늦어지니……."

하고 툴툴하겠지요. 그러니까 어머니는

"그러니 어쩌겠니? 너밖에 사랑 출입할 사람이 어디 있니?"

"누님이 좀 상 들고 나가구려. 요새 세상에 내외 합니까?"

어머니는 갑자기 얼굴이 발개지시고, 아무 대답도 없이 그냥 외삼촌에게 향하여 눈을 흘기셨습니다. 그러니까 외삼촌은 흥흥 웃으면서 사랑으로 나갔지요.

● 내외 남녀 사이에 서로 얼굴을 마주 대하지 않음

나는 유치원에 가서 창가 도 배우고, 춤도 배우고 하였습니다. 유치원 여자 선생님이 풍금 을 아주 썩 잘 쳐요. 우리 유치원에 있는 풍금은 우리 예배당에 있는 풍금과는 아주 다른데, 퍽 조그마한 것이지마는 소리는 썩 좋아요. 그런데 우리 집 윗간에도 유치원 풍금과 똑같이 생긴 것이 놓여 있는 것이 갑자기 생각이 났어요.

그래 그날, 나는 집으로 오는 길로 어머니를 끌고 윗간으로 가서,

"엄마, 이거 풍금 아니야?"

하고 물으니까, 어머니는 빙그레 웃으시면서,

"그렇단다. 그건 어찌 알았니?"

"우리 유치원에 있는 풍금이 이것과 똑같은데 무얼. 그럼, 엄마도 풍금 칠 줄 알아?"

하고 나는 다시 물었습니다. 그것은 내가 이때껏 한 번도, 어머니가 이 풍금 앞에 앉은 것을 본 일이 없기 때문입니다.

어머니는 아무 대답도 아니 하십니다.

"엄마, 이 풍금 좀 쳐 봐!"

하고 재촉하니까, 어머니 얼굴이 약간 흐려지면서,

"그 풍금은 네 아버지가 날 사다 주신 거란다. 네 아버지 돌아가신 후에는, 그 풍금은 이때까지 뚜껑도 한 번 안 열어 보았다……."

이렇게 말씀하시는 어머니 얼굴을 보니까 금방 또 울음보가 터질

◉ **창가** 갑오개혁 이후에 발생한, 서양 악곡 형식을 빌려 지은 노래 **풍금** 페달을 밟아서 바람을 넣어 소리를 내는 건반 악기

것만 같아 보여서, 나는 그만 "엄마, 나 사탕 주어." 하면서 아랫방으로 끌고 내려왔습니다.

아저씨가 사랑방에 와 계신 지 벌써 여러 밤을 잔 뒤입니다. 아마 한 달이나 되었지요. 나는 거의 매일 아저씨 방에 놀러 갔습니다. 어머니는 나더러 그렇게 가서 귀찮게 굴면 못쓴다고 가끔 꾸지람을 하시지만, 정말이지 나는 조금도 아저씨에게 귀찮게 굴지는 않았습니다. 도리어 아저씨가 나를 귀찮게 굴었지요.

"옥희 눈은 아버지를 닮았다. 고 고운 코는 아마 어머니를 닮았지, 고 입하고! 응, 그러냐, 안 그러냐? 어머니도 옥희처럼 곱지, 응?"

이렇게 여러 가지로 물을 적도 있었습니다. 그래서 나는

"아저씨, 입때 우리 엄마 못 봤어요?"

하고 물었더니, 아저씨는 잠잠합니다. 그래 나는

"우리 엄마 보러 들어갈까?"

하면서 아저씨 소매를 잡아당겼더니, 아저씨는 펄쩍 뛰면서,

"아니, 아니, 안 돼. 난 지금 분주해서."

하면서 나를 잡아끌었습니다. 그러나 정말로는 무슨 그리 분주하지도 않은 모양이었어요. 그러기에 나더러 가란 말도 않고, 그냥 나를 붙들고 앉아서 머리도 쓰다듬어 주고 뺨에 입도 맞추고 하면서,

"요 저고리 누가 해 주지? …… 밤에 엄마하고 한자리에서 자니?"

하는 등 쓸데없는 말을 자꾸만 물었지요!

그러나 웬일인지 나를 그렇게도 귀애 해 주던 아저씨도, 아랫방에

외삼촌이 들어오면 갑자기 태도가 달라지지요. 이것저것 묻지도 않고 나를 꼭 껴안지도 않고, 점잖게 앉아서 그림책이나 보여 주고 그러지요. 아마 아저씨가 우리 외삼촌을 무서워하나 봐요.

하여튼, 어머니는 나더러 너무 아저씨를 귀찮게 한다고, 어떤 때는 저녁 먹고 나를 방 안에 가두어 두고 못 나가게 하는 때도 더러 있었습니다. 그러나 조금 있다가 어머니가 바느질에 정신이 팔려서 골몰하고 있을 때, 몰래 가만히 일어나서 나오지요. 그런 때에는 어머니는, 내가 문 여는 소리를 듣고서야 퍼뜩 정신을 차려서 쫓아와 나를 붙들지요. 그러나 그런 때는 어머니는 골을 아니 내시고, "이리 온, 이리 와서 머리 빗고……." 하고 끌어다가 머리를 다시 곱게 땋아 주시면서, "머리를 곱게 땋고 가야지, 그렇게 되는대로 하고 가면 아저씨가 흉보시지 않니?" 하시지요. 또, 어떤 때에는 머리를 다 땋아 주시고는, "응, 저고리가 이게 무어니?" 하시면서 새 저고리를 내어주시는 때도 있었습니다.

어느 토요일 오후였습니다. 아저씨는 나더러 뒷동산에 올라가자고 하셨습니다. 나는 너무나 좋아서 가자고 그러니까, 아저씨가 "들어가서 어머니께 허락 맡고 온." 하십니다. 참 그렇습니다.

나는 뛰어 들어가서 어머니께 허락을 맡았습니다. 어머니는 내 얼굴을 다시 세수시켜 주고, 머리도 다시 땋고, 그리고 나서는 나를 아

● **귀애** 귀엽게 여겨 사랑함 **골몰** 다른 생각을 할 여유도 없이 한 가지 일에만 파묻힘

스러지도록 한 번 몹시 껴안았다가 놓아 주었습니다. "너무 오래 있지 말고, 응?" 하고 어머니는 크게 소리치셨습니다. 아마 사랑 아저씨도 그 소리를 들었을 거예요.

뒷동산에 올라가서는 정거장을 한참 내려다보았으나, 기차는 안 지나갔습니다. 나는 풀잎을 쭉쭉 뽑아 보기도 하고, 땅에 누운 아저씨의 다리를 꼬집어 보기도 하면서 놀았습니다.

한참 후에 아저씨하고 손목을 잡고 내려오는데, 유치원 동무들을 만났습니다.

"옥희가 아빠하고 어디 갔다 온다, 응."

하고 한 동무가 말하였습니다. 그 아이는 우리 아버지가 돌아가신 줄을 모르는 아이였습니다. 나는 얼굴이 빨개졌습니다. 그때 나는 얼마나 이 아저씨가 정말 우리 아버지였더라면 하고 생각했는지 모릅니다. 나는 정말로 한 번만이라도 "아빠!" 하고 불러 보고 싶었습니다. 그러고 그날, 그렇게 아저씨하고 손목을 잡고 골목골목을 지나오는 것이 어찌도 재미가 좋았는지요.

나는 대문까지 와서 "난 아저씨가 우리 아빠라면 좋겠다." 하고 불쑥 말했습니다.

그랬더니 아저씨는 얼굴이 홍당무처럼 빨개져서 나를 몹시 흔들면서 "그런 소리 하면 못써." 하고 말하는데, 그 목소리가 몹시도 떨렸습니다. 나는 아저씨가 몹시 성이 난 것처럼 보여서, 아무 말도 못하고 안으로 들어갔습니다.

어머니가 "어디까지 갔던?" 하고 나와 안으며 묻는데, 나는 대답도 못하고 그만 훌쩍훌쩍 울었습니다. 어머니는 놀라서 "옥희야, 왜 그러니, 응?" 하고 자꾸만 물었으나, 나는 아무 대답도 못하고 울기만 했습니다.

이튿날은 일요일인 고로 나는 어머니와 함께 예배당에를 가려고 차리고 나서 어머니가 옷을 갈아입는 동안 잠깐 사랑에 나가 보았습니다. '아저씨가 아직도 성이 났나?' 하고 가만히 방 안을 들여다보았더니 책상에 앉아서 무엇을 쓰고 있던 아저씨가 내다보면서 빙그레 웃었습니다. 그 웃음을 보고 나는 마음을 놓았습니다. 아저씨가 지금은 성이 풀린 것이 확실하니까요. 아저씨는 나를 이리 보고 저리 보고 훑어보더니,

"옥희, 오늘 어디 가노? 저렇게 곱게 채리고."

하고 물었습니다.

"엄마하고 예배당에 가."

"예배당에?"

하고 나서, 아저씨는 잠시 나를 멍하니 바라다보더니,

"어느 예배당에?"

하고 물었습니다.

"요 앞에 예배당에 가지 뭐."

"응? 요 앞이라니?"

이때 안에서 "옥희야." 하고 부드럽게 부르는 어머니 목소리가 들리었습니다. 나는 얼른 안으로 뛰어 들어오면서 돌아다보니까, 아저

씨는 또 얼굴이 빨갛게 성이 났겠지요. 내 원, 참으로 무슨 일로 요새는 아저씨가 그렇게 성을 잘 내는지 알 수 없었습니다.

예배당에 가서 찬미 하고 기도하다가 기도하는 중간에 갑자기 나는 '혹시 아저씨도 예배당에 오지 않았나?' 하는 생각이 나서 눈을 뜨고 고개를 들어 남자석을 바라다보았습니다. 그랬더니 하, 바로 거기에 아저씨가 와 앉아 있겠지요. 그런데 아저씨는 어른이면서도 눈 감고 기도하지 않고 우리 아이들처럼 눈을 번히 뜨고 여기저기 두리번두리번 바라봅니다. 나는 얼른 아저씨를 알아보았는데 아저씨는 나를 못 알아보았는지 내가 빙그레 웃어 보여도 웃지도 않고 멀거니 보고만 있겠지요. 그래 나는 손을 흔들었지요. 그러니까 아저씨는 얼른 고개를 숙이고 말더군요. 그때에 어머니가 내가 팔 흔드는 것을 깨닫고 두 손으로 나를 붙들고 끌어당기더군요. 나는 어머니 귀에다 입을 대고 "저기 아저씨도 왔어." 하고 속삭이니까, 어머니는 흠칫하면서 내 입을 손으로 막고 막 끌어 잡아다가 앞에 앉히고 고개를 누르더군요. 보니까 어머니도 얼굴이 홍당무처럼 빨개졌더군요.

그날 예배는 아주 젬병 이었어요. 웬일인지 예배가 다 끝날 때까지 어머니는 성이 나서 강대 만 향하여 앞으로 바라보고 앉았고, 이전 모양으로 가끔 나를 내려다보고 웃는 일이 없었어요. 그리고 아저씨를 보려고 남자석을 바라다보아도 아저씨도 한 번도 바라다보

● 찬미 찬송가를 부름 번히 뚜렷하게 젬병 '형편없음'을 뜻하는 속된 말 강대 강의나 설교를 할 때 쓰는, 책 같은 것을 올려놓는 높은 탁자

아 주지도 않고 성이 나서 앉아 있고, 어머니는 나를 보지도 않고 공연히 꽉꽉 잡아당기지요. 왜 모두들 그리 성이 났는지! 나는 그만 '으아.' 하고 울고 싶었어요. 그러나 바로 멀지 않은 곳에 우리 유치원 선생님이 앉아 있는 고로 울고 싶은 것을 아주 억지로 참았답니다.

내가 유치원에 입학한 후 처음 얼마 동안은 유치원에 갈 때나 올 때나 외삼촌이 바래다주었습니다. 그러나 여러 밤을 자고 난 뒤에는 나 혼자서도 넉넉히 다니게 되었어요. 그러나 언제나 내가 유치원에서 돌아오는 때면 어머니가 옆 대문(우리 집에는 대문이 사랑 대문과 옆 대문 둘이 있어서 어머니는 늘 이 옆 대문으로만 출입하시는 것이었습니다.) 밖에 기다리고 섰다가 내가 달음질쳐 가면, 안고 집으로 들어가곤 하는 것이었습니다.

그런데 하루는 어쩐 일인지 어머니가 대문간에 보이지를 않겠지요. 어떻게도 화가 나던지요. 물론 머릿속으로는 '아마 외할머니 댁에 가셨나 보다.' 하고 생각했지마는, 하여튼 내가 돌아왔는데 문간에서 기다리지 않고 집을 떠났다는 것이 몹시 나쁘게 생각되더군요. 그래서 속으로 '오늘 엄마를 좀 골려야겠다.' 하고 생각하고 있는데, 옆 대문 밖에서 "아이고, 얘가 벌써 왔나?" 하는 어머니 목소리가 들리더군요. 그 순간, 나는 얼른 신을 벗어 들고 안방으로 뛰어 들어가서 벽장문을 열고 그 속에 들어가서 숨어 버렸습니다.

"옥희야, 옥희 너, 여태 안 왔니?" 하는 어머니 목소리가 바로 뜰에서 나더니, "여태 안 왔군." 하면서 밖으로 나가는 모양이었습니다.

나는 재미가 나서 혼자 흐흥흐흥 웃었습니다.

한참을 있더니 집에서는 온통 야단이 났습니다. 어머니 목소리도 들리고 외할머니 목소리도 들리고 외삼촌 목소리도 들리고!

"글쎄 하루 종일 집이라곤 안 떠났다가 옥희 유치원에서 오면 먹일 과자가 없기에 어머님 댁에 잠깐 갔다 왔는데, 고 동안에 이런 변이 생기다니……." 하는 것은 어머니 목소리.

"글쎄 유치원에서 벌써 이십 분 전에 떠났다는데 원 중간에서……." 하는 것은 외할머니 목소리.

"하여튼 내 나가서 돌아다녀 볼 테요. 원 고것이 어딜 갔담?" 하는 것은 외삼촌의 목소리.

이윽고 어머니의 울음소리가 가늘게 들렸습니다. 외할머니는 무어라고 중얼중얼 이야기하는 모양이었습니다. '이젠 그만하고 나갈까?' 하고도 생각했으나, '지난 주일날 예배당에서 성냈던 앙갚음을 해야지.' 하는 생각이 나서 나는 그냥 벽장 안에 누워 있었습니다. 벽장 안은 답답하고 더웠습니다. 그래서 이윽고 부지중에 나는 슬며시 잠이 들고 말았습니다.

얼마 동안이나 잤는지요? 이윽고 잠을 깨어 보니 아까 내가 벽장 안으로 들어왔던 것은 잊어버리고 참 이상스러운 데에 내가 누워 있거든요. 어두컴컴하고 좁고 덥고……. 나는 갑자기 무서운 생각이 나서 엉엉 울기 시작했지요. 그러자 갑자기 어디 가까운 데서 어머니의 외마디 소리가 나더니 벽장문이 벌컥 열리고 어머니가 달려들어서 나를 안아 내렸습니다. "요 망할 것아." 하면서 어머니는 내 엉덩이를

댓 번 때렸습니다. 나는 더욱더 소리를 내서 울었습니다. 그때에는
어머니는 나를 끌어안고 어머니도 따라 울었습니다.

"옥희야, 옥희야, 응, 이젠 괜찮다. 엄마 여기 있지 않니, 응? 울지
마라, 옥희야. 엄마는 옥희 하나면 그뿐이다. 옥희 하나만 바라고 산
다. 난 너 하나면 그뿐이야. 세상 다 일이 없다. 옥희만 바라고 산다.
옥희야, 울지 마라. 응, 울지 마라."

이렇게 어머니는 나더러 자꾸 울지 말라고 하면서도 어머니는 그
치지 않고 그냥 자꾸자꾸 울었습니다. 외할머니는 "원 고것이 도깨비
가 들렸단 말인가. 벽장 속엔 왜 숨는담." 하고 앉아 있고, 외삼촌은
"애, 재수 메유 다." 하면서 밖으로 나갔습니다.

이튿날, 유치원을 파하고 집으로 오게 된 때, 나는 갑자기 어제 벽
장 속에 숨었다가 어머니를 몹시 울게 했던 생각이 나서 집으로 돌
아가기가 어쩐지 부끄러워졌습니다. '오늘은 어머니를 좀 기쁘게 해
드려야 텐데……. 무엇을 갖다드리면 기뻐할까?' 하고 생각하였습니
다. 그러자 문득 유치원 안에 선생님 책상 위에 놓여 있던 꽃병 생각
이 났습니다. 그 꽃병에는, 나는 이름도 모르나, 곱고 빨간 꽃이 꽂히
어 있었습니다. 그 꽃은 개나리도 아니고 진달래도 아니었습니다. 그
런 꽃은 나도 잘 알고, 또 그런 꽃은 벌써 피었다가 져 버린 후였습니
다. 무슨 서양 꽃이려니 하고 나는 생각했습니다. 나는 우리 어머니

메유 중국어로 '없다'는 뜻

가 꽃을 사랑하는 줄을 잘 압니다. 그래서 그 꽃을 갖다가 드리면 어머니가 몹시 기뻐하려니 하고 생각하였습니다.

그래서 나는 도로 유치원 방 안으로 들어갔습니다. 마침 방 안에는 아무도 없었습니다. 선생님도 잠깐 어디를 가셨는지 보이지 않았습니다. 그래 나는 그 꽃을 두어 개 얼른 빼들고 달음질쳐 나왔지요.

집에 오니, 어머니는 문간에서 기다리고 있다가 나를 안고 들어왔습니다.

"그 꽃은 어디서 났니? 퍽 곱구나."

하고 어머니가 말씀하셨습니다. 그러나 나는 갑자기 말문이 막혔습니다. '이걸 엄마 드리려고 유치원서 가져왔어.' 하고 말하기가 어째 몹시 부끄러운 생각이 들었습니다. 그래 잠깐 망설이다가

"응, 이 꽃! 저, 사랑 아저씨가 엄마 갖다주라고 줘."

하고 불쑥 말했습니다. 그런 거짓말이 어디서 그렇게 툭 튀어나왔는지 나도 모르지요.

꽃을 들고 냄새를 맡고 있던 어머니는 내 말이 끝나기가 무섭게 몹시 놀란 사람처럼 화닥닥하였습니다. 그러고는 금시에 어머니 얼굴이 그 꽃보다 더 빨갛게 되었습니다. 그 꽃을 든 어머니 손가락이 파르르 떠는 것을 나는 보았습니다. 어머니는 무슨 무서운 것을 생각하는 듯이 방 안을 휘 한 번 둘러보시더니 "옥희야, 그런 걸 받아 오면 안 돼." 하고 말하는 목소리는 몹시 떨렸습니다.

나는 꽃을 그렇게도 좋아하는 어머니가 이 꽃을 받고 그처럼 성을 낼 줄은 참으로 뜻밖이었습니다. 어머니가 그렇게도 성을 내는 것을

보니까 그 꽃을 내가 가져왔다고 그러지 않고 아저씨가 주더라고 거짓말을 한 것이 참 잘되었다고 나는 속으로 생각했습니다. 어머니가 성을 내는 까닭을 나는 모르지만, 하여튼 성을 낼 바에는 내게 내는 것보다 아저씨에게 내는 것이 내게는 나았기 때문입니다.

한참 있더니 어머니는 나를 방 안으로 데리고 들어와서 "옥희야, 너 이 꽃 이야기 아무보고도 하지 마라, 응?" 하고 타일러 주었습니다. 나는 "응." 하고 대답하면서 고개를 여러 번 까닥까닥했습니다.

어머니가 그 꽃을 곧 내버릴 줄로 나는 생각했습니다마는, 내버리지 않고 꽃병에 꽂아서 풍금 위에 놓아두었습니다. 아마 퍽 여러 밤 자도록 그 꽃은 거기 놓여 있어서 마지막에는 시들었습니다. 꽃이 다 시들자 어머니는 가위로 그 대는 잘라 내버리고, 꽃만은 찬송가 갈피에 곱게 끼워 두었습니다.

내가 어머니께 꽃을 갖다주던 날 밤에, 나는 또 사랑에 놀러 나가서 아저씨 무릎에 앉아서 그림책을 보고 있었습니다. 갑자기 아저씨 몸이 흠칫하였습니다. 그러고는 귀를 기울입니다. 나도 귀를 기울였습니다.

풍금 소리!

그 풍금 소리는 분명 안방에서 흘러나오는 것이었습니다.

"엄마가 풍금을 타나 보다."

하고 나는 벌떡 일어나서 안으로 뛰어왔습니다. 안방에는 불을 켜지 않았습니다. 그러나 그때는 음력으로 보름께나 되어서 달이 낮같이 밝은데 은빛 같은 흰 달빛이 방 안 절반 가득히 차 있었습니다. 나는 흰옷을 입은 어머니가 풍금 앞에 앉아서 고요히 풍금을 타는 것을 보았습니다.

나는 나이 여섯 살밖에 안 되었지마는 하여튼 어머니가 풍금을 타시는 것을 보는 것은 오늘이 처음이었습니다. 어머니는 우리 유치원 선생님보다도 풍금을 더 잘 타시는 것이었습니다. 나는 어머니 곁으로 갔습니다. 어머니는 내가 곁에 온 것도 깨닫지 못하는지 그냥 까딱 아니 하고 앉아서 풍금을 탔습니다. 조금 있더니 어머니는 풍금 곡조에 맞추어서 노래를 부르기 시작하였습니다. 어머니의 목소리가 그렇게도 아름다운 것도 나는 이때껏 모르고 있었습니다. 어머니는 참으로 우리 유치원 선생님보다도 목소리가 훨씬 더 곱고, 또 노래도 훨씬 더 잘 부르시는 것이었습니다. 나는 가만히 서서 어머니 노래를 들었습니다. 그 노래는 마치 은실을 타고 별나라에서 내려오는 노래처럼 아름다웠습니다.

그러나 얼마 오래지 않아 목소리는 약간 떨리기 시작하였습니다. 가늘게 떨리는 노랫소리, 그에 따라 풍금의 가는 소리도 바르르 떠는 듯했습니다. 노랫소리는 차차 가늘어지더니 마지막에는 사르르 없어져 버렸습니다. 풍금 소리도 사르르 없어졌습니다. 어머니는 고요히 풍금에서 일어나시더니 옆에 서 있는 내 머리를 쓰다듬었습니다. 그 다음 순간, 어머니는 나를 안고 마루로 나오셨습니다. 어머니는 아무 말씀도 없이 그냥 꼬옥 껴안는 것이었습니다. 달빛을 함빡 받은 내 어머니가 몹시도 새하얗다고 생각되었습니다. 우리 어머니는 참으로 천사 같다고 생각하였습니다.

우리 어머니의 새하얀 두 뺨 위로 쉴 새 없이 두 줄기 눈물이 줄줄 흘러내리고 있는 것을 나는 보았습니다. 그것을 보니 나도 갑자기 울고 싶어졌습니다.

"어머니, 왜 울어?"

하고 나도 벌써 훌쩍거리면서 물었습니다.

"옥희야."

"응?"

한참 동안 어머니는 아무 말씀도 없었습니다. 그러나 한참 후에

"옥희야, 너 하나면 그뿐이다."

"엄마."

어머니는 다시 대답이 없으셨습니다.

하루는 밤에 아저씨 방에서 놀다가 졸려서 안방으로 들어오려고 일어서니까 아저씨가 하얀 봉투를 서랍에서 꺼내어 내게 주었습니다.

"옥희, 이거 갖다가 엄마 드리고, 지나간 달 밥값이라고, 응."

나는 그 봉투를 갖다가 어머니에게 드렸습니다. 어머니는 그 봉투를 받아 들자 갑자기 얼굴이 파랗게 질렸습니다. 그 전날 달밤에 마루에 앉았을 때보다도 더 새하얗다고 생각되었습니다. 그 봉투를 들고 어쩔 줄을 모르는 듯이 어머니 얼굴에는 초조한 빛이 나타났습니다.

나는 "그거 지나간 달 밥값이래." 하고 말을 하니까, 어머니는 갑자기 잠자다 깨나는 사람처럼 "응?" 하고 놀라더니, 또 금시에 백지장 같이 새하얗던 얼굴이 발갛게 물들었습니다. 봉투 속으로 들어갔던

어머니의 파들파들 떨리는 손가락이 지전 을 몇 장 끌고 나왔습니다. 어머니는 입술에 약간 웃음을 띠면서 "후!" 하고 한숨을 내쉬었습니다. 그러나 그것도 잠깐, 다시 어머니는 무엇에 놀랐는지 흠칫하더니 금시에 얼굴이 다시 새하얘지고 입술이 바르르 떨렸습니다. 어머니의 손을 바라다보니 거기에는 지전 몇 장 외에 네모로 접은 하얀 종이가 한 장 잡혀 있는 것이었습니다.

어머니는 한참을 망설이는 모양이었습니다. 그러더니 무슨 결심을 한 듯이 입술을 악물고 그 종이를 차근차근 펴 들고 그 안에 쓰인 글을 읽었습니다. 나는 그 안에 무슨 글이 쓰여 있는지 알 도리가 없었으나, 어머니는 그 글을 읽으면서 금시에 얼굴이 파랬다 발갰다 하고, 그 종이를 든 손은 이제는 바들바들이 아니라 와들와들 떨리어서 그 종이가 부석부석 소리를 내게 되었습니다.

한참 후에 어머니는 그 종이를 아까 모양으로 네모지게 접어서 돈과 함께 봉투에 도로 넣어 반짇고리 에 던졌습니다. 그러고는 정신나간 사람처럼 멀거니 앉아서 전등만 쳐다보는데, 어머니 가슴이 불룩불룩합니다. 나는 어머니가 혹시 병이나 나지 않았나 하고 염려가 되어서 얼른 가서 무릎에 안기면서 "엄마, 잘까?" 하고 말했습니다. 엄마는 내 뺨에 입을 맞추어 주었습니다. 그런데 어머니의 입술이 어쩌면 그리도 뜨거운지요. 마치 불에 달군 돌이 볼에 와 닿는 것 같았습니다.

한참을 자고 나서 잠이 채 깨지는 않았으나 어렴풋한 정신으로 옆을 쓸어 보니 어머니가 없었습니다. 자다가 나는 가끔 그러는 버릇이 있어요. 어렴풋한 정신으로 옆을 쓸면 어머니의 보드라운 살이 만져지지요. 그러면 다시 나는 잠이 들어 버리곤 하는 것이었습니다.

어머니가 자리에 없다는 것을 알게 되자, 나는 갑자기 무서워졌습니다. 그래서 잠은 다 달아나고 눈을 번쩍 뜨고 고개를 돌려 살펴보았습니다. 방 안은 불은 안 켰지만 어슴푸레하게 밝습니다. 뜰로 하나 가득한 달빛이 방 안에까지 희미한 밝음을 던져 주는 것이었습니다. 윗목을 보니, 우리 아버지의 옷을 넣어 두고 가끔 어머니가 꺼내서 쓸어 보시는 그 장롱 문이 열려 있고, 그 아래 방바닥엔 흰옷이 한 무더기 널려 있습니다. 그리고 그 옆에는 장롱에 반쯤 기대고 자리옷 만 입은 어머니가 주춤하고 앉아서, 고개를 위로 쳐들고 눈은 감고 무엇이라고 입술로 소곤소곤 외고 있는 것이 보였습니다. 아마 기도를 하나 보다 하고 나는 생각했습니다. 나는 자리에서 일어나서 기어가서 어머니 무릎을 뻐개고 기어들어 갔습니다.

"엄마, 무얼 해?"

어머니는 소곤거리기를 그치고 눈을 떠서 나를 한참이나 물끄러미 들여다보십니다.

"옥희야."

※ 자리옷 잠옷 뻐개고 두 쪽으로 가르고

"응?"

"가서 자자."

"엄마도 같이 자?"

"응, 그래. 엄마도 같이 자."

그 목소리가 어째 싸늘하다고 내게 생각되었습니다.

어머니는 돌아가신 아버지의 옷들을 한 가지씩 들고는 가만히 손바닥으로 쓸어 보고는 장롱 안에 넣었습니다. 하나씩 하나씩 쓸어 보고는 장롱에 넣고 하여 그 옷을 다 넣은 때 장롱 문을 닫고 쇠 를 채우고, 그러고 나서 나를 안고 자리로 돌아왔습니다.

"엄마, 우리 기도하고 자?"

하고 나는 물었습니다. 어머니는 나를 밤마다 재워 줄 때마다 반드시 기도를 하는 것이었습니다. 내가 할 줄 아는 기도는 주기도문뿐이었습니다. 그 뜻은 하나도 모르지만, 어머니를 따라서 자꾸자꾸 해 보아서 지금에는 나도 주기도문을 잘 외웁니다. 그런데 웬일인지 어젯밤 잘 때에는 어머니가 기도할 것을 잊어버리고 그냥 잤던 것이 지금 생각이 났기 때문에 나는 그렇게 물었던 것입니다. 어젯밤 자리에 들 때, 내가 "기도할까?" 하고 말할까 싶었으나, 어머니가 너무 슬픈 빛을 띠고 있는 고로 그만 나도 가만히 아무 소리 없이 잠이 들고 말았던 것입니다.

"응, 기도하자."

● 쇠 자물쇠

하고 어머니가 고요히 대답했습니다.

"엄마가 기도해."

하고 나는 갑자기 어머니의 기도하는 보드라운 음성이 듣고 싶어져서 말했습니다.

"하늘에 계신 우리 아버지시여."

어머니는 고요히 기도를 시작하였습니다.

"이름을 거룩하게 하옵시며 나라이 임하옵시며˚ 뜻이 하늘에서 이루어진 것처럼 땅에서도 이루어지이다. 오늘날 우리에게 일용할 양식을 주옵시고 우리가 우리에게 죄지은 자를 용서하여 준 것처럼 우리 죄를 사하여 주옵시고, 우리를 시험에 들지 말게 하옵시고…… 우리를 시험에 들지 말게 하옵시고…… 시험에 들지 말게…… 시험에 들지 말게……."

이렇게 어머니는 자꾸 되풀이하였습니다. 나도 지금은 막히지 않고 줄줄 외는 주기도문을 글쎄 어머니가 막히다니 참으로 우스운 일이었습니다.

"시험에 들지 말게…… 시험에 들지 말게……." 하고 자꾸만 되풀이하는 것을 나는 참다못해서 "엄마, 내 마저 할게." 하고, "다만 악에서 구하옵소서. 대개 나라와 권세와 영광이 아버지께 영원히 있사옵나이다." 하고 내가 끝을 마쳤습니다.

◦ 나라이 임하옵시며 어법상 '나라가 임하게 하시며'가 옳지만, 그때는 '나라이 임하옵시며'로 번역했음

어머니는 한참이나 가만있다가 오랜 후에야 겨우 "아멘." 하고 속삭이었습니다.

요새 와서 어머니의 하는 일이란 참으로 알 수가 없는 노릇입니다. 어떤 때는 어머니도 퍽 유쾌하셨습니다. 밤에 때로는 풍금도 타고 또 때로는 찬송가도 부르고 그러실 때에는 나도 너무도 좋아서 가만히 어머니 옆에 앉아서 듣습니다. 그러나 가끔가끔 그 독창은 소리 없는 울음으로 끝을 맺는 때가 많은데, 그런 때면 나도 따라서 울었습니다. 그러면 어머니는 나를 안고 내 얼굴에 돌아가면서 무수히 입을 맞추어 주면서 "엄마는 옥희 하나면 그뿐이야, 응. 그렇지……." 하시며 언제까지나 언제까지나 우시는 것이었습니다.

어떤 일요일 날, 그렇지요, 그것은 유치원 방학하고 난 그 이튿날이었어요. 그날 어머니는 갑자기 머리가 아프시다고 예배당에를 그만두었습니다. 사랑에서는 아저씨도 어디 나가고 외삼촌도 나가고 집에는 어머니와 나와 단둘이 있었는데, 머리가 아프다고 누워 계시던 어머니가 갑자기 나를 부르시더니

"옥희야, 너 아빠가 보고 싶니?"
하고 물으십니다.

"응, 우리도 아빠 하나 있으면."
나는 혀를 까불고 어리광을 좀 부려 가면서 대답을 했습니다. 한참 동안을 어머니는 아무 말씀도 아니 하시고 천장만 바라다보시더니,

"옥희야, 옥희 아버지는 옥희가 세상에 나오기도 전에 돌아가셨단

다. 옥희도 아빠가 없는 건 아니지. 그저 일찍 돌아가셨지. 옥희가 이제 아버지를 새로 또 가지면 세상이 욕을 한단다. 옥희는 아직 철이 없어서 모르지만 세상이 욕을 한단다. 사람들이 욕을 해. '옥희 어머니는 화냥년˙이다.' 이러고 세상이 욕을 해. '옥희 아버지는 죽었는데 옥희는 아버지가 또 하나 생겼대. 참 망측˙도 하지.' 이러고 세상이 욕을 한단다. 그리되면 옥희는 언제나 손가락질 받고, 옥희는 커도 시집도 훌륭한 데 못 가고, 옥희가 공부를 해서 훌륭하게 돼도, '에, 그까짓 화냥년의 딸.'이라고 남들이 욕을 한단다."

이렇게 어머니는 혼잣말하시듯 드문드문 말씀하셨습니다. 그러고는 한참 있더니 "옥희야." 하고 또 부르십니다.

"응?"

"옥희는 언제나 내 곁을 안 떠나지. 옥희는 언제나 언제나 엄마하구 같이 살지. 옥희는 엄마가 늙어서 꼬부랑 할미가 되어도 그래도 옥희는 엄마하고 같이 살지. 옥희가 유치원 졸업하고, 또 소학교˙졸업하고, 또 중학교 졸업하고, 또 대학교 졸업하고, 옥희가 조선서 제일 훌륭한 사람이 돼도, 그래도 옥희는 엄마하고 같이 살지. 응! 옥희는 엄마를 얼만큼 사랑하나?"

"이만큼." 하고 나는 두 팔을 쫙 벌리어 보였습니다.

"응? 얼만큼? 응! 그만큼! 언제나 언제나, 옥희는 엄마만 사랑하

● **화냥년** 남편이 아닌 남자와 정을 통하는 여자   **망측** 정상적인 상태에서 어그러져 어이가 없거나 차마 보기가 어려움   **소학교** '초등학교'의 옛 이름

지. 그리고 공부도 잘하고. 그리고 훌륭한 사람이 되고……."

나는 어머니의 목소리가 떨리는 것으로 보아 어머니가 또 울까 봐 겁이 나서, "엄마, 이만큼, 이만큼." 하면서 두 팔을 쫙쫙 벌리었습니다.

"응, 그래. 옥희 엄마는 옥희 하나면 그뿐이야. 세상 다른 건 다 소용없어. 우리 옥희 하나면 그만이야. 그렇지, 옥희야."

"응!"

어머니는 나를 당기어서 꼭 껴안고 가슴이 막혀 들어올 때까지 자꾸만 껴안아 주었습니다.

그날 밤, 저녁밥 먹고 나니까 어머니는 나를 불러 앉히고 머리를 새로 빗겨 주었습니다. 댕기도 새 댕기를 드려 주고, 바지, 저고리, 치마, 모두 새것을 꺼내 입혀 주었습니다.

"엄마, 어디 가?"

하고 물으니까,

"아니."

하고 웃음을 띠면서 대답합니다. 그러더니 새로 다린 하얀 손수건을 내리어 내 손에 쥐여 주면서,

"이 손수건, 저 사랑 아저씨 손수건인데, 이것 아저씨 갖다드리고 와, 응? 오래 있지 말고 손수건만 갖다드리고 이내 와, 응?"

하고 말씀하셨습니다.

손수건을 들고 사랑으로 나가면서, 나는 접어진 손수건 속에 무슨 발각발각하는 종이가 들어 있는 것처럼 생각되었습니다마는, 그것을 펴 보지 않고 그냥 갖다가 아저씨에게 주었습니다.

아저씨는 방에 누워 있다가 벌떡 일어나서 손수건을 받는데, 웬일인지 아저씨는 이전처럼 나 보고 빙긋 웃지도 않고 얼굴이 몹시 파래졌습니다. 그러고는 입술을 질근질근 깨물면서 말 한마디 아니 하고 그 수건을 받더군요.

나는 어째 이상한 기분이 들어서 아저씨 방에 들어가 앉지도 못하고 그냥 되돌아서 안방으로 도로 왔지요. 어머니는 풍금 앞에 앉아서 무엇을 그리 생각하는지 가만히 있더군요. 나는 풍금으로 가서 가만히 그 옆에 앉아 있었습니다. 이윽고 어머니는 조용조용히 풍금을 타십니다. 무슨 곡조인지는 몰라도 구슬프고 고즈넉한° 곡조예요.

밤이 늦도록 어머니는 풍금을 타셨습니다. 그 구슬프고 고즈넉한 곡조를 계속하고 또 계속하면서.

여러 밤을 자고 난 어떤 날 오후에 나는 오래간만에 아저씨 방엘 나가 보았더니 아저씨가 짐을 싸느라고 분주하겠지요. 내가 아저씨에게 손수건을 갖다 드린 다음부터는, 웬일인지 아저씨가 나를 보아도 언제나 퍽 슬픈 사람, 무슨 근심이 있는 사람처럼 아무 말도 없이 나를 물끄러미 바라다만 보고 있는 고로, 나도 그리 자주 놀러 나오지 않았던 것입니다. 그랬었는데 이렇게 갑자기 짐을 꾸리는 것을 보고 나는 놀랐습니다.

"아저씨, 어디 가?"

"응, 멀리루 간다."

°고즈넉한 고요하고 아늑한

"언제?"

"오늘."

"기차 타고?"

"응, 기차 타고."

"갔다 언제 또 와?"

아저씨는 아무 대답도 없이 서랍에서 예쁜 인형을 하나 꺼내서 내게 주었습니다.

"옥희, 이것 가져, 응. 옥희는 아저씨 가고 나면 아저씨 이내 잊어버리고 말겠지!"

나는 갑자기 슬퍼졌습니다. 그래서 "아니." 하고 얼른 대답하고 인형을 안고 안으로 들어왔습니다.

"엄마, 이것 봐. 아저씨가 이것 나 줬다. 아저씨가 오늘 기차 타고 먼 데로 간대."

하고 내가 말했으나 어머니는 대답이 없으십니다.

"엄마, 아저씨 왜 가?"

"학교 방학했으니깐 가지."

"어디루 가?"

"아저씨 집으로 가지, 어디로 가."

"갔다가 또 와?"

어머니는 대답이 없으십니다.

"난 아저씨 가는 거 나쁘다."

하고 입을 쫑긋했으나, 어머니는 그 말은 대답 않고

"옥희야, 벽장에 가서 달걀 몇 알 남았나 보아라."

하고 말씀하셨습니다.

나는 깡충깡충 방 안으로 들어갔습니다. 달걀은 여섯 알 있었습니다. "여스 알." 하고 나는 소리쳤습니다.

"응, 다 가지고 이리 나오너라."

어머니는 그 달걀 여섯 알을 다 삶았습니다. 그 삶은 달걀 여섯 알을 손수건에 싸 놓고, 또 반지 에 소금을 조금 싸서 한 귀퉁이에 넣었습니다.

"옥희야, 너 이것 갖다 아저씨 드리고, 가시다가 찻간에서 잡수시랜다고, 응."

그날 오후에 아저씨가 떠나간 다음, 나는 방에서 아저씨가 준 인형을 업고 자장자장 잠을 재우고 있었습니다. 어머니가 부엌에서 들어오시더니,

"옥희야, 우리 뒷동산에 바람이나 쐬러 올라갈까?"

하십니다.

"응, 가, 가."

하면서 나는 좋아 덤비었습니다.

잠깐 다녀올 터이니 집을 보고 있으라고 외삼촌에게 이르고 어머니는 내 손목을 잡고 나섰습니다.

● 반지 얇고 질기지만 거친 종이로, 붓글씨를 연습하거나 다양하게 사용함

"엄마, 나 저, 아저씨가 준 인형 가지고 가?"

"그러렴."

나는 인형을 안고 어머니 손목을 잡고 뒷동산으로 올라갔습니다. 뒷동산에 올라가면 정거장이 빤히 내려다보입니다.

"엄마, 저 정거장 봐. 기차는 없네."

어머니는 아무 말씀도 없이 가만히 서 계십니다. 사르르 바람이 와서 어머니 모시 치맛자락을 산들산들 흔들어 주었습니다. 그렇게 산 위에 가만히 서 있는 어머니는 다른 때보다도 더 한층 예쁘게 보였습니다.

저편 산모퉁이에서 기차가 나타났습니다. "아, 저기 기차 온다." 하고 나는 좋아서 소리쳤습니다. 기차는 정거장에서 잠시 머물더니 금시에 '삑' 하고 소리를 지르면서 움직였습니다. "기차 떠난다." 하면서 나는 손뼉을 쳤습니다. 기차가 저편 산모퉁이 뒤로 사라질 때까지, 그리고 그 굴뚝에서 나는 연기가 하늘 위로 모두 흩어져 없어질 때까지, 어머니는 가만히 서서 그것을 바라다보았습니다.

뒷동산에서 내려오자 어머니는 방으로 들어가시더니 이때까지 뚜껑을 늘 열어 두었던 풍금 뚜껑을 닫으십니다. 그러고는 거기 쇠를 채우고 그 위에다가 이전 모양으로 반짇고리를 얹어 놓으십니다. 그러고는 그 옆에 있는 찬송가를 맥없이 들고 뒤적뒤적하시더니 빼빼 마른 꽃송이를 그 갈피에서 집어내시더니,

"옥희야, 이것 내다 버려라."

하고 그 마른 꽃을 내게 주었습니다. 그 꽃은 내가 유치원에서 갖다

가 어머니께 드렸던 그 꽃입니다.

　그러자 옆대문이 삐걱하더니 "달걀 사소." 하고 매일 오는 달걀 장수 노파가 달걀 광주리를 이고 들어왔습니다.

　"이젠 우리 달걀 안 사요. 달걀 먹는 이가 없어요."
하시는 어머니 소리는 맥이 한 푼어치도 없었습니다.

　나는 어머니의 이 말씀에 놀라서 떼를 좀 써 보려 했으나, 석양에 빤히 비치는 어머니 얼굴을 볼 때 그 용기가 없어지고 말았습니다. 그래서 아저씨가 주신 인형 귀에다가 내 입을 갖다 대고 가만히 속삭이었습니다.

　"애, 우리 엄마가 거짓부리* 썩 잘하누나. 내가 달걀 좋아하는 줄 잘 알면서 먹을 사람이 없대누나. 떼를 좀 쓰고 싶다만 지 우리 엄마 얼굴 좀 봐라. 어쩌면 저리도 새파래졌을까? 아마 어디가 아픈가 보다."라고요.

---

　* **거짓부리** 거짓부렁이. '거짓말'을 속되게 이르는 말

소설 읽고 대화하기

지은 제목이 '사랑손님과 어머니'야, '사랑방 손님과 어머니'야?

현수 글쎄. '사랑방'이라는 말은 낯익은데, 그냥 '사랑'이라고 하니까 좀 이상하네. 검색해 볼게. (스마트폰으로 인터넷에서 검색한 뒤) 사전에 나와 있네. '사랑 : 집의 안채와 떨어져 있는, 바깥주인이 거처하며 손님을 접대하는 곳'이라고 되어 있어. '사랑손님과 어머니'가 맞는 제목이구나.

미영 '사랑손님'이라고 하니까 '사랑을 가져온 손님'이라는 뜻도 되는 것 같아. 멋진 제목이야.

현수 그건 좀 지나친 해석 같은데……. 게다가 사랑이 이루어지지 않잖아.

미영 사랑이 꼭 이루어져야 아름다운 건 아니잖아? 나는 뭔가 아련한 아름다움이 느껴져서 좋았어. 특히 풍금 타며 노래 부르는 어머니의 모습이나 달빛에 비친 새하얀 어머니의 모습 등이 묘한 느낌이었어. 소설 곳곳에 애틋한 사랑의 마음이 스며들어 있어서 가슴이 찡하기도 했고.

현수 그래, 그건 그렇지. 그런데 이 작품에서 사랑은 왜 이루어지지 않을까?

지은 아유, 남자들이란. 이루어지지 않은 슬픈 사랑 이야기를 읽고서도 곧바로 왜냐고 따져 보는 거야? 일단 이 작품을 읽고 마음속에 남아 있는 감정을 얘기해 보자. 나도 마음에 울림이 있었거든.

현수 아, 아니. 나도 안타까웠지만, 궁금해서 그러는 거지. 그럼 지은이가 하고 싶은 얘기를 해 봐.

지은 어머니가 뒷동산에 올라가서 말없이 기차를 바라보는 장면이 너무 안타깝더라고. "기차가 저편 산모퉁이 뒤로 사라질 때까지, 그리고 그 굴뚝에서 나는 연기가 하늘 위로 모두 흩어져 없어질 때까지, 어머니는 가만히 서서 그것을 바라다보았습니다." 에휴, 연기처럼 흩어지지 않는 사랑의 마음은 어떡할 거냐고?

미영 그러게, 어머니와 사랑손님이 잘됐으면 좋았을 텐데. 안타까워.

현수 문학소녀와 낭만 지은이 얘기 잘 들었어. 이 작품에서 왜 사랑이 이루어지지 않아 우리를 안타깝게 하는 걸까?

지은 음, 사랑손님이나 어머니나 둘 다 무척 소심한 것 같아. 사랑손님은 옥희 어머니에게 호감을 느껴서 밥값 안에 편지를 담아 보내고, 예배당에 따라가기까지 하면서도 자기 마음을 직접 표현하지는 못해. 그냥 옥희를 귀여워하기만 하지. 어머니도 사랑손님에게 호감이 없는 건 아닌 것 같은데, 재혼을 겁내고 있잖아.

윤식 그냥 이 두 사람이 소심하다고 할 것만은 아닌 것 같아. 이 작품에서 사랑이 이루어지지 않은 건 사랑손님과 어머니의 사랑을 불순한 것으로 생각하는 사회의 편견 때문이 아닐까? 그렇다면 이 이야기는 그냥 안타까운 사랑 이야기가 아니라 재혼을 바라보는 사회의 편견을 비판하는 이야기라고 볼 수 있겠지.

미영 사랑손님과 어머니의 사랑이 이루어지지 않는 게 꼭 사회적 편견 때문만은 아니잖아? 어머니가 "옥희 하나면 그뿐"이라고 자꾸 강조하는 것으로 봐서는 자기가 재혼하면 옥희가 불행해질 수 있다는 생각 때문에 스스로 재혼하지 않으려 한 것 같은데.

윤식 재혼하면 아이가 불행해진다는 생각이야말로 편견일 수 있어. 이 작품에서 사랑 아저씨와 옥희는 아주 사이가 좋잖아? 계부나 계모가 전처나 전남편의 자식을 학대할 수 있다는 생각 자체가 재혼에 대한 편견에서 비롯된 것 아닐까?

미영 그래, 요즘은 좀 생각이 달라진 것 같지? 한쪽 부모님이 돌아가시는 것 말고도 마음이 맞지 않거나 다른 이유로 헤어지는 일도 많고, 그러다 재혼하는 일도 많지만, 거기에 대한 편견은 많이 사라진 것 같아. 실제로 학대하는 일도 많지 않은 것 같고.

현수 그런데 왜 옛날에는 여성의 재혼을 부정적으로 생각한 걸까?

지은 그게 다 남성 중심주의 때문이라고. 부부가 싫어서 이혼한 것도 아니고, 남편이 세상을 떠난 건데, 그게 왜 여자 잘못이냐고!

윤식 워, 워. 사실을 분명히 하자고. 이 작품 속에서 옥희 어머니를 비난하는 사람은 없어. 그냥 옥희 어머니가 남들이 비난할 거라고 생각하는 것뿐이야. 어머니가 "옥희가 이제 아버지를 새로 또 가지면 세상이 욕을 한단다."라고 옥희에게 고백하듯이 말하잖아. 게다가 재혼을 여자 혼자 하는 것도 아니고, 재혼을 부정적으로 생각하는 사회 분위기는 남자에게도 좋은 건 아니야.

지은 말이야 그렇지만, 실제로 남자들은 여자보다 쉽게 재혼한다고. 요즘에도 그렇잖아. 여자가 먼저 세상을 떠나면 애들은 누가 키우냐는 식으로 남자들에게는 재혼을 권한다고. 웃겨. 애는 여자 혼자 키우나?

현수 흠, 지은이 말대로 여성의 재혼이 좀 더 어려운 건 사실인 것 같아. 부모가 이혼하는 경우에도 아이는 대개 엄마랑 함께 살게 되고, 그래서 여성의 재혼이 좀 더 어렵겠지. 그런데 재혼에 대한 부정적인 시각이나 남성 중심주의는 대체 언제 시작된 걸까?

한통샘 조선 시대의 유교적 세계관이 남성 중심주의를 낳았죠. 삼국 시대나 고려 시대까지는 여성의 정절이 지나치게 강조되지 않았고, 남녀에게 함께 요구되는 규범이었어요. 그런데 조선 시대로 들어서면서 여성의 정절이 유독 강조되었어요. 임진왜란과 병자호란을 거친 뒤 통치의 어려움에 부딪힌 지도층이 사회 안정을 위해 경직된 모습을 보인 데다, 전쟁을 거치면서 성적인 혼란과 혼혈 증가에 대한 염려까지 더해졌지요. 작품에 나오는 '화냥년'이라는 표현도 원래 병자호란 때 오랑캐에게 끌려갔다 돌아온 '환향녀'(還鄕女)에서 나왔다는 설이 있어요.

현수 그렇지만 이 작품은 조선 시대가 아니라 1930년대를 배경으로 하잖아요.

한통샘 시대가 바뀌었다고 사람들의 생각이 쉽게 바뀌는 것은 아니지요. 게다가 유교 이념이 좀 심하기는 하지만, 다른 문화에도 남성 중심주의는 있거든요. 요즘 재혼에 대한 편견이 많이 사라졌다고는 하지만 아직도 재혼 가정을 정상이 아니라고 생각하는 시각이 완전히 사라졌다고 하기는 어려워요. 아들과 딸에 대한 차별이나 남자답게 또는 여자답게 행동하라는 식의 성차별까지 생각하면 아직도 우리 사회에서 양성 평등이 완전히 실현되었다고 보기는 힘들어요.

미영 사회적으로 무거운 문제를 다루는데도 이 소설은 심각하지 않고 즐겁게 읽혀. 옥희의 눈으로 세상을 보기 때문이겠지?

지은 그래, 옥희 때문에 웃기기도 하고 안타깝기도 하고 그랬어. 옥희는 사랑 아저씨와 어머니의 감정을 알지 못하고 '성이 났다.'는 식으로 생각해. "왜 모두들 그렇게 성이 났는지! 나는 그만 '으아.' 하고 울고 싶었어요." 하는 대목에서는 웃음이 났어. 또 옥희가 그렇게 생각해서 벌이는 행동도 웃겼지. 옥희가 "지난 주일날 예배당에서 성냈던 앙갚음을 해야지."라고 생각하고 벽장 속에 숨어서 한바탕 소동이 벌어지기도 하잖아.

미영 맞아, 맞아. 게다가 옥희는 자기도 모르는 사이에 사랑 아저씨와 어머니의 사랑을 깊게 만들기도 해. 아저씨가 삶은 달걀을 좋아한다는 걸 어머니에게 알려 주기도 하고, 예배당 가는 길에 아저씨가 따라오게도 만들고, 자기가 가져온 꽃을 아저씨가 준 것이라고 해서 어머니를 들뜨게 하기도 하지. 그리고 아저씨의 사랑 편지와 어머니의 거절 편지를 전해 주는 역할도 해.

한통샘 국어 시간에 일인칭 관찰자 시점에 대해 공부했지요? 이 작품은 이 시점의 특징을 아주 잘 보여 주고 있어요. 이 작품의 서술자인 옥희는 지은이 말대로 다른 인물의 감정을 파악하지 못하고 자기 나름대로 해석해서 독자를 웃음 짓게 만들지요. 미영이 말대로 새로운 사건을 만들어 내고, 아저씨와 어머니의 감정을 심화시키게도 하고요.

지은　만약 옥희가 없었다면 사랑손님과 어머니가 사랑에 빠지지 않았을지도 몰라요. 그런데 마지막까지도 옥희는 어머니의 마음을 이해하지 못하고 달걀을 못 먹게 된 것만 생각해요. 좀 얄밉기도 하고 안타깝기도 했어요.

미영　소설 속 옥희의 행동이 참 귀여웠어요. 옥희라는 서술자의 눈으로 봐서 소설 속의 사랑이 더 순수하고 아름답게 보이는 것 같아요. 만약 외삼촌의 눈으로 이 작품이 쓰였다면 어땠을지 궁금해요.

한통샘　재미있는 생각이네요. 외삼촌은 상 심부름에 대해 불평하면서 "요즘 세상에 내외합니까?"라고 말하고는 흥흥 웃는다고 했지요. 누나의 감정을 짐작하는 것일 수도 있어요. 사랑 아저씨도 옥희에게는 스스럼없이 대하지만 외삼촌이 들어오면 점잔을 뺀다고 했고요. 중학생인 외삼촌은 남녀 간의 미묘한 감정을 짐작할 만한 나이인데, 이 외삼촌의 시각에서 두 사람의 감정을 상상해 봐도 재미있을 것 같네요.

현수　두 사람의 감정을 직접 드러낼 수 없어서 그런지 이 작품에는 사랑을 드러내는 소재들이 제법 많이 나오기도 해.

미영　맞아. 삶은 달걀도 그렇고, 옥희가 꺾어 온 꽃도, 풍금도 그렇고.

지은　또 있어. 밥값 봉투에 편지를 넣어 보내는 것과 하얀 손수건에 거절의 뜻을 담아 보내는 것도 그래.

현수   예배당이라는 장소가 사랑의 공간으로 쓰이는 것도 재미있지. 그 시절에는 남녀가 따로 앉아 예배를 드린 것 같은데도 말이야.

미영   예배당이라니 생각난다. 주기도문의 "시험에 들지 않게"라는 구절을 어머니가 반복하는 대목에서 옥희가 "나도 지금은 막히지 않고 줄줄 외는 주기도문을 글쎄 어머니가 막히다니 참으로 우스운 일이었습니다."라고 생각하고 끝을 맺잖아.

현수   어머니로서는 마음속 갈등이 가장 커진 부분일 텐데, 옥희가 그렇게 끝맺으니 재미있기도 하고 조금은 김이 빠지기도 했어.

윤식   어이, 이 소설의 서술자는 어디까지나 여섯 살 소녀라고. 너무 많은 걸 기대하지 마.

지은   옥희가 손뼉을 치는 장면에서 '짤깍짤깍'이라는 의성어가 쓰인 게 재미있어. 의성어는 자유롭게 써도 되는 걸까?

미영   그런 부분이 또 있어. 웃음소리를 '홍홍'이나 '흐흥흐흥'이라고 쓰기도 했어.

한통샘   이 작품이 현대 문학의 초창기에 쓰인 탓도 있을 거예요. 의태어나 의성어도 많은 사람들의 공감을 얻어야겠지만 초창기 작품에는 색다른 의태어나 의성어 표현이 쓰일 수 있겠죠. 사회적 공감을 얻어 정착된 의성어나 의태어를 새롭게 표현해 보는 것도 창의성을 키우는 방법이 될 수 있어요. 요즘 여러분이 많이 쓰는 'ㅋㅋ' 같은 자음 표현도 사실은 문학 작품에서 비롯되었다고 할 수 있어요. 소설가 전상국 선생님이 웃음소리를 'ㅎㅎ'로만 표현한 건 유명한 이야기죠.

지은   아, 알아요. 그 얘기가 텔레비전 인기 예능 프로그램에도 나왔어요.

현수　나는 이 작품에서 아쉬운 점도 있었어. 사랑손님과 어머니가 사랑의 감정을 느끼는 이유를 도무지 알 수 없어. 사랑손님이 하숙을 살기 시작하면서 달걀 얘기가 바로 나오는데, 사랑손님이 달걀을 좋아한다고 많이 사는 것도 약간은 사랑의 감정이 쌓여야 가능한 행동 아닌가?

미영　처음에는 하숙생에 대한 의무감 때문에 달걀을 많이 샀다가 그 마음이 사랑으로 바뀌는 것 아닐까?

현수　그렇겠지. 문제는 그런 의무감이 사랑으로 바뀌는 계기가 분명하지 않다는 거야.

미영　이 작품의 서술자는 어린 옥희잖아. 그런 미묘한 감정의 변화가 여섯 살 옥희의 눈에 보인다면 그게 더 이상하지 않을까? 나는 옥희 어머니가 스물네 살이라는 것과 남녀의 만남이 자유롭지 못했던 당시 상황을 생각하면 둘 사이에 묘한 감정이 생겨날 수 있다는 생각도 들어. 물론 그사이에 시간도 좀 지나고 다른 사건도 그려져야 할 텐데, 작품 속에선 잘 드러나지 않는 것 같아서 아쉽기는 해.

지은　이 작품이 텔레비전 드라마로 만들어진 걸 본 적이 있는데, 약간 촌스럽고 우습다는 생각이 들었어. 그런 것도 시대상과 관련될 수 있을까?

미영　시대상의 차이와도 관련될 수 있고, 아까 얘기한 옥희라는 천진난만한 서술자 때문이기도 한 것 같아. 나는 영화로 봤는데, 옥희의 대사가 어찌나 우습던지.

지은　패러디 영화도 나온 적 있는 것 같아.

한통샘　배우 정준호와 김원희가 나왔던 〈사랑방 선수와 어머니〉(2007

년)라는 코미디 영화로 패러디된 적이 있어요. 박형서 작가가 패러디한 소설도 있고요. 이런 패러디가 이루어지는 것은 한편으로는 이 작품이 자꾸 논의될 만한 가치가 있는 작품이라는 뜻도 되고, 다른 한편으로는 이 작품이 쓰인 당시의 시대상이나 사랑에 대한 윤리 의식이 오늘날에는 패러디될 만큼 우스운 것이 되어 버렸다는 뜻도 될 거예요.

지은   저는 그래도 사랑은 이 작품에서처럼 좀 설레고 은근하며 가슴 아픈 이별도 있고 그랬으면 좋겠어요.

윤식   후유, 낭만 지은이 또 출현했네. 지은이 같은 낭만적인 생각은 아니지만, 저도 이 작품이 던져 주는 문제가 오늘날에도 의미가 있다고 생각해요. 선생님도 말씀하셨지만, 재혼을 바라보는 부정적인 시각이나 남성 중심주의가 아직도 남아 있으니까요.

한통샘   남자인 윤식이가 그런 이야기를 하니까 좀 낯설기도 하고 반갑기도 하네요. 좋은 작품은 늘 새롭게 읽히지요. 여러분처럼 세상을 건강한 마음으로 바라보는 친구들이 있으니까 좋은 문학 작품들이 던져 주는 문제들도 하나씩 해결되어 가리라고 믿어요.

옥희 외삼촌의 시각에서 사랑손님과 어머니의 사랑을 살펴보는 것도 재미있겠다는 선생님의 말씀이 인상적이었다. 나는 상 심부름을 두고 누나와 다툰 날 외삼촌의 일기를 상상해서 적어 보았다.

사랑손님이 저녁때가 넘도록 들어오지 않았다. 친구를 만나러 나가야 하는데, 누님은 나더러 상을 내가라고 나가지도 못하게 했다. "요즘 세상에 내외하십니까?" 하고 나와 버렸지만 딴은 누님이 안됐다.

교원이라는 그분은 옆에서 지켜보니 참 건실해 보인다. 형님과도 친구고 옥희가 누님 복중에 있을 때 허망하게 가 버린 자형과도 벗이라던데, 경성인지 동경인지는 몰라도 유학도 한 엘리트라 한다. 생긴 것도 멀끔하고, 무엇보다 자상한 성품이라 괜찮다. 옥희에게도 어찌나 친절한지.

친구를 만날 일도 있었지만, 사실 누님이 상이라도 내가면서 그분과 한번 눈이라도 더 마주치면 어떨까 싶어 일부러 나오기도 했다. 누님은 이제 스물넷! 청상과부로 늙기에는 너무 곱고 아깝다. 눈치를 보아하니 누님도 그분에게 마음이 있는 것 같고, 그분도 유독 옥희를 귀애하는 것이 누님께 마음을 둔 듯하다. 잘되었으면 좋겠다.

하기야 잘된다고 마냥 축복할 수 있는 일도 아니다. 조그만 동리에서 과부 재가를 두고 얼마나 말들이 많을까? 사람들은 참 우습다. 저들이 우리 누님 인생을 대신 살아 줄 것도 아니면서 말들만 많다. 그 알량한 유교 도덕 때문에 나라가 힘을 잃고 망한 것을 알기나 하는지⋯⋯. 내가 돈을 많이 번다면 누님과 그분을 딴살림 내어 어디 멀리 보내고도 싶다.

아빠, 아빠,
오, 불쌍한 우리 아빠

성석제

잘한다, 아빠. 이번에는 공사판이란다. 이판사판 공사판이란 말이지. 거기 가면 누가 놀랄 줄 알고. 형은 놀랐다기보다는 절망했다. 한때 누구보다도 아빠와 열심히, 또 모범적으로 용감히 싸우던 형이 이제 와선 오래된 전우나 된 듯이 아빠를 염려한다. 그러면서도 자신이 직접 갈 마음은 왜 없는지, 그럴 마음이 전혀 없는 나보고 아빠에게 다녀오라고 한다. 아빠는 공사판의 야간 방범, 줄여서 '야방'으로 취직했다. 밤에 공사장의 자재를 훔쳐 가는 도둑놈들을 막는 게 일이란다. 어쨌든 나는 차의 시동을 건다.

나는 아빠에게 속지 않는다. 걱정도 하지 않는다. 사실 요전에 아파트 경비원으로 취직을 해서 제복을 입고 나타났을 때는 조금 놀랐다. 아빠에게 아직 나를 놀라게 할 수단이 있다는 게 신기해서. 그때 식구 중에서 놀라지 않은 사람은 엄마뿐이었다. 너희 아빠는 늘 그랬지. 누구하고 상의하는 법이 있니. 놀라게 하는 게 취미니까. 아빠가 아파트 경비원으로 취직한 게 단지 우리를 놀라게 하려고만 한 것일까. 아빠는 한 낚싯대로 두 마리의 물고기를 잡고 싶어 하는 사람이다. 우리를 놀라게 하는 동시에 일생 동안 그래 왔듯이 평화롭게 살려는 사람들에게 심술을 부리려는 것이다. 아빠는 평범한 사람이면서도 남이 평범하게 사는 걸 참지 못한다. 내가 말랑말랑해 보였을 때도 아빠는 나를 유별난 인간으로 만들려고 기를 썼다.

초등학교 사 학년 때인가. 나는 오전 수업뿐인 토요일 아침에 도시락을 두 개씩이나 들고 학교로 가는 유별난 짓을 해야 했다. 학교에서 이십 리쯤 떨어진 못으로 토요일이면 낚시를 가는 아빠 때문이었다. 수업이 끝나면 나는 도시락을 들고 아빠가 있는 못으로 걸어가곤 했다. 아빠는 미리 버스를 타고 가서 낚싯대를 드리워 놓고 휘파람을 불고 있는 그 시간에. 가다가 지치면 혼자 길에 앉아 내 몫의 도시락을 까먹었다. 혼자서 도시락을 먹는 그 두렵고 쓸쓸한 때에 나는 문득 마라톤 선수도 남이 먹을 도시락을 들고 이십 리 길을 뛰어가기는 싫을 거라고 생각했다. 아빠는 그런 건 고려하지 않았다. 오늘 낚시 가니까 정석이 도시락 들려 보내. 요즘 산색이 좋더군. 그러면 다 되는 건 줄 알았다. 아빠는 내가 교회 묘지가 있는 아리랑 고개를 넘고 도살장이 보이는 내를 건너 겁에 질려 달리고 달린 나머지 할딱거리며 가져온 도시락을 받아 놓고, 망태에다가 그날 잡은 붕어를 담아 내게 주었다. 그러면 나는 아빠, 많이 잡으세요, 하고 내키지도 않는 인사까지 한 다음에 남은 이십 리 길을, 하도 맡아서 구역질이 나는 물고기 비린내와 해가 지면서 물고기 비린내보다 더 지독해지는 무서움과 싸우면서 돌아왔다.

아빠는 꼭 붕어찜이 다 익을 때쯤 느지막이 막차를 타고 돌아왔다. 나는 그 망할 놈의 붕어에 숟가락도 대고 싶지 않았지만 아빠는 편식이 나쁘다면서 억지로 먹게 했다. 어쩌다가 정말 먹어 보려고 덤벼들라치면 과식은 편식보다 더 나쁘다면서 쫓아낼 거면서. 형에게는 먹어라 말아라 하지 않는 것은 형이 그런 소리에 아무 신경도 쓰지 않기 때문이었다.

형도 나처럼 아빠의 도시락 심부름을 한 적이 있다고 한다. 그런데 형은 도시락을 가지고 가면서 중간에 먹어 버렸는지 잊어버렸는지 낚시터에는 빈손으로 갔다. 낚시터에서 붕어를 주면 중간에 친구들과 먹었는지, 버렸는지 집에는 가져오지도 않았다. 도시락은? 하고 물으면 무거워서 버렸다는 게 형의 대답이었다고 한다. 붕어는? 하면 불쌍해서 놓아주었다고 하고, 죽은 놈도? 하면 묻어 주었다고 거짓말을 했다. 증거가 없으니까 뭐라고 할 수도 없고 말이라 너무 심하게 다룰 수도 없고, 무엇보다도 도시락과 붕어가 아까워서 형에게는 더 이상 도시락 심부름을 시키지 않았다. 그래서 불쌍한 내가 어린 나이에 도시락 심부름을 하게 된 것이다. 그렇지만 나는 아빠의 기대대로 그 심부름을 통해 훌륭한 마라톤 선수가 되어 주지도 않았고 두려움 없는 탐험가가 되어 주지도 않았다. 못했는지도 모르지만.

그때처럼 엄마가 준 도시락을 가지고 아빠를 찾아가고 있다. 공사판은 신도시의 단독 주택 단지에 있다. 굴을 지나고 하천을 건넌 다음 들을 끼고 달린다. 지도를 볼 것도 없다. 나침반도 필요 없다. 어떤 길이라도 목적지까지 망설임 없이 씽씽 달려갈 수 있다. 아빠의 소망대로 마라톤 선수가 되지는 못했지만 나는 훌륭한 운전기사는 된 셈이다. 결혼식이나 했으면 싶은 화창한 날씨다.

아빠는 샘이 많다. 남들에게 지고는 못 산다. 특히 하찮은 일에는 예민하다. 큰돈을 번다든가 신대륙을 발견한다든가 전쟁을 벌이는 일은 꿈도 못 꾸면서 세계에서 가장 뛰어난 아파트 경비원이 되는 데는 열심이었다. 형이 자기 공장에 경비원 자리가 비었는데 요즘 사람이 없어서 고민이라고 지나는 말처럼 한 게 문제의 시작이었다. 아빠가 그 자리에 가겠노라고 소매를 걷고 나섰다. 나 아직 늙지 않았다. 도둑 지키면서 사흘 밤새우는 것도 어렵지 않아. 형은 놀라고 황공해서˙ 펄쩍 뛰었다. 아버님, 직원들이 뭐라고 하겠습니까. 명색이 제가 사장인데 아버님에게 경비를 시키다뇨. 아빠는 이유야 어떻든 남이 팔짝 뛸 때는 무조건 냉정, 침착해진다. 군대 시절 보안 부대에 근무하면서 몸에 익은 주특기다. 왜, 집안에서 다 해 먹는다고 할까 봐 무서우냐? 그러면서 나를 살짝 흘겨보았다.

나는 형이 경영하는 조그마한 회사의 비서실장 겸 기사 겸 심부름꾼, 쉽게 말해 사장의 '가방을 들어 주는 사람'이다. 형이 요즘 바

● **황공해서** '위엄이나 지위에 눌려 두려워서'라는 뜻이지만, 여기서는 반대의 뜻으로 비꼬기 위해 쓰임

람을 피우는 것 같다고 형수가 엄마에게 하소연을 하는 바람에 군대 갔다 와서 소설적인 철학, 또는 철학적인 소설로 소일 하면서 삼 년째 놀고 있던 내게 그 자리가 돌아왔다. 그러므로 가방과 관계된 업무보다 중요한 게 형의 바람을 감시하는 일이다. 형수나 엄마가 그 일을 믿고 맡길 수 있는 사람은 이 세상에 나 하나밖에 없다. 그런데 아빠는 그것조차 아니꼽고 부러웠던 모양이다. 경비를 하겠다는 건 이 세상에서 단 하나밖에 없는 일을 하고 있는 내게 샘을 내고 있기 때문이었다.

속 모르는 형은 아빠 입에서 경비원 얘기만 나오면 팔짝팔짝 뛰었고 그 바람에 운동 부족을 해소하면서 살을 약간 뺄 수도 있었다. 그다음 달부터 아빠에게 경비 월급에 해당하는 용돈을 드리기로 한 것은 그에 대한 감사의 표시였을까? 아빠는, 내가 돈 때문에 그런다고 생각하면 오산 이다, 나는 내가 하고 싶은 일을 하고 싶을 뿐이라고 말하면서도 용돈은 꼬박꼬박 챙겼다. 그러고는 앗, 하고 소리칠 사이도 없이 근처의 아파트 경비원으로 취직했다. 나는 형이 그렇게 지독스럽게 당하는 것을 보면서 어째서 형이 그렇게 약해졌는지 이해할수가 없었다. 형도 한때는 아빠 못지않게 독했고 아빠보다 영리했고 아빠만큼 끈덕졌다.

형은 일찍이 고등학교 시절에 담배를 끊었다. 그때는 아빠가 오랫동안 몸담고 있던 군대에서 명예롭게 제대하고 집 근처에서 친구들

● 소일 세월을 보냄 오산 추측이나 예상을 잘못함

과 어울려 조그만 사무실을 운영하기 시작했던 무렵이었을 것이다. 전역 전에는 한 달에 몇 번 올까 말까 하던 아빠가 매일 집에 있다시피 하니까 아빠 때문에 온 집안 식구들이 상당히 스트레스를 받았다. 특히 형은 그동안 호랑이 없는 굴의 토끼처럼 왕 노릇을 하고 있다가 돌아온 호랑이에게 자리를 내주고는 우울증이 도져 중학교 때부터 시작한 담배의 흡연량이 부쩍 늘었다. 형과 한방을 쓰던 나는 형이 담배를 피울 때마다 창문을 열고 부채질을 해야 했고 어떤 때는 아빠가 오시나 보려고 보초를 서야 했으며 요즘 말로 간접 흡연의 폐해까지 겹쳐 제대로 공부를 할 수가 없었다.

게다가 아빠는 군대 시절이 그리워질 때마다 불시에 내무 검열˚을 하듯 우리 방에 들어와서는 오랜 군대 생활 동안 터득한 다채로운 방법을 동원해서 예리한 눈과 손으로 방 안을 살피곤 했다. 형의 서랍, 책장 위, 액자 뒤편, 침대 아래가 집중 검열 대상이 됐다. 아빠가 검열을 할 때마다 우리는 부동자세를 취한 채 곁눈질로 아빠의 일거수일투족을 살펴야 했는데 그때의 그런 경험이 나중에 군대 생활에 쉽게 적응하는 데 도움을 주기는 했다.

"청소 상태 불량. 정리 정돈 불량. 고로 정신 자세 불량."

그날도 아빠는 불량한 부분을 세밀히 지적한 다음, 시정˚ 조치를 취하라고 명령했다. 하지만 뭔가 결정적인 증거를 잡지 못한 게 불만

● **내무 검열** 내무반 검열, 병사들이 생활하는 곳의 군기·작전 준비·장비 따위의 상태를 살펴보는 일 **시정** 잘못된 것을 바로잡음

인 듯 무뚝뚝한 표정으로 방을 나섰다. 대문이 여닫히는 소리가 날 때까지 우리는 부동자세로 서 있었다.

"아휴, 지겨워. 내가 못 산다."

형이 침대에 몸을 던지며 소리쳤다. 그러고는 양말 속에서 담배를 꺼내 뱀이 개구리를 삼킬 때처럼 널름 입에 물었다.

"형, 냄새 나. 밖에서 피우면 안 돼?"

"얀마, 아빠도 담배 먹는데 어떻게 냄새를 맡냐?"

"학교 가면 애들이 내가 담배 피우는 줄 알아. 옷에 냄새가 뱄단 말야."

"억울하면 너도 같이 피워라."

"나는 중학교 가도 담배 같은 건 죽어도 안 피워. 고등학생이 돼도 안 피울 거야."

그때 느닷없이 길 쪽으로 난 들창이 확 열렸다.

"동작 그마안!"

그때 아빠의 표정에는 분노나 놀람보다는 못다 한 일을 성공적으로 마쳤을 때 나타나는 희열이 담겨 있었던 것으로 기억한다. 우리가 꼼짝 못하고 얼어붙어 있던 그 지긋지긋한 시간, 아빠가 대문을 열고 마당을 가로질러 현관문을 통해 들어오기까지 우리의 귀를 울리던 발소리 역시 기억에서 지울 수 없다. 아빠는 형의 따귀를 친다거나 정강이를 걷어차는 감정적인 행동을 하지는 않았다. 결정적인 순간에는 냉정하고 정확해지는 사람이 아빠다. 아빠는 한동안 우리를 노려보기도 하고 창밖을 내다보면서 새소리에 귀를 기울이는 듯 침묵의 시간을 보내며 호흡을 고른 다음 형에게 명령했다.

"지금부터 책과 공책을 마당에 쌓는다. 실시!"

형은 차라리 잘됐다는 표정으로 부지런히 자신의 책과 공책을 마당에 갖다가 쌓았다. 거기에 내가 아끼는 만화며 어린이 잡지까지 무차별로 끼워 넣었는데 그때 나는 감히 말릴 생각도 하지 못했다. 어쩌면 만화나 우주인 이야기보다 더 짜릿한 결정적인 대결이 벌어질 것이라는 기대, 또는 긴장, 두려움이 내 몸을 얼어붙게 만들었기 때문이다.

"본인은 담배를 피우는 학생은 학생이 아니라고 생각한다. 제군˚생각은 어떤지 알고 싶구만."

나는 마당 한구석에 부동자세로 서 있었고 형은 마당 한가운데 무릎을 꿇은 채 아빠의 훈시˚를 듣고 있었다. 아빠는 잠시 말을 끊고 뒷짐을 진 다음 여유 있게 마당을 돌며 화분도 살피고 빨래도 건드리고 펌프도 만져 보곤 하다가 보안 사령관˚처럼 위엄 있게 고개를 쓱 돌리며 말을 이었다.

"학생이 아니면 공부를 할 필요도 없고 책도 필요가 없는 것이다. 본인은 물리적인 폭력을 행사하거나 하기 싫은 일을 억지로 시키는 짓 따위는 원래부터 혐오한다. 고로, 신사적으로 이야기하겠다. 지금

● **제군** 통솔자가 여러 명의 아랫사람을 조금 높여 이르는 이인칭 대명사 **훈시** 높은 직책에 있는 사람이 아래 직책에 있는 사람에게 주의 사항을 일러 보임 **사령관** 육군의 야전군, 해군의 함대, 공군의 작전 사령부와 기지를 이끄는 최고 지휘관

부터 담배를 끊고 학생의 신분으로 돌아가겠다고 생각하면 책을 도로 제자리에 갖다 놓는다. 계속해서 담배나 피우고 깡패 노릇을 하겠다면 책에다 불을 붙여라."

거듭 말하지만 그때는 형도 만만찮은 문제아였다. 부전자전이라는 옛말을 입증이라도 하듯. 형은 곧바로 주머니에서 성냥을 꺼내더니 책에다 불을 붙이는 시늉을 하는 것이었다.

"어라, 저놈 봐?"

형은 바로 내 만화책을 들어 보란 듯이 불을 붙였다. 나는 기겁을 해서 내 책을 향해 달려갔고 아빠는 분노에 찬 장닭처럼 형을 쫓아갔다.

"형, 그거 내 책이야!"

"네 이노옴!"

형은 우리가 쫓아오는 걸 흘끗 보는가 싶더니 한달음에 도망을 놓았다. 나는 부랴부랴 내 책에 붙은 불을 껐고 아빠와 형은 쫓고 쫓기며 마당을 뱅뱅 돌았다.

"거기 서!"

"안 서요!"

"서!"

"못 서요!"

화분이 쓰러지고 빨래가 땅바닥에 떨어졌다. 개집이 뒤집어지고 개밥 그릇이 하늘로 날았다. 마침 엄마가 개를 끌고 시장에 가셨기 망정이지 그 자리에 계셨으면 기절을 하셨을 것이다. 개와 더불어.

마침내 수십 년간 구보로 단련해 온 아빠가, 미성숙한 폐가 담배에 찌들어 얼마 뛰지도 않아 학학거리는 형의 소매를 잡았다. 형은 그 소매를 뿌리치다가 펌프 아래의 개수대에 발이 걸렸고 그 서슬에 공중으로 도약했다. 도약 후 착지할 장소에 하필 담벼락이 있었다. 나는 순간적으로 형이 만화 영화의 주인공처럼 그 담벼락에 부딪혀 자신의 몸만 한 자국을 남기고 천천히 미끄러져 내릴 거라고 생각했다. 그런데 형이 담벼락에 부딪히자 어이없게도 담이 무너져 내렸다. 형은 무너진 담을 타넘고 이웃집 대문을 통해 도망가 버렸다. 그날 형은 돌아오지 않았다.

이웃집 주인은 즉각 담의 보수를 요구해 왔고 담에 깔려 죽은 병아리값에 자신의 노모가 담 무너지는 소리에 가슴병을 얻었다고, 약값까지 요구했다. 아빠는 속절없이˚ 손을 비비며 이웃에게 사죄를 했고 무조건 변상˚을 약속했다.

엄마가 돌아와서야 사태가 수습됐다. 엄마는 쥐도 구멍을 봐 가며 쫓으랬다고, 물정도 모르면서 아이를 잡으려 드느냐고 아빠를 호되게 야단쳤다. 그다음에 이웃과 협상에 나서서 어차피 무너질락 말락 하던 담이니 반반씩 부담을 해서 다시 담을 세우기로 합의했고 병아리값이며 약값 같은 건 이웃 간에 더 이상 따지지 말자고 간단히 매듭을 지었다. 그때나 지금이나 주위에서 똑 소리가 나게 분명하고 철저한 사람이라는 평판을 듣는 엄마다. 남자로 태어났으면 장군감인

˚ 속절없이 어찌할 도리가 없이 변상 남에게 끼친 손해를 물어 줌

데 여자이다 보니 상사 계급의 아빠에게 시집을 와서 고생을 한다는 것이다. 장군감 엄마에게 쫓겨난 퇴역 상사 아빠는 그날 밤 우리 방에서 끙끙 앓으며 잠을 잤다. 엄마는 형의 친구 집을 돌아다닌 끝에 형을 어르고 달래 집으로 데리고 돌아왔다. 그 대신 아빠에게는 자신의 허락이 있을 때까지 내무 검열은 물론, 우리 방에 들어가는 것조차 금지했다.

"담배를 피우려거든 내가 보는 앞에서 피워 봐."

엄마는 아빠가 피우는 담배를 가지고 와서 형의 입에 물렸다. 한꺼번에 세 대씩. 형은 귀에서 연기가 날 정도로 연속해서 두 갑의 담배를 피우고 나서는 엄마에게 항복했다. 엄마는 전쟁터를 연상케 하는 자욱한 연기 속에서 진짜 장군처럼 뒷짐을 지고는 들릴락 말락 하게 중얼거렸다.

"이렇게 간단한 걸 가지고, 사내들이란 그저……."

며칠 후 아빠는 나를 시켜 형을 집 밖으로 불러냈다. 우리 세 부자는 귀신 잡는 엄마라도 도저히 찾을 수 없는 남자 목욕탕으로 들어가 사나이 대 사나이로서 대화를 나누었다.

"지난번 일은 내가 지나쳤던 것 같다."

"아닙니다, 아버님. 제가 잘못했습니다."

"네가 어떻게 생각해도 좋다. 나 자신을 반성하는 의미에서 나부터 담배를 끊기로 했다. 이제 나는 필요가 없으니 네가 피우도록 해라."

아빠는 담배가 반쯤 남은 갑을 형에게 내밀었다. 형은 어리둥절해 했고 나는 가슴이 조마조마했다. 이윽고 형은 그 담배를 받더니 담뱃갑 위에 눈물인지 목욕물인지를 떨어뜨렸다.

"아버님, 저도 끊겠습니다. 그리고 이건 제가 죽을 때까지 보관하겠습니다."

아빠는 정말로 수십 년 동안 피워 오던 담배를 끊었다. 그것만 봐도 아빠는 독한 사람이다. 담배를 끊은 다음 아빠는 갑자기 살이 쪘다. 그와 함께 어쩐지 시시한 사람으로 변해 가는 것 같았다. 총을 빼앗긴 병사 같다고나 할까, 머리를 깎인 삼손이라고나 할까. 청소도 잘하고 이웃과도 새로 사귀고 내 공부도 챙겨 주고 웬만한 옷은 직접 빨아 입고, 전과는 비교할 수도 없이 태도가 좋아졌지만 나는 뭔가 빠진 것처럼 허전했다. 아빠가 그러니 엄마도 재미없어하는 것 같았다. 형과 무슨 얘기를 했는지는 모르지만, 두어 달쯤 지난 어느 날 형이 담배를 한 포 사들고 덜레덜레* 집 안으로 들어왔다. 식구 모두가 보는 앞에서 무릎을 꿇더니 아빠에게 말했다.

"아버님, 아버님의 유일한 기호품이 담배인데 저 때문에 그걸 끊으시다니 제 마음이 너무 아픕니다. 다시 담배를 피우시지요."

아빠는 어색한 낯으로 엄마와 나를 돌아보았다.

"그래도 될까?"

나는 얼른 고개를 끄덕였고 엄마는 모르는 체 바깥으로 얼굴을 돌렸다. 아빠는 머뭇거리며 그 담배를 받았다. 아빠가 담배포를 돌아온

◉ 덜레덜레 건들건들 걷거나 행동하는 모양

탕아처럼 자애롭게 오래오래 쓰다듬는 사이 나는 방으로 들어왔다. 뒤따라 형이 들어와 침대에 털썩 주저앉았다. 그러더니 서랍에서 반쯤 담배가 든 담뱃갑을 꺼냈다. 나는 놀라서 소리쳤다.

"형!"

"야아, 꼰대가 담배를 안 피우니까 냄새가 나서 혼자 피울 수가 있나. 되게 좋아하는군."

나는 그때 얼마나 순진했던가. "너무해!" 하고 소리까지 쳤으니.

"아냐, 아냐, 나 정말 담배 끊었어. 그냥 해 본 소리야."

형은 담뱃갑을 소중히 싸서 서랍에 넣었다. 그 담뱃갑은 아직도 형의 서랍 어딘가에 들어 있을 것이다. 형은 그 후 아직까지 담배를 피우지 않았다.

군데군데 포장이 덜 된 도로를 만난다. 신도시에 가까이 올수록 덤프트럭들이 많아진다. 확 끼어들기도 하고 먼지를 뒤집어씌우기도 한다. 불이 꺼지지 않은 담배를 던지는 젊은 녀석들도 있다. 저 꽁초 때문에 불이라도 나면, 뒤차의 라디에이터에 들어가기라도 하면 어쩌라는 거야? 형이 뒷자리에 타고 있다면 세상 걱정 도맡은 중늙은이답게 그런 잔소리를 하겠지만 나는 그렇지 않다. 같이 피우면서 근심을 잊으면 된다. 담배를 꺼내 불을 붙이려다 보니 또 다른 담배 이야기가 생각난다.

세월이 흘러 어느덧 내가 말썽을 피워야 할 시절이 왔다. 하지만 나는 형이 그랬듯이 담배나 피우고 친구들과 어울려 싸움이나 하러 다닐 생각은 없었다. 그쪽은 형이 워낙 뛰어난 면모를 보여 주었기 때문에 특별히 할 일이 없기도 했다. 그런데 세상이 나를 내버려 두지 않았다. 엄마를 닮아서 그런지 형이나 아빠에 비해 내 덩치가 좀 큰 편이었다. 중학교 다닐 때 벌써 형보다 컸다.

친구들과 어울려 길을 가고 있었다. 그 친구들은 형의 옛날 친구들처럼 악당이거나 악당이 될 소질이 넘치는 아이들도 아니었다. 우리는 전봇대에 돌을 던져 맞히는 놀이를 하고 있었다. 심심해서 그랬다. 그런데 마침 그때 바퀴로 돌을 튀기며 지나가던 고물 트럭이 있었다. 포장이 안 된 도로여서 먼지도 심했다. 우리가 먼지 때문에 과녁이 안 보인다고 투덜거리고 있는데 꼭 그 불평을 듣기라도 한 것처럼 갑자기 트럭이 멈췄다. 그리고 온몸에 근육밖에 보이지 않는 사내가 뛰어내렸다. 그는 다짜고짜 내 멱살을 잡았다. 내가 함께 있던 아이들 가운데 가장 덩치가 커서 그랬던 것 같다.

"이놈의 새끼들, 어디서 돌을 던져."

우리는 전봇대를 향해 돌을 던졌을 뿐이었다. 트럭의 바퀴에 튀긴 돌이 트럭에 맞은 걸 가지고 운전수는 우리가 트럭을 향해 돌을 던졌다고 오해를 했다. 멱살을 잡히지 않은 아이들이 열심히 변명을 했지만 아무 소용이 없었다. 나는 코피가 터지고 어깨의 빗장뼈에 금이 가도록 맞았다. 게다가 운전수만큼이나 무식하게 생긴 트럭에 실려 파출소로 끌려가야 했다. 아이들이 집으로 달려가 그 사실을 알리는 동안 나는 파출소에서 지나가는 트럭을 향해 돌을 던진 악질 비행 청소년으로 몰리고 있었다.

형이 뛰어왔다. 진짜배기 비행 청소년으로서 파출소 순경들과 예전부터 안면˚을 터 왔던 형은 자신의 풍부한 경험을 살려 나를 변호하려고 했다. 하지만 별 효과가 없었다. 경찰은 내가 바로 형의 동생이라는 걸 알게 되자 내가 진짜로 트럭을 향해 돌을 던졌다고 확신했다. 형은 한 걸음 물러서서 이렇게 주장했다. 설사 내가 트럭에 돌을 던졌다 하더라도 트럭의 코피가 터졌거나 트럭 운전수의 빗장뼈가 금간 건 아니니까 운전수가 더 많이 잘못한 것이라고. 하지만 운전수도 호락호락한 사람은 아니었다. 지나가는 트럭에 돌을 던지는 건 살인 행위나 다름없다고 소리를 질렀다.

양측의 주장이 팽팽히 맞서 잠시 소강상태˚가 된 바로 그때 아빠가 파출소로 들어섰다. 아빠는 이마에 잔뜩 주름을 잡고 있는 파출소장에게 다가가 가위처럼 손가락을 벌리며 악수를 청했다.

"수고하십니다."

"어이구, 이 상사님! 요즘 어떠십니까, 그래?"

아빠와 파출소장은 한동안 두 사람의 공통된 취미인 낚시 이야기를 나누었다. 그러던 끝에 아빠는 파출소장이 현재 어떻게 처리할까 고심하는 사건에 대해 자신의 의견을 피력했다.

"저도 군 생활을 오래 한 사람이라 이번 일이 질서와 치안에 얼마나 중요한 일인가 잘 압니다. 모쪼록 엄벌에 처하여 주시기 바랍니다!"

"네에?"

˚ 안면 얼굴 소강상태 소란이나 분란, 혼란 따위가 그치고 조금 잠잠한 상태

"사실, 저기 꿇어앉아 있는 녀석이 제 불초자식*입니다. 양쪽 다 잘한 건 하나도 없으니까 최대한 엄벌에 처해 달라는 것이 제 부탁입니다. 아아, 읍참마속*의 심정으로 말씀드리는 것입니다."

아빠는 당장 눈물을 흘릴 것처럼 고개를 돌려 코를 풀더니 손수건을 찾으려는 듯이 양복 안주머니에 손을 넣었다. 그때 나는 보았다. 아빠의 주머니에서 빠져나온 건 손수건이 아니고 아리랑 담배 한 포였다. 아빠는 그 담배를, 아빠의 말에 얼떨떨해하고 있는 파출소장의 손에 번개 같은 속도로 쥐여주었다. 그러고는 언제 자신이 담배라는 엄청난 뇌물을 주었더냐는 듯 다시 한 번 고개를 깊이 숙이고 "엄벌에 처해 주십시오, 엄벌로 다스려 주세요." 거듭 부탁하는 것이었다.

담배 한 포의 뇌물이 위력을 발휘한 것인지, 아니면 하늘의 섭리가 원래 그렇게 되게 돼 있었는지, 또 파출소장의 공평무사한 판단 덕분인지는 잘 모르겠지만 우리는 트럭에 돌을 던졌다는 누명을 쓰고 삼십 분 동안 무릎을 꿇는 엄벌에 처해졌다. 트럭 운전수는 내 치료비 일체를 내놓아야 했고 다시는 어린아이들, 특히 덩치만 크지 뼈는 수숫대처럼 약한 중학생에게 주먹을 쓰지 않겠다는 각서를 쓴 다음 재수 없는 동네라고 투덜거리며 트럭을 몰고 사라졌다.

집으로 돌아오는 길에 나는 형에게 "쩨쩨하게 담배 한 포가 뭐야." 하고 투덜거렸다. 형은 아빠가 결정적인 시기에 결정적으로 힘을 써

● **불초자식** 어버이의 덕행을 이어받지 못한 자손 **읍참마속** 큰 목적을 위하여 자기가 아끼는 사람을 버리는 것을 이르는 말

서 우리가 훌륭한 전과를 거두게 되었다, 또한 평생 뇌물을 모르고 살아온 아버님이 자식 때문에 스스로를 희생하셨다며 제정신을 잃고 감탄하고 있었다. 그 무렵부터 형은 아빠와 싸울 힘을 잃었다. 그러나 그때까지만 해도 나는 아직 멀었다.

아빠는 낚시를 좋아했다. 그런데도 아빠의 아들들이 대를 이어 낚시를 좋아하는 데는 반대였다. 저 혼자 잘 먹고 잘 살자고 들소를 멸종시키는 것도 아니고 취미로 사자 사냥을 하자는 것도 아닌데 왜 그랬을까. 아빠는 자신이 재미 들인 것을 아들이 아는 것을 부끄러워했던 건 아닐까. 혼자서 재미를 보자는 건 아니었을까. 그렇거나 말거나 나는 낚시를 갔다. 아빠와 파출소장이 잘 가는 낚시터로, 아빠의 낚싯대를 들고, 아빠처럼 버스를 타고 갔다. 내게는 첫 번째 낚시였다. 대학 입학시험에 떨어져서 재수를 하던 무렵이었다. 나는 첫번째 낚시부터 일주일 넘게 낚시터에서 살았다. 낚시에는 대학 입학시험 따위는 없으니까, 또 대학 입학시험에는 낚시 과목이 없으니까 아빠 생각에 재수생이 낚시를 하는 건 재수생답지 않은 일이었는지도 모른다. 아빠는 낚시를 하려거든 책부터 태우라고 말하지도 않았고 나를 쫓아 마당을 맴돌지도 않았다. 군대를 다녀와 취직 준비를 하고 있던 형을 내게 보냈다.

"정석아, 너 도대체 왜 그러니. 어머님 아버님이 지금 밥도 못 먹고 계신다. 나하고 집으로 돌아가자."

형은 자신이 아빠에게 약한 만큼 내가 엄마에게 약하다는 걸 잘 알고 있었다. 내게는 용감하고 시원시원하고 흔들림이 없으면서 할 일을 다하는 엄마가 아빠처럼 여겨졌다. 조금 영리하고 그만큼 쩨쩨하고 사소한 일에는 간섭이 심한 아빠는, 엄마처럼 생각한 것도 아니고, 할 수만 있다면 집안일 하는 멍청한 아줌마로 취급하고 싶었다.

"안 가."

나는 아무래도 엄마를 닮았다. 형은 그 몇 해 전부터 아빠를 닮기 시작했다. 그래서 우리 두 사람의 대화도 엄마와 아빠의 대화처럼 진행됐다.

"정석아, 여기서 네 인생을 포기할 셈이냐. 너는 지금 백마고지˚로 치면 구부 능선˚에 와 있는 거야. 내일모레면 시험 아니냐. 나도 너처럼 해 보지 않은 게 아냐. 그래도 소용이 없더라. 역시 사람은 제 할 일을 해 놓고 하고 싶은 일을 하는 게 좋다고 생각한다."

"어어, 자꾸 떠드니까 고기가 다 도망가잖아. 형 할 일 다했으니까 이젠 하고 싶은 대로 집에 가. 가 버려."

형은 잠자코 있더니 영리한 아빠처럼 잽싸게 작전을 바꾸었다.

"낚시가 그렇게 재미있니?"

"한번 해 봐."

나는 노는 낚싯대를 하나 던져 주었고 형은 내 눈치를 보면서 낚시를 하기 시작했다. 틈이 나면 집으로 가자는 이야기를 꺼내려고 했지만 나는 그 틈을 주지 않았다. 그런데 역시 형은 아빠를 쏙 빼닮았

◦ **백마고지** 강원도 철원군 서북쪽에 있는 고지로, 한국 전쟁 때의 격전지 **구부 능선** 능선을 90퍼센트 올랐다는 것으로 마무리 단계에 이르렀다는 뜻

는지 낚시에 재질이 있었다. 금방 손바닥만 한 붕어를 댓마리 잡아냈고 저녁때는 준척 까지 건졌다. 다음 날 아침이 되자 내가 일주일 동안 잡은 것보다 많이 잡았다. 그러더니 형은 집에 갈 생각을 하지 않았다.

저녁 무렵, 기다리다 못한 아빠가 못으로 왔다. 아빠는 낚시에 열중해 있는 형을 향해 혀를 끌끌 차고는 귀를 잡아 떨어진 곳으로 끌고 갔다. 쌍둥이처럼 닮은 인간들끼리 무슨 얘기를 나누는지 한참을 소곤거리다가 내게로 왔다. 나는 그들이 무슨 얘기를 나누는지 하나도 궁금하지 않았다. 제가 밤새도록 두들겨 패 보았습니다만 까딱도 하지 않는데요. 음, 말을 물가로 데려갈 수는 있어도 물을 먹고 안 먹는 건 말 마음이지. 억지로 끌고 갈 수는 없을 것 같습니다. 제 엄마만 아니면 내가 진작에 저 녀석 다리몽둥이를 부러뜨려 놓았을 텐데. 이제까지는 제가 강공책 으로 물고기 씨를 말리는 작전을 구사해 왔습니다만, 지금부터는 유화 작전으로 나가는 게 어떨까요, 아버님. 그래, 어디 낚시터에 왔으니 낚시를 하면서 이야기를 해 보도록 하자. 그 밥에 그 나물 같은 그런 이야기였을 것이다.

"정석아, 아버님도 너랑 낚시하시고 싶대. 낚싯대 남는 것 없니?"

"내 거 쓰라고 해."

"너는?"

● 준척 낚시에서 길이가 한 자(30센티미터)쯤 되는 물고기를 이르는 말 강공책 적극적으로 강하게 공격하는 방책 유화 상대편을 너그럽게 용서하고 사이좋게 지냄

"난 지겨워."

난 아빠하고 나란히 앉아서 낚시를 할 생각이 전혀 없었다. 그러느니 차라리 물속으로 들어가 피라미가 되는 게 나았다. 두 인간은 자기들끼리 살짝 의미 있는 웃음을 교환하고는 낚시를 하기 시작했다. 텐트에서 못 위에 뜬 별을 바라보며 한숨을 쉬는 내 귓가를 밤새 울리는 소리는 "어이쿠, 크다!" 하는 아빠의 환성, "아버님, 안 재 봐도 압니다. 월척이 넘습니다." 하는 형의 아양이었다. 그러다 보니 나하고는 대화를 할 시간이 있을 리 없었다. 다음 날 심심해진 내가 낚시를 하려고 낚싯대를 달라고 하자 그들은 입을 모아 조금만 더 하자고 사정을 했다.

"형, 나한테 뭐 할 말 없어?"

"음, 큰 놈 한 마리만 더 잡고 진지하게 인생에 대해 얘기해 보자."

"아빠는?"

"잠이나 더 자고 올래? 애비가 매운탕 끓여 놓을 테니."

나는 기꺼이 그들의 요구를 들어주었다. 그런데 점심 먹을 시간마저 아껴 가며 낚시를 하던 두 사람은 내가 가방을 메고 일어서는데도 따라올 생각을 하지 않았다.

"안 갈 거야?"

"아우야, 네가 마음을 잡아야지."

"나 어젯밤에 벌써 마음잡았어. 지금 집에 간대도."

두 사람은 찌에서 눈을 돌리지도 않고 똑같은 말로 대답했다.

"잘 생각했다. 그런데 조금만 더 하자."

그런 식으로 세월이 흐르고 흘러 저녁이 되고 아침이 되고 점심때가 되었다. 마침내 엄마가 달려와 불호령'을 내리고 나서야 겨우 광란의 낚시질을 멈출 수 있었다. 그때 나는 낚시에 물리고 질려서 그 후 아직까지 낚싯대를 잡은 적이 없다. 아빠를 위해 마음을 잡은 적도 없었고.

어쨌든 교외로 나오는 건 즐겁다. 나락이 익고 밤송이가 굵어져 가고 메뚜기가 뛰고 붕어가 살찌는 가을 한복판으로 혼자 차를 몰고 갈 때의 기분 좋은 느낌이 흔하지는 않다. 아빠 덕분에 오늘은 내가 호강을 하는 셈인가. 차를 몰면서 알게 된 건 내가 이 세상에서 하나뿐이면서도 특별한 존재는 아니라는 점이다. 밀리는 길 위에서는 더욱 그렇다. 꼭 나 같은 인간들이 비슷비슷한 차 안에 앉아서 비슷한 생각을 하고 있다는 느낌이 들 때, 그럴 때는 환장할 것도 같고 주눅이 들기도 한다. 그래서 내게는 친구가 적고 적은 친구나마 잘 만나지도 않는다. 같은 인간끼리 모여서 우글거리는 게 싫은 것이다. 나는 차창을 열고 한숨을 쉰다. 한때 친구가 삼태기'로 퍼 담을 정도로 많았던 시절도 있었다. 그런데 느닷없이 비가 떨어진다. 조그만 빗방울이 차창에 맺힌다.

그 시절이 분명히 있었다. 그때 아빠가 과거의 위엄과 당대의 소중함을 믿고 지키려는 문지기들인 아버지들의 대표 격인 수구파'의

● **불호령** 몹시 심하게 하는 꾸지람　**삼태기** 흙이나 돌 등을 담아 나르는 도구　**수구파** 옛 제도나 풍습을 그대로 지키고 따르려는 보수적인 무리

대왕이었다면 나를 비롯한 우리 여남은 명의 일당은 막 뿔이 돋아난 도깨비들이었다. 우리의 최대의 적이 바로 내 아빠라는 사실 때문에 나는 일당들에게 늘 미안하다는 생각을 했고 그만큼 더 용감히 사고를 치고 다녀야 했다. "너도 꼭 너 같은 자식을 낳아서 나처럼 고생을 해 봐야 한다. 그때가 되면 내 마음을 알 것이다." 그게 내가 스무 살 무렵 아빠가 입에 달고 다니던 말이다. 그런데 오늘처럼 햇빛이 환하다 느닷없이 청승맞은 비가 조금 내렸던 어느 가을날에 무슨 짓을 저질렀는지는 잘 기억나지 않는다.

시장통에 놓여 있던 임자 없는 화분 수십 개를, 사나이 가는 길을 막는다고 일일이 발로 차 넘어뜨렸던가? 아니면 외상값을 독촉하던, 읍내에서 가장 못되기로 소문난 당구장 주인의 넥타이를 틀어쥔 채 당구장 주인이 다시는 그런 이야기를 하지 않겠다고 빌 때까지 온 읍내를 돌아다녔던가? 또는 시속 오십 킬로미터로 오토바이를 몰아 읍내에서 가장 근사한 통유리를 자랑하는 제과점 안으로 돌진했던가? 그 안에서 우리 모두의 사랑 경이를 유혹하던 대학생의 얼굴에 페인트를 뒤집어씌웠나? 혹시 그 일이 하루 동안 한꺼번에 일어난 건 아니었던가?

어쨌든 우리들은 그날 무척이나 바빴다. 하나가 사고를 치면 하나가 막고 하나가 수습을 하면 또 하나가 어깃장을 놓았다. 그렇게 함으로써 우리는 일당임을 확인할 수 있었고 다음에 자신이 사고를 칠 때 다른 사람들이 수습해 줄 것임을 믿을 수 있었다. 사고를 친 당사자나 사고를 수습하던 녀석들이나 어지간히 지쳐 사방을 둘러보니 그곳이 하필이면 우리 집에서 불과 수십 미터 떨어진 곳이었다. 우리는 이미 적지 않은 양의 막걸리를 마셨는데 특히 나는 그중에서도 가장 많은 술을 마셨다.

술을 마시기 전에 노란 내 얼굴은 첫 잔이 들어가고 나면 붉어지고 다음에는 보기 좋게 분홍빛이 돈다. 잔이 거듭되고 혀가 꼬부라지는 단계가 되면 얼굴이 홍시처럼 빨개지고 혀도 못 놀릴 지경이 되면 무섭도록 창백한 낯빛이 된다. 그래도 술잔을 놓지 않으면 파래지고 거기서도 더 마시면 검은빛을 띠는데 아직까지 그런 빛을 본 적은 없으니 그것은 바로 상상으로만 존재하는 죽음의 단계다. 그날 나는 죽음의 전 단계인 파란 단계까지 도달해 있었다. 그래서 일당이 인사불성˙의 나를 집 앞까지 데려다 주기로 했던 모양이다.

"이제 각자 집으로 가는 게 어떨까? 밤이 늦었고 비가 오며 우리들은 모두 취했다. 오늘은 여러모로 훌륭하고 만족스러운 하루였고 내일은 내일의 해가 뜰 것이니 내일 다시 보도록 하자."

누구의 입에서 나온 말인지는 모르지만 그 말은 일당의 생각을 대변하고 있었다. 누군가 근처 구멍가게에서 우유를 사 왔고 일당은 이별주를 나누는 영웅들처럼 목젖을 울리며 꿀꺽꿀꺽 우유를 마셨다. 그러면서도 일당의 눈길은 조용하기만 한 우리 집의 동정을 살피고 있었는데 일순간 대문이 열리더니 박쥐처럼 생긴 우산을 쓴 누군가 모습을 나타냈다. 나를 뺀 일당은 주춤거리면서 한 발씩 물러섰다.

˙ **인사불성** 제 몸에 벌어지는 일을 모를 만큼 정신을 잃은 상태

우산에 가려 얼굴이 보이지는 않았지만 그가 바로 우리 시대 최대의 강적이며 공포의 대상, 잔소리의 세계 챔피언, 이따금 날리는 펀치가 대단히 맵고 혹독하되 보안 부대 상사 출신답게 전혀 상처를 남기지 않는 주먹의 소유자임을 알 수 있었다. 그는 대문 앞에 서 있을 뿐, 더 이상 다가오지 않았다. 초원에서 자신이 사냥할 영양이 어떻게 움직이는가를 주시하는 사자처럼 위엄 있고 신비하며, 특히 무시무시하게 보였다.

"야, 가자!"

일당은 슬금슬금 물러섰다. 손을 내밀어 형식적으로 나를 부축하고 있던 두 사람도 마찬가지였다. 나는 거추장스러운 짐처럼 늘어졌고 기어이 땅바닥에 쓰러졌다. 일당이 나를 추스를 사이도 없이 구멍가게까지 대여섯 걸음을 뒷걸음질로 물러섰을 때, "야, 안 돼. 안 돼! 나 혼자 두고 가지 마!" 하는 가냘픈 소리가 내 입에서 흘러나왔다고 한다.

"어떡하지?"

"자기도 인간인데 우리가 가고 나면 와서 자기 새끼를 데리고 가겠지."

"너는 아직 저 인간에 대해 모르는구나. 고양이한테 생선을 맡길지언정 친구를 보안대 상사 앞에 놔두고 갈 수는 없다. 나는 오늘 이 한목숨을 버리더라도 친구를 지키겠다. 오늘 일찍 가서 살아남은 사람은 나중에 내 무덤가에 와서 꽃이나 한 송이 꽂아 주게. 그는 친구를 위해 용감하게 살다가 갔다고 사람들에게 말해 주게……."

여러 사람이 모이면 말 잘하는 놈이 한 녀석쯤은 있기 마련이고 일당 가운데서도 그런 녀석이 하나 있었다. 그 녀석이 구슬을 꿰듯 청승맞게 사설을 해 대는 순간 일당은 잠시 침묵에 빠져들었다. 나는 그때 제정신이 아니었으므로 어떤 식으로 그런 황당한 결론이 나왔는지 모르지만 그 침묵 후에 일당은 무슨 일이 있더라도 나를 집 안까지 데려다주기로 했다고 한다. 그러기 위해서는 인간 이상의 용기를 내야 했으므로 일당은 구멍가게에서 소주를 됫병으로 사서 오분의 일씩 나누어 마셨다. 그때까지 땅바닥에 널브러져 있던 내 팔다리를 하나씩 든 다음, 말 잘하는 녀석을 창 겸 방패로 앞세워 노도와 같이 우리 집 쪽으로 쳐들어갔다는 것이다. 우산 속의 사나이는 우리가 대문 바로 앞에 이르렀을 때 전봇대 가로등 불빛에 깡마른 얼굴을 드러내며 사자가 울부짖는 듯한 음성으로 소리쳤다.

"너희들은 집도 절도 없느냐! 고얀 놈들! 똑같은 놈들 같으니라고!"

일당은 순간 움찔해서 자칫하면 헹가래를 치듯 공중에 들어 올린 나를 놓칠 뻔했다. 하지만 소주 됫병이 일당 모두에게 마지막 안간힘 같은 용기를 주었다는 것이다.

"아버님, 너무하십니닷!"

"뭐가 너무해!"

"우리는 오늘 하루 종일 이 친구 사고치는 거 뒤치다꺼리하느라고 죽을 뻔했습니다! 그런데 우리를 아버님 자식과 똑같이 취급하시다니요!"

그러면서 일당은 쏜살같이 대문을 통과해서 코딱지만 한 내 방에 인사불성인 나를 내려놓았다. 몸을 돌려 역시 쏜살처럼 도망을 가려고 하는 찰나, "일동 정지!" 하는 호령이 방 안을 울렸다. 아빠가 방망이 수류탄 같은 네 홉들이 소주병을 양손에 들고 일당을 노려보고 있었다. 일당은 구렁이에게 가로막힌 개구리처럼 자리에 주저앉을 수밖에 없었다고 하는데 아빠는 그 개구리들이 또 끔쩍 놀라도록 방바닥에 꽝, 소리를 내며 술병을 내려놓았다.

　　"너희들이 나를 두고 너무한다 너무한다 하는데 오늘 그 사연을 한번 들어 보자. 지금부터 우리는 밤새도록 같이 마시는 거다. 인간 대 인간으로, 사나이 대 사나이로 시원하게 가슴을 열고 마셔 보자."

　　일당은 아빠의 그 행동이 보안 부대에서 쓰는 고차원의 심문 방법을 응용한 것이라고 판단했다. 좀 세게 나오는 적에게 회유책을 쓰려는 모양이라고.

　　"아버님, 우리도 이러고 싶어서 이러는 게 아닙니다. 우리도 괴롭습니다. 우리도 이제 어른입니다. 단지 나이가 어릴 뿐이지요. 그런데 어른들은 우리를 이해하려고 하지 않습니다. 언제 스무 살이 아니었던 어른이 있습니까? 나와 보라고 하세요. 왜 우리가 하는 일이 항상 철이 없고 이유 없다고 하는 겁니까. 너무해요. 너무해."

　　그렇다. 몰려다니며 사고를 치는 것은 젊은 우리의 운명이고 사명이며 가끔은 존재 이유이기도 했다. 아빠는 말 잘하는 녀석이 대표로 울부짖는 소리를 들으며 술병을 입으로 따더니 한숨에 바닥까지 쭈욱 마셨다. 그러고는 말릴 겨를도 없이 다시 순식간에 어금니로 새

술병을 따고는 앞으로 쑥 내밀며 말했다.

"그래애? 나처럼 할 수 있는 놈이 있으면 어른 대접을 해 주마."

일당은 모두 목을 옴츠렸다. 그러잖아도 직전까지 마신 술로 속이 메슥거리고 있던 참이었던 것이다. 아빠는 콸콸거리는 소리를 내며 술을 들이켜 어린 어른들의 기를 죽이고는 말을 이었다.

"사람이 사람다워야 사람 취급을 해 주지. 군군(君君), 신신(臣臣), 부부(父父), 자자(子子)라고 했다. 아버지는 아버지다워야 아버지인 게고 아들은 아들다워야 아들인 것이다. 너희는 뭐냐. 떼도둑이냐, 불한당˚이냐."

"아버님, 잘못했습니다."

말은 제법 잘하지만 일당 중 가장 소심한 녀석이 무릎을 꿇는 바람에 다른 사람들은 속으로 구시렁거리면서도 무릎을 꿇을 수밖에 없었다. 아빠도 말로는 월남에서 스키 부대를 지휘할 사람이다. 그날 내가 유고˚였던 까닭에 말 잘하는 녀석이 대표가 된 게 일당의 불운이었다. 우리는 여지없이 패배했다. 논리와 철학, 정의에 진 게 아니라 술과 말에 졌다.

"좋다. 오늘 너희들이 개과천선˚을 하겠다니 한번 믿어 보기로 하겠다. 다시는 똑같은 놈들끼리 어울려 집도 절도 없이 미친놈들처럼 몰려다니지 않는다고 맹세하면서 잔을 비우도록 하자. 지금부터 일

˙ **불한당** 남 괴롭히는 것을 일삼는 파렴치한 무리 **유고** 특별한 사정이나 사고가 있음 **개과천선** 지난날의 잘못이나 허물을 고쳐 올바르고 착하게 됨

명 열외° 없이 내 잔을 받는다."

일방적인 호령° 속에 술이 가득 담긴 양푼이 좌중을 한 바퀴 돌았다. 몇은 잔을 비우기도 전에 걱걱 소리를 내며 벌떡거리는 배를 움켜쥐었고 몇은 고개를 돌리고 헛구역질을 했다. 그때 일당의 대표이며 그날 일당을 그 지경으로 끌고 간 일등 공신인 내가 누워 있다 말고 벌떡 일어났다고 한다.

"도저히 못 참겠어……."

"뭐라구?"

일당은 결국 한판 붙는구나 싶었다고 했다. 세계를 지켜 온 왕당파°와 세계를 만들어 낸 혁명파° 대표끼리의 결전. 그게 아니라면 뭐든지 다 아는 체, 잘난 체하는 아버지들을 대표하는 아빠와 그 아버지들을 딛고 독립된 인간으로 우뚝 서려는 아들들을 대표하는 나의 혈전. 그 수준이 못 되어도 좋다, 별난 아버지와 별난 아들의 흥미로운 대결이 예상되는 흥미진진한 순간이었다고 말 잘하는 녀석이 후일 술회°했다.

"난 더 못 참아, 아빠……."

아빠는 양푼에 든 술을 꿀꺽 마시고 최대한의 인내심을 발휘하여 최선의 방어 동작을 취했다.

● **열외** 죽 늘어선 줄의 바깥으로, 어떤 일에 빠지는 사람 **호령** 부하나 동물을 지휘하여 명령함 **왕당파** 왕의 권력을 옹호하고 유지하려는 보수적인 무리 **혁명파** 왕을 끌어내려 시민 권력을 세우려는 혁명적인 무리 **술회** 마음속에 품고 있는 여러 가지 생각을 말함

"내가 다 이해한다. 이 아빠가 너의 심정을 이해한단 말이야."

"그게 아냐……."

나는 비틀비틀 걸어가서 마루로 통하는 문을 짚었다. 그러고는 털썩 쓰러지면서 마루에다 그날 먹었던 갖가지 음식들을 토해 냈다. 오오, 저런! 이럴 수가! 얼씨구나! 여러 가지 탄성이 일당의 마음속 깊은 곳에서부터 흘러나왔다. 일방적으로 당하던 끝에 뭔지 모를 역전의 기회를 잡은 기분이었다는 것이다. 일당은 흥분 속에서 나를 일으켜 세우려고 했다. 이 억압과 독재의 동굴을 벗어나면 비록 비가 조금 오긴 해도 해방과 자유의 공간이 기다린다고 느꼈다는 것이다. 분위기가 어쩐지 자신의 의사와는 반대로 돌아간다고 판단한 아빠가 불끈 주먹을 쥐어 보이며, 무릎을 펴고 일어서려는 일당의 앞을 가로막았다.

"동작 그만! 오늘 내가 사람이 사람을 어떻게 끝까지 책임지는지를 보여 주겠다."

아빠는 당당한 걸음걸이로 마루로 걸어 나갔다. 마루에 나와 있던 엄마에게서 빗자루와 쓰레받기를 잡아채고 형에게서는 걸레를 받아 든 다음 마루에 쓰러진 나를 향해 다가왔다. 아빠는 몸을 구부려 내 몸을 뒤집었다. 그 순간, 내 입에서 남은 구토물이 울컥 솟아나왔고 입가에서 바닥까지 굵은 라면 가락이 천천히 흘러내렸다고 한다. 천천히, 아주 천천히. 멈칫하던 아빠의 입에서 화살처럼, 대포알처럼 구토물이 쏟아져 나온 건 그로부터 오 초 후였다. 몸에 아빠의 구토물을 뒤집어쓰자 내 입에서도 용암처럼 구토물이 솟아 아빠의 안면을 정확히 가격 했다.

"여보!"

"아버님!"

방 안에서 방아깨비처럼 구역질을 참고 있던 일당도 더 이상 참을 수가 없었다고 한다. 다섯 개의 분수가 허공을 다채롭게 수놓았다는 것이다.

가는 비가 그친다. 멀찌감치 공사장이 나타난다. 바닥에 솟아 있는 돌에 육중한 삼천이백 시시 엔진을 탑재한 차 바닥이 받혀 텅텅 소리를 낸다. 아빠가 아파트 경비원을 그만두고 공사판에 오는 데는 차가 큰 역할을 했다. 운전면허를 딴 엄마에게 형이 배기량 팔백 시시의 승용차를 선물했다. 그 차로 아빠가 아파트 출퇴근할 때 모셔다 드리기도 하고 가고 싶은 데 있으면 가시라고 한 것이다. 문제는 아빠에게 그걸 미리 알려 주지 않았다는 데 있다. 형은 아직 아빠를 잘 모른다.

"왜 한집에서 차를 두 대씩 쓰느냐. 기름이 남아도니? 주차장 파면 기름이 펑펑 나온다더냐?"

그러다가 그 차가 사고가 났다. 엄마가 처음으로 차를 가지고 나간 날, 엄마처럼 초보인 운전자가 그 차를 들이받았다. 다친 사람은 없었고 차는 범퍼가 조금 우그러졌다. 형은 나를 시켜 가해자에게 돈을 받아 차를 고쳤다. 차를 고쳐 온 날, 아빠와 엄마, 형이 드디어 일을

가격 때리거나 침 육중한 투박하고 무거운

벌였다.

"이걸 고쳤다고 하는 거야?"

차는 사고 나기 전과 다름없어 보였다. 형이 보기에 그랬고 엄마가 보기에도 그랬다. 내가 보기에도 마찬가지였다.

"더 이상 어떻게 고쳐요?"

그러나 아빠는 범퍼의 아래쪽 부분에서 가로로 그어진 흠집을 귀신처럼 찾아냈다. 아빠에게는 운전면허가 없다. 엄마는 나중에, 아빠가 운전면허도 쥐뿔도 없는 주제에 자존심은 남아서 트집을 잡은 거라고 말했다.

"내가 틀렸다는 거야?"

형이 나섰다.

"아버님, 그 정도면 다들 그냥 타고 다닙니다. 더 이상 어떻게 하겠습니까."

"못해?"

"못하지요."

"그따위 정신머리 가지고 어떻게 세상을 살아가겠다는 건지. 에이, 한심한 것들."

형도 마흔이 다된 나이다. 계속 당하고 참으며 살 수만은 없다고 생각했는지도 모른다. 한심하다는 눈길로 말없이 지켜보는 엄마를 의식해서였는지도 모르고.

"못하는 건 못하는 거죠."

아빠는 고개를 휙 돌려 밖으로 나갔다. 그날로 아파트 경비원 일을 그만두었다. 초보 운전자의 운전으로 범퍼까지 허술한, 위험천만한 차를 얻어 타고 출퇴근하기 싫다는 것이었다. 그리고 튼튼하기로 둘째가라면 서러운 덤프트럭을 얻어 타고 공사판으로 가 버린 것이다. 아빠는 세상에서 제일 험한 공사판에서 난 아직 살아 있다고 우리에게 외치고 싶었는지도 모른다.

　웅웅거리는 레미콘 트럭에서 콘크리트가 쏟아져 나온다. 아빠는 철버덕거리는 바닥을 가래로 밀고 있다. 장화를 신은 젊은 친구들에게 "꾹꾹 밟아. 하하, 좀 꼼꼼하게." 따위의 잔소리를 하면서 '야방'이 하지 않아도 좋을 일을 하고 있다. 조금 있으면 부실 공사 추방으로 국가의 위엄을 되찾자는 연설이 시작될 것이다. 나만큼 아빠를 잘 아는 사람은 없다. 나는 차를 세우고 도시락을 꺼낸다. 엄마가 일식집에서 사다 준 도시락이다. 사죄의 공물일까, 뇌물일까. 엄마도 이젠 늙었다. 이젠 도시락 싸는 일도 귀찮다는 것이다. 하여간 엄마가 늙는 데, 도시락 아니면 밖에서 밥을 못 먹는 아빠가 상당히 기여를 했다. 그 생각을 하자 다시 아빠가 미워진다.

　레미콘 타설이 끝나자 점심시간이다. 내가 다가가자 아빠는 힐끗 보고는 내 또래의 젊은 친구들에게 "내 작은놈이야." 하고 소개한다. 그 친구들은 양복을 입은 나와 시멘트 자국이 뒤덮인 헌 군복을 입은 아빠를 보며 고개를 갸웃거리다 동전 따먹기 시합을 시작한다.

　"왜 왔어?"

※ 가래 흙을 파헤치거나 떠서 던지는 기구　타설 콘크리트를 붓는 작업

아빠는 내가 무슨 잘못이라도 저지른 것처럼 묻는다. 내가 오고 싶어서 왔나. 엄마하고 형이 보냈으니까 왔지. 나는 도시락을 내민다. 아빠는 도시락을 받더니 뚜껑을 열어 보고는 "비싸기만 하고 맛도 없는 걸 뭐하러 가져와." 하더니 아무렇게나 던져 놓는다.

"형이 아빠 모시고 오래."

"안 간다."

"엄마도 데리고 오래."

"안 간다니까."

"아빠, 그럼 나하고 같이 가자."

아빠의 눈이 아래위로 나를 훑는다. 너는 뭐가 대단해서, 하는 듯하다.

"내가 여기 오기 전에 엄마 모르게 티코 팔아 치우고 왔어. 잘했지?"

비로소 아빠가 고개를 움찔한다.

"그래?"

아빠는 던져 놓았던 도시락을 집는다.

"기왕 가져왔으니까."

그리고 말을 더 붙일 틈을 주지 않고, 헛말이라도 먹어 보라는 소리도 하지 않고 오물오물 토끼처럼 도시락을 먹는다. 나는 아빠가 도시락을 먹는 동안 주변을 둘러본다. 공사판 주변에는 아직 철거되지 않은 옛집들이 쓰러져 가고 있다. 군데군데 모래 더미가 피라미드처럼 솟아 있다. 저 모래 더미가 다 없어지고 잡초의 들판이 아스팔트로 바뀌면 아빠는 백 살이 될까. 내가 몰고 온 차 주변에 아빠의 새 친구들이 모여 있다.

"이거 일 리터에 몇 킬로나 가죠?"

내가 대답할 겨를도 없이 언제 왔는지 아빠가 나선다.

"오 킬로미터도 못 가는 거야. 길에다 기름을 깔면서 다니는 거지."

그러고는 내가 취미 삼아 휘발유를 낭비하고 다니는 부호˚의 대표라도 되는 듯이 흘겨보며 말한다.

"이번 달에는 수출 목표가 달성되겠냐. 바이어˚들은 계속 오고? 시원찮지? 바빠야 할 네가 도시락 싸 들고 이런 데까지 사람을 쫓아다니니까 그런 거다. 가 봐."

아빠의 새 친구들은 번쩍거리는 차와 아빠와 나와 하늘과 자신들의 공사판을 번갈아 보면서 몹시 헛갈린다는 표정들이다. 나도 내가 형인가 아빠인가 엄마인가 혹시 나인가 몹시 헛갈린다. 어쩔 수 없는 아빠, 아빠, 오오, 불쌍한 우리 아빠…….

˚ **부호** 부자 **바이어** 다른 나라의 물품을 사들여 오는 상인으로, 구매자 또는 수입상이라고 함

소설 읽고 대화하기

선은 이 작품 재미있지 않았니? 난 정말 많이 웃었어. 특히 형이 담배 피우다 걸려서 벌어진 장면 말이야. 완전 뒤로 넘어가는 줄 알았어!

주애 재미있는 표현들이 많았어. 그렇지만 속물적이고 이기적인 아빠 모습은 정말 어이가 없었어.

예림 처음에는 나도 그렇게 생각했는데, 다 읽고 나서는 아빠가 조금은 불쌍하게 보이더라고.

유진 글쎄……. 난 철없는 아빠가 전혀 불쌍하지 않았어. 주로 집에서 편하게 놀기만 하던걸. 그러니까 자식들한테 무시당하는 거 아냐? 게다가 어린 아들을 힘들게 먼 낚시터로 도시락 배달시키는 것만 봐도 불쌍한 인물은 아니지.

선은 맞아. "우리를 놀라게 하는 동시에 일생 동안 그래 왔듯이 평화롭게 살려는 사람들에게 심술을 부리려는 것이다."라는 말이 나오는 걸 보면, 아빠는 좀 엉뚱한 성격 같아.

예림 그렇지만 아들에게 애정과 관심은 있는 것 같아. 몇십 년 동안 피우던 담배를 끊겠다고 한 장면에서는 자식을 사랑하는 마음도 느껴지던걸.

주애 그래도 나는 이런 아빠가 있다면 짜증 날 것 같아. 아이들한테 안좋지 않겠어? 무책임한 면도 있고 말이야.

유진 아빠 처지에서 생각해 보면, 말썽꾸러기 아들들에게 위엄 있어보이고 싶은데 그게 잘 통하지 않으니까 힘들기도 했을 것 같지 않아? 그럼 너는 나중에 어떤 부모가 되고 싶은데?

주애 난 적어도 내 아이들을 잘 지켜 주고 책임감 있는 부모가 될 거야. 특히 아빠는 더욱 그래야 된다고 봐.

선은 소설에 나오는 아빠는 우리가 상식적으로 떠올리는 가족을 이끌고 책임지는 든든한 존재는 확실히 아닌 것 같아.

예림 아빠에 대한 호불호가 갈리고 있네. 그래도 이 소설이 재미있다는 점에는 다들 동의하지?

주애 인물 묘사나 사건이 모두 재미있었지. 또 이야기를 심각하지 않고 유머 있게 표현한 점도 그렇고 말이야.

선은 작가 성석제를 소개하는 글을 읽어 보면 '입담 좋은 이야기꾼'이라고 나오는데, 그 점에는 확실히 동의해.

예은 선생님, 얼마 전 국어 시간에 판소리 사설체를 배웠잖아요. 이 소설도 익살과 해학이 느껴지니까 판소리 사설체라고 할 수 있나요?

혜영샘 판소리 공연 때 소리꾼이 창을 하는 사이사이에 늘어놓는 말이

나 이야기를 판소리 사설이라고 하지요. 이 작품에서는 판소리 사설 같은 문장의 리듬감이 느껴지진 않지만, 과장을 통해 해학적으로 표현한 대목이나 비어·속어 등을 사용해서 아빠라는 인물을 조롱하고 풍자하는 점은 비슷하다고 볼 수 있겠어요. 주인공이 사건 중간중간에 아빠에 대한 자신의 생각과 판단을 독자에게 전달하면서 아빠를 풍자하죠.

주애 나는 엄마에 대해서도 얘기해 보고 싶어. 우선 엄마는 시원시원하고 털털한 것 같아.

유진 맞아! "남자로 태어났으면 장군감인데 여자이다 보니 상사 계급의 아빠에게 시집을 와서 고생을 한다."는 내용이 나오잖아. 엄마는 아빠의 모자란 부분을 채워 주는 것 같아. 아빠가 형을 혼내다가 옆집 담벼락을 무너뜨린 사고 기억나지? 그때도 엄마가 사태를 다 수습하잖아.

선은 형에게 세 대씩 담배를 물려서 간단하게 담배를 끊게 한 일도 재미있었지.

예림 그런데 그때 형이 담배를 끊은 건 엄마 때문이 아니고 아빠 때문 아니었어? 그 일이 있고 나서 아빠가 담배 반 갑을 형에게 내밀면서 "나 자신을 반성하는 의미에서 나부터 담배를 끊기로 했다. 이제 나는 필요가 없으니 네가 피우도록 해라." 이러잖아. 그 일로 형은 담뱃갑을 소중히 싸서 서랍장에 넣고는 아직까지 담배를 피우지 않았다고 했어.

주애 그렇기는 하지만, 기본적으로 아빠는 허세만 부리는 무책임한 사람으로 나와. 반면 엄마가 가장 역할을 대신하는 것으로 나오지. 소설에서도 "용감하고 시원시원하고 흔들림이 없으면서 할 일을 다하는 엄마가 아빠처럼 여겨졌다."고 나오잖아. 기존의 가족 역할을 뒤집어서 보여 주는 듯해.

예림 아, 그렇게 볼 수도 있겠네. 이 소설에서 아빠나 엄마의 기존 역할이 바뀌어서 나오는 건 작가의 의도일 것 같아. 그러고 보면 형의 태도도 같은 맥락일까?

유진 형이라면 동생을 잘 챙겨 줘야 하는데, 그런 형은 아니었던 것 같아. 담배 피우다 걸려서 아빠가 담배를 끊든지 교과서를 태우든지 선택하라고 했을 때도, 자기 책이 아니라 동생 책을 태우잖아.

예림 자기가 담배 피울 때 어린 동생에게 부채질하라고 시키는 것도 좀 그랬어.

선은 맞아, 젊은 시절의 형도 아빠처럼 대책 없는 인물로 그려져. 낚시터 도시락 배달 심부름만 봐도 알 수 있어. 아무렇지도 않게 거짓말을 지어내고 심부름을 면제받잖아. 능글맞은 건 오히려 아빠보다 한 수 위야.

주애 대학 입시에 실패한 주인공을 데리러 온 형이 오히려 아빠와 죽이 맞아서 같이 낚시만 하는 장면 기억나? 정말 코미디 같지 않아? 확실히 형은 아빠와 닮았어.

예림 그럼 주인공은 어떤 인물인 것 같아?

선은 주인공은 형보다 확실히 순진해서 아빠에게 많이 당했지.

주애 그래도 중학교 때부터 주인공도 사고 많이 치던걸.

예림 맞아. 아빠에 대한 반항심을 보여 주는 사건들이 많긴 했어.

주애 대학 입시에 실패하고 반항하듯 낚시터에서 죽치고 있을 때도, 스무 살 무렵에 있었다는 그 대결도.

유진 아아, 그 술 먹고 난리 치던 날!

주애 그렇지. 뭐든지 다 아는 체, 잘난 체하는 아버지와 그 아버지를 딛고 서려는 아들의 혈전!

선은 혈전은 무슨. 그냥 구토물의 향연이잖아. 아무튼 이런 일들 모두 재미있게 그려지긴 했어.

주애 이런 해학적인 장면들에서 아버지의 말이나 행동을 두드러지게 표현해 아버지의 성격을 짐작하게 해 주는 것 같아.

혜영샘 옛날에 일어난 일이지만 바로 지금 일어나는 것처럼 그 장면을 보여 주고 있지요. 대화나 행동, 분위기 묘사를 통해 아빠를 비롯한 여러 인물들의 성격을 생생하게 드러내죠. 이제, 아빠를 대하는 주인공의 태도가 왜 바뀌었는지 생각해 볼까요?

주애 음……, 주인공의 태도가 바뀌는 계기가 있었나?

유진 글쎄, 나도 그 점이 선뜻 이해되지 않더라. 그토록 아빠를 이겨 보겠다고 했는데 말이야.

혜영샘 어떤 사건을 계기로 깨닫게 되었다기보다 언제부터인지 살펴 보면 어떨까요?

선은 형이 그러했듯 주인공도 나이가 들면서 자연스럽게 깨닫게 된 거 아닐까요? 형은 사장이기도 하면서 한 가정의 가장이 되었고, 주인공도 "결혼식이나 했으면 싶은 화창한 날씨다."라고 할 만큼 생계를 꾸릴 나이가 되면서 바뀐 게 아닐까요?

예림 그리고 주인공이 공사판으로 아빠를 찾아가는 길에 이런 말이 나와. "차를 몰면서 알게 된 건 내가 이 세상에서 하나뿐이면서도 특별한 존재는 아니라는 점이다. 밀리는 길 위에서는 더욱 그렇다." 내가 특별한 존재가 아니듯이, 아빠도 특별한 존재는 아니라는 거지. 즉 누구나 대단한 아빠를 꿈꾸지만 그런 아빠는 없다는 거야. 그런 걸 깨닫게 되니까 아빠가 다시 보이게 된 것 같아.

유진 아하, 자기도 평범한 사람이고 아빠의 모습도 사실은 평범한 모습이라는 걸 깨달았을 때, 새삼 불쌍하다고 느껴지게 되는 건가?

예림 은연중 아빠에 대한 기대가 컸다고 보면, 아빠의 허점이나 어른답지 못한 점들이 더 크고 이상해 보였을 것 같아. 한때는 아빠가 "수구파의 대왕"처럼 보이기도 하고, 아빠의 부당한 행동에 "뿔이 돋아난 도깨비"처럼 반항하고 싶었다고 하잖아. 그런 게 다 지나간 일로 느껴지고, 평범한 사람들이 겪는 평범한 과정이라고 느끼고서 바뀐 것 같아.

유진 그런 걸 깨달은 지금은 아빠가 더는 인생 최대의 강적이나 공포의 대상으로 여겨지진 않겠구나. 오히려 초라하게 보여서 불쌍하다고 여길 수도 있겠네.

선은 그런데 말야, 서술자가 아들로 설정되어 있잖아. 사실 아빠가 가장 중요한 인물 같은데. 아빠가 서술자가 되어 자기 이야기를 하면 어땠을까? 아무래도 아들이 관찰한 아버지의 모습만 그리면 아버지의 속마음까지 알 수는 없잖아.

주애 아버지의 속마음까지 직접 설명하는 것보다 상황 묘사나 인물 간의 대화와 행동을 통해 파악하는 게 더 재미있지 않아? 아빠에 관한 정보가 객관적이라는 느낌을 주기도 하고 말이야. "아빠는 샘이 많다. 남들에게 지고는 못 산다. 특히 하찮은 일에는 예민하다." 같은 표현은 허풍쟁이 아빠 입에서는 절대 나오지 않을걸?

유진 그리고 나는 아빠보다 아들의 마음속 이야기가 더 중요하다고 생각해. 아버지를 대하는 태도가 바뀌는 아들의 이야기가 소설의 중요한 얼개인 것 같아.

예림 그렇다면 이 작품이 결국 말하고자 하는 게 뭘까?

주애 무지 특이한 아빠에 대해 이야기하는 것 같아. 늙어서까지 공사판에서 '살아 있다.'고 외치고 싶어 할 정도로 허세 부리는 인물을 보면서 독자들은 아마 자기들 아버지와 비교해 봤을 거야.

유진 공사판 사람들이 다 듣게 '바이어'가 어쩌고 '수출 목표'가 어쩌고 하면서, 잘나가는 아들이 바쁜 와중에도 자신을 떠받들고 있다는 걸 보여 주고 싶어 하는 장면 있잖아. 그게 좀 낯간지럽긴 하지만 인간적으로 보이기도 하더라. 그래서 주인공도 아빠를 불쌍하게 여기게 된 것 같고.

선은 아빠를 이해하고 연민마저 느껴서 화해하게 되었다는 해피엔드네.

주애 해피엔드인 건 알겠는데, 기존의 통념을 깨는 아버지상을 이야기하고 싶은 건지, 주인공이 어떻게 아버지를 이해하게 되었나를 이야기하고 싶은 건지 좀 알쏭달쏭해.

예림 뭐 어렵게 생각할 거 있나? 그냥 둘 다 주제로 보면 되지.

선은 나도 예림이 말에 찬성. 나는 소설을 읽고 아빠에 대한 생각을 좀 바꾸게 되었어. 아버지는 슈퍼맨 같아야 한다는 고정 관념이 있었는데, 현실의 아버지들은 그러지 못하니까 힘들 것 같다는 생각도 했고.

혜영샘 김소진의 「자전거 도둑」이라는 소설을 보면 권위 있는 아버지가 아니라 경제적으로 무기력하고 초라한 아버지가 나와요. 그리고 아들은 그런 아버지를 보며 괴로워하죠. 이 소설과 비교해 가면서 읽어 봐도 좋을 것 같아요. 다들 아버지에 대해 생각해 봤다고 하는데, 오늘 날 아버지는 가족 내에서 어떤 역할을 해야 하는 걸까요? 그리고 우리 는 아버지를 어떻게 바라보는 게 좋을까요?

선은 요즘 아버지들은 돈 버는 기계로 전락해서 가족 내에서도 소외되 고 불쌍해진 것 같아요. 예전처럼 권위를 인정받지도 못하는데, 책임은 여전히 많이 떠안은 것 같고요.

유진 가끔은 우리 부모님이 소설 속에 나오는 아빠처럼 행동할 때마다 속으로 '왜 저러시나?' 생각하곤 했는데, 부모라는 이유만으로 모든 일 에 어른답게 행동하기는 힘들 거라는 생각이 들더라고요.

혜영샘 고대 신화나 고전 문학에선 아들이 아버지를 찾는 이야기가 자 주 나와요. 그때는 삶의 이상으로 여기고 추구하는 아버지상이 확실하 던 시기였죠. 그러나 오늘날 사회는 옛날과는 모든 것이 변했어요. 이 와 연관해서 생각해 보면, 이 소설이 전하는 것은 '기존 아버지상에 대 한 의문'이나 '가족 이데올로기에 대한 풍자와 조롱'일 수도 있어요. 풍 자하는 듯한 말투가 그런 주제를 암시한다고 볼 수 있죠.

주애 지금까지는 아버지라면 가정을 이끌고 책임지는 일에 흔들림 없 어야 한다는 식으로 당연하게 생각했던 것 같아요. 주인공도 그런 아버 지상을 설정해 놓고서 바라본 까닭에, 아빠가 무책임하고 모자라 보이 고 그랬던 것 같아요.

유진 맞아. 아무래도 주인공은 가장 역할을 해내는 엄마를 더 좋아하 고, 아빠는 가장답지 않다고 생각한 것 같아. 그러니까 아빠가 이해되지 않았던 거겠지.

주애　그러다가 가장의 역할에 대한 고정관념이 흔들리게 되고, 그냥 아빠라는 사람을 보게 되면서 아빠를 대하는 태도가 좀 달라지는 건가?

예림　그런 것 같아. 난 아빠를 바라보는 주인공의 태도가 갑자기 변해서 잘 이해되지 않았는데 이제 좀 알겠어. 주인공과 아빠의 갈등을 성격 차이로 보는 게 아니라, 시대 변화나 사회적인 원인에서 찾아보니 이해가 되네.

주애　으음, 그럼 이건 어떻게 해석할 수 있을까? "나도 내가 형인가 아빠인가 엄마인가 혹시 나인가 몹시 헷갈린다." 이 마지막은 잘 이해가 안 되더라고.

선은　아빠라는 것도 가족 안에서의 역할이잖아. 동생, 형, 엄마, 아빠가 이루는 가족 관계에서의 역할. 아까 말한 것처럼, 기존 아버지상이 무너지니까 헷갈린다는 표현을 쓴 것 같아.

예림　그런데 왜 아버지라는 말 대신에 '아빠'라는 단어를 썼을까?

선은　어렸을 때는 정말 특별한 존재로 느껴지는 존재잖아. 권위 있어 보이기도 하고 말이야. 하지만 아버지들 또한 평범한 소시민일 뿐이라는 의미에서 아빠라고 한 것 같아. 그리고 그게 보편적인 모습이라는 뜻에서 '우리 아빠'라고 한 것 같아.

유진　우아, 완전 멋진 해석이다.

주애　이렇게 함께 얘기하니 작품을 더 잘 이해하게 되네. 아, 오늘은 모처럼 알차게 이야기를 나눠서 참 뿌듯해.

　「아빠, 아빠, 오, 불쌍한 우리 아빠」는 각 인물들의 톡톡 튀는 개성과 우스꽝스러운 사건들 덕분에 재미있게 읽을 수 있었다.

　혼자 읽을 때는 아빠의 가부장적이고 이기적이며 철없는 모습이 의아하기도 하고 눈살이 찌푸려지기도 했다. 나는 아빠라는 존재는 가족을 위해 희생적이고 반듯해야 한다고 생각했다. 그런데 함께 이야기를 나누다 보니, 내가 아빠라는 존재를 너무 틀에 박힌 방식으로 바라본 게 아닌가 하는 생각이 들었다. 아빠를 '사람'으로 바라보기보단 그저 '아빠'라고만 생각한 것 같다. 아빠의 개성은 보지 않고, 아버지라는 전형적인 이미지를 떠올리면서 아빠의 역할에 대해 기대가 컸던 것 같다.

　소설을 다시 떠올려 보면, 아빠라는 인물이 조금 불쌍하다는 생각이 든다. 주인공에게 아빠는 그저 자존심만 내세울 줄 알고 남아 있는 건 허세뿐인,

초라한 모습이었을 것이다. 그렇지만 아빠 처지도 이해가 된다. 아빠로서 권위를 인정받고 싶고 존경도 받고 싶은데 자식들은 따라와 주지 않을뿐더러 오히려 자신은 그저 철없는 인간으로 비치니 속상하기도 했을 테다. 소설 속 주인공은 아빠든 누구든 이 세상에 하나뿐이면서 특별한 존재는 없다는 현실을 깨달음으로써 아빠를 다시 바라볼 수 있었던 것 같다.

　나도 우리 아빠를 떠올려 보았다. 그동안 힘들게 살아왔고 앞으로도 그럴 것 같은 아빠 모습이 그려져서 좀 슬펐다. 나도 아빠에게 가장으로서 자식들을 위해 희생하고 가정을 책임져야 한다고 요구하기보다, 아빠에게도 한 존재로서 자신의 삶이 있다는 점을 존중해 주어야겠다.

세
상
과

대
화
하
다

가식덩어리

임태희

아주 오랫동안 다른 생각에 빠져 있었던 것 같다.

깊은 생각에서 깨어났을 땐 낯선 아이가 교실 앞에 서서 더듬더듬 무언가 말하고 있었다. 너무 심하게 말을 더듬어서 무슨 말을 하려는 건지 알아듣기 힘들었다. 가끔씩 들리는 단어 몇 개로 짐작해 보건대, "나, 다른 학교로 전학 가. 오늘이 너희를 보는 마지막 날이야."라는 말을 하려는 것 같았다.

교탁 바로 앞자리에 앉아 있었기 때문에 그 애를 자세히 볼 수 있었다.

동그란 얼굴에 동그란 눈, 동그란 안경 그리고 둥근 어깨와 구부정한 허리……. 전체적으로 동글동글한 느낌.

고1짜리라고 하기에는 키가 좀 작아 보였다. 교탁 위에서 자꾸만 꼼지락거리고 있는 손가락은 아기 손가락처럼 짧고 통통했다.

성적은…… 중간 정도일 것이다. 공부를 잘할 것처럼 생기진 않았지만 성실해 보였다. 귀엽다기보다는 약간 답답하고 촌스러워 보이는 부류였다.

그 애의 가슴엔 '유안나'라는 파란색 이름표가 붙어 있었다. 유안나. 낯설다.

'저런 애가 우리 반에 있었나?'

뒤에서 애들이 몸을 배배 꼬는 기척이 느껴졌다. 지루해하는 것 같았다.

간신히 말을 이어 나가던 그 애도 느꼈는지 서둘러 인사말을 끝마치려 했다. 하지만 더욱 심하게 말을 더듬을 뿐이었다. 그 애는 어떻게 해서든지 말을 제대로 마쳐 보려고 애썼지만 결국 체념했다. 애들이 노골적으로 짜증을 냈기 때문이다.

그 애는 잔뜩 주눅이 들어서는 아주 작은 목소리로 이렇게 말했다.

"잘 지내……."

유일하게 더듬지 않고 한 말이었다.

그 애는 그 말을 뱉어 놓고는 한숨을 내쉬었다. 그러고는 작은 입술을 꾹 다문 채 허리를 살짝 폈다. 왠지 후련해하는 것 같았다.

그 애 뒤에 서 있던 담임이 그 애의 양쪽 어깨에 손을 얹고 덕담을 늘어놓기 시작했다. '전학 가서 적응 잘하길 바란다.'는 것이 요지였다. 담임은 삼십 대 초반으로 젊은 편이었다. 문학 담당이어서 그런지 문학소녀의 향기가 짙었다. 감상에 푹 젖어 장황하게 이야기를 늘어놓기 좋아했다.

담임은 이야기를 마치고 억지로 박수를 유도했다. 애들은 박수를 치는 둥 마는 둥 했다.

그때 그 애와 눈이 마주쳤다.

갑자기 코가 싸했다. 콜라를 마셨을 때처럼 그렇게.

그 애는 동그란 눈을 더욱더 동그랗게 뜨고 안경 너머로 나를 빤히 바라보았다. 조금 뒤엔 담임도 나를 빤히 바라보았다. 이내 두 사람의 얼굴은 비에 젖은 수채화처럼 흐릿해졌다.

내 뒷자리에 앉은 애들이 속닥거렸다.

"뭐야, 쟤. 울어?"

교실 뒤쪽에서 콧방귀 소리와 함께 "어이없어."라고 말하는 소리도 들렸다.

그제야 난 제정신으로 돌아올 수 있었다. 얼른 눈물을 훔쳤다.

담임은 떨리는 목소리로 '아름다운 광경'이라며 감탄했다.

"헤어짐이 슬프겠지만 이것이 아주 끝은 아닙니다. 계속 연락을 주고받으면 되지요."

담임이 두 손을 가슴에 모으며 말했다.

이제 제발 나에게서 관심을 돌려 줬으면 좋겠다고 생각했지만 헛된 바람이었다. 담임은 내가 대견하다고도 했다.

담임은 한껏 나를 띄워 주더니 급기야 박수를 한 번 더 유도했다.

"두 사람의 우정을 위해 박수!"

애들은 뒤틀린 표정으로 마지못해 박수를 쳤다.

유안나는 조용히 가방을 챙겨 일어섰다. 그 모습을 보고 담임이 말했다.

"우리 모두 교문 앞까지 배웅 나갑시다."

모두들 신음 소리를 냈다. 유안나는 흠칫 놀라 돌처럼 굳어 버렸다. 하지만 곧 안심하는 표정으로 돌아왔다. 아무도 자신을 따라 나오지 않을 것이라고 생각하는 것 같았다. 정말, 자발적으로 일어나는 애들은 하나도 없었다. 담임이 나섰다. 담임은 갑자기 씩씩해져서는 미적거리며 앉아 있는 애들을 일으켜 세우고 등을 떠밀었다. 불만으로 가득 찬 소 떼를 모는 목동 같았다.

예의상 나도 일어나야 할 것 같았다. 나는 몸을 일으켜 세워 보려 노력했다. 하지만 몸이 의자에 못 박힌 듯 꼼짝도 할 수 없었다. 그런 나를 유안나가 묻는 듯한 표정으로 바라보았다. 기분이 몹시 찜찜해졌다. 나는 고개를 돌려 버렸다.

담임은 고집스레 앉아 있는 나를 보고는 기운 내라며 등을 툭툭 두드렸다. 너무 슬퍼서 발이 떨어지지 않을 수도 있다며 이해한다고 했다.

"떠나는 모습을 차마 볼 수 없겠지……."

담임은 시를 낭독하듯 이렇게 말하고는 애들을 워워 몰아 교실 밖으로 나갔다.

교실은 삽시간에 텅 비었고 나 혼자 동그마니 남겨졌다. 기분이 묘했지만 그도 잠시. 열린 창문 사이로 애들의 목소리가 왁자지껄 들렸다. 떠나는 이를 배웅하는 숙연함 같은 것은 찾아볼 수 없었다. 그저 수업 시간에 잠시 바깥바람을 쐴 수 있어 즐거운 모양이었다.

나는 창문 가까이 다가갔다.

하늘이 높았다. 가을이었다.

햇볕이 강해서인지 눈물이 다시금 핑 돌았다.

'내가 왜 이럴까. 그런 애가 있는 줄도 몰랐으면서…….'

바람이 불자 교정 둘레로 마른 나뭇잎이 팔랑팔랑 쏟아져 내렸다. 순간 목구멍으로 무언가가 울컥 치솟았다. 눈물방울이 볼을 타고 미끄러져 내려가 턱 끝에 매달렸다.

내가 우는 까닭을 알 것 같기도 했다.

유안나가 아니라 다른 애였어도 그랬을 것이다. 떠나는 이가 누구이든 영영 만날 수 없을지도 모른다고 생각하면 끝도 없이 슬퍼질 수 있는 거니까.

어쩌면 그저 조금 울고 싶었던 건지도 모르겠다. 반 친구가 전학을 가는 것이나 나뭇잎이 떨어지는 것은 그저 핑계다. 누구나 쉽게 감상에 빠져드는 날이 하루쯤 있잖은가.

운동장에는 유안나의 부모님으로 보이는 분들이 차 문을 열고 서서 기다리고 있었다. 차에는 시동이 걸려 있었다.

유안나는 어두운 얼굴로 차에 올라타서는 고개를 푹 숙였다. 유안나의 부모님은 배웅하러 나온 담임과 아이들을 떨떠름하게 바라보다가 차에 탔다. 차는 곧 출발했고 담임 혼자만 차 뒤꽁무니에 대고 손을 흔들었다.

눈물이 좀처럼 멎지 않았다. 내가 이렇게 눈물이 많은 애였던가. 의아했다.

나는 하는 수 없이 남은 수업 시간 내내 엎드려 있었고, 가끔씩 흐느끼기도 했다. 나도 모를 일이었다.

그때 난, 슬픔에 취해 내 주변에서 어떤 일이 벌어지고 있는지 알지 못했다.

엎드려 있는 내 겨드랑이 사이를 비집고 쪽지 한 장이 들어왔다.

가식덩어리!

공책 귀퉁이를 찌익 뜯어 내 아무렇게나 휘갈겨 쓴 쪽지였다.

어리석게도 나는 그것을 대수롭지 않게 여겼다. 나는 그저 슬픈 감정을 한껏 즐기고 싶었다. 애들도 그런 날 이해해 줄 거라 믿었다.

하지만 그것은 일종의 경고문이었다.

앞으로 벌어질 일을 예상했어야 했다. 각오했어야 했다. 그런다고 달라질 것은 없었겠지만, 이미 눈물을 보인 이상 말이다. 약한 모습, 약점을 보인 이상……

하굣길에는 다행히 울음을 그쳤다. 부은 얼굴에 스산한 가을바람을 맞으니 마음이 가라앉았다.

저 멀리 우리 반 애들의 뒷모습이 보였다. 그 뒤로 길게 남겨진 거리엔 바람을 탄 낙엽들이 술래잡기를 하듯 서로의 꽁무니를 쫓아다니고 있었다. 꼭 낙엽들이 수런대는 소리가 들릴 것만 같았다. 나는 몇 걸음을 떼었다가 멈추고 다시 또 떼어 놓기를 되풀이했다. 바스락! 바스락! 낙엽이 맥없이 부서지는 소리가 내 발아래에서 들리는 게 섬뜩했다. 나는 꼼짝도 할 수 없었다.

조그만 단풍잎 한 장이 머리 위에서 뱅글뱅글 돌며 낙하하는 것이 보였다. 그것은 이내 내 뺨 위로 가지런히 드리워진 머리카락에 붙어 달랑거렸다.

그때 문득 어떤 느낌이 들었다. 내 안에서 줄곧 멈춰 있던 작은 시계가 돌아가기 시작한 듯한 느낌이.

그전까지는 시간이라는 걸 느끼지 못했던 것 같다. 어제까지, 아니 더 정확히 말해 오늘 유안나가 더듬거리며 마지막 인사를 할 때까지, 나는 긴 잠을 잤던 것 같다. 눈을 뜨고 있었지만, 밥도 꼬박꼬박 먹고 학교도 꼬박꼬박 다녔지만, 그전의 나는 몽유병을 앓는 사람일 뿐이었다.

어제의 나는 무엇이든 당연하게 받아들였다. 놀랄 일도 화낼 일도 없다고 여겼다. '세상은 원래 안전하다.'고 믿었으니까. 하지만 시계소리와 함께 세상 모든 것이 와르르 쏟아지듯 내게로 덤벼드는 기분이었다. '시작'된 것이다.

무엇이든 거저 얻어지는 것은 없는 법이다. 나는 그 신비로운 '시작'의 대가를 톡톡히 치러야 했다.

나중에 알게 된 사실이지만, 유안나는 '은따'였다. 은근히 따돌림

당하는 아이.

그 애가 전학을 간 진짜 이유, 상담 선생조차 몰랐던 진짜 이유도 사실은 그것이었다. 따돌림. 그게 전부였고 그것만으로도 충분한 사유가 됐다.

내가 그 애를 모르고 지냈던 것은 그 애의 존재감이 흐릿해서일 거라고 단정했다. 그 애에게 따돌림 당할 만한 무언가가 있기 때문이라 믿었다. 이유 없이 사람을 미워하고 골탕 먹이는 것은 힘든 일이니까.

그러나 그것은 한 사람과 한 사람이 만났을 때에만 적용되는 '룰'인지도 모른다. 무리에 속하면 사람은 쉽게 잔인해진다. 한 사람의 존재가 그늘처럼 까맣게 덮어 버린다는 것은 참 잔인한 일이다. 그 애를 모르고 지낸 나도 잔인했고 내 행동이 가식적이라고 비판하는 애들도 잔인했다.

나는 어떤 행동을 하든 비난받았다.

한 번은, 수업 시간에 선생이 던진 농담에 소리 내어 웃었다. 순수하게, 우스워서 웃은 것이었다. 그런데 그것마저 트집거리였다.

나는 쉬는 시간에 곧바로 복도로 불려 나갔다.

"네 그 가식적인 웃음소리를 들으면 하루 종일 재수가 없어."

날카로운 목소리보다 더 아픈 건 그 애들의 눈빛이었다.

체육 시간이 끝나고 자리로 돌아와 보면 교복 윗옷의 등 부분이 칼로 죽죽 그어져 있었다. 마치 진짜 내 등에 대고 칼을 그은 것처럼. 섬뜩했다. 내가 맨 앞자리에 앉기 때문에 내 등을 어쩔 수 없이 보아

야 하는 게 견딜 수 없었나 보다. 교복을 새로 샀지만 같은 일이 반복
되었다.

그래도 나는 나를 싫어하는 애들이 일부일 거라고 생각했다.

나의 좋은 면을 보여 주면 애들의 마음을 돌릴 수 있을 거라 생각
했다. '가식적'이라는 꼬리표를 떼고 싶었다.

나는 애들에게 먼저 다가가기로 했다.

돈이 필요한 애에겐 나서서 돈을 빌려 주었다. 갚기로 한 날짜가
훨씬 지나도 갚으라고 재촉하지 않았다. 누군가의 스타킹 올이 나간
것이 눈에 띄면 말없이 매점으로 내려가 스타킹을 사 왔다. 그러고는
스타킹을 건네며 눈을 마주치고 씩 웃었다. 내가 아끼는 펜을 허락도
없이 가져가서 쓰고 있는 것을 알았을 때도, 생글거리며 "마음에 들
면 가져."라고 가볍게 말했다. 한 사람이라도 붙잡고 싶었다. 나는 필
사적이었다. 하지만 나의 모든 행동에 '가식적'이라는 말이 따라붙었
다. 나는 무참히 짓밟혔다.

모두 나를 거부해도 세 사람만큼은 내 편으로 남을 거라 믿었다.
매점에 갈 때 늘 붙어 다녔던 O와 몇 번인가 시내에 옷을 같이 사러
갔던 S, 그리고 같은 학원에 다니는 B……

그러나 그 애들은 두려워했다. 내가 손을 뻗으면, 혹은 눈빛을 보
내면 "미안해."라고 말하며 도망쳐 버렸다.

이해할 수 있었다. 나와 팔짱을 끼고 매점에 내려가거나 나와 함께
아이스크림을 먹으며 옷 구경을 하거나 내게 학원 필기 노트를 빌려
주는 행동은 모두 가식적인 행동이다. 역겨운 가식덩어리와 어울리

면 그날로 그 애도 가식덩어리로 낙인찍히고 말 것이다.

그래서 내 곁엔 한 사람도 남지 않았다.

모두 나라는 존재 자체가 못마땅한 것 같았다. 내 추측은 점점 확신으로 짙어졌다. 나는 최면에 걸린 사람처럼 변해 갔다.

나는 말을 어물거리게 되었다. 누군가와 눈을 마주치면 얼른 고개를 딴 데로 돌렸다. 어깨와 등이 점점 굽었고 손을 만지작거리는 버릇이 생겼다. 눈에 띄지 않으려고 노력했다. 그러나 보람이 없었다. 돌아오는 말은 오직 "가식적이야."라는 한 마디였다.

어쩌면 애들에겐 전학을 가 버린 '은따'를 대체할 누군가가 필요한 것이었는지도 모른다. 내가 바통을 이어받은 것이다. '마개' 역할을 할 다음 주자.

교실은 커다란 수조다. 우리 반 애들이 그 안을 떠다니고 있다. 수조 바닥엔 보이지 않는 작은 구멍이 뚫려 있다. 구멍을 막지 않으면 반 전체가 휩쓸려 하수구로 떠내려갈 것이다. 구멍을 막을 마개가 필요하다. 누군가는 맨 밑바닥에 가라앉아 마개 역할을 해야 하는 것이다.

숨을 쉬지 못해 내 살갗이 시꺼멓게 변해도, 내 심장이 수압을 이기지 못하고 터져도, 바통을 들고 있는 이상 나는 계속 가라앉아 있어야 한다. '가식적'이라는 추를 매달고 아래로, 아래로. 내 바통을 받아 줄 사람은 보이지 않는다. 모두들 화려한 빛깔을 과시하며 내 머리 위를 헤엄쳐 다니고 있다.

이 모든 암울한 상황이 시작된 지도, 그러니까 내가 유안나를 보고 눈물을 흘린 지도 어느덧 한 달이 다 되어 갔다. 외계인도 나보다는 덜 외로울 것 같았다.

그러던 어느 날, 담임이 나를 교무실로 불렀다. 그 무렵 나는 "부르셨어요?"란 말도 똑똑히 하지 못하고 어물거리는 바보가 되어 있었다.

나는 고개를 푹 숙이고 손을 만지작거리며 담임 앞에 서 있었다.

"선생님이 널 얼마나 고맙게 여기는지 모르지?"

담임이 부드러운 목소리로 말했다.

무엇인 고맙단 말인가. 내가 구멍을 막아 줘서?

"말썽 한 번 안 피우고…… 정말 고마워. 착한 학생이 하나라도 있어서 얼마나 다행인지 몰라. 교장 선생님이 내게 담임을 처음 맡기며 어찌나 불안해하시던지……. 그래도 너 같은 학생들 덕에 지금껏 큰 사고 없이 잘해 온 것 같아."

다행인지 불행인지 담임은 모르고 있었다.

그래. 몰라라.

담임이 끼어들면 일만 더욱 복잡해질 것이다. 누가 도울 수 있는 문제가 아니었다.

담임은 분명 나를 싸고돌며 애들을 책망할 것이다. 그럼 나는 더욱 못마땅한 존재가 된다. 게다가 담임이 알게 되면 부모님도 알게 된다. 그렇게 되면 조용히 넘어가려야 넘어갈 수 없게 된다. 문제의 핵심은 내 손에서 더욱 멀리 달아나 버리는 것이다.

담임이 말했다.

"오늘 너를 부른 건 다름이 아니고……."

담임이 책상 서랍에서 종이 한 장을 꺼내며 말을 이었다.

"이거 좀 전해 줄래?"

나는 얼떨결에 그 종이를 받고 말았다. 상장이었다. 맨 위에 큰 글씨로 '선행상'이라고 쓰여 있었다.

나는 어리둥절해져서는 이름 란을 보았다.

유안나. 그때 그 낯선 이름. 내게 바통을 넘기고 도망친 아이.

"안나가 가기 전에 내가 안나를 선행상 후보로 추천했거든. 봉사부원으로 열심히 일하는 모습을 자주 보았고 복지 기관에 봉사 활동도 꾸준히 나가서 말이야. 그런데 학교 행정이 늘 그렇지 뭐. 상이 조금 늦게 나왔어. 우편으로 보낼 수도 있지만 네게 안나를 만날 핑곗거리를 주고 싶어서. 안나가 전학 간 뒤로 만난 적 있니?"

만났을 리가 없다. 담임은 혼자 머릿속으로 소설을 쓴 것이다.

"못 만났구나? 그럴 줄 알았어. 나도 '언제 한 번 보자.'고 말하고는 그 뒤로 못 본 친구들이 많거든."

담임은 내게 말할 틈을 주지 않았다.

"부탁할게. 안나네가 이사한 집이 어딘지는 알고 있지? 그리 멀지 않은 곳이니까 시간도 많이 빼앗기지 않을 거야."

나는 가만히 내 손을 내려다보았다. 상장이 내 손에 있었다. 그것을 도로 담임의 손에 쥐여 줄 방법이 도무지 떠오르질 않았다. 나는 멍청이였으니까. 나는 무의식적으로 상장의 글귀를 읽어 내려갔다.

위 학생은 행실이 바르고 이해심이 많으며 이웃의 어려움을 돌보고 헌신해 온 학생으로 타의 귀감이 되어 이 상장을 드립니다.

담임은 내가 상장을 계속 들고 있는 것을 전해 주겠다는 뜻으로 받아들였다. 하는 수 없었다. 내 인생이 자꾸만 등을 떠밀리고 있었다.

며칠 동안 나는 상장을 들여다보며 곰곰이 생각했다.

굳이 만나지 않고도 상장을 전해 줄 방법은 얼마든지 있었다. 택배로 보내거나 그 애네 집 우체통에 내가 직접 넣어도 된다. 그 애네 집 벨을 누르고 바닥에 상장을 내려놓은 다음 재빨리 도망쳐도 된다. 지하철역 사물함에 넣어 두고 '○○역 ○번 사물함을 열어 보라.'는 엽서를 보내도 된다.

그래도 만나 볼까?

혹시 몰랐다. 그 애를 만나면 바통을 부러뜨리고 수면 위로 떠오를 묘안이 떠오를지도 모른다.

나는 미친 듯이 책상 서랍을 뒤졌다. 펜촉에 손톱 바로 밑을 찔렸지만 아픈 줄도 몰랐다.

마침내 지난 여름 방학 때 받았던 비상 연락망을 찾아낼 수 있었다. 거기에 유안나의 휴대폰 번호가 있었다. 이사를 하더라도 휴대폰 번호는 바꾸지 않았을 것이다.

나는 당장에 전화를 걸었다.

잔뜩 긴장한 목소리가 조심스럽게 물어 왔다.

"여보……세요?"

그 애다. 유안나.

쿵쿵. 쿵쿵. 심장 뛰는 소리가 크게 들렸다.

나는 입술을 달싹거렸다.

첫마디로 뭐가 좋을까? 내 이름을 말한다 해도 그 애가 내 얼굴을 기억해 낼 리 없다고 생각했다.

나는 잠시 고민하다가 입을 떼었다.

"안녕? 혹시 나 기억하니? 저기…… 너 전학 가던 날……."

"아……!"

짧은 탄성. 나를 기억하는 듯했다.

나는 전화를 건 이유를 간단히 설명하고 만나러 가겠다고 했다.

그러자 그 애가 횡설수설하기 시작했다. 당황해서 그런지 심하게 말을 더듬었다. 여전했다.

"직접 오, 오지 않아도…… 버, 번거로울 텐데……."

나는 그 애네 집 주소를 물었다. 안나네는 지하철로 30분 거리였고 중간에 한 번 갈아타야 했다.

"멀다."

내가 감탄하듯 말했다.

"그, 그렇……지?"

안나는 다소 실망한 목소리였다.

"내 말은, 멀어서 좋다고. 정말로. 내가 거기로 갈게. 지금 나가고 싶은데 괜찮니?"

"지, 지금? 나야 상관없지만……."

"그럼, 됐어. 곧장 출발할게."

안나를 만나러 가는 내내 마음이 들떴다. 나는 완전한 해방을 향해 가고 있는 거라 생각했다.

지하철에서 내려 약속 장소인 패스트푸드점까지 걸어가며 나는 오랜만에 어깨를 쭉 펴 보았다. 낯선 동네. 편견 없는 시선. 아무도 나를 모른다. 아무도 나더러 가식적이라고 비난하지 않는다.

'좋아. 좋아. 좋아!'

내 곁을 스쳐 지나가는 모든 행인들에게 인사를 건네고 싶은 기분이었다.

거리는 깨끗했다. 그래서인지 바람 끝이 더욱 시리게 느껴졌다. 나를 그토록 힘들게 했던 낙엽은 거반 사라지고 없었다. 앙상한 나뭇가지가 회색 하늘을 힘겹게 떠받치고 있을 뿐이었다. 눈가에 물기가 맺혔다. 아무도 보는 사람이 없으니 괜찮겠지. 나는 눈물을 닦지 않고 내버려 두었다.

안나는 먼저 와서 기다리고 있었다.

"또 우네……."

그 애가 나를 보더니 쓸쓸하게 말했다.

왜 그랬는지 이해할 수 없었지만 나는 안나를 보자마자 마음 놓고 눈물을 쏟았다. 안나는 내가 진정될 때까지 내 어깨를 조심스럽게 톡톡 두들겨 주었다.

'좋아. 좋아. 좋아!'

눈물이 마르고 나서야 나는 안나의 얼굴을 제대로 볼 수 있었다. 안나는 마지막으로 보았을 때와 변한 게 거의 없었다. 동글, 동글, 동글……

내가 코를 훌쩍이며 말했다.

"놀랐지? 미안."

목이 꽉 잠겨서 쇳소리가 섞여 나왔다.

안나가 어깨를 한 번 으쓱하며 말했다.

"덕분에 긴장이 풀렸어. 너 만난다고 사실 좀 떨었거든."

더듬지 않고 말할 수 있는 애였다니! 놀라웠다.

안나는 내 놀란 얼굴을 보고는 웃었다. 소리가 들리지 않았다면 웃는 줄 몰랐을 만큼 경직된 표정으로 웃었지만 안나의 코에서 분명 작게 웃음소리가 났다.

우리는 패스트푸드점의 커다란 통유리 앞에 나란히 앉았다. 앞에 놓인 커피에서 김이 모락모락 올라와 유리를 뿌옇게 덮었다. 나도 안나도 말없이 뿌연 유리창만 바라보았다. 언제부터인가 뿌연 유리창에 빗방울이 부딪치는 소리가 들리기 시작했다. 소리가 차고 둔탁했다. 제법 굵은 빗방울이었다. 내겐 우산이 없었다. 안나도 마찬가지였다.

"비를 좀 맞는 것도 괜찮겠지……."

안나가 혼잣말처럼 중얼거렸다.

"옮긴 학교는 어때? 적응은 좀 했니?"

내가 물었다.

"똑같지, 뭐."

안나가 한숨을 푹 쉬더니 말했다.

믿을 수 없었다.

"똑같다고?"

그러려던 것은 아니었는데 목소리가 너무 날카로웠다.

안나는 말없이 고개를 끄덕이며 태연히 커피를 홀짝였다.

나는 안나에게 무얼 기대했던 걸까? 전학 간 학교에서는 아주 잘 지내고 있다는 말? 솔직히 안나를 만나 희망을 갖고 싶었다. 나도 전학을 가면 이 상황에서 빠져나갈 수 있으리란 희망 같은 것 말이다.

나는 뿌연 유리창을 바라보며 생각했다.

'똑같다니……. 그 말은 전학을 가서도 따돌림을 당한다는 얘긴가?'

나는 안나를 바라보았다. 안나는 손가락으로 유리창에 그림을 그리고 있었다. 안나가 그리는 것이 물고기라는 것을 깨닫고는 몹시 놀랐다. 수조 밑바닥에서 뻐끔거리는 안나의 모습이 머릿속에 그려졌다.

문득 예전에 들었던 생각이 스쳤다. 따돌림 당할 만한 타당한 무언가가 안나에게 있을지 모른다는 생각……. 하지만 나는 곧 부정했다. 그것은 내게도 안나와 비슷한 무언가가 있다는 뜻이었으므로. 나는 도리질을 했다.

'나는 안나와 확실히 달라. 나는 이 상황에서 빠져나갈 수 있어. 무슨 방법이 있을 거야. 방법이…….'

안나가 무표정한 얼굴로 입을 열었다.

"난 완전히 달라지려고 했어. 적극적이고 조금은 불성실한…… 그런 애로 다시 태어나고 싶었어. 그런데 이번엔 너무 의욕이 앞서서 탈이었어. 전학 온 첫날부터 어긋나기 시작했지. 밤새워 생각해 간 인사말이 좀 오버였나 봐. 이번에는 가식적이란 이유로 따돌리더라고……."

'가식'이란 말을 여기서도 듣게 되다니. 속이 울렁거렸다.

"도무지 모르겠어. 내가 어떻게 해야 애들한테 거슬리지 않을지. 내가 원래 어떤 애였는지도…… 까마득하기만 해."

안나가 절망적인 얼굴로 말했다. 나는 말을 삼켰다.

'나도 그래. 예전의 내가 아득하게만 여겨져. 지금 내 눈앞의 유리창이 내 모습을 비추지 못할 만큼 희뿌연 것처럼. 나도, 사람들도 다시 돌아올 것 같지 않아.'

또다시 코가 싸했다. 콜라를 마셨을 때처럼 그렇게.

나는 그 느낌을 잠재우기 위해 얼른 커피를 들이켰다. 차가웠다. 따끈한 커피였더라면 그 느낌이 조금은 사그라졌을 텐데…….

조금 뒤 안나가 나를 보고 새하얀 표정으로 말했다.

"울지 마."

안나를 만난 건 실수였다. 그 애는 도움이 안 됐다. 나는 자리를 박차고 일어나 밖으로 뛰어나갔다. 같은 처지로 위로나 받자고 여기까지 온 것은 아니었다. 내가 안나와 같은 처지에 놓여 있다는 것이 끔찍이도 자존심 상했다.

안나는 따라 나오지 않았다. 나는 지하철역까지 허둥지둥 걸어갔다. 어느새 비가 그쳐 있었다.

조금 뒤 나는 승강장에 서서 열차가 들어오는 것을 초조하게 바라보고 있었다. 빨리 이 동네를 떠나고 싶었다. 열차는 그런 나를 약 올리기라도 하듯 느릿느릿 움직였다. 나는 언제라도 문이 열리면 올라탈 기세로 가방끈을 고쳐 메다가 한순간 꼼짝도 할 수 없게 되었다. 안나에게 전해 주기로 한 상장이 가방 속에 그대로 있다는 것이 떠올랐다. 나는 가방에서 상장을 꺼내 가만히 내려다보았다. 그때 열차 문이 열렸다.

나는 뒤돌아서서 쓰레기통으로 한 걸음 두 걸음 다가갔다. 곧 문이 닫힐 거라는 안내 방송이 나왔다. 나는 안나의 상장을 좁은 쓰레기통 입구에 밀어 넣고 다시 열차 쪽으로 걸어갔다. 차 문이 바로 코앞에서 닫혔다.

째깍, 째깍, 째깍……. 내 안에서 시계 소리가 아프게 울렸다.

어쩌면 난 정말로 가식덩어리인지도 모른다.

나는 우두커니 그 자리에 서서 열차가 떠나는 모습을 지켜보았다. 더 이상 울 수 없었다.

소설 읽고 대화하기

나라 이 소설은 마치 우리랑 같이 생활하는 사람이 쓴 거 같지 않아?

예지 맞아, 맞아! 우리 학교생활에서 종종 일어나는 일들이지.

기훈 그래서 쉽게 읽히긴 하는데, 뭔가 가슴 한구석이 묵직해지는 느낌이 드네.

혜빈 나도 그래. 내가 소설 속 주인공이 될 수 있다는 생각이 들어서 읽는 내내 마음이 불편했어.

예지 처음에 안나가 전학 간다고 했을 때 주인공은 왜 운 거야? 안나랑 그렇게 친한 거 같지도 않던데.

나라 그냥 그런 날 있잖아. 쉽게 감상에 빠져드는 날. 울고 싶어서 운 거지, 안나에게 특별한 감정이 있었던 건 아니야. 전학생이 안나가 아니어도 주인공은 울었을 거야.

예지 안나가 전학 가는 날 주인공이 울었다는 이유로 아이들은 '가식덩어리'라고 하며 따돌리기 시작하잖아. 그런데 그게 말이 되냐? 울었다고 따돌리는 게.

혜빈 맞아. 울 수도 있지. 그리고 반 친구가 전학 가서 이별하는 게 당연히 슬픈 거 아닌가?

기훈 에이, 그래도 전학 간다고 우는 건 너무한다. 요즘 전학 간다고 우는 애들 한 명도 못 봤다.

예지 너희 남자애들은 그럴지 몰라도 우리 여자들은 절친한 사이였다면 눈물 흘리지.

나라 반 애들이 주인공을 따돌린 건 안나가 전학 갈 때 울어서가 아니야. 그건 겉으로 아이들이 내세운 이유고, 전학 가 버린 유안나를 대체할 누군가가 필요했던 거지.

기훈 유안나는 학급에서 '은따'였어. 이게 안나가 전학을 간 진짜 이유였어.

혜빈 그런데 왜 애들은 이렇게 누군가를 따돌리려고 할까? 원래 주인공도 반 애들하고 아무 일 없이 잘 지냈잖아.

기훈 소설 속에는 이렇게 나와. "무리에 속하면 사람은 쉽게 잔인해진다." 내가 그 큰 무리에 속해 있으면 한 사람의 존재를 아주 가볍게 여기게 되는 거 같아. 그리고 그 무리에 더 견고하게 속하기 위해 따돌림당하는 사람을 더 가혹하게 대하게 되지.

예지 다수의 힘이 정말 무섭다.

나라 그 다수에 속한 이들이 저지르는 횡포가 책 속에는 비유적으로 나오는데, 정말 탁월한 표현이라고 생각했어. "교실은 커다란 수조다.

우리 반 애들이 그 안을 떠다니고 있다. 수조 바닥엔 보이지 않는 작은 구멍이 뚫려 있다. 구멍을 막지 않으면 반 전체가 휩쓸려 하수구로 떠내려갈 것이다. 구멍을 막을 마개가 필요하다. 누군가는 맨 밑바닥에 가라앉아 마개 역할을 해야 하는 것이다."

숙경샘 국어 시간에 비유법 배운 거 생각나죠? 표현하려는 대상(원관념)을 그와 공통점이 있는 다른 대상(보조 관념)에 빗대어 표현함으로써 그 자체의 성질, 모양 등을 뚜렷하게 하여 내용을 쉽게 이해시키려는 것 말이에요. 복습 한번 해 볼까요. 비유법에는 뭐가 있죠?

기훈 직유법이요. 보조 관념에 '~같이', '~처럼', '~듯이' 등의 연결어가 쓰이죠. 예를 들면 '나라는 호박꽃과 같다'.

나라 뭐라고? 그럼 나는 은유법으로 널 비유해 볼게. '기훈이는 폭탄이다.'

숙경샘 'A는 B이다.' 식으로 대상의 본뜻을 숨기고 겉으로 비유하는 대상만 내놓는 방법을 은유법이라 하죠. 이 밖에 사람이 아닌 사물을 사람처럼 나타내는 표현법인 의인법, 단어 하나가 둘 이상의 뜻을 나타내는 표현법인 중의법도 비유에 들어가요. 우리가 배우는 문학 작품에서도 잘 나오고요. 그러면 수조, 보이지 않는 작은 구멍, 마개의 정확한 원관념은 뭘까요?

혜빈 '마개'는 금방 알겠어요. 바로 주인공이나 안나처럼 집단에 희생되는 아이죠. 그러면 '수조'는…… 교실이나 학교인가?

예지 그래. 꽉 막혀 있는 우리 현실이겠지.

기훈 답답한 공간에 갇혀 있기 때문에 그 안에서 누구를 괴롭히고 힘들게 하는 게 아닐까? 답답하고 힘든 마음을 누군가를 공격함으로써 푸는 거지.

혜빈 맞아. 내가 금붕어랑 열대어를 키우고 있는데, 먹이도 잘 주고 물도 잘 갈아 주는데도 죽는 물고기들이 있더라. 여기저기 물어보니 스트레스로 죽은 거래. 작은 공간 자체가 물고기들에게는 스트레스지. 그런 스트레스로 무리를 지은 물고기들이 약한 물고기를 공격해서 죽이기도 하더라고.

예지 물고기나 사람이나 갇힌 공간에서는 스트레스를 받고, 그 스트레스를 남에게 해소한다는 거네. 특히 약한 사람에게.

숙경샘 실제로 한 초등학교에 나무를 많이 심어 숲을 만들어 아이들에게 숲에서 놀고 체험할 수 있는 시간을 주었더니, 아이들의 공격성이 많이 줄었다는 연구 보고도 있었어요.

혜빈 그럼 '보이지 않는 작은 구멍'은 뭐지? 탈출구인가?

나라 그러면 주인공이 탈출구를 막고 있는 장애물이 되는 거잖아. 그러니까 그건 아닌 거 같아.

기훈 그 구멍을 마개로 막지 못하면 수조에서 물이 빠져 모두 위험해지겠지. 수조에 보이지 않는 구멍이 있다는 것은 겉으로 멀쩡해 보이는 수조가 사실은 언제라도 물이 샐 수 있는 불안정한 공간이라는 거 아닐까?

숙경샘 오, 훌륭해요. 가르친 보람이 있네요. 역시 여러분은 내 수제자예요.

나라 결국 주인공은 불안한 공간에서 학급 아이들끼리 그럭저럭 버틸 수 있게 하는 '마개' 구실을 하는 거구나. 시에서만 은유가 쓰인다고 생각했는데, 소설 속 은유도 상징적인 의미를 잘 나타내네.

혜빈 사람들이 한 사람에 대한 배척이나 적개심으로 똘똘 뭉쳐 일시적인 안정을 유지한다는 거야? 어떻게 그럴 수 있지? 원래 주인공과 친했던 애들이 있었을 거 아냐? 그 애들은 주인공 편이 되어야 하지 않아?

예지 내 편이 되어 줄 거라 믿었던 친구들이 있었지. 매점에 갈 때 늘 붙어 다녔던 O, 시내에 옷을 같이 사러 갔던 S, 그리고 같은 학원에 다니는 B. 그런데 그 애들도 주인공을 피해.

기훈 그 애들도 주인공 곁에 있다가는 같이 가식적이라고 낙인찍힐까 봐 주인공에게서 멀어진 거야.

나라 뭐야? 그러고도 그게 친구냐?

예지 그런데 왜 그 아이들은 이름이 나오지 않고 O, S, B라는 기호로 나왔을까?

혜빈 이름이 없는 친구라는 것은 진짜 친구가 아니라는 거지. 정말 마음을 나누는 사이라면, 친구가 위기에 빠졌을 때 모른 척하지 않았을 거야.

기훈 혜빈이 네 말은 그 아이들도 다수의 반 애들처럼 주인공에게는 의미 있는 존재가 아님을 나타낸다는 거야?

혜빈 그래. 이름이 아니라 마치 번호처럼 나오잖아. 오히려 전학 간 안 나는 이름이 나오는데 말이야.

나라 어쨌든 주인공도 이 상황을 좀 더 적극적으로 빠져나와야 하지 않았을까?

예지 노력 많이 했지. 돈이 필요한 아이들에게 돈도 빌려 주고, 누구

스타킹의 올이 나간 것이 눈에 띄면 말없이 매점으로 내려가 스타킹을 사 오기도 하고, 자기가 아끼는 펜을 친구가 허락 없이 가져가서 쓰고 있어도 가지라고 하고 말이야.

나라 아이들에게 호의를 베푸는 그런 방법 말고, 좀 더 적극적으로 자기 심정을 말해야 하지 않았을까? 너무 힘들다고 솔직하게 아이들에게 말해 본다든지 아이들에게 편지를 쓴다든지.

예지 그렇지만 아이들은 이미 주인공을 가식적인 아이로 찍었어. 주인공이 무엇을 하든 가식적으로만 볼 거야. 아마 그런 행동도 가식적이라며 더 싫어할걸?

나라 그런가? 그럼 어떻게 하지? 담임선생님께 도움을 청하는 건 어때?

헤빈 거기에 대한 주인공 생각이 나오잖아. 담임은 분명 자기를 싸고돌며 아이들을 책망할 것이고, 그럼 자기는 더욱 못마땅한 존재가 된다고. 결국 담임이 알게 되면 문제의 핵심은 자기 손에서 더욱 멀리 달아나 버리게 된다고 말이야.

예지 맞아. 솔직히 선생님들이 이런 문제에 끼어들면 문제가 해결되는 게 아니라 더 복잡해져. 애들이 왕따 당하는 애를 고자질쟁이라며 더 싫어하게 되는 경우를 종종 봤어. 숙경샘! 샘들은 왜 그렇게 대처하시는 거예요?

숙경샘 선생님도 주인공이 교사를 향한 불신을 나타낼 때 뜨끔했어요. 선생님 처지에서는 약자 편을 들게 되고, 아이들이 화해하기를 바라는 마음 때문에 성급하게 행동할 때가 있는 것 같아요. 집단 따돌림 같은 문제가 발생했을 때 조심스럽게 천천히 접근하는 게 중요하다는 걸 선생님도 깨달았어요. 그리고 이런 왕따 문제는 가해자도 피해자도 어른들에게 잘 이야기하지 않으니, 평소에 세심하게 관찰해야겠다는 생각도 들었어요.

기훈　아, 샘의 반성을 촉구하는 건 아니었어요. 우리 숙경샘 또 엄청 진지해지셨다. 어쨌든 유안나처럼 전학 가는 수밖에 없겠네. 새로운 곳으로 떠나는 수밖에는…….

예지　나도 그 방법이 제일 낫지 않을까 싶었는데, 그 방법도 썩 좋은 건 아니라는 생각이 들어.

나라　하긴 안나는 전학 간 학교에서는 완전히 달라지려고 노력했지. 적극적이고 조금은 불성실한 아이로 변하려고 했잖아. 그런데 이번에는 의욕을 앞세웠다는 것이 아이들에게 거슬려서 똑같이 힘든 일을 당하고 있어.

혜빈　사실 나는 따돌림 당하는 아이들은 그만한 이유가 있을 거라는 생각을 했었어. 특이한 행동을 하거나 타인을 배려하지 않거나 말이야. 그런데 이 소설의 주인공도 나처럼 생각하고 안나를 만나러 갔지만, 그게 아니라는 것을 알게 되지. 안나도 가식적이라는 이유로 따돌림 당하고 있었단 말이야.

예지　그래. 결국 안나나 주인공이나 똑같은 상황인 거야. 개인이 특별한 잘못을 저지른 것이 아니라, 집단의 희생양이 된 거지.

나라　그럼 학교에서 일어나는 왕따 문제를 해결하는 방법은 뭘까? 중요한 건 해결하는 거잖아.

기훈　글쎄……. 어떻게 해야 할까?

숙경샘 이 소설의 끄트머리에 단서가 있지 않을까요?

예지 주인공은 안나와 같은 처지에 놓여 있다는 것이 끔찍이도 자존심이 상했다고 했어요. 그렇다면 주인공은 안나를 만나서 괜히 더 상처받게 된 거 아닐까요? 이제 어쩔 수 없다는 포기 같은 거요.

혜빈 그렇지는 않은 거 같아. 맨 마지막에 주인공은 이렇게 말해. "째깍. 째깍. 째깍……. 내 안에서 시계 소리가 아프게 울렸다. 어쩌면 난 정말로 가식덩어리인지도 모른다."

기훈 시계 소리? 어? 이것도 아까 '마개' 같은 은유인데, 시계 소리는 뭘 비유한 걸까?

나라 자기를 일깨우는 소리 아닐까?

혜빈 그래, 나도 비슷하게 생각했어. 왜냐하면 주인공은 더는 울 수 없다고 했거든. 그러니 자각의 소리겠지. 그런데 "난 정말로 가식덩어리인지도 모른다."라는 말도 그 자각의 말인 거 같긴 한데, 정확하게 이해하기 힘드네. 이해한 사람 설명 좀 해 줘.

기훈 근데 너희 여자애들은 참 복잡하다. 뭔 생각들이 이렇게 많냐? 우리는 그냥 좋으면 좋다, 재수 없으면 재수 없다, 이렇게 바로 말하는데.

예지 나는 남자애들의 그런 점이 더 이해가 안 되더라. 어떻게 앞에다 대놓고 그렇게 막말을 할 수 있니? 축구할 때도 보면 실수하거나 조금 못하면 바로 "나가 죽어라.", "빠져라."……. 어휴, 나라면 엄청 상처받을 거야.

기훈 우리는 그게 친한 거야. 친할수록 욕도 하고, 막말도 하는 거라고. 그래도 너희 여자애들처럼 뒷담화는 안 해.

혜빈   이해한 사람 설명 좀 해 달라니까!

나라   내가 해 볼게. 주인공은 안나와 자기는 전혀 다른 사람이라는 확신을 통해 위로받고 싶어서 안나를 찾아갔잖아. 자신과 다르게 안나에게는 어떤 이유가 있어서 왕따를 당했을 거라고 생각하고 싶은 그 자존심이 가식적이었다고 깨달은 거지. 안나도 주인공도 무언가 잘못한 게 아니라 피해자였던 거야.

혜빈   오, 설명 좋아! 그런 거 같아. 그러고 보면 주인공도 꽤 멋진 아인데. 잘 헤쳐 나가길 응원해야겠다. 파이팅!

숙경샘   모두들 작품을 잘 이해하고 있네요. 아까 나라가 했던 질문 중에 왕따 문제에 대한 해결책을 묻는 질문이 있었죠? 이 소설에 나온 것처럼 스스로 깨닫고 극복하고자 노력하는 것이 중요해요. 그리고 우리가 약자 편에 서 보는 거예요. 내가 아는 분이 미국에서 유학할 때 버스를 탔대요. 백인 할머니 옆자리가 비어 있어서 거기에 앉았더니, 그 백인 할머니가 일어나 다른 자리로 가서 앉더래요. 이분은 정말 수치심에 얼굴이 화끈 달아오르더래요. 나는 아무 잘못도 없는데, 단지 유색 인종이라는 이유만으로 이런 수모를 당한다는 것이 정말 화가 났다고 하더라고요. 우리도 이 상황이 쉽게 이해되죠? 인간 대 인간으로 서로를 동등하게 바라보고 존중하는 것, 바로 우리가 약자일 때 바라는 것들을 생각하고 실천하면 다수의 횡포를 막을 수 있을 거라고 봐요.

기훈   그러니까 약자와 자신을 동일시할 수 있는 마음이 중요하다는 말씀이네요.

혜빈   네, 안나나 주인공에게 손잡아 줄 수 있는 친구가 단 한 명이라도 있었다면 이렇게 힘들지는 않았을 거예요.

숙경샘 우리가 소설을 읽는 이유도 바로 '타자에 대한 공감'을 위해서 예요. 내가 보니 여러분은 이 소설을 통해 많은 것을 공감하고 느낀 것 같네요.

나라 당연하죠. 우린 선생님 수제자니까요.

예지 선생님! 이 소설을 쓴 작가의 다른 소설도 궁금해졌어요. 이분은 왕따 문제 전문 소설가인가요?

숙경샘 왕따 문제 전문 소설가는 아니지만, 자신만의 상처를 안고 살아 가는 아프고 힘든 청소년들을 주인공으로 한 글을 많이 썼어요. 『쥐를 잡자』에서는 10대 미혼모에 대한 사회의 냉랭한 시선과 편견을 다루 고 있고, 『나는 누구의 아바타일까』에서는 친족에 의한 성폭력과 불운 한 가족사로 고통받는 여고생을 주인공으로 했죠. 동대문 대형 의류 매 장으로 진출한 다섯 명의 쇼핑 멤버가 일요일 하루 동안 겪은 일을 다 룬 『옷이 나를 입은 어느 날』도 재미있게 공감하면서 읽을 만한 작품이 에요. 나라가 처음에 말했듯이 마치 우리랑 같이 생활하는 누군가가 쓴 것처럼 재기발랄하면서도 공감되는 부분이 많죠.

예지 네, 샘! 도서관에 가서 다른 작품들도 얼른 찾아봐야겠어요. 다른 애들이 빌려 가기 전에요.

    독서 토론 이후 임태희 작가의 다른 작품을 찾아서 읽어 봤다. 사실 나는 「가식덩어리」에 제대로 공감하기 힘들었다. 여자애들의 그 미묘하고 알 수 없는 심리전이 난 너무 답답했다. 그런데 같은 작가가 쓴 작품 중에 우리 남자애들의 마음을 잘 그려 낸 소설이 있었다. 바로 「학습된 절망」이라는 작품이다. 여기서 주인공은 별명이 '삐꾸'다. 잘하는 게 하나도 없어서 학교에서도 집에서도 무시당하고 소외당한다. 뭐라도 열심히 잘해 보려고 해도 번번이 실수로 끝나는 주인공은 늘 참고 웃으며 넘어간다.

    이 소설을 읽으면서 느낀 건데, 남자애들은 괴롭힘을 눈에 보이는 물리적 폭력으로 나타내는 것 같다. '쟤는 좀 어수룩하니까 앞에서 욕하고 모욕을 주어도 괜찮겠지.'라고 생각하는 경향이 있다. 심지어 때리면서도 죄책감을 못 느낀다.

　그렇지만 「가식덩어리」의 여자 주인공이나 「학습된 절망」의 삐꾸나, 그 아이들이 느끼는 절망감과 소외감은 다르지 않을 것이다. 어떤 괴롭힘이 덜 나쁘다고 말할 수는 없다고 생각한다. 선생님이 말씀하신 것처럼 약자에게 공감하는 시선으로 바라본다면 말이다.

고향

현진건

대구에서 서울로 올라오는 차중에서 생긴 일이다. 나는 나와 마주 앉은 그를 매우 흥미 있게 바라보고 또 바라보았다. 두루마기 격으로 기모노를 둘렀고, 그 안에서 옥양목˚ 저고리가 내어 보이며, 아랫도리엔 중국식 바지를 입었다. 그것은 그네들이 흔히 입는 유지˚ 모양으로 번질번질한 암갈색 피륙˚으로 지은 것이었다. 그리고 발은 감발˚을 하였는데 짚신을 신었고, 고부가리˚로 깎은 머리엔 모자도 쓰지 않았다. 우연히 이따금 기묘한 모임을 꾸민 것이다.

우리가 자리를 잡은 찻간에는 공교롭게도 세 나라 사람이 다 모였

● **옥양목** 무명실로 짠 천 **유지** 기름칠한 종이 **피륙** 아직 끊지 않은 천을 통틀어 말함 **감발** 발감개, 버선이나 양말 대신 발에 감는 좁고 긴 무명천 **고부가리** 아주 짧게 깎은 머리를 뜻하는 일본어

으니, 내 옆에는 중국 사람이 기대었다. 그의 옆에는 일본 사람이 앉아 있었다. 그는 동양 삼국 옷을 한 몸에 감은 보람이 있어 일본말로 곧잘 철철 대거니와 중국말에도 그리 서툴지 않은 모양이었다.

"도꼬마데 오이데 데수까?"(어디까지 가십니까?) 하고 첫마디를 걸더니만, 도쿄가 어떠니, 오사카가 어떠니, 조선 사람은 고추를 끔찍이 많이 먹는다느니, 일본 음식은 너무 싱거워서 처음에는 속이 뉘엿거린다〮는 둥, 횡설수설 지껄이다가 일본 사람이 엄지와 검지손가락으로 짧게 끊은 꼿꼿한 윗수염을 비비면서 마지못해 까땍까땍〮 하는 고개와 함께 "소데스까."(그렇습니까.)란 한마디로 코대답〮을 할 따름이요, 잘 받아 주지 않으매, 그는 또 중국인을 붙들고서 실랑이를 하였다.

"니상 나얼취?"(어디 가십니까?), "니싱 섬마?"(이름이 무엇입니까?) 하고 덤벼 보았으나 중국인 또한 그 기름 낀 뚜한〮 얼굴에 수수께끼 같은 웃음을 띨 뿐이요, 별로 대꾸를 하지 않았건만, 그래도 뭐라고 연해〮 웅얼거리면서 나를 보고 웃어 보였다.

그것은 마치 짐승을 놀리는 요술쟁이가 구경꾼을 바라볼 때처럼 훌륭한 재주를 갈채〮해 달라는 웃음이었다.

나는 쌀쌀하게 그의 시선을 피해 버렸다. 그 주적대는〮 꼴이 어쭙

● 철철 많은 액체가 넘쳐흐르거나 생생한 기운이 흐르는 모양 뉘엿거린다 속이 메스꺼워 자꾸 토할 듯하다 까땍까땍 까딱까딱 코대답 건성으로 하는 대답 뚜한 말이 없고 언짢아하는 기색이 있는 연해 계속해 갈채 외침이나 박수로 기쁨이나 환영의 뜻을 나타냄 주적대는 주책없이 자꾸 떠드는

잖고 밉살스러웠다. 그는 잠깐 입을 닫치고 무료한˚ 듯이 머리를 더 걱더걱 긁기도 하며, 손톱을 이로 물어뜯기도 하고, 멀거니 창밖을 내다보기도 하다가, 암만해도˚ 주절대지 않고는 못 참겠던지 문득 나에게로 향하며, "어디꺼정 가는기오?"라고 경상도 사투리로 말을 붙인다.

"서울까지 가오."

"그런기오. 참 반갑구마. 나도 서울꺼정 가는데. 그러면 우리 동행이 되겠구마."

나는 이 지나치게 반가워하는 말씨에 대하여 뭐라고 대답할 말도 없고 또 굳이 대답하기도 싫기에 덤덤히 입을 닫쳐 버렸다.

"서울에 오래 살았는기오?"

그는 또 물었다.

"육칠 년이나 됩니다."

조금 성가시다 싶었으되, 대꾸 않을 수도 없었다.

"에이구, 오래 살았구마. 나는 처음 길인데, 우리 같은 막벌이꾼이 차를 내려서 어디로 찾아가야 되겠는기오? 일본으로 말하면 기진야 도˚ 같은 것이 있는기오?"

하고 그는 답답한 제 신세를 생각했던지 찡그려 보았다.

그때, 나는 그의 얼굴이 웃기보다 찡그리기에 가장 적당한 얼굴임을 발견하였다. 군데군데 찢어진 경성드뭇한˚ 눈썹이 올올이 일어서

● **무료한** 심심하고 지루한　**암만해도** 이리저리 애를 써도　**기진야도** 노동자 합숙소를 뜻하는 일본어

며, 아래로 축 처지는 서슬에 양미간에는 여러 가닥 주름이 잡히고,
광대뼈 위로 살이 실룩실룩 보이자 두 볼은 쪽 빨아든다. 입은 소태
나 먹은 것처럼 왼편으로 삐뚤어지게 찢어 올라가고, 죄던 눈엔 눈물
이 괸 듯 삼십 세밖에 안 되어 보이는 그 얼굴이 십 년가량은 늙어진
듯하였다. 나는 그 신산스러운˙ 표정에 얼마쯤 감동되어서 그에게
대한 반감이 풀려지는 듯하였다.

"글쎄요, 아마 노동 숙박소란 것이 있지요."

노동 숙박소에 대해서 미주알고주알 묻고 나서,

"시방 가면 무슨 일자리를 구하겠는기요?"

라고 그는 매달리는 듯이 또 채쳤다.˙

"글쎄요, 무슨 일자리를 구할 수 있을는지요."

나는 내 대답이 너무 냉랭하고 불친절한 것이 죄송스러웠다. 그러
나 일자리에 대하여 아무 지식이 없는 나로서는 이외에 더 좋은 대
답을 해 줄 수가 없었던 것이다. 그 대신 나는 은근하게 물었다.

"어디서 오시는 길입니까?"

"흥, 고향에서 오누마."

하고 그는 휘 하고 한숨을 쉬었다. 그러자 그의 신세타령의 실마리는
풀려 나왔다.

그의 고향은 대구에서 멀지 않은 K군 H란 외딴 동리였다. 한 백

● 겅성드뭇한 듬성듬성 흩어져 있는 소태 소태나무 껍질로 매우 쓰다 신산스러운 사는 것이 힘들고 고
생스러워 보이는 채쳤다 재촉하여 다그쳤다

호 남짓한 그곳 주민은 전부가 역둔토˚를 파먹고 살았는데, 역둔토
로 말하면 사삿집˚ 땅을 부치는˚ 것보다 떨어지는 것이 후하였다. 그
러므로 넉넉지는 못할망정 평화로운 농촌으로 남부럽지 않게 지낼
수 있었다. 그러나 세상이 뒤바뀌자 그 땅은 전부가 동양 척식 주식
회사의 소유에 들어가고 말았다. 직접으로 회사에 소작료를 바치게
나 되었으면 그래도 나으련만, 소위 중간 소작인이란 것이 생겨나서,
저는 손에 흙 한번 만져 보지도 않고 동척˚엔 소작인 노릇을 하며,
실작인˚에게는 지주 행세를 하게 되었다. 동척엔 소작료를 물고 나
서 또 중간 소작인에게 긁히고 보니, 실작인의 손에는 소출˚이 삼 할
도 떨어지지 않았다. 그 후로 '죽겠다.', '못 살겠다.' 하는 소리는 중
이 염불하듯 그들의 입길에서 오르내리게 되었다. 남부여대˚하고 타
처˚로 유리하는˚ 사람만 늘고, 동리˚는 점점 쇠진해˚ 갔다.

지금으로부터 구 년 전, 그가 열일곱 살 되던 해 봄에(그의 나이는
실상 스물여섯이었다. 가난과 고생이 얼마나 사람을 늙히는가.) 그의
집안은 살기 좋다는 바람에 서간도로 이사를 갔었다. 쫓겨 가는 운명
이거든 어디를 간들 신신하랴.˚ 그곳의 비옥한 전야˚도 그들을 위하
여 열려질 리 없었다. 조금 좋은 땅은 먼저 간 이가 모조리 차지하였

●　**역둔토** 역이나 지방 주둔군의 경비를 충당하기 위한 논밭으로, 농민에게 빌려 주고 약간의 소작료를 받
았다　**사삿집** 개인 소유의 집　**부치는** 논밭을 이용하여 농사 짓는　**동척** 동양 척식 주식회사를 줄여 부
르는 말　**실작인** 실제 소작인　**소출** 논밭에서 나는 곡식　**남부여대** 남자는 지고 여자는 인다는 뜻으로,
살 곳을 찾아 이리저리 떠돌아다님을 비유적으로 이르는 말　**타처** 다른 곳　**유리하는** 따로 떨어지는
동리 마을　**쇠진해** 쇠퇴해　**신신하랴** 새로울 게 있으랴　**전야** 논밭으로 이루어진 들

고, 황무지는 비록 많다 하나 그곳 당도하던 날부터 아침거리 저녁거리 걱정이라, 무슨 행세로 적어도 일 년이란 장구한 세월을 먹고 입어 가며 거친 땅을 팔 수가 있으랴. 남의 밑천을 얻어 농사를 짓고 보니, 가을이 되어 얻는 것은 빈주먹뿐이었다. 이태 동안을 사는 것이 아니라 억지로 버티어 갈 제, 그의 아버지는 우연히 병을 얻어 타국의 외로운 혼이 되고 말았다. 열아홉 살밖에 안 된 그가 홀어머니를 모시고 악으로 악으로 모진 목숨을 이어 가던 중, 사 년이 못 되어 영양 부족한 몸이 심한 노동에 지친 탓으로 그의 어머니 또한 죽고 말았다.

"모친꺼정 돌아갔구마. 돌아가실 때 흰죽 한 모금 못 자셨구마."
하고 이야기하던 그는 문득 말을 뚝 끊는다. 그 눈이 번들번들함은 눈물이 쏟아졌음이리라.

나는 무엇이라고 위로할 말을 몰랐다. 한동안 머뭇머뭇 있다가 나는 차를 탈 때에 친구들이 사 준 정종병 마개를 뺐었다. 찻잔에 부어서 그도 마시고 나도 마셨다. 악착한° 운명이 던져 준 깊은 슬픔을 술로 녹이려는 듯이 연거푸 다섯 잔을 마시는 그는 다시 말을 계속하였다.

그 후 그는 부모 잃은 땅에 오래 머무르기 싫었다. 신의주로, 안동현으로 품을 팔다가, 일본으로 또 돈벌이를 찾아가게 되었다. 규슈 탄광에 있어도 보고, 오사카 철공장에도 몸을 담아 보았다. 벌이는

● 악착한 잔인하고 끔찍한

조금 나았으나 외롭고 젊은 몸은 자연히 방탕해졌다. 돈을 모으려야 모을 수 없고, 이따금 울화만 치받치기 때문에 한곳에 주접을 하고 있을 수 없었다. 화도 나고 고국산천이 그립기도 하여서 훌쩍 뛰어나 왔다가 오래간만에 고향을 둘러보고 벌이를 구할 겸 서울로 올라가는 길이라 했다.

"고향에 가시니 반가워하는 사람이 있습디까?"

"반가워하는 사람이 다 뭔기오. 고향이 통 없어졌더마."

"그렇겠지요. 구 년 동안이니 퍽 변했겠지요."

"변하고 뭐고 간에 아무것도 없더마. 집도 없고, 사람도 없고, 개 한 마리도 얼씬을 않더마."

"그러면 아주 폐농이 되었단 말씀이오?"

"흥, 그렇구마. 무너지다가 만 담만 즐비하게 남았더마. 우리 살던 집도 터야 안 남았는기오만 찾아도 못 찾겠더마. 사람 살던 동리가 그렇게 된 것을 구경했는기오?"

하고 그의 짜는 듯한 목은 높아졌다.

"썩어 넘어진 서까래, 뚤뚤 구르는 주추는 꼭 무덤을 파서 해골을 헐어 젖혀 놓은 것 같더마. 세상에 이런 일도 있는기오? 백여 호 살 던 동리가 십 년이 못 되어 통 없어지는 수도 있는기오. 후우!"

하고 그는 한숨을 쉬며, 그때의 광경을 눈앞에 그리는 듯이 멀거니 먼 산을 보다가 내가 따라 준 술을 꿀꺽 들이켜고,

● 주접 한때 머물러 삶

"참, 가슴이 터지더마, 가슴이 터져."

하자마자 굵직한 눈물 두어 방울이 뚝뚝 떨어진다.

나는 그 눈물 가운데 음산하고 비참한 조선의 얼굴을 똑똑히 본 듯싶었다.

이윽고 나는 이런 말을 물었다.

"그래, 이번 길에 고향 사람은 하나도 못 만났습니까?"

"하나 만났구마. 단지 하나."

"친척 되는 분이던가요?"

"아니구마, 한 이웃에 살던 사람이구마."

하고 그의 얼굴은 더욱 침울해진다.

"여간 반갑지 않으셨겠지요?"

"반갑다마다. 죽은 사람을 만난 것 같더마. 더구나 그 사람은 나와 까닭도 좀 있던 사람인데……."

"까닭이라니?"

"나와 혼인 말이 있던 여자구마."

"하아!"

나는 놀란 듯이 벌린 입이 닫혀지지 않았다.

"그 신세도 내 신세만 하구마."

하고 그는 또 이야기를 계속하였다.

그 여자는 자기보다 나이 두 살 위였는데, 한 이웃에 사는 탓으로 같이 놀기도 하고, 싸우기도 하며 자라났다. 그가 열네 살 적부터 그들 부모들 사이에 혼인 말이 있었고, 그도 어린 마음에 매우 탐탁하게 생각하였다. 그런데 그 처녀가 열일곱 살 된 겨울에 별안간 간 곳을 모르게 되었다. 알고 보니, 그 아비 되는 자가 이십 원을 받고 대구 유곽에 팔아먹은 것이었다.

그 소문이 퍼지자 그 처녀 가족은 그 동리에서 못 살고 멀리 이사를 갔는데, 그 후로는 물론 피차 에 한 번 만나 보지도 못하였다. 이 번에야 빈터만 남은 고향을 구경하고 돌아오는 길에 읍내에서 그 아내 될 뻔한 댁과 마주치게 되었다.

처녀는 어떤 일본 사람 집에서 아이를 보고 있었다. 궐녀 는 이십 원 몸값을 십 년을 두고 갚았건만 그래도 주인에게 빚이 육십 원이나 남았는데, 몸에 몹쓸 병이 들어 나이 늙어져서 산송장이 되니까, 주인 되는 자가 특별히 빚을 탕감해 주고 작년 가을에야 놓아준 것이었다.

궐녀도 자기와 같이 십 년 동안이나 그리던 고향에 찾아오니까, 거기에는 집도 없고, 부모도 없고, 쓸쓸한 돌무더기만 눈물을 자아낼 뿐이었다. 하루해 를 울어 보내고 읍내로 들어와서 돌아다니다가, 십 년 동안에 한 마디 두 마디 배워 두었던 일본말 덕택으로 그 일본인 집에 있게 되었던 것이다.

"암만 사람이 변하기로 어째 그렇게도 변하는기오? 그 숱 많던 머리가 홀렁 다 벗어졌더마. 눈은 푹 들어가고, 그 이들이들하던 얼굴

탐탁하게 마음에 들어 만족하게 **피차** 서로 **궐녀** 그녀 **하루해** 해가 떠서 질 때까지의 동안 **이들이들하던** 번들번들 윤기가 돌고 부들부들하던

빛도 마치 유산°을 끼얹은 듯하더마."

"서로 붙잡고 많이 우셨겠지요?"

"눈물도 안 나오더마. 얼른 우동집에 들어가서 둘이서 정종만 따라
마시고 헤어졌구마."

하고 가슴을 짜는 듯한 괴로운 한숨을 쉬더니만 그는 지난 슬픔을 새
록새록 자아내어 마음에 새기기에 지쳤음이더라.

"이야기를 다 하면 무얼 하는기오."

하고 쓸쓸하게 입을 다문다. 나 또한 너무도 참혹한 사람살이를 듣기
에 쓴물이 났다.

"자, 우리 술이나 마저 먹읍시다."

하고 우리는 서로 주거니 받거니 한 되 병을 다 말리고 말았다. 그는
취흥에 겨워서 우리가 어릴 때 멋모르고 부르던 노래를 읊조렸다.

볏섬이나 나는 전토°는
신작로°가 되고요.
말마디나 하는 친구는
감옥소로 가고요.
담뱃대나 떠는 노인은
공동묘지 가고요.

● 유산 황산, 유독성 액체로 대부분의 금속을 녹일 정도임 전토 논밭 신작로 자동차가 다닐 수 있을 정
도로 넓게 새로 낸 길

청소년, 소설과 대화하다

인물이나 좋은 계집은

유곽으로 가고요.

소설 읽고 대화하기

태형 짧은 소설인데도 인상적인 대목이 많네.

동훈 동감이야. 그리고 배경이 일제 강점기여서 그런지 요즘에는 상상할 수조차 없는 장면도 있더라고. 기차 안에서 술을 나누어 먹는 것도 그렇고 말야.

철진 그러게, 오늘날과는 다른 일들이 낯설게 느껴지기도 하고 흥미롭게 느껴지기도 해. 그리고 단편 소설답게 상징적인 의미를 나타내는 곳도 눈에 띄더라.

동훈 나는 작가가 왜 1인칭 관찰자 시점으로 썼는지 궁금해. 1인칭 주인공 시점으로 했다면 주인공의 상황이나 내면세계를 더욱 생생하게 묘사할 수 있지 않을까?

철진 그렇기도 하겠지만 관찰자 시점을 잘 활용한 것 같아. 한 개인의 일이 아니라, 일제 강점기에 황폐해진 고향이라는 점에서 조선 사람 모두의 고향이라고 여기게 되잖아. '그'를 지켜보던 '나' 또한 고향 이야기에 공감하면서 함께 침통해하고.

태형 맞아. 작가 현진건은 당시 지식인이었잖아. 작품에서 주인공도 지식인으로 나오는 것으로 미루어, 자신을 작품에 투영한 것 같아. 작가가 노동자의 삶을 상상하면서 어설프게 묘사하는 것보다 식민지 시대 지식인이 노동자나 농민 계층의 삶을 알게 되고 같은 조선 사람으로서 동질감을 느끼는 식으로 그리는 편이 더 좋지 않을까 해.

동훈 그렇지만 주인공은 관찰하면서 얘기를 듣고, 실제 소설의 이야기는 '그'의 회상을 중심으로 펼쳐지잖아. '그'가 주인공이라면, 더 가슴에 와 닿는 이야기가 나오지 않을까 하는 거지.

혜영샘 다들 훌륭하네요. 실제로 이 작품을 두고 문학 평론가들도 서로 다른 의견을 제시한답니다. 그렇지만 배우는 처지에서는 작가의 의도가 무엇인지 살펴보면서 생각하면 얻는 게 더 많아질 거예요. 이와 관련해서 이 소설의 형식 얘기를 더 해 볼까요? 이 소설은 회상 형식이라기보다는 액자식 구성으로 보는 게 더 좋을 듯해요. 액자식 구성은 그림이 액자 속에 담겨 전시되는 것처럼, 하나의 이야기 속에 작가가 진짜 전하고 싶은 이야기를 담아 놓죠. 물론 액자 안 '그'의 이야기가 동훈이 말처럼 이 소설의 핵심이에요. 그렇지만 주인공과 '그'가 만나는 겉의 이야기도 그 안 이야기를 돋보이게 해 준다는 점에서 중요해요.

태형 겉의 이야기가 있기 때문에 지식인인 주인공이 떠돌이 노동자를 만나 사연을 듣는 상황이 자연스럽게 펼쳐지고, 나아가 안의 이야기에 신뢰감을 주는 효과를 낳을 수 있었던 것 같아요.

혜영샘 태형이가 잘 짚어 주었네요. 작가는 사실 자기가 이야기하고 싶은 내용을 더 효과적으로 보여 주기 위해 시점이나 형식을 고민하거든요.

기병 그러면 액자식 구성과 1인칭 관찰자 시점 모두 같은 맥락에서 이해할 수 있겠네요. 지식인인 서술자가 떠돌이 노동자를 만나 조선 농민, 노동자들의 현실을 이해하고 공감하는 과정을 그리기 위해서잖아요.

태형 그럼 이제 '그'라는 인물 이야기를 해 보자. 나는 그가 한·중·일 3개 나라의 옷을 전부 껴입고 있다고 묘사된 곳이 인상 깊었어. 왜 하필 그런 우스꽝스러운 옷차림을 했다고 했을까?

기병 그런 이상한 옷차림 때문에 기차에 탄 중국인이나 일본인도 그를 꺼려하잖아. 그리고 같은 조선 사람인 주인공조차 그가 좀 창피했을 것 같아. 너희도 한번 상상해 봐. 소설엔 "두루마기 격으로 기모노를 둘렀고, 그 안에서 옥양목 저고리가 내어 보이며, 아랫도리엔 중국식 바지를 입었다."고 나오는데, 이상하지 않아?

동훈 그래. 마치 노숙자 같은 차림이니까 중국인과 일본인이 말도 잘 받아 주지 않잖아.

기병 어, 근데 그건 다른 민족이니까 꺼린 것 아니야? 나만 해도 말이 잘 안 통하는 외국인이 말을 걸면 할 얘기가 별로 없을 것 같은데.

태형 그건 아닌 것 같아. "일본말로 곧잘 철철대거니와 중국말에도 그리 서툴지 않은 모양이었다."라고 나오거든. 당시 우리나라가 주권을 빼앗긴 약소국이었기 때문에 무시를 당한 것이 더 크다고 봐. 옷차림도 한몫했을 테지만 말이야.

철진 여기서는 역사 시간에 배운 지식을 써먹어야 할 것 같아. 우리나라는 전통적으로 중국과 매우 가까운 관계였잖아. 그래서 조선은 중국을 큰형님으로 모시고 어려운 문제가 생기면 도와달라고 손을 벌리곤 했잖아. 그런데 이제는 중국이 뭔가 도움을 줄 수 있는 때가 아니라는 사실을 말하는 장면이 아닐까?

기병 오오, 그럴듯하네. 그럼 일본인이 말을 안 받아 주는 건?

철진 음……. 일본은 아시아에서 제일 먼저 서양 문물을 받아들여 앞서 나갔잖아. 조선은 뒤늦게 일본한테 배우려고 했고. 그런데 일본은 조선을 식민지로 점령했어. 역시 우리가 일본에 손을 벌려 봐야 일본은 응할 생각이 없다는 거지.

기병 그러니까 시대 상황을 우회적으로 보여 준다는 거네.

혜영샘 이 작품은 1920년대 쓰인 것으로, 작가가 그 시대를 어떻게 인식했는지 담겨 있죠. 큰 시야에서 보면 이 작품은 조선인들 스스로 앞길을 헤쳐 나가야 하고, 그러기 위해서는 우리가 놓인 현실을 알고 민족의 공감이 이루어져야 한다는 내용을 담았다고 볼 수 있어요. 이제 작품에서 그것을 어떻게 그렸는지 구체적으로 살펴볼까요?

철진 기차에 탄 한·중·일 세 나라 사람들 사이에서 벌어지는 일이 '그'가 일본에 가서도 정착하지 못하고 중국에 가서도 정착하지 못하는 이유와도 연결되는 것 같아.

기병 그래, '그'가 17세에 간도로 갔다고 나오는데, 그런 과거와 연결하기 위한 장치도 되겠네.

동훈 "신의주로, 안동현으로 품을 팔다가, 일본으로 또 벌이를 찾아가게 되었다. 규슈 탄광에 있어도 보고, 오사카 철공장에도 몸을 담아 보았다."라는 대목이 있는데, 나는 이 부분이 '그'의 고난을 아주 집약적으로 잘 보여 준다고 생각했어.

태형 그러고 보면 그의 이동 경로를 보여 주는 옷차림이네. 10년도 안 되는 동안 그렇게 떠돌았으니, 고생도 무지 심했을 것 같아.

동훈 맞아. 오죽했으면 소설에 "나는 그의 얼굴이 웃기보다 찡그리기에 가장 적당한 얼굴임을 발견하였다."는 표현까지 썼을까. 그의 힘겨운 삶을 충분히 짐작할 수 있어.

철진 그러한 그의 모습과 시대 상황을 함께 그려 보는 건 어때? 나는 작가가 그냥 노동자를 그리려 했다기보다 시대 상황 때문에 어쩔 수 없이 떠돌게 되는 사람을 그리려고 했던 것 같아.

혜영샘 같은 시대 상황에서 쓰인 박용철의 〈떠나가는 배〉라는 시를 보면, 어떤 목표나 목적지가 있어서라기보다 현실이 너무 막막하고 암울해서 고향을 떠나게 되는 화자가 나와요.

태형 아, 저도 그 시 알아요. "나 두 야 간다"라고 시작하는 시 맞죠? 어떤 희망을 찾아가는 게 아니라 현실에 답이 없으니 떠난다는 내용이잖아요.

혜영샘 네, 맞아요. 정든 고향, 사랑하던 사람들을 뒤로하고 "버리고 가는 이도 못 잊는 마음 / 쫓겨 가는 마음인들 무어 다를 거냐"라고 눈물지으며 떠나는 심정을 토로한 시죠.

태형 우울하네요. 소설 속 그도 그랬을 것 같아요.

기병 그가 세 나라를 떠돌다가 고향이 생각나 돌아왔지만, 고향이 완전히 망가진 모습을 확인하고 또다시 서울로 일자리를 찾아 떠나잖아요. 그런 암울한 시대 상황 속에서 비참한 삶을 살 수밖에 없는 그의 모습은 당시 조선 사람들의 모습을 상징한다고 볼 수 있을 것 같아요.

혜영샘 흔히 기차에는 어떤 목적지를 향하는 모습이 그려지게 마련이에요. 그런데 기차를 타고 가는 그의 모습에서는 희망을 읽을 수 없다는 점에서 작가가 암울한 시대 상황을 보여 준다고 할 수 있겠죠. 더욱이 일제 강점기 일본에 의해 지어진 철도는 식민 지배의 이미지를 담고 있기도 하니, 기차는 시대 배경의 상징으로도 읽을 수 있죠.

태형 고향이 떠돌이의 여정에 종착지가 되지 못하고……. 안타깝네요.

철진 소설에 "나는 그의 눈물 가운데 음산하고 비참한 조선의 얼굴을 똑똑히 본 듯싶었다."는 문장이 나오는데, 이제 그 말이 이해가 되네요. 그는 조선의 현실을 상징적으로 보여 주는 주인공이라는 것도 알겠고요.

태형 그와 같은 상황에 놓인다면 어떨까? 난 상상만 해도 불안해져. 일본이 토지 조사 사업을 실시하면서 많은 사람들이 토지를 빼앗겼잖아. 갑자기 생활 터전을 빼앗긴 셈인데, 너무 막막했을 것 같아.

기병 다른 등장인물도 이야기해 보자. 처음에 주인공은 떠돌이 노동자를 못마땅하게 생각하다가 점점 마음을 열잖아. 무엇이 주인공에게 심경 변화를 일으켰을까?

동훈 그의 얼굴을 보면서 반감이 풀리기 시작했다고 생각해.

기병 얼굴을 보면서?

철진 제 나이보다 10년은 더 늙어 보이는 얼굴을 봤다고 생각해 봐. 그의 고생이 상상이 되지 않겠어?

예림 연민을 느끼게 됐다는 거구나.

철진 당연하지! 특히 주인공 역시 조선 사람이니까, 고생할 수밖에 없었던 그의 사연을 듣다 보니 아픔에 공감하게 된 거라고 생각해. 그리고 술을 나누어 마신다는 표현에서 그를 위로하고 싶었던 주인공의 마음이 잘 드러난 것 같아.

예림 왜 하필 술이지?

동훈 드라마나 영화를 보면 힘든 일이 있을 때 술을 마시는 장면이 종종 나오잖아. 함께 나누어 마신다고 했으니까, 같은 조선 사람으로서 민족적인 유대감도 느꼈을 것 같아.

철진 그러고 보면 염상섭의 「만세전」과 조금 비슷하게 느껴져. 지식인 주인공이 일본에서 조선으로 돌아오는 길에 조선인이라서 압박과 수모를 당하고 비참한 민족의 현실을 접하는 내용이거든.

동훈 그러게, 지식인 주인공이 식민지 현실을 마주 대한다는 점에서 비슷하네. 그런데 「만세전」의 주인공 이인화는 조선의 현실을 외면하고 도피하는 지식인의 모습을 보여 주지만, 「고향」의 지식인은 시대 현실에 공감하는 모습을 보여 준다는 차이점이 있어. 특히 공감의 절정은 아리랑을 부르는 장면이야. 우리 민족의 한이 배어 있는 아리랑 노래로 민족적 유대감을 잘 보여 주는 상징적인 장면이었던 것 같아.

철진 맞아. 그 노래 가사가 가슴에 울림을 주더라. 암울한 상황을 비판하면서 시대를 대변하는 노래 같아.

예림 그럼 이제 그와 사연이 있었다는 여자에 대해서도 이야기해 볼까? 그 여인도 가난과 시대 상황 때문에 비참한 삶을 살 수밖에 없었던 인물을 보여 준다고 할 수 있겠지.

철진 나는 그와 그 여인이 재회하면서 어떤 좋은 일을 예상했는데, 말 없이 술만 마시다가 헤어졌다고 나와서 좀 그랬어.

태형 뭘 기대했는데?

철진 뭐 그냥. 둘이 다시 잘됐으면 좋겠더라고.

태형 둘의 사랑조차 이뤄지지 않는 게 비참한 현실 상황을 더욱 강조하는 것 같아.

동훈 제목이기도 한 '고향'의 상징적인 의미는 뭘까?

예림 고향이라고 하면 그리움이라는 말이 먼저 떠오르더라. 고향은 그리운 장소나 추억의 의미 아닐까?

태형 나는 이사를 했는데, 어릴 때 살던 동네에 다시 가 보니까 엄청 변해 있었어. 친구들과 놀던 놀이터는 아예 사라지고……. 아마 소설 속 그의 상실감도 컸을 것 같아.

동훈 당시 현실과 연관해서 생각해 보면 어떨까. 나는 파괴된 고향은 결국 조국 상실의 아픔을 보여 주는 거라고 봐. 파괴된 고향을 보여 주면서 일제의 식민지 수탈을 비판한다고 볼 수도 있고 말이야.

혜영샘 참고로, 현진건은 언론인이기도 했어요. 그가 몸담았던 동아일보가 1920년대에 다룬 기사에는 동양 척식 주식회사의 수탈, 농촌의 가난과 굶주림, 이주 동포들의 비참한 생활을 다룬 내용이 많다고 합니다. 이러한 시대 현실을 소설에 녹여냈다고 볼 수 있겠죠.

동훈 오랜 시간 토론했는데, 오늘 이야기 나눈 것 다들 어땠어?

태형 서로의 의견을 나눌 수 있어서 좋았어. 확실히 관점에 따라 소재
나 인물, 제목의 의미까지 다르게 볼 수 있다는 걸 새삼 느꼈어.

예림이의 독서 노트

    나는 이 소설을 읽고 나서 한동안 가슴이 막막했다. 떠돌이로 살아갈 수밖에 없던 당시의 현실이 슬펐고, 의지할 곳이 없다는 결말은 너무 절망적이다. 그래서 희망을 찾을 수 있는 내용으로 뒷이야기를 상상해서 써 보았다.

    그가 부르는 노래에서 쓸쓸한 마음이 고스란히 전해지는 것 같았다.
    "참 어려운 세상이지요?"
    "정말 답이 없구마. 앞으로 어찌 살아가야 할지……."
    얼마 지나지 않아 기차는 서울역에 도착했다. 그와 잠시나마 이야기를 나눈 것뿐인데 헤어질 생각을 하니 아쉬웠다.
    "그러고 보니 서로 이름도 모르는군요. 성함이 어떻게 되십니까?"
    "홍만식이라 하오."

"전 김승하라고 합니다. 기회가 된다면 언제 또 만나면 좋겠네요."

"인연이 되면 만나지 않겠는기오."

그의 표정은 여전히 어두워 보였다. 우리는 작별 인사를 하고 각자 갈 길을 가는 수밖에 없었다.

그때부터 7년이 지난 지금, 놀랍게도 나는 다시 그와 이야기를 나누고 있다. 7년 전 나는 그의 얼굴에서 조선의 얼굴을 보았고, 우리 민족의 고통을 알면서도 어찌할 줄 모르는 나 자신에 자괴감이 들었다. 나 또한 먹고사는 일에 매달려야 할 형편이었지만 마음은 늘 불편했다. 그래서 어떤 독립운동 단체를 찾아가게 되었다. 그런데 그곳에서 군데군데 찢어진 눈썹과 왼편으로 삐뚤어지게 찢어 올라간 입, 양미간의 주름이 왠지 낯익은 그를 보게 된 것이다.

"저…… 낯이 익어서 그러는데, 성함이 어떻게 되십니까?"

내가 물었고, 그는 나를 바라보며 의아하다는 표정을 지었다. 그는 "홍만식이라 하오마는……."이라고 하다가 갑자기 기억이 떠오른 듯 목소리를 높여 말했다.

"혹시 그때 그 기차에서 보지 않았는기오?"

나는 기억의 태엽이 과거로 돌아가다 탁 멈추는 듯했다. 몇 년이 지난 지금 그의 얼굴은 조금 더 늙은 듯 보였지만 충분히 알아볼 수 있었다. 그가 확실했다. 어떻게 다시 이곳에서 만나게 되었는지 놀라울 따름이었다.

그는 그때 나와 헤어진 뒤 일거리를 찾아 헤매다가 공장에서 일하게 되었다고 한다. 그 공장의 사업주는 일본인이었는데, 조선 노동자들을 정말 가혹하게 부려 먹었다고 한다. 짐승 다루듯 마구 때리기에 계속 있다가는 죽겠다 싶어 동료 몇몇과 함께 그곳에서 겨우 빠져나왔는데, 그 이후 일본인들을 더욱 혐오하게 되었다고 한다.

결국 나라를 빼앗은 일본 놈들 때문에 우리가 이 고생을 하고 있다는 것을 깨닫고 독립운동 단체에 자진해서 들어오게 되었다는 것이다. 나는 그가 이렇게 될 줄 몰랐고, 나도 이렇게 될 줄 몰랐다. 그러나 우리는 지금 이 자리에서 같은 생각, 같은 바람을 품고 있다.

대한 독립 만세!

우상의 눈물

전상국

학교 강당 뒤편 으슥한 곳에 끌려가 머리에 털 나고 처음인 그런 무서운 린치˙를 당했다. 끽 소리 한번 못한 채 고스란히 당해야만 했다. 설사 소리를 내질렀다고 하더라도 누구 한 사람 쫓아와 그 공포로부터 나를 건져 올리지 못했을 것이다. 토요일 늦은 오후였고 도서실에서 강당까지 끌려가는 동안 나는 교정에 단 한 사람도 얼씬거리는 걸 보지 못했다. 더욱이 강당은 본관에서 운동장을 가로질러 아주 까마아득 멀리 떨어져 있었다. 재수파들은 모두 일곱 명이었다. 그들은 무언극˙을 하듯 말을 아꼈다. 그러나 민첩하고 분명하게 움직였다. 기표가 웃옷을 벗어 던진 다음 바른손에 거머쥐고 있던 사이

● **린치** 잔인한 폭력을 당하는 일 **무언극** 대사 없이 표정과 몸짓만으로 이루어지는 연극

다 병을 담벼락에 깼다. 깨어져 나간 사이다 병의 날카로운 유리 조각을 그의 걷어 올린 팔뚝에 사악사악 그어 갔다. 금 간 살갗에서 검붉은 피가 꽃망울처럼 터져 올랐다. 기표가 그 팔뚝을 내 눈앞에 들이댔다. 핥아! 기표 아닌 다른 애가 말했다. 내가 고개를 옆으로 비키자 곁에 둘러선 서너 명의 구두 끝이 정강이에 조인트를 먹였다. 진득한 액체가 혀끝에 닿자 구역질이 났다. 오장이 뒤집히듯 역한 것이 치밀었다. 나는 비로소 온몸을 와들와들 떨기 시작했다. 나 자신도 헤아릴 길 없는 거센 공포로 해서 나는 그 자리에 무릎을 꿇고 앉아 두 손을 비벼 댔다. 그들이 나를 일으켜 세웠다. 내 바지에서 혁대가 풀려 나간 다음 벗겨져 맨살이 드러난 허벅지에 칼끝이 박히는 것 같은 아픔이 왔다. 나는 그들에게 양쪽 겨드랑이를 잡힌 채 몸부림쳤다. 도저히 견딜 수 없는 고통이었다. 칼끝은 상당히 오랜 시간 허벅지에 박혀 있는 것 같았다. 나는 내 살 타는 냄새를 맡았다. 칼침이 아니라 그들은 담뱃불로 내 허벅지 다섯 군데나 지짐질을 했던 것이다. 소리 질러 봐, 죽여 버릴 거니, 한 놈이 귓가에 속삭였다. 나는 드디어 허물어져 내리듯 의식을 잃어 갔다. 그런 몽롱한 의식 속에서 기표가 씨부려 댄 한마디 말소릴 놓치지 않았다.

　—메스껍게 놀지 마!

　어처구니없게도 그들이 내게 린치를 가한 이유란 단지 그것이었다. 이 학년 재수파들이 나를 첫 표적으로 삼은 것은 내가 그들 눈에

───────────────

● 정강이에 조인트를 먹였다 정강이를 걷어찼다

메스껍게 보였기 때문이다.

"유대야, 너 그대로 참을 거냐?"

분식집에서 만난 형우가 슬쩍 내 심중을 떠보고 있었다. 내가 입한 번 벙긋하지 않았는데도 그 소문은 파다했다. 소문이 쉬쉬 떠도는며칠 동안 나는 심한 공포에 휩싸였다. 그 소문이 학교 선생들에게알려져 문제가 생길 경우 십중팔구 나는 결딴이 나고 말 것이다. 기표는 그런 일을 충분히 해낼 수 있는 아이였다.

"그 새낀 악마다."

형우가 동정 어린 눈으로 나를 충동질했다. 그러나 나는 대답 없이 빙그레 웃어 보였을 뿐이다. 누구에게나 그렇게 해 보였다. 그것은 이미 겪은 우월감 같은 오만감이었다. 나는 나를 충동질하는 형우의 눈에서 자기도 미지에 당해야 하는 두려움과 아울러 나에 대한 선망˙이 깔려 있음을 놓치지 않았다. 형우가 기표에게 당할 것은 너무나 당연했다. 그것은 기표와 같은 배에 오른 우리들의 공동 운명이었던 것이다.

그날 편반˙이 끝나고 키 크기에 따른 각자의 번호와 교실 좌석까지 다 정해졌을 때 새 담임이 된 김 선생이 입을 열었다.

"이제부터 육십육 명이 운명을 함께하는 역사적 출항을 선언한다. 목적지에 이를 때까지 단 한 사람의 낙오자나 이탈자가 없기를 진심

● 선망 부러워하여 바람 편반 반 배정, 반을 나눔

으로 기원한다. 아울러 이 시간 분명히 밝혀 둘 것은 우리들의 항해를 방해하는 자, 배의 순탄한 진로를 헛갈리게 하는 놈은 용서하지 않을 것이다. 우리가 나무를 전정 할 때 역행 가지를 잘라 버려야 하듯 여러분의 항해에 역행하는 놈은 여러분 스스로가 엄단할 수 있어야 한다. 더 중요한 것은 일 년간의 일사불란한 항해를 위해서는 서로 사랑과 신뢰로써 반을 하나로 결속하는 슬기를 보이는 일이다."

새 담임선생은 과학 교사답지 않게 적절한 비유로써 자기가 맡은 반 아이들에게 뭔가 불어넣으려 애쓰고 있는 것 같았다. 그에게 중요한 것은 무사안일 속의 일 년이었던 것이다.

"고삐는 여러분 손에 쥐어져 있다. 필요하다고 생각할 때 그 고삐를 당겨 여러분 스스로를 제어해 주기 바란다. 내가 가장 우려하는 바는 여러분 스스로가 내 손에 그 고삐를 쥐여 주는 일이다. 나는 자율이라는 낱말을 좋아한다."

담임선생은 자율이라는 낱말로 요술을 부려 우리들을 묶고 있었다. 어느 연극 잡지에서 완숙한 연출가는 배우 스스로가 연출하도록 유도하는 비결을 가지고 있다는 것을 읽은 것이 생각났다. 대단한 담임을 만났다는 기대로 아이들은 가슴을 부풀리며 앉아 있었다. 열네 개 반에서 네댓 명씩 떨어져 나와 새로이 편성된 새 반의 분위기는 사뭇 숙연했다. 나는 문득 이런 숙연한 분위기가 우습게 생각되었다. 단 며칠 못 가 형편없이 허물어질 아이들이 목에 잔뜩 힘을 주고

● 전정 가지치기 무사안일 큰 탈이 없이 편안하고 한가로움만을 유지하려는 태도 완숙한 능숙한, 뛰어난

앉아 담임선생의 말을 경청하고 있는 게 우습게 보였던 것이다. 이들의 긴장을 풀어 주고 싶은 충동을 받았다.

"선생님, 우리가 탄 배의 선장은 누굽니까?"

내가 불쑥 일어나서 말했다. 선장은 도대체 누구란 말인가. 자율이라는 낱말로 우리를 묶으면서도 실상 우리들 머리 위에 군왕°처럼 군림하고 싶은 그의 저의°를 찔러 주고 싶었던 것이다. 아이들이 내 느닷없는 질문에 부스럭부스럭 굳은 몸을 풀고 있었다.

"이 배의 선장이 누구냐, 그렇게 묻고 있는 사람의 번호와 이름은?"

담임이 얼굴 가득 미소를 잡으며 여유 있게 나를 훑었다. 반격을 당한 나는 얼굴을 붉히며 엉거주춤 다시 일어나야 했다.

"삼십오 번 이유댑니다."

"예수를 판 유단가, 이스라엘 유댄가?"

아이들이 와하하 웃음을 터뜨렸다.

"오얏 리, 옥 유, 큰 대 자, 이유대입니다."

"좋았어. 이유대 군이 오늘 이 시간부터 일주일간 이 학년 십삼 반의 임시 선장이다. 물론 일주일 뒤에는 새 선장을 뽑겠다. 다시 한 번 강조해 두겠다. 이 배의 주인은 여러분 자신이다. 이유대 선장, 내 말의 뜻을 알겠나?"

아이들이 와하하 웃으며 박수를 쳤다. 반장 하고 싶어 몸살 난 애

● 군왕 임금   저의 겉으로 드러나지 않은 속에 품은 생각

라고요. 그렇게 소리 지르는 놈도 있었다. 실로 난처한 입장이 돼 버렸다. 한낱 농˚으로 시작한 일이 담임의 임기응변˚에 의해 꼼짝없이 임시 반장 감투˚를 쓰게 되었다. 꽁무닐 빼고 어쩌고 할 기회를 주지 않은 채 담임은 첫 만남을 끝냈다. 이렇게 해서 된 임시 반장이 기표의 비위를 사납게 하는 결정적인 이유가 됐을 것이다.

"어떤가, 약 일주일간 반장을 하면서 느낀 우리 반에 대한 소감은?"

담임선생이 가정 방문을 나왔다. 학교에서 만나는 선생과 집에서 만나는 선생의 이미지는 전연 다르기 마련이다. 학교에서보다 훨씬 부드럽게 대해 주는데도 공연히 거북스럽고 몸이 짜부라진다. 그래서 우리들이 경험한 바에 의하면 담임선생에게 가정 방문을 당한 뒤로는 독 빠진 뱀처럼 맥을 쓸 수 없게 된다. 가정 방문을 나온 담임선생은 대개 여러 가지 정보를 얻어 내려 부심˚하게 된다.

"얘네 반 아이들이 좋은 담임선생님을 만났다고 좋아들 한답니다."

곁에서 엄마가 의례적인 아부의 말을 했고 담임은 내 얼굴에서 눈을 떼지 않은 채 못 들은 척했다. 사실 아이들은 좋은 선생이 어떤 사람인가를 알았다. 좋은 선생이란 조건 없이 아이들의 입장을 이해한 다음 그것을 가볍게 입 밖으로 내지 않는 사람이었던 것이다.

● **농** 농담 **임기응변** 그때그때 처한 사태에 맞추어 즉각 그 자리에서 결정하거나 처리함 **감투** 예전에 머리에 쓰던 의관의 하나로, 직위를 속되게 이르는 말 **부심** 몹시 애씀

"어때, 유대가 그대로 반장을 맡는 게?"

이번에는 담임이 엄마의 귀를 겨냥한 말을 했다.

"아닙니다. 전 그런 일이 적성에 맞지 않습니다."

내가 단호한 어조로 말했고 엄마가 거들었다.

"그래요 선생님, 앤 반장 하는 게 죽어두 싫다는군요."

뭔가 아쉬워하면서도 엄마는 내 뜻을 따라 주었다. 반장을 하면 성적이 떨어지기 마련이란 내 생각을 잊지 않고 있었던 것이다. 남 앞에 나서는 일, 남들보다 한 발짝 높은 데 선다는 일이 얼마나 외롭고 번거로운 일인가를 나는 엄마의 극성에 의해 중학교 삼 년간 반장을 하면서 절실히 체득했던 것이다. 그것은 내게 무서운 구속이었다. 남을 다스리는 그런 자유보다 남에게 다스림 받는 데서 얻는 마음의 안일*이 내게는 더 좋았다. 나는 고독하기를 바라지 않는다. 기표 같은 애들이 누리는 지배욕 그 안쪽에 몸을 뒤틀고 있는 고독의 그림자를 나는 어렴풋하게나마 본 것 같았다.

"맞습니다. 사실 유대는 반장을 하는 것보다 공부에 달라붙는 게 더 좋을 겝니다. 아깝지만 유대를 위해서 제가 양보할 수밖에요."

우리의 담임선생은 일을 요령 있게 풀어 나가 재치 있게 마무리하는 명수였다. 아무튼 나는 굴레에서 벗어났고 담임선생의 논리대로라면 누군가 나 대신 희생이 되어야 한다.

"임형우, 걔가 반장으론 괜찮지?"

◎ 안일 편안하고 한가로움, 또는 편안함만을 누리려는 태도

일주일 동안 그는 우리들을 상당히 깊게 파악한 것처럼 보였다. 그의 안목은 대단했다. 반장이 되고 싶어 하는 아이를 알고 있는 담임이었다.

"형우라면 틀림없습니다."

내 말의 꼬리를 잡아 엄마가 끼어들었다.

"형우라니? 오매, 형우하고 또 한 반이 됐냐? 선생님, 얘하고 형우는 중학교 때부터 친구랍니다. 걔하고 늘 전교에서 일이 등을 다퉜는 걸요. 그룹 과외도 같은 데서 죽 함께 해 왔고……. 우리 유대가 늘 앞선 편이긴 했지만……. 그래요, 걘 반장 같은 건 잘할 거예요. 애가 통솔력이 보통이 아녜요."

중학교 삼 년 동안 아들에게서 위대한 통솔력이 나타나 주기를 고대했던 엄마의 푸념이 깃들인 말대로 형우는 반장이 될 만한 여건을 많이 갖추고 있었다. 무게가 있고 때로는 교만하고 생각한 것을 무슨 일이 있어도 해내는 결단력도 대단했다. 학교 당국의 지시에는 일단 긍정적인 생각을 가지고 임하다가도 어떤 결점이 보일 때는 무섭게 반격을 가하는 용기도 갖추고 있었다. 한마디로 그는 아이들에게 인기가 있었다.

"어떤가, 우리 반에 크게 문제가 될 만한 애는 없겠지?"

첫 만남에서 담임이 말한 우리들의 항해에 방해가 될 만한 그런 역행 가지를 귀띔해 달라는 것일 게다. 나는 불현듯 담뱃불에 지짐질 당해 아직도 진물이 줄줄 흐르는 내 허벅지를 내보이고 싶은 충동을 받았다. 어쩌면 담임도 내 입에서 기표에 대한 얘기가 나오길 기대하고 있을는지 모른다. 일 학년 때의 기표 담임이 기표가 일 학년 때 한 번 유급 한 경력을 가지고 있다는 얘길 전하지 않았을 리가 없기 때문이다. 그러나 나는 입을 열 수가 없었다. 엄마 앞에서 반우 를 매도 하는 일 같은 건 할 수 없다고 생각한 것이다.

"최기표, 그놈 괜찮을까?"

담임선생이 조심스럽게 내 반응을 살폈다. 나는 내 허벅지의 상처를 내보인 것처럼 불유쾌한 기분이 되어 얼굴을 돌렸다.

"최기표라면 그 일 학년 때 낙제해서 한 해 묵었다는 애 말이구나?"

엄마는 교육에 관심이 많았다. 학교에서 일어나는 모든 걸 알고 싶어 안달했다. 일주일에 두 번씩 담임선생한테 전화를 걸곤 했다. 그러나 엄마는 가장 가까운 데 있는 내 허벅지의 담뱃불 자국을 알지 못하고 있다. 최기표의 이름을 알고 있으면서도 최기표가 어떤 아이인지를 진정 모르는 어른들에 대해서 내 상처를 내보이는 것은 무의미한 일이었다.

"맞습니다. 걘 유급한 것도 문제지만 보통 말썽꾸러기가 아니지요. 왜, 한눈에 이건 범죄형이다, 그렇게 보이는 얼굴이 있지 않습니까. 걔가 바로 그런 전형적인 범죄형이지요. 음침하고 포악스럽고……. 일 학년 때 걔 담임을 한 선생이 그러더군요. 십년감수 를 했다구요.

● 유급 학년이 올라가지 못하고 그대로 남음 반우 함께 지내는 친구, 또는 같은 반 친구 매도 심하게 욕하며 나무람 십년감수 수명이 십 년이나 줄어들 정도로 위험한 고비를 겪음

그러면서 나를 동정한다는 얘기였어요. 그 정도면 알조*가 아닙니까."

"그런 애가 어떻게 여태 퇴학을 안 당했나요. 교칙이 엄하기로 이름난 학교인데……."

엄마가 의아하다는 듯 얼굴에 그늘을 깔았다.

"바로 그겁니다. 이놈이 원래 교활하고 지능적이어서 도대체 제적을 당할 만한 큰일에는 직접 앞에 나타나지 않고 뒤로 쑥 빠진다 그겁니다. 엉뚱한 놈이 당하곤 하지요. 정학을 몇 번 당하긴 했지만 어떤 결정적 꼬투리를 잡을 수 없으니까 제적을 못 시키는 거지요."

기표가 무서워서, 그의 안하무인*한 앙갚음이 두려워서 제적을 못 시켰다는 그런 얘기는 할 수 없을 것이다. 어떻든 나는 놀라지 않을 수 없었다. 며칠 사이에 기표에 대해서 이처럼 깊이 파악하고 있다니―과연 기표는 이름난 애라는 생각이 들었다. 더구나 기표 얘기를 입에 올리는 담임은 얼굴까지 벌겋게 상기돼 있었다.

나는 문득 이제부터 일 년간 담임선생과 최기표 사이에 치열하게 벌어질 싸움을 상상해 보았다. 이제까지의 결과로 미루어 보아 최기표에게 승산이 크다는 생각이 들면서도 우리의 담임선생 또한 그렇게 만만치 않으리란 예감이 들었다. 어쩌면 그 싸움에 임형우도 한몫 끼어들지 모른다. 그가 어떤 편에 서느냐 하는 문제도 퍽 흥미 있는

● **알조** 알 만한 일 **안하무인** 눈 아래에 사람이 없다는 뜻으로, 방자하고 교만하여 다른 사람을 업신여김을 이르는 말

문제일 것이다. 아무튼 이처럼 멀찍이 떨어져서 그네들 싸움을 구경한다는 것은 진정 즐거운 일임이 틀림없다.

"이놈들이 옛날과 달라서 선생을 우습게 알기 때문에……."

담임선생은 엄마와 함께 교육론을 펴고 있었다.

그랬다. 슬픈 일이지만 우리들은 언제부터인가 교사들을 한낱 껄끄러운 존재로 여길 뿐 오히려 그룹 과외 선생의 완벽함에 더 매료되곤 했다. 그것은 상대적이었다. 우리들이 교사들을 존경하지 않는 것처럼 교사들도 우리를 사랑으로 가르치지 않았다. 그렇다고 그룹 과외 선생처럼 철저하게 얼굴에 철판도 깔지 못하고 어정쩡한 태도를 취했다. 문제는 지배에 대한 견해의 다름이었다. 그네들은 옛날 훈장이 누렸던 권위가 고스란히 쥐어지길 바랐고 실상 그러한 권위만이 변화된 가치 속에서 그들이 누릴 수 있는 유일한 보상이었다. 그러나 우리들은 그러한 인습적 권위에 대해서 콧방귀를 날릴 수 있을 만큼 그보다 더 완벽하고 조직적인 분명한 권위의 다스림 속에 몸을 맡기길 좋아하고 있었다. 그 한 가지 예로 우리 엄마는 촌지 봉투로 담임선생을 움직일 수 있다는 확신을 가지고 있었던 것이다.

"선생님, 그 기표라는 애네 집에 가 보셨어요?"

무슨 얘기 끝인가 엄마가 물었다.

"아직 못 갔습니다. 일 학년 때 담임들도 걔 부모를 못 만났다더군요. 놈이 중간에서 훼방을 놓은 거지요. 한양천 뚝방 동네에 살고 있는 건 틀림이 없는데 번지를 제대로 알아도 집 찾아내기가 어렵다더군요. 어떤 애 얘기론 기표 아버지가 중풍으로 드러누운 폐인이래요."

담임선생은 우리 집 방문을 끝내고 다른 집으로 가는 도중에 내게 말했다.

"유대, 네 도움이 필요하다."

"뭘 말입니까?"

"우리 반을 위해서 네 협조를 받고 싶다는 얘기다. 물론 나는 네가 반에서 일어나는 일들을 일일이 고자질하는 그런 사람이라곤 생각하지 않는다. 다만 내가 원하는 것은 반 전체를 위한 너의 조언이다. 어때 협조해 줄 수 있겠지?"

나는 얼굴에 열기가 끼쳤다. 이것은 치욕이었다. 담임은 나를 자신의 첩자로 삼으려는 것이다. 일 학년 때도 그랬다. 나는 담임선생이 원하는 대로 반에서 일어나는 일들을 하나도 빼놓지 않고 담임에게 알렸다. 그것은 즐거운 일이었다. 역사를 만든다고 생각하는 사람들이 바로 그런 즐거움을 느낄 것이다. 내 입에서 전해진 말이 요술을 부려 아이들이 일사불란하게 움직이고 있는 것을 시치미 떼고 바라볼 수 있다는 것은 통쾌한 일이었다. 아이들 자신을 위해서 내가 이바지했다고 하는 자부였다. '우리'를 위해서 내 힘이 쓰이고 있다는 기꺼움 때문에 나는 그러한 고자질을 해낼 수 있었던 것이다. 그러나 나는 내가 어수룩하다고 생각했던 많은 아이들에게 따돌림 받았다. 나는 한낱 '우리'의 힘을 해치는 담임의 첩자였을 뿐이다. 나를 이용해 먹은 담임이 그 사실을 새 담임에게 인계하는 배신을 했다는 것을 안다는 것은 울화통이 터질 일이었다.

"불쾌하게 생각하지 않기를 바란다. 다만 나는……."

내 표정이 꽤 굳어 보였던 모양이다. 담임선생은 내 눈치를 살피며 말했다.

"다만 나는 인간적인 면에서 네 도움이 받고 싶었을 뿐이다."

"선생님, 그런 일이라면 임형우가 잘해 줄 겁니다. 선생님이 염려하는 최기표도 형우가 잘 다스려 나갈 겁니다. 내일 당장 형우를 반장에 임명하세요."

"그럴까? 네 말대로 임형우가 최기표를 잘 다스려 준다면 고맙겠지만…… 내 생각엔 최기표를 부반장에 임명하면……."

"선생님, 기표 한 개인을 위해서입니까, 아니면 기표의 힘을 빼어 반 아이들을 보호하기 위해서입니까?"

담임은 무슨 소리냐는 듯 내 얼굴을 뻔히 쳐다보다가 음모의 한 귀퉁이를 드러내 보인 무안° 감을 감추기라도 하듯,

"여러 사람에게 해가 되는 그런 힘은 아예 빼 버리는 게 좋은 거다."

기표가 이 세상을 살아갈 수 있는 힘은 바로 그런 것에 있는지도 모르는데요—이렇게 말하려다 나는 그만두었다. 그 대신,

"선생님, 기표는 유급생인 데다 여러 번 정학을 당했잖아요. 그런 아이를 간부로 임명하면 아이들이 좋지 않게 생각할 겁니다."

기표가 학교의 지시 사항을 전달하기 위해 교단 위에 서서 아이들한테 애원하는 광경은 생각만 해도 불쾌했다. 누가 사자를 우리 속에

● 무안 수줍거나 창피하여 볼 낯이 없음

넣어 길들이는 발상을 처음 했는가. 나는 내 허벅지의 상처를 결코 격하시키고 싶지 않았다.

춘계 교내 체육 대회를 위해서 우리는 정해진 체육복 외에도 매스 게임용 추리닝 한 벌을 사야 했다. 협동심과 조화 속의 미를 창조하는 데 그것은 없어서는 안 되는 일이었다. 툴툴거리는 아이도 몇 없지는 않았지만 결국 그들도 그것을 모두 준비했다. 그러나 우리 반에 단둘뿐인 재수파들은 끝내 그것을 사 입지 않았다. 담임이 말했다.

"두 사람 때문에 반의 일사불란한 결속이 깨질 수 없다. 두 사람 모두 집이 어려운 걸로 알고 있다. 그래서 담임이 두 사람 것을 준비했다. 받아 주면 고맙겠다."

한 아이가 기표의 눈치를 살피며 머뭇거렸다. 그러나 기표는 무표정한 얼굴로 창 쪽을 바라보고 있었다. 담임선생이 그 추리닝을 기표와 또 한 아이의 책상 위에 놓은 다음 교실을 나갔다.

담임선생이 교실을 나가기가 무섭게 기표가 주머니에서 칼을 꺼내 그 추리닝을 찢기 시작했다. 너덜너덜 조각난 추리닝을 쓰레기통 쪽으로 던졌다. 다른 한 아이가 기표처럼 그렇게 추리닝을 찢었다. 기표가 반의 총무를 맡고 있는 정수라는 애한테 다가갔다.

"야, 네 추리닝 나 줄 수 없냐?"

정수가 고개를 끄덕거렸다. 정수 뒤의 애한테도 같은 말을 했다.

"쟤도 나처럼 돈이 없어 못 사 입었다. 네 꺼 좀 얻자. 줄래?"

정수 뒤에 앉은 애도 고개를 끄덕거렸다. 이렇게 해서 우리 반 육십육 명은 매스 게임용 추리닝을 다 사 입었다.

우리가 볼 때 기표는 구제 불능이었다. 그의 환경이 그를 그렇게 만들었다고 보기보다 선천적인 어떤 포악성을 가지고 있는 것처럼 보였다. 냉혈 동물처럼 피가 찬지도 모르는 일이었다. 그는 뱀처럼 작고 징그러운 눈을 가지고 있었다. 그는 교활한 자들이 가끔 보이는 그런 거짓 착함마저도 나타내 보일 줄 몰랐다. 철저하게 악할 뿐이었다. 평생을 두고 사랑이라는 낱말로 미화될 수 있는 행동거지를 해보일 인간과는 거리가 멀어 보였다. 물론 그는 자신의 그런 포악성 때문에 누구에게도 사랑받지 못할 것이다. 그의 표정은 항상 독기를 음울하게 깔고 있어 맞서는 사람으로 하여금 섬뜩함을 느끼게 했다.

그런데 이해하기 어려운 것은 중학교 때부터 기표를 알고 지내 온 아이들(대부분 삼 학년이거나 졸업했다.)은 기표가 그처럼 철저하게 나쁜 애임에도 불구하고 그에 대해서 좋지 않게 말하는 것을 들어본 적이 없다는 것이다. 물론 좋은 애라고 말하는 일도 없었지만 아무도 기표를 욕하지 않았다. 피해를 직접 받은 애들마저도 기표에 대해 나쁘게 말하지 않았다.

—말하길 꺼리는 거야. 악에 대한 공포 때문이지.

나는 이렇게 생각해 보았다. 그러나 나는 내 생각이 옳지 않음을 나 자신의 경험 속에서 너무나 잘 알고 있었다. 기표에 대한 공포는 그에게 린치를 당할 때뿐이었다. 내가 린치를 당한 사실을 아무에게도 털어놓지 않은 것은 앙갚음에 대한 두려움 때문이 아니었다. 나는 또한 그처럼 무자비한 린치를 당했으면서도 그를 미워할 수가 없었다. 무언가 헤아릴 수 없는 힘이 그에게 있는 것 같았다.

"형!"

동급생이면서도 우리들은 이 학년에 재학하는 유급생 이십여 명을 꼭 공대 했다. 재수파들이 그렇게 대해 주길 바랐기 때문이기도 했지만 그렇게 공대하면서도 입이 껄끄럽지 않은 것은 재수파를 이끌고 있는 기표의 위력 때문인지도 모른다.

"야, 체육복 좀 빌려 줘라."

재수 없는 아이가 유급생인지 모르고 말을 함부로 놓을 때가 더러 있었다. 그럴 때 그 아이는 영락없이 얻어터졌다. 일의 특징을 따지지 않는 게 기표가 행하는 악의 특징이었다.

—명칭, 조직의 목적, 모임의 횟수를 모두 대라구!

교실에서의 집단 구타 사건으로 그들이 걸려들었을 때 학생 주임은 전말서 쓸 용지를 내밀며 소리쳤다. 기표들은 일 학년 때부터 음성 서클 로 지목되어 수차례 조사를 받아 왔기 때문이다. 그러나 학생 주임은 번번이 아무것도 알아내지 못했다. 하나도 그것에 대해 알고 있는 게 없었기 때문이다. 재수파는 우리들의 편의상 붙인 이름이었을 뿐이다. 조직이 아니기 때문에 어떤 목적이나 정기적인 모임 같은 게 없었다. 동물 영화를 보면 밀림을 달리는 맹수 떼들은 한 리더를 중심해서 같은 방향으로 달려간다. 그들도 그랬다. 그냥 기표를 중심해서 그들은 모였고 계획된 것이 아니라 지극히 우발적인 악이

● 공대 상대에게 높임말을 함 전말서 잘못을 저지른 사람이 사건의 경위를 자세히 적은 문서 음성 서클 겉으로 드러나지 않는 불법적인 모임

그들에 의해서 저질러졌을 뿐이다.

기표는 교실에서 담배를 피웠다. 그의 담배 은닉처는 고흐의 자화상이 있는 액자 뒤쪽이었다. 쉬는 시간이면 그는 액자 뒤쪽을 더듬어 담배를 꺼냈다. 미션 계통의 학교라 일주일에 몇 번씩 있는 채플˚ 시간을 통해 교목˚ 이 인간 양심의 타락을 개탄˚ 했다. 바로 그러한 시간에 기표는 주번을 대신해서 교실에 남아 담배를 피우거나 아이들 도시락을 먹어 버리는 일을 했다. 그는 적어도 하루 두 개의 도시락을 축냈다. 아무도 그것을 항의하지 않았지만 기표 또한 미안해하는 표정이나 사과의 말을 남기는 법이 없었다.

기표들에게 린치를 당하고 학교 골목을 절뚝거리며 나오던 그 고통스럽고 긴 시간, 내가 생각한 것은 기표야말로 우리들이 흔히 말하는 악마의 자식이 아닐까 하는 생각이었다.

내가 이런 생각을 얘기가 통할 만한 집안의 어떤 형에게 말했더니 그가 대답했다.

—맞아. 신이 매우 거북하게 생각하는 악마란 바로 네가 말한 놈처럼 착함을 가질 수 있는 가능성이 전혀 없는 그런 순수한 악마지. 그러한 순수한 악마만이 신을 돋보이게 하기 때문에 신은 마음속으로 괴로운 거야. 그렇기 때문에 신은 결코 악마를 영원히 추방하지 않아. 항상 곁에 두고 자신을 돋보이게 하는 일에 그것을 이용할 뿐

● **채플** 기독교 계통의 학교에서 행하는 예배 **교목** 학교에서 예배와 종교 교육을 맡아보는 목사 **개탄** 못마땅하게 여겨 한탄함

이야.

　오월 중간고사가 끝나는 날 오후 반장인 임형우가 드디어 재수파한테 당했다. 아무도 상상하지 못한 일이었다. 그처럼 근본이 포악한 기표마저도 형우의 얘기라면 귀를 기울이곤 했었다. 그처럼 형우는 모든 아이들의 인심을 살 줄 알았다. 형우의 성실성이, 남을 위해 자기를 던질 줄 아는 의협심˚이, 그의 천성적으로 착하게 보이는 외모가 아이들을 사로잡았다. 다른 반 선생들도 이 학년 십삼 반 반장 임형우를 칭찬했다. 형우의 겸손함이 다른 선생들의 호감을 샀다. 형우는 특히 기표에게 잘해 주었다. 아우가 형을 대하듯 스스럼없이 사랑해 주었다. 그렇다고 기표에게 특혜를 얻어 주려고 노력하는 것 같지도 않았다. 유독 그의 환심˚을 사려고 노력하는 것 같지도 않았다. 물론 다른 아이들이 기표에 대해 갖는 그런 공포 같은 것도 없어 보였다.

　그런데 오월 고사에 이르러 형우가 결정적 실수를 했다. 시험을 며칠 앞둔 어느 날 형우가 반에서 성적이 괜찮은 몇몇 아이를 모았다.

　"두 사람을 조금씩 도와주자."

　그가 제의했다.

　"이번 시험을 잘못 보면 또 낙제할 가능성이 있다고 담임선생님이 말했다."

　"나쁜 낙제 제도 때문에 그들이 구제 불능의 상태에 놓이도록 방

◦ **의협심** 남의 어려움을 돕거나 억울함을 풀어 주기 위하여 자신을 희생하려는 의로운 마음　**환심** 즐거워하는 마음

관하는 것은 옳지 못한 것 같다. 물론 공부를 잘 못하는 것은 그들의 책임이다. 그러나 책임으로 그들을 추궁하기에는 그들이 너무 한심한 상태의 아이들이다."

"결국 동정하자는 거군."

어떤 아이가 말했다.

"인간을 구제한다는 것은 값싼 동정과는 근본적으로 다르다."

"다투고 싶지 않다. 결국 우리가 어떻게 돕자는 거냐?"

먼저 아이가 물었다.

"조금씩만 돕자."

"결국 부정행위를 하란 말이냐?"

"그렇다. 커닝이 교칙에 위반된다고 해서 하기 싫으면 안 해도 좋다. 나는 다만 너희에게 부탁했을 뿐이다."

"걸렸을 때는?"

"모든 책임은 내가 진다. 내가 시켜서 했다고 해라."

"걔들이 우리들의 도움을 거부하면?"

어떤 애가 그런 우려를 내놓았다. 충분히 있을 수 있는 일이었다.

"거부하지 않을 거다. 사월 고사에서 내가 약간 시도해 보았기 때문에 자신할 수 있다."

나는 형우의 눈꼬리에 매달린 교활해 뵈는 웃음을 보았다. 나는 참지 못하고 말했다.

"누구를 위해서 그렇게 하자는 거냐? 기표냐, 아니면 우리들 자신이냐?"

"유대, 네 말은 대답할 가치가 없다고 생각해서 대답을 않겠다."

"대답해라. 대답 못할 것도 없을 텐데?"

내가 빈정거리는 투로 다그쳤다.

"그렇게 해 주는 것이 옳다고 판단했기 때문이다. 왜 옳은가는 너 자신이 생각해도 된다."

"네 의협심을 존중한다."

내가 간단히 손을 들어 버리자 형우가 당연하다는 듯이 씨익 웃었다.

"이왕 얘기가 났으니 말이지만 이 일은 우리 모두를 위해서 하는 것이라고 생각해도 좋다. 최소한 반장인 내가 기표의 환심을 사려는 개인적인 일이 아니라는 것만 알아줘라. 마지막으로 부탁할 것은 이 일이 내 제안에 의해 이루어졌다는 걸 기표가 모르도록 해 달라는 것이다."

우리들은 형우의 말을 믿었다. 자기가 모든 것을 책임지겠다고 하는 얘기도 그의 진심으로 받아들였다. 사월 중순께 기표가 삼 학년 형을 구타한 일로 벌을 받게 됐을 때 학급 전원이 서명해서 기표를 구하기 위해 일사불란하게 움직였던 것처럼 우리는 형우의 지시에 따라 세심한 계획을 짜고 시험 날을 기다렸던 것이다. 무슨 과목은 누가 어떤 방법으로 도와준다는 등 그들이 또다시 유급하지 않을 정도의 점수를 올리기 위해 우리들은 빈틈없이 준비했다. 남을 위해서 일한다는 것이 마음에 이다지 큰 기꺼움을 준다는 것도 비로소 알게 되었다.

삼 일간 계속되는 중간고사 첫날이었다. 기표와 대각으로 앉게 된 정수가 자리의 이점을 이용해서 답안지를 바른쪽 허리께로 내리밀어 기표가 보기 좋게 해 주었다. 첫 시간에 기표가 정수의 그러한 호의를 어떻게 받아들였는지는 알 수 없었다. 다만 그는 퇴장할 수 있는 삼십 분이 되자 제일 먼저 답안지를 놓고 나갔을 뿐이다. 시간이 끝나고 답안지를 거둔 아이의 말에 의하면 기표의 답안지는 거의 백지에 가까웠다는 것만 알았을 뿐이다. 둘째 시간은 영어였다. 총무를 맡은 애가 시간 중간쯤에 문제 번호와 답을 쓴 커닝 페이퍼를 몇 사람 손을 거쳐 기표에게 전달했다. 그러나 그것이 문제였다. 기표가 벌떡 일어나 감독 선생 앞으로 걸어 나갔다.

"어떤 새끼가 이걸 나한테 전해 왔습니다."

그는 감독으로 들어온 선생한테 쪽지 한 장을 내밀었다. 그리고 제자리에 돌아와 앉으며 사방을 휘이 적의˚ 깊게 노려봤다. 악한 자의 간특한˚ 미소가 입가에 고물고물 기어 다녔다.

감독으로 들어온 선생은 마음 너그럽기로 이름난 영어 선생이었다. 그는 기표가 내놓은 종이쪽지를 한참 들여다본 후에 말했다.

"누가 이런 메모지를 지금 저 학생한테 전달했나?"

문제 풀기에 여념이 없던 아이들이 한 번씩 고개를 들었다간 다시 문제로 돌아갔다.

"누군가?"

˚ **적의** 적대하는 마음 **간특한** 간사하고 악독한

그래도 대답이 없었다.

"어떤 개새끼야?"

이번에는 기표가 자리에 앉은 채 으르렁거렸다.

"선생님, 제가 그랬습니다."

반장인 임형우가 벌떡 일어섰다. 감독 선생이 어이없다는 듯 허허 웃었다.

"아닙니다. 그건 제가 썼습니다."

불쑥 딴 자리에서 또 한 애가 일어섰다. 총무를 맡아보는 애였다.

"아닙니다. 제가 그랬습니다."

다른 아이 하나가 또 일어섰다. 함께 모의를 했던 아이 중의 하나였다.

"접니다."

또 다른 놈이 일어섰다. 접니다. 접니다. 사방에서 우르르 아이들이 일어섰다.

허, 허허, 허허허……. 감독 선생은 이 어처구니없는 사태에 어리둥절한 모양이었다. 기표의 얼굴이 노오랗게 질렸다.

"자, 모두 앉아요."

감독 선생이 뭔가 사태를 파악한 듯 이삼십 명의 아이들을 자리에 앉도록 지시했다. 아이들이 다 자리에 앉은 다음, 그 나이 많은 감독 선생이 말했다.

"오늘 이 일은 전연 없었던 것으로 해 두기로 한다. 아주 훌륭한 사람들이 모인 반이라는 생각이 든다. 종이쪽지를 가지고 나왔던 사

람의 곧은 정신이나, 우정이 무엇인가를 여실히 보여 준 여러분 모두
의 결의는 대단히 훌륭했다."

일은 이런 방향으로 매듭지어졌다. 그 시간이 끝나자 아이들은 숨
을 죽이고 기표를 살폈지만 그는 자리에 보이지 않았다. 끝 시간인
셋째 시간도 별일 없이 끝났다. 종례가 끝나고 청소 시간까지 아무런
일이 없었다.

"유대야, 담임이 아까 오라고 한 사람 빨리 교무실로 오래."

한 애가 내게 말을 전해 왔다. 종례가 끝나고 교무실로 돌아가던
담임이 복도에서 나를 불러내어 청소가 다 끝난 뒤 나와 반장, 그리
고 정수를 교무실로 오라고 했던 것이다.

함께 교무실로 가려고 찾으니 반장도 정수도 보이지 않았다. 나는
운동장으로 내려서는 계단 휴게실까지 가 보았다. 거기도 그들은 없
었다. 교무실에 먼저 가 있겠거니 하고 계단을 올라서는데 정수가 학
교 후문 있는 데서 뛰어오면서 손짓하고 있는 게 보였다.

"반장은 어디 갔나?"

담임선생은 그날 끝낸 화학 시험지의 답안지를 정리하면서 건성
으로 물었다.

"아무리 찾아도 보이지 않아 저희들만 왔습니다."

나는 정수의 얼굴을 쳐다보지 않은 채 대답했다. 곁에 선 정수의
숨소리는 아직도 고르지 않았다.

"응, 됐어, 너희들 둘이 해도 되겠지."

짐작했던 대로였다. 우리는 담임선생의 채점 기계로 호출된 것이

다. 답안지를 든 담임선생을 따라 우리는 화학실로 올라갔다.

"나 화학실에 있다고 사환   애한테 알려 둬라. 밖에서 전화 올 게 있다."

복도에서 담임이 말했다. 내가 아래층 교무실로 뛰어 내려갔다. 우리들 사이에 넙쩍이라고 불리는 사환 계집애가 만화책을 보고 있었다.

"우리 담임선생님 화학실에 계셔. 무슨 일 있으면 그리 연락하라고!"

넙쩍이가 고개를 들지 않은 채, 알았어— 했다.

우리는 담임선생과 함께 아이들의 답안지에 ○×를 해 나갔다. 맞은 것 틀린 것, 좋은 답 나쁜 답, 착한 놈 나쁜 놈……. 우리들이 동그라미 하나 더 치면 그 아이는 오 점이 올라갈 수 있었다.

"야, 느덜 오늘은 속도가 느리구나."

담임의 말이 사실이었다. 우리는 다른 때와 달리 몇 장 넘기지 못하고 있었다. 정수나 나나 매한가지였다. 정수는 눈에 띄게 허둥거리고 있었다. 나 역시 답안지의 내용이 자꾸 헷갈렸다. 적어도 일곱 명쯤의 재수파들 속에 형우가 무릎을 꿇고 와들와들 떨고 있을 것이다. 명치를 찌르는 주먹, 정강이뼈를 겨냥한 구둣발 세례, 피가 꽃망울처럼 솟아오르는 기표의 팔뚝, 허벅지를 태우는 살내……. 하나, 두우울, 세에—엣, 네에—엣, 다아…… 아악. 소리 질러 봐, 죽여 버릴 거니! 석공이 돌을 다듬듯 완벽한 솜씨로 그들은 형우의 육체와 영혼

※ **사환** 관청이나 회사 등에서 잔심부름을 시키기 위해 고용한 사람

을 주장질 시키는 일에 탐닉 하고 있을 것이다. 형우는 지금 어떤 표정으로 무슨 생각을 하고 있을까. 정수가 담임에게 일러바쳐 지금쯤 자기를 구원해 주러 오는 사람들을 기다리고 있을 것인가, 아니면 죽기를 각오하고 그들에게 도도한 자세를 보일 것인가. 나는 짐짓 정수의 눈을 찾았다. 나를 바라보는, 정수의 눈이 애원하듯 타고 있었다. 그렇게 무서우면 네가 말해! 그런 뜻의 눈짓을 내가 보냈지만 목덜미를 더욱 벌겋게 달구며 고개를 꺾었다.

"너희들이 잘해 주어서 올해는 퍽 수월하게 넘어갈 것 같구나."

담임선생은 채점을 쉬며 담배를 피워 물었다.

"반장이 생각했던 것보다 잘해 주는 것 같단 말이야. 느이들이 아다시피 우리 반이 이 학년 전체에서 제일이거든. 지난 춘계 체육 대회 때 종합 우승이며 이번 이사분기 납부금 실적도 단연 으뜸이고……."

나는 실소 하며 정수의 눈을 찾았다. 그러나 정수는 고개를 들지 않았다. 아직 한 권에서 반도 넘기지 못한 채였다. 나는 다시 한 번 실소했다. 담임선생이 지금 형우가 처하고 있을 상황을 안다면 어떤 표정으로 바뀔 것인가.

"참 알 수 없는 일은 최기표가 들던 것과는 달리 양처럼 순하다 그거야. 몇 번 말썽 있긴 했지만 그까짓 거야 별거 아니지. 어떻든 그놈도 본성은 착한 놈인데 가정 형편이 좋지 않은가 보더라."

담임선생은 자기가 부리는 채점 기계의 묵묵한 작업에 눈을 보낸

* 주장질 몹시 나무라거나 때리는 일 탐닉 몹시 즐겁게 빠져듦 실소 어처구니가 없어 툭 터져 나오는 웃음

채 자못 흐뭇한 표정이었다.

"다 담임선생님께서 잘 지도해 주신 덕분이죠 뭐."

내가 시치미를 떼면서 말하자,

"아닌 게 아니라 나로서도 그동안 너희들이 이해 못할 애로 사항이 많았다. 인간을 교육한다는 것이 새삼 어렵다는 걸 깨닫게 됐고, 또한 그런 어려움 속에서 교육하는 보람도 얻을 수 있었던 거지."

정수가 비로소 고개를 들어 나를 쳐다보았다. 그의 이마에 번지르르 땀이 배어나고 있었다. 그의 눈알이 불안하게 움직였다. 그는 몹시 괴로워하고 있음이 분명했다. 형우가 재수파들한테 학교 뒷산 으슥한 곳으로 끌려갔다는 사실을 내게 전해 준 것만으로도 그는 마음이 가벼워질 줄 알았을 것이다. 그러나 그는 지금 그 사실을 나한테 얘기한 것을 몹시 후회하고 있는지도 모른다. 나라면 담임선생한테 그 사실을 쉽게 알릴 수 있으리라고 생각한 자신의 판단이 빗나간 데 대한 당혹감으로 그는 떨고 있는 것이다.

―인마, 느덜이 생각한 것처럼 난 담임선생의 첩자가 아냐.

나는 다시 정수의 눈에 맞춰 눈싸움을 벌였다. 정수는 금방 울음을 터뜨릴 것 같은 표정이었다. 자칫하다가는 이 녀석이 발광을 할는지도 모른다는 생각이 들었다.

일 학년 때 나는 해중이란 아이가 기표 때문에 학교를 그만둔 일을 알고 있었다. 그 애 역시 재수파였다. 다섯 놈이 캠핑을 나가 여학생 하나를 결딴냈다. 피해자 측에서 사생결단하고 덤벼 일이 크게 번졌다. 당한 애가 인상을 말했기 때문에 범위는 대번 좁혀져 재수파들이 학생부실에 불려 갔다. 그러나 그들은 한사코 잡아뗐다. 하루 내내 족쳐도 헛일이었다. 여학생과 대면을 시키겠다고 해도 만나게 해 달라고 날뛰었다.

그때 그들 재수파 중의 한 아이 어머니가 학교에 나타난 것이다. 그네는 학생부실에 들어가기가 무섭게 기표를 손가락질했다. 저놈, 저놈이 우리 해중일 맨날 불러냈지! 우리 해중일 망치는 놈이 바로 저놈이라우! 모두 기표를 바라보았다. 기표는 눈썹 하나 까닥하지 않은 채 해중이를 돌아다보았다. 이 새끼야, 내가 느네 엄마 말대로 널 맨날 불러냈나? 소름이 끼치도록 낮고 매서운 추궁이었다. 말해라, 이 녀석아, 왜 사실대로 말 못하는 게야? 해중이 엄마가 퍼댔다. 말해! 기표가 씹어뱉듯 말했다. 해중이가 느닷없이 몸을 와들와들 떨기 시작했다. 그리고 미친 사람처럼 부르짖기 시작했다. 엄마, 기표는 우리 집에 한 번도 안 왔어. 우리 집도 모른단 말이야. 선생님, 접때 그 일은 제가 했어요. 딴 학교 애들하고 그랬단 말이에요. 그는 말을 마치기가 무섭게 학생부실 시멘트 벽에 머리를 두어 번 부딪쳤다.

해중이가 병원으로 들려 간 뒤 학생부 선생이 함께 조사를 받던 놈들한테 물었다. 해중이 말이 사실이냐? 기표가 고개를 끄덕거린 다음, 그 쌍새끼— 하고 중얼거렸다. 다른 애들도 모두 기표처럼 고개를 끄덕거렸다. 해중이가 스스로 학교를 물러난 것으로 일은 끝나 버렸던 것이다.

"아직 멀었냐?"

담배를 피운 다음 책상에 앉아 잠시 졸고 난 선생이 다시 물었다.

"느 정말 오늘 왜 이렇게 늦냐?"

우리들은 대답할 수가 없었다.

"어때, 구십 점 이상 많이 나오냐?"

"하나도 없는데요."

"참 느덜 공부 안 해 큰일 났다."

그때 화학실 문이 열렸다. 넙쩍이 아가씨가 거기 서 있었다.

"왜, 나한테 전화 왔냐? 여자지?"

그러나 넙쩍이 아가씨가 헐떡이는 목소리로 말했다.

"전화가 아녜요. 선생님 빨리 내려가 보세요. 야단났어요."

담임선생이 허둥지둥 달려 나갔다. 정수의 얼굴이 하얗게 질리고 있었다.

"유대야, 말하는 건데 그랬다."

"난 네가 말할 줄 알았지."

"아까 네가 말랬잖아? 난 네가……."

정수는 금방 울음을 터뜨리기라도 할 듯 얼굴을 우그러뜨렸다.

"기표가 안 좋아할걸, 고자질하는 거 말이야."

"그렇지만 형우가……."

"아마 형우도 원하지 않았을 거다."

"왜, 왜 그렇게 생각하니?"

"응, 형우는 자신이 스스로 그렇게 당하길 원했거든."

정수가 무슨 얘기냐는 듯 나를 보았지만 나는 짐짓 딴전을 부렸다.

"죽진 않았을 거다."

우리들이 답안지를 정리해 들고 교무실로 내려왔을 때는 교무실
엔 넙쩍이 아가씨 혼자 있었다.

"김 선생님이 빨리 한강 병원으로 오라고 하던데요."

"무슨 일이래요?"

"어떤 아줌마가 아까 막 달려와서 학생들이 뒷산에서 사람을 죽인
다고 해 학생 주임 선생님이 가 봤더니요, 이 학년 십삼 반 반장이 혼
자 뒹굴고 있더래요."

우리들은 학교에서 가까운 한강 병원까지 단 한 마디 말도 않은
채 달려갔다. 죽지 않았을 거다. 나는 뛰면서 생각했다. 기표가 사람
을 죽일 리가 없지. 기표는…….

형우는 응급실 의자에 엉거주춤 누워 있었다. 형우가 외관상 멀쩡
해 보이는 데 대한 한 가닥 실망이 스쳤다. 그러나 자세히 보니 형우
의 얼굴은 퉁퉁 부어 있었고 임시로 잡아맨 넙쩍다리의 붕대 위엔
꽃송이처럼 선명한 핏자국이 피어올랐다.

우리를 발견한 형우가 재빠른 동작으로 손가락 하나를 퉁퉁 부은
제 입술에 댔다가 떼었다. 나는 고개를 끄덕거려 주었다.

"유대야, 너 형우네 집 전화번호 알지?"

학생 주임과 함께 서 있던 담임이 물었다.

"모르겠는데요."

나는 시치미를 떼며 형우의 표정을 살폈다. 형우는 얼굴을 찡그리
며 말했다.

"선생님, 제발 저를 그냥 돌아가게 해 주세요. 전 아무렇지도 않단

말씀이에요."

"인마, 여길 나가기 전에 사실대로 대란 말이다."

학생 주임이 다그쳤다.

"말씀드릴 수 없습니다. 제가 잘못한 일로 싸웠는데 왜 친구들을 괴롭혀야 합니까."

"인마, 넌 싸우지 않았어. 본 사람이 그랬어, 네가 몰매를 맞더라고."

"아닙니다 선생님, 제가 먼저 그 아이한테 시비를 걸었던 것입니다. 그리고 싸웠던 겁니다."

"그게 누구냐 말이다."

"말할 수 없습니다."

"너 정말……."

학생 주임이 혀를 내둘렀다.

"너 정말 학교를 허수아비로 아는 거냐? 학교 다니기 싫어?"

"저는 처벌을 달게 받겠습니다. 그러나 그 아이들을 말할 수는 없습니다."

담임선생은 얼굴에 그늘을 깐 채 팔짱을 끼고 한편에 묵묵히 서 있었다. 우리 반의 일사불란한 항해를 거스른 자가 누굴 것인가, 그 것을 생각하고 있는지도 몰랐다. 이제야말로 우리들 손에서 고삐를 낚아채어 거머쥐고 목을 옥죄고 싶은 심정일 것이다.

"유대, 넌 알 거다, 형우를 때린 놈들이 기표네 패라는 걸 말이다."

"형우가 그렇게 말했나요?"

"그런 건 아니지만 그건 틀림이 없다. 기표 놈이 아니곤 그런 짓을 할 놈이 없다.”

담임은 헐떡거렸다. 양같이 순하게 길들여졌다고 확신했던 자신의 어리석음을 질타*하고 있을 것이다.

“선생님, 형우가 뭘 잘못했다는 걸까요?”

내가 짐짓 떠보았다.

“형우가 거짓말을 하고 있는 거다. 잘못하기는커녕 형우가 그놈들을 위해서 얼마나 많은 일들을 했는지 넌 모를 게다.”

담임선생님은 몹시 흥분하고 있었다. 기표에 대한 혐오감으로 해서 얼굴이 벌겋게 달아올랐다. 기표를 미워하다니. 나 역시 담임선생에 대한 적대감으로 몸을 떨었다.

“뭡니까, 선생님. 형우가 기표를 위해서 무얼 했단 말입니까?”

내 반감 짙은 어투에 놀랐는지 담임선생은 좀 멈칫했다. 그러나 곧 비웃음 섞어 말했다.

“인마, 나는 다 알고 있어. 기표가 저질러 온 짓 말이다. 유대, 너도 기표한테 당했잖아! 그리고 너희들이 그놈들 부정행위를 거들어 준 것도 알고 있다.”

그랬겠지. 나는 속으로 신음처럼 중얼거렸다. 무서웠다. 어른들의 저 음흉스러움, 알면서도 모른 체 시치미를 뗀 그 저의는 무엇인가.

형우는 우리들 사이에서 일약 영웅이 돼 버렸다. 예상 안 한 건 아

* 질타 크게 꾸짖음

니지만 그 여세 는 보통이 아니었다. 삼 학년에서도, 일 학년 하급생들도 이 학년 십삼 반 반장 임형우가 입에 올랐다. 전치 이 주 의 상해 를 입고도 끝내 그 상대를 입에 올리지 않음으로 해서 형우의 존재는 풍선처럼 부풀었다.

기표가 그 사건 다음 날부터 내리 사흘이나 학교에 나오지 않았어도 재수파들은 학생부에 불려 가지 않았다. 아무도 그것을 문제 삼지 않았다.

담임이 학교에 나오지 않는 기표를 찾기 위해 뚝방 동네를 연 이틀이나 헤맨 사실도 학교에 널리 알려졌다. 기표가 학교에 나온 날 담임은 조회 시간에 간단히 말했다.

"최기표 군은 그동안 피치 못할 가정 사정으로 결석했다. 앞으로 다시는 결석이 없을 것으로 안다."

항상 빳빳하게 쳐들고 앉았던 기표의 고개가 잠깐 숙여지는가 싶게 느껴졌다. 그것은 이상한 조짐 이었다.

형우가 병원에서 퇴원을 해 이 주일 만에 학교에 나왔다. 악수 세례가 쏟아지고, 등을 두드리고, 체육 시간에는 헹가래까지 시키려고 했지만 형우가 도망을 쳤다. 그렇게 하면서 우리들은 숨죽여 기표의 동정 을 살폈다. 그러나 그의 차가운 시선에 부딪친 아이들은 섬뜩

● **여세** 어떤 일을 겪은 다음의 기세 **전치 이 주** '전치'는 병이 완전히 고쳐짐을 말하고, '전치 이 주'는 병이 완전히 고쳐지는 데 이 주가 걸린다는 것을 말함 **상해** 몸에 상처를 내어 해를 끼침 **조짐** 좋거나 나쁜 일이 생길 기미가 보이는 현상

한 느낌으로 고개를 돌리곤 했다. 나는 후우— 가슴을 쓸어내렸다.

"형, 우리 미술 시간에 라면 먹으러 갈까?"

내가 말을 건넸다. 우리들은 가끔 후동 교사 뒷담을 넘어 구멍가게에서 라면을 사 먹은 다음 감쪽같이 들어오곤 했다. 재수파들이 그 전문이었던 것이다.

"필요 없어."

기표가 쳐다보지도 않은 채 퉁명스럽게 뱉었다. 그는 국어책을 읽고 있었다. 안톤 슈나크의 「우리를 슬프게 하는 것들」—울음 우는 아이는 우리를 슬프게 한다.

다른 반 애들이 말했다. 선생들이 교실에 들어올 때마다 임형우의 일화가 예로 들어지면서, 학우를 아끼고 의리로써 지켜 준 참다운 우정과 반의 결속을 위해 담임선생과 함께 남모르게 애써 온 그 숨은 이야기가 술술 펼쳐지더란 것이다. 교정에 모여 선 아이들도 입에 입에 형우의 얘기로 만발했다.

"우리들이 커닝을 도와준 것이 기표의 비위를 상하게 한 모양이지?"

병원에 있을 때는 남의 눈을 생각해 못 물어본 걸 하굣길 둘만의 자리가 됐을 때 내가 넌지시 물어보았다.

"글쎄 그런 것 같았다."

● **동정** 일이나 현상이 벌어지고 있는 낌새

형우가 짐짓 좌우를 둘러보면서 대답했다.

"그때 그 일, 담임선생님이 시켜서 한 거지?"

내가 넘겨짚자 형우가 한순간 당황하는 것 같았다. 언제고 밝히고 싶었던 것이라 나는 다시 다그쳤다.

"그렇지?"

"꼭 그런 건 아니지만 그 문제를 담임선생님과 의논한 건 사실이다."

"합법적으로 만들기 위해서냐?"

"아니다. 담임선생님이 기표를 나한테 일임* 하겠다고 말했기 때문이다. 선생님은 기표를 구원해 주고 싶었던 것이다."

"그랬겠지. 형우야, 넌 지금 네가 기표를 구원했다고 보니?"

"아직 완전히는……. 그러나 머지않았다."

나는 웃어 주었다.

"기표는 그렇게 생각하지 않을걸. 형우, 네가 구원해 주고 있다고 말이야."

"그것은 기표가 생각할 일이 아니다."

"무슨 뜻이냐?"

"우리가 무서워했던 건 기표가 아니라 기표를 둘러싸고 있는 재수파들이었다."

"그런데?"

* **일임** 모두 다 맡김

370 청소년, 소설과 대화하다

"이제 그 조직은 없어졌다."

"무슨 근거로 그렇게 말하는 거냐?"

"내가 병원에 있을 때 그 애들이 모두 나한테 사과하러 왔었다. 하나하나 서로가 모르게 다녀갔다."

"기표두 왔었니?"

내가 헐떡이면서 물었다.

"오지 않았다. 그러나 난 그런 놈한테 사과도 받고 싶지 않다."

그럴 테지. 나는 후우 가슴을 쓸어내렸다.

"그래, 다른 애들이 너한테 사과를 했다고 해서 재수파가 없어졌다고 생각하는 건 잘못일 거야."

"물론 겉으로야 그대로 남아 있겠지. 그러나 그들은 이미 이빨 뺀 뱀이나 다름없어. 걔들이 모두 나한테 말했다. 기표는 악마라고. 자기들 피를 빨아먹고 사는 흡혈귀라고."

형우와 갈라서야 하는 길목에 와 있었다. 나는 형우네 집 쪽으로 따라가며 물었다.

"너 지금 무슨 얘길 하는 거냐?"

형우가 나를 향해 싱긋 웃었다.

"기표는 다 아는 것처럼 가난한 집 애다. 거기다가 그 부모가 다 병들어 누워 있다. 시집간 기표 누나가 주는 돈으로 겨우겨우 먹고산댄다. 기표 동생이 셋이나 있다. 기표 바로 밑의 동생이 버스 안내원을 해서 생활비를 보탰는데 요즘 무슨 일로 해서 그것도 그만두었다. 아무튼 생활이 말두 아니란 거야. 재수파들이 매달 얼마씩 모아 생활비를 보태 줬다는 거야. 집에서 돈을 뜯어낼 수 없는 애들은 혈액은 행에 가 피를 뽑아 그 돈을 내놓았다는 거다."

"그렇게 해 달라고 기표가 강요한 건 아닐 텐데."

"마찬가지다. 재수파들은 기표가 무서웠다는 거야."

"지금도 무서워하고 있을걸."

"그렇지 않아."

병원에서 지내는 동안 혈색이 더 좋아진 형우가 자신 있게 말했다.

"이제 아무도 기표를 무서워하지 않게 될 거다."

형우가 손을 흔들고 자기 집 골목으로 사라져 버렸다. 그는 유능한 반장이 틀림없다고 나는 생각했다. 씁쓸한 느낌이 가슴을 스쳤다.

담임의 예언대로 기표는 결석을 하지 않았다. 형우와 기표 사이에도 이렇다 할 마찰이 없이 여름 방학이 지났다. 교실에서 도시락이 없어지는 일도 드물었다. 물론 재수파들이 기표를 찾아 교실에 들락거리는 횟수는 잦았지만 아이들은 그다지 신경을 곤두세우지 않아도 되었다. 기표는 여전히 침묵하고 있었다. 담임선생이 가끔 기표에게 학급 사무를 맡기는 게 눈에 띄었다. 기표가 별 표정 없이 그런 일을 맡아 했다.

그날도 기표는 담임선생의 지시에 의해 체육부실에 내려가 우리 반 아이들의 체력 검사 통계를 내고 있었다. 그럴 시각 담임선생이 말했다.

"육십육 명이 탄 우리 배는 순풍을 맞아 참으로 순탄한 항해를 하고 있다. 다 여러분의 노력에 의한 것이라고 생각한다. 그런데 한 가지 알려 줄 게 있다. 여러분의 한 친구가 매우 어려운 처지에 놓여 있다. 그 자세한 얘기는 반장이 해 줄 것이다. 다만 담임으로서 당부하고 싶은 것은 그것이 남의 일 아닌 내 일이라고 생각해서 그 사람을 돕는 일에 앞장서 주기 바란다."

담임선생이 교단에서 내려서고 그 대신 반장 임형우가 사뭇 엄숙한 표정으로 단 위에 섰다.

"담임선생님의 말씀처럼 지금 우리 친구 하나가 매우 어려운 처지에 놓여 있다. 좀 늦은 감이 있지만 지금이라도 힘을 합쳐 그 친구를 구원해 주어야 한다고 생각한다."

이렇게 서두를 잡은 형우는 언젠가 하굣길에서 내게 들려준 기표네 가정 형편을 반 아이들한테 이야기하기 시작했다. 그런데 놀라운 일은 형우의 혀였다. 나한테 얘기를 들려줄 때의 그런 적대감은 씻은 듯 감추고 오직 우의와 신뢰 가득한 말로써 우리의 친구 기표를 미화하는 일에 열을 올렸던 것이다.

기표 아버지가 중풍에 걸려 식물인간처럼 누워 있는 정경이며 기표 어머니의 심장병, 그러한 부모들을 위해서 버스 안내원을 하던 기표 여동생의 눈물겨운 얘기, 라면으로 끼니를 때우는 기표네 식구들의 배고픔이 눈에 보이듯 열거되었다. 그런 가난 속에서도 가난을 결코 겉에 나타내지 않고 묵묵히 학교에 나온 기표의 의지가 또한 높게 치하 되었다. 더구나 그런 가난 속에서도 유급을 했기 때문에 일 년간의 학비를 더 마련해야 했던 그 고통스러운 얘기도 우리들 가슴에 뭉클 뭔가 던져 주었다.

"나는 얼마 전 기표가 버스 안내원을 하던 여동생을 몹시 때린 일을 알고 있습니다. 그 여동생은 몸이 약해 버스 안내원을 그만두었던 것인데 생활이 더 어렵게 되자 돈을 벌기 위해 술집에 나가기로 했었다는 것입니다. 우리는 그 여동생이 앞으로 어떤 무서운 수렁에 떨어져 내릴는지 아무도 알 수가 없습니다."

반 아이들은 사뭇 숙연한 자세로 형우의 말에 귀를 기울였다.

형우는 기표네 가정 사정을 낱낱이 얘기함으로써 이제까지 우리들에게 신화적 존재로 군림해 온 기표의 허상을 빈곤이라는 그 역겨운 것의 한 자락에 붙들어 맨 다음 벌거벗기려 하는 것 같았다. 기표는 판잣집 그 냄새나는 어둑한 방에서 라면 가락을 허겁지겁 건져 먹는 한 마리 동정받아 마땅한 벌레로 변신되어 나타났다.

"한 가지 또 알려 줄 게 있습니다. 그것은 어려운 처지의 친구를 위해서 이제까지 남이 모르게 도와 온 우정이 있다는 것입니다. 그것은 기표의 가까운 친구들입니다. 이제까지 우리들이 재수파라고 불러 온 아이들입니다. 우리들이 무시해 온 그들이야말로 진정 아름다운 우정이 어떤 것인가를 보여 주었던 것입니다. 그들은 매달 용돈을 저축하고 또는 방학 때 공사장에 나가 일을 해서 받는 돈으로 기표를 도와 온 것입니다. 그들 중에는 매달 자신의 귀한 피를 뽑아 그 돈을 내놓기도 했습니다. 한 달에 피를 세 번이나 뽑았기 때문에 빈혈

● 치하 남이 한 일에 고마움이나 칭찬의 뜻을 표시함

을 일으켜 병원에 입원했던 사람도 있습니다. 사회에서 구원받지 못한 가난을 우정으로써 구원하려 한 그들이야말로 훌륭한 정신의 소유자입니다. 협동과 봉사—기여 정신의 산증인들입니다. 우리들은 가끔 학교에 싸 가지고 온 도시락이 딩딩 비어 있는 것을 발견하고 기분 나쁘게 생각한 적이 있습니다. 그것은 진정으로 배고파 보지 못한 우리들의 우매함이었습니다. 남의 찬 도시락을 훔쳐 먹어야 했던 우리의 가난한 이웃을 우리는 너무나 모르고 지냈습니다. 나는 반장으로서 그 사실을 몹시 부끄럽게 생각합니다. 그것을 사과하는 뜻에서 나는 오늘이라도 우리의 친구 기표를 돕는 일에 앞장서기로 결심한 것입니다.”

아이들이 술렁거리기 시작했다. 깊은 감동의 강물이 모두의 가슴 한가운데를 출렁이며 흘러가고 있었던 것이다.

담임선생이 교단으로 다가갔다. 그는 주머니에서 만 원짜리 한 장을 꺼내어 교탁 위에 놓았다. 반장도 안주머니에 손을 넣었다. 아이들이 조용한 술렁거림 속에서 모두 돈을 찾아 들었다.

“오늘 돈이 없는 사람은 내일 가져오는 게 어떻습니까?”

한 아이가 일어나서 큰 소리로 제안하자 모두, 그럽시다— 소리쳤다. 박수가 쏟아져 나왔다.

모 일간지 편집부국장을 지내는 학부형이 우리 반에 있었다. 담임선생과 반장이 그 학부형을 만나러 갔다. 그 신문사 기자가 학교에도 여러 번 다녀갔다.

며칠 뒤에 신문 미담란에 우리 반 얘기가 크게 다뤄졌다. 박스 기사였다. 기표의 갸륵한 효성에서부터 재수파들의 우정 어린 피 뽑기와 급우들로부터 시작된 친구 돕기 운동이 전교적으로 파급되어 이룩한 성과가 자세하게 났다. 기표의 여동생 얘기도 끼어 있어 그 기사를 읽은 우리들의 콧등이 새삼 쩡했다. 기사 맨 위에 담임선생과 반장, 그리고 기표의 사진이 박혀 있었다. 교장 선생님 지시에 의해 그 기사는 각 교실 뒤편 게시판에 붙이게 돼 있었다.

그 신문 기사가 나가고부터 월요 조회 때마다 교장 선생님은 사회 각계에서 보내오는 성금과 위문편지를 최기표에게 전달했다. 담임선생도 종례 때면 기표에게 편지 여러 장을 건네며,

"거기 여학생 편지도 많이 있으니까 혼자 몰래 보라구."

아이들이 와하하 웃었다. 기표가 얼굴을 벌겋게 달구며 편지 다발을 책상 속에 넣곤 했다. 그럴 때마다 아이들이 박수를 쳤다. 실로 화기애애한 반이 되었던 것이다.

"기표 얘기가 영화로 된다며?"

"그렇대. 재수파들을 중심으로 한 얘긴데 텔레비전에 나오는 제삼교실 같은 거겠지."

어디서 나온 얘긴지 기표의 얘기가 영화로 만들어진다는 소문이 파다했다.

이제 아이들은 아무도 기표를 무서워하지 않았다. 형이라고 호칭

● 제삼교실 1970년대에 방영한 청소년 드라마

하는 아이도 드물었다. 아무나 곁에 가서 말을 걸 수가 있었고 때로는 어깨도 쳤다.

그것은 기표가 아주 부끄러움을 잘 타는 아이로 변해 버렸기 때문이다. 누구를 만나도 수줍어하는 그 아이는 그렇게 당당하던 체구마저도 왜소하게 짜부라진 채 우리가 보통 사진을 찍을 적에 '치이즈' 하고 웃듯 그런 미소를 얼굴에 담고 있었다.

우리는 그렇게 미소 짓는 기표의 얼굴을 보면서 일사불란한 항해를 계속했다. 담임은 더욱 깊은 이해로써 우리 반을 돌봐 주었다. 반장 형우는 그 나름의 성실과 지혜로 '우리'를 위해 헌신했다. 우리 교실에 들어오는 선생님마다 칭찬의 말을 아끼지 않았다. 기표의 얘기가 영화로 만들어진다는 얘기가 더욱 구체적으로 드러나기 시작했고 우리들은 덩달아 들떠서 술렁거렸다.

그러던 어느 날 우리는 기표의 자리가 빈 것을 알았다. 다음 날도 그는 결석했다. 무단결석이었다. 담임선생이 한 아이를 기표네 집에 보냈다.

"집에도 없어. 이틀 전에 집을 나갔대."

우리들은 서로 얼굴을 마주 보며 술렁거리기 시작했다. 뭔가 심상찮은 생각들이 머리를 스치고 지나갔다.

기표가 내리 사흘이나 결석을 한 아침나절이었다. 수업 중인데 담임이 형우와 나를 찾는 쪽지가 왔다.

우리가 교무실에 내려갔을 때 담임선생은 병색이 완연해 뵈는 어떤 여자와 얘기를 나누고 있었다. 그네는 초가을인데도 낡고 두터운 오버를 걸치고 있었다.

"아이구, 우리 기표 친구들이구만, 시상에 이렇게 고마운 친구들이 어디 있겠누. 그런데 이눔의 자슥이……."

그네는 몸을 일으켜 우리에게 굽실거리며 때 낀 손수건으로 눈물을 찍어 냈다. 그네는 우리의 손을 더듬어 쥐고 싶어 했다.

"자, 이제 고만 돌아가십시오. 애들하고 의논해서 찾아보겠습니다."

담임선생은 기표 어머니를 내쫓듯 교무실에서 밀고 나갔다. 그네는 교무실을 나가며 자꾸 아쉬운 듯 우리들 얼굴을 돌아다보았다.

그네를 배웅하고 돌아온 담임이 의자에 소리 나게 주저앉으며 부들부들 떨리는 손으로 담배를 피워 물었다.

"이 망할 새끼가 끝까지 말썽이란 말이야."

그는 담배 연기를 깊이 빨아들였다가 내뿜으며 투덜거렸다

"내일 천일영화사 사람들하고 만나기로 약속한 날이잖냐? 그런데 이 망할 새끼가……."

그는 서랍에서 편지 하나를 꺼내 우리들 앞에 내던졌다. 기표가 바로 밑의 여동생한테 보낸 편지였다. 편지 맨 앞줄에 이렇게 쓰여 있었다.

―무섭다. 나는 무서워서 살 수가 없다.

소설 읽고 대화하기

민정 와, 나 이 소설 완전 집중해서 읽었어.

용민 나도 나도. 진짜 재미있다!

준웅 소설 첫 부분, 기표에게 폭행당하는 유대의 모습이 충격적이었어. 마치 내가 당하고 있는 느낌이었다니까.

세지 기표는 정말 무서운 아이야. 애들 물건도 자기 멋대로 빼앗아 가고, 폭력성을 타고난 사람 같아.

용민 맞아. 특히 재수파 일원이던 해중이의 어머니가 학교에 찾아와 기표가 주모자라고 했을 때, 해중이를 추궁하는 기표의 행동에는 나도 오싹해지더라.

준웅 액션 영화 〈말죽거리 잔혹사〉 보는 줄 알았다니까. 당황하지 않고 상대 명치를 팍! 진짜 '싸나이' 같지 않냐?

민정 야! 네가 기표한테 당한다고 생각해 봐. '싸나이'는 무슨……. 완전 깡패지!

세지 반에 이런 폭력적인 아이가 있으면 그 반 분위기 정말 별로지 않냐? 2학년 13반, 참 힘든 반이야.

준웅 그러니까 기표 같은 자식들을 제압하기 위해서 2학년 13반의 멋진 담임선생님과 든든한 반장 형우가 필요한 거지. 선생님의 첫 인사, 와우! 감동이라니까. "이제부터 육십육 명이 운명을 함께하는 역사적 출항을 선언한다. 목적지에 이를 때까지 단 한 사람의 낙오자나 이탈자가 없기를 진심으로 기원한다." 나는 이런 카리스마 있는 선생님이 좋더라.

세지 나도 그래. 선생님이 우리를 확 이끌어 주어야 우리도 믿고 따르지. 그리고 반장 형우도 지도력이 있는 아이 같아. 앞장서서 기표를 챙겨 주잖아.

민정 나는 생각이 달라. 모든 것을 혼자 결정한 뒤에 우리한테 따라오라고 하는 선생님 별로더라. 그렇게 되면 우리 의견은 반영되지 않잖아. 게다가 선생님 의견에 반대하면 마치 역적이라도 되는 것처럼 몰아가지.

용민 그래, 소설 속에서 유대가 이런 말을 하잖아. "자율이라는 낱말로 우리를 묶으면서도 실상 우리들 머리 위에 군왕처럼 군림하고 싶은 그의 저의를 찔러 주고" 싶었다고.

준웅 부드럽게 하다가는 기표 같은 아이한테 끌려간다니까. 선생님과 반장 형우는 아주 잘하고 있는 거야. 형우는 정말 기표를 위해 살신성인하지 않았냐?

세지 맞아. 낙제할 가능성이 있는 기표를 도우려고 앞장섰잖아. 공부 잘하는 친구들을 동원해 커닝 페이퍼를 기표에게 전달했지.

민정 그런데 기표의 행동이 완전 반전이지. 벌떡 일어나 감독 선생님한테 말했잖아.

준웅 그러니까 기표는 진짜 구제 불능이라니까. 유급이 안 되도록 도와주려는 친구를 그렇게 배신하다니. 그런데 2학년 13반 친구들은 서로 자기가 그 일을 했다며 책임을 함께하려 했잖아. 정말 박수 받을 일이라니까.

세지 나도 기표가 그렇게 나올 줄 몰랐어. 그런데도 형우는 끝까지 담임선생님께 말하지 않고 기표를 감싸더라. 형우야말로 우리가 원하는 반장의 모습이지.

용민 음……. 형우가 영리하고 능력이 있는 건 인정해. 그렇지만 뭔가 찜찜해. 나는 형우는 좋은 애가 아니라는 생각이 들어.

준웅 뭐가 안 좋다는 거야? 형우처럼 진정으로 친구를 생각하고 반을 위해 희생하는 애가 요즘 어디 있냐?

민정 선생님! 형우, 좋은 애 맞아요?

숙경샘 형우를 판단하기 위해서 중요한 것은 형우의 의도를 아는 거예요. 형우가 기표를 도와준 이유가 뭘까요?

세지 형우는 우선 기표가 유급되는 것을 막고, 기표를 도와서 반이 하나 되게 하려고 기표를 도와준 거 아닐까요?

용민 그런 의도도 있겠지만, 그 일로 학교의 영웅이 된 건 형우야.

준웅 그거야 좋은 일을 했으니 주변 사람들한테 인정받게 된 거지.

민정　정말 그런 걸까? 나는 형우가 기표의 어려운 가정 사정을 친구들에게 공개적으로 말할 때 내가 기표였다면 싫었을 거라고 생각했어. 알리고 싶지 않은 사생활을 아무런 동의도 없이 사람들에게 얘기하는 거, 정말 자존심 상하는 일이잖아.

용민　나도 그렇게 생각해. 형우는 기표의 경제적인 어려움을 말하면서 기표를 불쌍한 아이로 만들어 버리지. 실제로 아이들도 기표를 "냄새나는 어둑한 방에서 라면 가락을 허겁지겁 건져 먹는 한 마리 동정받아 마땅한 벌레로 변신"했다고 느껴. 이제 기표는 두려운 존재가 아니라 불쌍한 존재가 되어 버렸어.

민정　기표가 살아갈 수 있었던 것은 아이들이 자신을 무서워했기 때문이야. 마지막 남은 자존심이라고 할 수 있지.

준웅　그렇다고 기표를 그냥 놔둘 수는 없잖아.

민정　기표를 그냥 놔두자는 얘기가 아니라, 형우도 좋은 아이는 아니라는 거지.

용민　형우가 기표에게 폭행당할 때 유대가 이렇게 말해. "형우는 자신이 스스로 그렇게 당하길 원했거든."이라고.

세지　뭐야? 그럼 일부러 맞았다는 거야?

민정　형우는 그 일로 완전 학교의 스타가 돼. 그리고 기표 주위의 재수파들이 기표에게 거리를 두기 시작하지.

세지　결국 형우는 기표의 힘을 빼기 위해 작정하고 함정을 팠던 거야? 그런 거야? 소름 끼쳐.

준웅　헐! 형우는 교활한 사람이네.

세지 결국 이 소설 마지막에 기표가 집을 나가잖아. 나가면서 동생에게 남긴 편지의 말이 난 이해가 안 돼. "무섭다. 나는 무서워서 살 수가 없다." 뭐가 무섭다는 걸까?

용민 형우 아니겠어?

민정 담임선생님도 그렇고.

준웅 그건 아니지. 담임선생님은 카리스마 넘치는 정말 멋진 선생님이야.

민정 난 담임선생님이야말로 안 좋은 선생님 같아. 형우를 통해 학급 일을 다 알면서도 모르는 척하잖아. 무서워! 게다가 사라진 기표 때문에 기표 어머니가 학교로 찾아왔을 때 "담임선생은 기표 어머니를 내쫓듯 교무실에서 밀고 나갔다."고 했잖아. 그리고 기표가 사라지자 "이 망할 새끼가 끝까지 말썽이란 말이야."라고 말하는 걸 보면 선생님은 기표를 걱정해서 도우려 한 게 아니야. 선생님도 기표를 이용할 생각이 아니었을까?

세지 민정이 말이 맞는 거 같아. 진정으로 학생을 생각하는 선생님이었다면 절대 하지 않을 행동이라고 봐. 학생을 생각하는 선생님이었다면, 다른 학생들이 모르게 기표가 상처받지 않도록 도와주었을 거야.

준웅 그거야 기표가 너무 악질이니까 그런 강한 방법을 쓰는 거지.

용민 결과적으로 기표는 학교를 떠나잖아. 힘들어서. 기표의 마음 따위는 안중에도 없었던 거야.

숙경샘 준웅이는 여전히 소설 속 담임선생님 편이구나. 민정이 말처럼 선생님의 태도에도 문제가 있지. 형우와 선생님의 의도를 알 수 있는 대목이 있어. 유대가 집안의 어떤 형에게 이 사건을 이야기하는 내용 기억나니?

준웅 다시 찾아볼게요. 아! 이런 말이 있네요. "신은 결코 악마를 영원히 추방하지 않아. 항상 곁에 두고 자신을 돋보이게 하는 일에 그것을 이용할 뿐이야."

세지 야, 참 멋있는 말이다. 결국 선생님과 형우는 기표를 이용해 자신을 돋보이게 하려고 한 거구나. 정말 겉과 속이 다른 사람들이야.

민정 담임선생님이 유대와 정수를 채점 기계로 부려먹으면서 "인간을 교육한다는 것이 새삼 어렵다는 걸 깨닫게 됐고, 또한 그런 어려움 속에서 교육하는 보람도 얻을 수 있었던 거지."라고 말할 때, 유대는 속으로 비웃어. 그리고 기표가 형우를 폭행하고 난처한 상황이 되었을 때 "이제야말로 우리들 손에서 고삐를 낚아채어 거머쥐고 목을 옥죄고 싶은" 선생님의 마음을 읽어 내지.

용민 그래. 선생님의 의도는 기표의 힘을 빼려고 한 거야. 아주 교묘한 방법으로. 게다가 선생님은 처음부터 모든 걸 알고 있었어. "인마, 나는 다 알고 있어. 기표가 저질러 온 짓 말이다. 유대, 너도 기표한테 당했잖아! 그리고 너희들이 그놈들 부정행위를 거들어 준 것도 알고 있다." 그러면서 모르는 척하고 기회를 엿보고 있었던 거지.

준웅 뭐야, 그런 거였어? 내가 소설을 너무 허술하게 읽었나 봐. 그런데, 처음에 담임선생님 진짜 멋지게 등장했잖아. 그건 너희도 인정하지 않아?

숙경샘 그래, 준웅아! 선생님은 계속해서 '하나 됨'을 강조하지. 선생님이 처음에 한 말 기억나지? "이 시간 분명히 밝혀 둘 것은 우리들의 항해를 방해하는 자, 배의 순탄한 진로를 헛갈리게 하는 놈은 용서하지 않을 것이다. 우리가 나무를 전정할 때 역행 가지를 잘라 버려야 하듯 여러분의 항해에 역행하는 놈은 여러분 스스로가 엄단할 수 있어야 한다." 이렇게 무조건 단결만을 강조하고 있어. 대화를 나누고 동의를 얻는 과정은 없지. 담임선생님이 바라는 것은 그저 시끄러운 사고 없이 1년을 보내는 것일 뿐이야. 그렇지만 전체를 위해서라고 미화하지.

준웅   저는 하나로 똘똘 뭉치게 하는 담임선생님의 모습이 좋아 보였거든요.

숙경샘   그게 바로 우리가 빠질 수 있는 함정이야. 그건 구성원들끼리 서로 배려와 공감으로 협동하는 것과는 다른 것이란다. 무조건 단결만을 강조하다 보면, 다른 목소리를 내는 사람들은 '적'으로 몰릴 수밖에 없지. 그런 생각이나 태도를 '전체주의'라고 해. 우리 역사에서도 국가나 민족의 발전을 위해 개인의 희생은 불가피하다며 독재 권력을 유지해 왔지. 이제 우리는 전체를 위한다며 개인을 억누르는 전체주의의 함정을 볼 줄 알아야 한단다.

준웅   그런 거군요. 진짜 겁나는 사람들이네요. 형우와 담임선생님, 완전 표리부동의 전형이에요.

민정   오오, 사자성어까지! 준웅이 좀 달라 보인다.

세지   담임선생님과 형우의 의도를 아니까 정말 무섭다. 기표가 뭐가 무섭다고 하는 건지 이제 알겠어. 기표보다 선생님과 형우가 한 수 위 같아. 훨씬 더 나쁜 사람들이야.

용민 기표처럼 눈에 보이는 폭력도 나쁘지만, 형우와 선생님처럼 권력을 이용해서 교묘하게 저지르는 눈에 보이지 않는 폭력이 더 무서울 수 있다는 것을 이 소설이 보여 주는 듯해.

숙경샘 용민이가 이 소설의 주제를 아주 잘 알아냈구나. 소설을 통해 우리는 다양한 인물과 삶을 만나고, 그들의 삶을 통해 우리의 삶을 다시 살펴보게 되지. 이 소설 속에서 형우와 선생님의 인물 유형을 파악하는 것은 중요해. 우리는 현실 속에서 위선에 가려 진실을 보기 어려울 때가 많지. 앞으로 살아가면서 그런 경우에 맞닥뜨릴 때가 있을 거야. 그때도 이렇게 깊이 생각하고 주변 사람들과 이야기하면서 진실을 찾아가는 것이 중요하단다.

준웅 네, 샘! 역시 우리 숙경샘 말씀 멋져! 이래서 내가 숙경샘을 존경하는 거지.

숙경샘 준웅아, 아까는 이 소설에 나오는 담임선생님이 멋지다고 하지 않았니?

준웅 앞으로는 인물의 의도가 뭔지 잘 탐색하겠습니다.

숙경샘 얘들아, 이 소설 제목 '우상의 눈물'은 무엇을 말하는 걸까?

민정 '우상'은 기표를 가리키는 것이죠.

준웅 '눈물'은 무서워서 떠나는 기표의 슬픔을 나타내는 것 같아요.

숙경샘 우리 준웅이가 감 잡았구나. 잘 정리했어.

용민 선생님, 그러면 기표는 담임선생님과 형우에게 저항한 건가요?

숙경샘 밝히고 싶지 않은 개인의 고통마저 자신의 목적을 위해 이용하는 담임과 그에 동조하는 침묵하는 다수에게는 기표라는 희생양이 필요했던 거야. 기표가 저항했다기보다는 그 공동체에서 도망침으로써 회피했다고 할 수 있겠지.

세지 선생님! 작가 전상국 선생님은 이런 학교 소설을 많이 쓰셨나요?

숙경샘 작가는 고등학교 교사 생활을 했고, 지금은 대학교 국어국문학과 교수로 계셔. 1960년대에는 한국 전쟁으로 인한 상처로 고통받는 가족사를 다루며 분단 현실의 모순을 파헤친 작품들도 썼고, 1980년대에는 「돼지 새끼들의 울음」, 「음지의 눈」 등의 소설에서 교육 현장의 문제를 다루기도 했어.

세지 역시 선생님이셨구나. 그래서 학교 이야기를 이렇게 사실적으로 쓸 수 있던 거야.

숙경샘 학교 이야기라서 너희들이 몰입해서 읽은 것 같은데, 이 소설은 단순히 학교만의 이야기는 아니야. 학교를 통해 이 사회의 잘못을 보여 주는 거지. 학교는 이 사회의 축소판과 같으니까.

용민 네, 맞아요. 작품 속 교사와 학생의 관계는 사회에서 권력을 쥔 사람과 그렇지 않은 사람들의 관계라고 볼 수 있겠네요. 그렇게 생각하니 비유가 탁월하다는 생각이 들어요.

숙경샘 그래. 그게 우리가 문학 작품을 읽는 이유이기도 하지. 무릎을 탁 치게 만드는 표현과 형상화 말이야. 그리고 또 놓치지 말아야 할 것은, 우리 학교 안에서도 일어날 수 있는 일이라는 거야. 이 작품에 비추어 우리 주변을 돌아보면 어떨까?

민정 먼저 우리 학급에서도 단합을 위한다는 명목으로 소수의 의견을 묵살하고 있는 것은 아닌지 살펴볼 필요가 있어요. 목소리 크고 공부 잘하는 친구들의 의견은 잘 듣지만 조용하고 내성적인 친구들의 의견은 무시하지 않는지, 그리고 집단의 힘으로 누구를 따돌리고 괴롭히지 않는지도 돌아보면 좋겠어요.

숙경샘 사실 이 소설을 읽으면서 선생님도 찔리는 게 많았어. 선생님도 담임을 맡을 때 공동체의 단합을 중요시하는데, 그 과정에서 내가 소수의 의견을 묵살하고 무시한 건 아닌지, 그리고 단합을 위해 희생하라고 강요한 건 아닌지 말이야.

준웅 그럴 리가요. 우리 숙경샘은 언제나 저희 이야기를 귀 기울여 들어 주시잖아요. 선생님 잘못도 인정하시고요.

숙경샘 고맙다, 준웅아. 그런데 설마 우리가 소설 속 담임선생님과 형우는 아니겠지?

세지·민정·용민 믿고 따르는 건 좀 비슷해요, 하하하.

민정이와 용민이의
독서 노트

독서 토론 후에도 소설의 여운이 좀처럼 가시지 않았다. 무엇보다 나는 기표만 쫓겨 나가고 형우가 영웅이 되어 버린 소설의 결말에 화가 났다. 마침 용민이도 나와 같은 심정이어서, 나는 가상 재판으로 잘못을 제대로 가려보면 어떻겠느냐고 제안했다. 그래서 우리는 모의재판 대본을 함께 만들어 보았다. 이렇게 만들어 보니, 반에서 친구들과 각자 역할을 맡아 연기해 보면 재미있겠다는 생각도 들었다.

재판장 지금부터 피고 임형우 씨에 대한 재판을 시작하겠습니다. 검사, 논고하세요.

검사 존경하는 재판장님, 그리고 배심원 여러분! 피고 임형우는 친구를 위하는 척하지만, 결국은 최기표를 꼼짝 못하게 하는 함정을 파서 그를 쫓아냈습니다. 한 인간의 존엄성을 파괴하고, 철저하게 자존심까지 무너뜨린 임형우는 죄를 받아 마땅하다고 생각합니다.

재판장 변호사 변론하세요.

변호사 존경하는 배심원 여러분. 최기표는 반 친구들에게 폭력을 행사하거나 물품을 빼앗아서 친구들에게 공포감을 주는 인물이었습니다. 그런 최기표를 그냥 내버려 둔다면, 반 학생들은 1년 내내 힘들었을 것입니다. 다소 방법의 문제는 있었지만, 최기표를 제거한 임형우는 반장으로서 학급을 위해 최선의 노력을 다했기에 죄가 없다고 생각합니다.

재판장 그럼 먼저 검사 측부터 피고를 신문하십시오.

검사 피고에게 묻겠습니다. 피고는 같은 반 친구 최기표에게 폭행을 당한 적이 있죠?

임형우 네, 있습니다.

검사 많이 아프고 고통스러웠을 텐데, 왜 친구들과 담임선생님께 말하지 않았나요?

임형우 기표가 이 일로 곤란해질까 봐요.

검사 기표를 위해서라는 말이죠? 그런데 그 뒤에 왜 기표의 동의도 없이 기표의 어려운 가정 형편을 친구들에게 말했나요?

임형우 기표의 어려운 사정을 알고 가만히 있어서는 안 된다고 생각했습니다. 기표를 도와주기 위해 제가 나서야 한다고 생각했습니다.

검사 기표를 진심으로 생각해서 그랬다는 말이군요. 존경하는 재판장님! 좀 더 정확한 신문을 위해 최기표와 임형우의 같은 반 학생 이유대를 증인으로 신청합니다.

재판장 증인 신청을 받아들입니다.

검사 증인에게 묻겠습니다. 임형우가 최기표에게 폭행을 당한 뒤 만난 적이 있죠. 그때 임형우가 뭐라고 했습니까?

이유대 이제 아무도 최기표를 무서워하지 않을 거라고 했습니다. 재수파일원이 모두 형우에게 와서 사과했다고 했습니다.

검사 최기표도요?

이유대 아니요, 기표는 오지 않았다고 했습니다. 기표에게는 사과받지 않아도 된다고 했습니다.

검사 주모자가 최기표인데, 왜 정작 최기표에게는 사과를 받지 않아도 된다고 했죠?

이유대 이제 재수파는 이빨을 뺀 뱀과 같다고 했습니다. 재수파의 일원들이 모두 빠져나왔다고.

검사 결국 임형우는 재수파를 무너뜨리기 위해 일부러 폭행을 당하고 선생님께도 말하지 않은 거라는 얘기죠?

변호사 재판장님, 지금 검사는 증인에게 유도 신문을 하고 있습니다.

재판장 인정합니다. 검사 측 주의해 주시기 바랍니다.

동아리를 이끌며 핵심을 찌르는 냉철한 시각으로 대화의 중심을 잡아 주던 자영아, 논리적인 너의 생각에는 인간을 대하는 따뜻한 애정까지 녹아 있어 참 좋았단다. 엉뚱하고 발랄한 매력과 해박한 지식으로 무장하여 번번이 우리를 놀래킨 주영아, 네가 있어 대화가 늘 긴장감 넘치고 흥미진진했어. 심각할 수 있는 대화 곳곳에 틀에 박히지 않은 시각으로 새로운 관점을 보여 준 은지야, 네 생각들이 우리를 더 자유롭게 해 주었단다. 누구보다 대화를 열심히 듣고 균형 감각으로 대화를 조율한 세원아, 네가 있어 우린 참 든든했다. 영민하고 솔직한 민홍아, 콕콕 정곡을 찌르는 네가 있어 대화가 더 진실해졌단다. 독특한 감수성을 가진 문학소녀 서영아, 네가 우리의 대화에 아름다운 색깔을 더해 줬어. 마지막으로, 가장 많이 가장 깊이 생각하고도 조금만 말하면서 대화의 본질은 잘 듣는 것임을 보여 준 은수야, 너의 진지함과 성실함이 우리를 하나로 만들어 주었단다. 모두들 고맙고 사랑한다.

－ 함께해서 행복했던 숙희샘이

2014년 남동고에서 함께 문학 수업을 하며 시도 쓰고 토론도 하고 모의 재판도 하면서 즐겁게 공부한 2학년 학생들, 방과 후 학교 현대 소설 감상반 수업에서 새로운 소설을 읽고 분석하며 토론했던 아이들, 그리고 말썽도 많고 웃음과 정도 많았던 2학년 7반 아이들이 있었기에 이 책을 쓸 수 있었습니다. 수업에서 새로운 시도를 할 때마다 약간은 주저하게 되는데, 적극적이고 진지하게 수업에 임하는 아이들 덕분에 제가 더 많이 성장하고 용기를 얻었습니다. 부족한 저에게 든든한 지지와 넘치는 사랑을 준 아이들과 소중한 인연을 맺게 된 것에 감사합니다. 이제는 고3으로 힘들게 하루하루를 견뎌내고 있는 우리 아이들에게 선생님이 늘 응원하고 있다고 전하고 싶습니다.

－언제나 그 자리에서 숙경샘이

재미와 감동을 주는 독서의 기쁨이 배가 되는 방법이 있습니다. 친구들과 함께 읽고 대화하면서 시선을 맞춰 보고 생각을 나누어 보는 겁니다. 소설을 가운데에 두고 마주 보고 있는 것만으로 든든하고 기분 좋아졌던 예림·유진·주애·선은처럼, 고민과 따뜻한 마음을 나눌 줄 알았던 동훈·철진·기병·태형처럼 말이지요. 여러분 또래의 친구들이 나눈 유쾌한 대화에 함께하며 새로운 나눔이 있었기를 바랍니다.

－혜영샘이

토론을 통해 아이들과 뛰놀고 숨 쉬며 함께하는 길을 가도록 이끌어 준 유동걸 선생님을 비롯한 전국국어교사모임 '토론의 전사' 선생님들, 좋은 책을 함께 나눈 '두루치기' 독서 모임의 선생님들, 보성여자중학교 '해피 드림 스쿨' 통합 독서 논술반 친구들과 선생님들, 도서반·토론반 동아리와 방과 후 학교를 통해 여러 해 동안 소설 읽기와 토론의 즐거움을 나누어 온 친구들, 토론 수업의 모델을 만들어 보겠다고 3년을 데리고 온 선생님과 함께 해 준 보성여중 3학년 학생들, 학년 배분의 편의를 봐주신 국어과 선생님들, 국어 선생님의 아이들로 부끄럽지 않도록 열심히 읽고 쓰고 대화해 준 아들 용제와 딸 민주, 훌륭한 아동 청소년 문학 연구자이자 언제나 삶의 옆자리를 지켜 주는 정진희 박사에게 감사합니다.

- 한통샘 학재샘이

유하순, 「불량한 주스 가게」 _ 『불량한 주스 가게』, 푸른책들, 2011.

정은숙, 「열여덟 살, 그 겨울」 _ 『살리에르, 웃다』, 푸른책들, 2008.

이현, 「영두의 우연한 현실」 _ 『영두의 우연한 현실』, 사계절, 2009.

성석제, 「아빠, 아빠, 오, 불쌍한 우리 아빠」 _ 『아빠, 아빠, 오, 불쌍한 우리 아빠』,

　　　민음사, 1997.

임태희, 「가식덩어리」 _ 『베스트 프렌드』, 푸른책들, 2007.

전상국, 「우상의 눈물」 _ 『우상의 눈물』, 민음사, 2005.

현진건, 「고향」 _ 〈조선의 얼굴〉, 1926, 3.

김유정, 「봄봄」 _ 〈조광〉, 1935, 12.

주요섭, 「사랑손님과 어머니」 _ 〈조광〉, 1935, 11.

청소년, 소설과 대화하다

2015년 6월 23일 1판 1쇄
2021년 1월 22일 1판 4쇄

지은이 문숙희 · 이혜영 · 정학재 · 조숙경
그린이 백두리

편집 정은숙, 서상일   **디자인** 권지연   **마케팅** 이병규, 양현범, 이장열   **제작** 박흥기   **홍보** 조민희, 강효원
출력 블루엔   **인쇄** 천일문화사   **제본** J&D바인텍

펴낸이 강맑실   **펴낸곳** (주)사계절출판사   **등록** 제406-2003-034호
주소 (우)10881 경기도 파주시 회동길 252
전화 031)955-8558, 8588   **전송** 마케팅부 031)955-8595 편집부 031)955-8596
홈페이지 www.sakyejul.net   **전자우편** skj@sakyejul.com
블로그 skjmail.blog.me   **트위터** www.twitter.com/sakyejul   **페이스북** www.facebook.com/sakyejul

값은 뒤표지에 적혀 있습니다.
잘못 만든 책은 서점에서 바꾸어 드립니다.
사계절출판사는 성장의 의미를 생각합니다.
사계절출판사는 독자 여러분의 의견에 늘 귀 기울이고 있습니다.

ISBN 978-89-5828-869-5 43810